CELESTE EALAIN

WERDE SICHTBAR

Fantasy Roman

© 2023
Alle Rechte vorbehalten

1. Auflage 2023
Umschlaggestaltung: Jaqueline Kropmanns, www.jaqueline-kropmanns.de
Autorenfoto: www.peterberger.at
Lektorat: Friedericke Maquet-Weißenseel, www.lectocon.de
Korrektorat: Jenn Ashes; tlw. Verena Vogel; tlw. Vanessa Streng, BuchGestalt Bonn; tlw. Stefan Plocknitzer.

Hierbei handelt es sich um eine komplett überarbeitete Neuauflage des im Jahr 2014 erschienen Romans »Werde sichtbar«.

Dieses Werk ist doppelt urheberrechtlich geschützt!

Printed in Germany
ISBN: 978-3-347-86864-9 (Softcover)
ISBN: 978-3-347-86865-6 (Hardcover)
Verlag & Druck: tredition GmbH, An der Strusbek 10, 22926 Ahrensburg, Deutschland.

Dieses Buch enthält Passagen, die für Jugendliche unter 16 Jahren nicht geeignet sind!

Alle Personen und Namen innerhalb dieses Romans sind frei erfunden. Ähnlichkeiten mit lebenden Personen sind zufällig und nicht beabsichtigt.

INHALTSVERZEICHNIS

DANKSAGUNG 7
PROLOG 9
1 | KILIAN 13
2 | LIAM 19
3 | SENECA BUFFALO CREEK CASINO 24
4 | VERMEINTLICHE RÜCKKEHR 33
5 | KÄLTE AUS DER VERGANGENHEIT 39
6 | UNGELIEBTE HEIMAT 49
7 | ALTE WUT 59
8 | ALESSIA 65
9 | PRISCILLA 76
10 | SCHWERE SCHATTEN 83
11 | QUÄLENDE TRÄUME 93
12 | SCHRECKEN OHNE ENDE 105
13 | EVOLET 112
14 | GEERBTES SCHICKSAL 128
15 | ILLUSIO 139
16 | SCHLAG AUS DER VERGANGENHEIT 151
17 | RUHELOS 159
18 | VIGO 174
19 | WENN TRÄUME WAHR WERDEN 181
20 | BRENNENDE ZEIT 193
21 | SCHLECHTE NEUIGKEITEN 203
22 | WIE DU MIR, SO ICH DIR 209

23 | UNENDLICHE GIER ... 219
24 | STILLE BEOBACHTERIN ... 228
25 | VERZWEIFELTE TRÄNEN ... 235
26 | NOCH EIN LEBEN … ... 251
27 | BITTERE ERKENNTNIS ... 262
28 | ALTER LIEBHABER ... 268
29 | ZU SPÄTE EINSICHT ... 280
30 | GELÄUTERTE RÜCKKEHR ... 295
31 | GUT GEPLANT IST HALB GEWONNEN ... 304
32 | VERSCHENKTE LETZTE HOFFNUNG ... 314
33 | VERZEIHEN WILL GELERNT SEIN ... 330
34 | ALTE FREUNDSCHAFT, DIE AUFKEIMT ... 338
35 | DER KUSS ... 345
36 | VERGEBEN, ABER NICHT VERGESSEN ... 358
EPILOG ... 376
ÜBER DIE AUTORIN: ... 400

DANKSAGUNG

Dass ich diese Leidenschaft leben und tagtäglich weiterentwickeln darf, habe ich so vielen Menschen zu verdanken.
Zum einen all den Leserinnen und Lesern, die mich durch ihr Feedback bestärken und motivieren. Zum anderen der Bloggercommunity, die meinen Büchern eine Bühne bietet, sie zelebriert und ihre Euphorie auf diesem Wege weiterträgt.
Aber auch all jene Menschen, die ich durch das Schreiben und meine Bookbubble näher kennenlernen und liebgewinnen konnte. Ihr habt mich in schweren Zeiten gestützt, mir Tipps gegeben und mich bei Zweifeln aufgebaut, in guten Zeiten gelobt und gefeiert.
Selbst wenn der Großteil meiner Zeit und meines Geldes in diese Passion fließt – wenn es mir gelingt, euch zum Träumen, Schmunzeln und Mitfiebern zu bewegen, ist es das allemal wert!
Danke an Jenn, Anna und Stefan, weil ihr euch so aufmerksam meiner Story gewidmet habt. Meine Geschichte hat durch euch mehr Tiefe und Logik gewonnen. Und auch Friedericke, die mit ihrem Lektorat das Beste aus meiner Story herausgeholt hat, danke ich für die gute Zusammenarbeit und all die wertvollen Hinweise.
Ein großer Dank geht an meine Eltern, die für mich der Anker im Leben sind und die mir die Flügel verliehen haben, um im Leben all meine Träume zu verfolgen und meine Grenzen selbst zu setzen.
Nicht zu vergessen mein Herzblatt und gleichzeitig größter Fan Stefan: Danke, dass du mich in meinem Schaffensprozess so intensiv unterstützt und begleitest. Ich weiß, dass das nicht selbstverständlich ist. Es ist so eine Bereicherung, dich als kreative, liebende Seele in meinem Leben zu wissen.

PROLOG

Der Lauf der Schusswaffe war auf ihre Schläfe gerichtet und ihre Stimme erstickte unter der übergroßen Pranke des Handlangers. Kilian sah in ihre verzweifelten, von Mascara verschmierten und mit Tränen gefüllten Augen. Ihr sich rasch hebender Brustkorb sprach Bände. Er wusste, sie würde erwarten, dass er auf das Anliegen des Trios einging, das sie beide in ihrer Gewalt hatte. Wie ein Häufchen Elend saß sie zwischen den sehnigen Beinen des jungen Helfers, gegeißelt durch ein stetiges Zittern, und fixierte Kilian, ohne ein einziges Mal zu blinzeln. Er selbst wurde von dem Bodybuilder unter ihnen in die Mangel genommen und war mit dem Anführer des Trupps konfrontiert.

Die kleine, wohl sonst so gemütliche Wohnung wirkte bedrohlich und düster, allein durch die Präsenz dieser finsteren Gestalten, deren Aura Kälte und Dunkelheit säte. Diese tödlich wirkende Stille wurde nur durch seinen eigenen gehetzten Herzschlag übertönt.

Trotz der scheinbar aussichtslosen Situation war Kilian nicht bereit, den Angreifern ihren Willen zu lassen. Zu oft war er bedrängt und unter Druck gesetzt worden. Außerdem kannte er seinen Wert. Daher hob er selbstbewusst sein Haupt, das bereits von den kassierten Schlägen dröhnte, und antwortete mit kontrollierter Stimme: »Das könnt ihr vergessen, ich werde nie wieder ein Ding mit euch drehen. Und was euer verschollenes Diebesgut angeht … Das interessiert mich nicht. Selbst Schuld, wenn ihr nicht auf eure –«

Ein gekonnter Fausthieb in die Magengegend, der ihm die Luft aus den Lungen presste, unterbrach seinen Redefluss jäh. Er krümmte sich nach vorn, der Schmerz explodierte in seiner Mitte und breitete sich im ganzen Körper aus. Speichel sammelte sich in seinem Mund und Tränen des Leides und der Wut traten ihm in die Augen, als er in sich zusammensackte und unsanft auf den Knien landete. Seine Hände blieben durch einen festen Griff hinter seinem Rücken fixiert. Seine Schulter meldete sich mit einem stechenden Schmerz – bei dem Zusammenbruch war sie fast ausgekugelt worden. Alles, was er noch zustande brachte, war ein unkontrolliertes Husten.

Er spürte, wie sich eine starke Männerhand in sein Haar krallte und seinen Kopf ungeduldig drehte; nun blickte er direkt in das Gesicht des Anführers, der nur wenige Zentimeter vor ihm lauerte und vor Wut kochte. »Kevin, ich warne dich. Verkauf mich nicht für blöd …« Der ukrainische Akzent schnitt die Worte in Einzelstücke und sein Atem war mit kaltem Zigarettenrauch durchdrungen. Kilian wollte die Zeit, als er noch bei seinem alten Namen gerufen worden war, nur verdrängen. Ihm blieb allerdings nichts anderes übrig, als in diese eiskalten Augen zu starren. Nicht der kleinste Hauch eines Zweifels, nicht die geringste Spur von Wankelmut war darin zu lesen. Nur schwer konnte Kilian kaschieren, wie groß seine Furcht war, die sekündlich anschwoll.

Ich muss hier raus – um jeden Preis, und das sofort!

Der Anführer schritt gelassen zu einer Kommode im Raum, auf der mehrere eingerahmte Fotos standen, und studierte diese konzentriert. Die transparenten, beigefarbenen Gardinen sandten gedämpftes Tageslicht über seinen Körper, sodass sich mystische Schatten um ihn wanden. Zielsicher griff der bullige Kerl nach einem der Silberrahmen, der das Bild eines schlafenden Kindes enthielt. Während der beinahe kahl rasierte Hüne seinen Blick auf dem festgehaltenen Moment ruhen ließ, fuhr er fort: »Ich würde sagen, wir kennen uns lange und gut genug, um zu wissen, dass deine Fähigkeiten dir einen leichten Zugang zu unserem Vorrat verschaffen könnten, und zwar jederzeit. Ich verstehe nicht, warum du das nötig hattest, wo wir doch eine – meines Erachtens – faire Aufteilung der Ware vereinbart hatten. Was hat dich also dazu bewogen, die Hand zu beißen, die dich füttert?« Ohne dass der Sprecher seine Finger von dem Foto löste, fixierte er Kilian mit einem Blick, der sich direkt in ihn hineinbohrte. Er war so stechend, dass man Mühe hatte, ihm nicht auszuweichen. Die stahlblauen Augen erinnerten zusammen mit der spitzen, langen Nase an das Antlitz eines Greifvogels.

Hinter sich vernahm er das gedämpfte Wimmern, was die Unruhe in seinem Inneren noch schürte.

»Mit Betonung auf *deines Erachtens*. Wenn ich dich erinnern darf, wärt ihr ohne mich nie ungesehen so nah an die Objekte herangekommen«, spuckte er dem Anführer verächtlich entgegen, als würde er keine Furcht kennen, selbst wenn ein nervöses Zucken durch seine Knie schnitt. Doch Kilian konnte hoch pokern, denn er wusste, der Anführer würde ihm niemals nach dem Leben trachten. Dafür schätzte er sein Talent viel zu sehr. In dieser Hinsicht war er als Wunderknabe unerreicht und es gab keinen auch nur annähernd vergleichbaren Ersatz für ihn. Womöglich war er, was seine Fähigkeiten betraf, sogar einzigartig auf dieser Welt.

Wutentbrannt schmetterte der Anführer den Bilderrahmen zu Boden. Das Glas zersprang in tausend Scherben und wurde im gesamten Zimmer verteilt. Die winzigen, glänzenden Splitter spiegelten Kilians erstickte Furcht wider, die bis in seine letzte Zelle vorgedrungen war.

»Du verdammtes Arschloch! Du lebst wohl gern gefährlich?!« Mit nur einem Satz war der grobschlächtige Typ bei der wimmernden Frau und packte sie am Genick. Schlagartig verstummte sie und ihre schreckgeweiteten Augen wurden allgegenwärtig.

Der junger Komplize, dessen Finger für gewöhnlich eher über die Tasten eines Computers flogen, war rasch aus dem Weg gesprungen. Nun hielt er die Waffe auf Kilian gerichtet, indes sein Boss die Frau mit nur einer Hand am Hals packte und anhob. Ihre Füße zappelten einige Zentimeter über dem Boden. »Wenn ich dir schon keine Loyalität eintrichtern kann, werde ich mich wohl nun an deiner Kleinen vergehen müssen. Mal sehen, wie dir *das* schmeckt, alter Kumpel!«

Kilian beobachtete, wie die Gegeißelte mit beiden Händen vehement gegen den Druck an ihrem Hals ankämpfte. Wieder suchte sie seinen Blick, doch diesmal stand neben der Verzweiflung noch ein großes Fragezeichen in ihren Augen.

»Tu – doch endlich – was!«, krächzte sie.

Er hatte einen kurzen Flashback, der ihn in einen Moment zurückwarf, in dem seine Fingerkuppen zärtlich über exakt diese weiche Haut an ihrem Hals geglitten waren. Eine Erinnerung, in der er kaum erwarten konnte, seine Lippen auf die ihren zu legen. Der unvergessliche Duft ihres Haares nach Vanille und der süßliche Geschmack, der sich ungehindert auf seiner Zunge entfaltet hatte, waren noch in diesem Augenblick wahrnehmbar. Allem voran dieser tiefe, innige Wunsch, dass sie ihm gehören sollte. Ihm allein, für immer.

Aber der zaghafte Traum zerplatzte, als hätte sich eine Ladung Eiswürfel in Tennisballgröße über ihm entladen. Kilian wurde brutal aus dieser längst verdrängt geglaubten Szene herauskatapultiert und sah die Situation, in der er sich befand, mit absoluter Klarheit.

Jegliche Emotionen waren wie weggespült. »Töte sie, sie bedeutet mir nichts.«

1

KILIAN

Drei Wochen zuvor
Buffalo, New York, Vereinigte Staaten

Kilian betrachtete sein Spiegelbild, während er sich sein sündhaft teures Oberteil zuknöpfte. Seine Hemden waren immer dunkel gehalten, um die große Tätowierung in Form von Flügeln am Rücken zu kaschieren – ein Überbleibsel einer längst vergangenen Realität. Er beäugte penibel die gemusterten Innenseiten des Kragens sowie der Knopfleiste und fädelte seine goldenen Manschetten durch die Knopflöcher an den Handgelenken. Das Marineblau harmonierte perfekt mit dem weinrot-weiß gestreiften Design. Ein wenig musste er schmunzeln in Anbetracht dessen, dass er noch vor sieben Jahren in zerrissenen Jeans und verblichenen T-Shirts die Highschool besucht hatte. Die Worte seines Vaters hallten ihm unentwegt in den Ohren: »Aus dir wird niemals etwas werden! Du bist und bleibst ein Taugenichts!« Vor allem der Ausdruck, der seinem Ernährer bei diesen geringschätzenden Worten ins Gesicht geschrieben stand, hatte sich in seiner Gehirnrinde festgesetzt wie ein Bazillus. Egal wie gut seine Noten gewesen oder wie herausragend seine Arbeiten in dessen Tischlerei auch abgeliefert worden wären, es hätte nie gereicht, um in der Gunst seines Vaters zu steigen. Und obwohl es nicht mehr schmerzen sollte, tat es das noch immer.

Kilian schob den schwarzen Ledergürtel mit dem silbernen Emblem einer Nobelmarke durch die Hosenführung, während er an seine Schulzeit dachte. An all die Mitschüler, die hinter ihm getuschelt und ihm Streiche gespielt hatten, nur um ihn in Schwierigkeiten zu bringen. Jedes Mal hatte er den Kopf hinhalten und die Strafen dafür kassieren müssen. Sei es von seiner Lehrerin, dem Rektor oder gar seinem Vater. Und das scheinbar nur, weil er durch seine Andersartigkeit das perfekte Opfer abgegeben hatte. Vielleicht auch, da er ohne Mutter aufgewachsen war, da diese im Kindbett qualvoll verstorben war. Sie konnte zu diesen Geschehnissen keine Meinung mehr abgeben, selbst wenn Kilian sich einredete, dass wenigstens sie zu ihm gestanden hätte.

Noch immer fragte er sich insgeheim, woran es lag, dass er keinen Anschluss gefunden hatte. War es seine unscheinbare, zierliche Statur gewesen, die sich mittlerweile als recht athletisch und vorzeigbar präsentierte? Oder war es die Zweifarbigkeit seiner Augen, die blasse Haut, sein zurückhaltendes Wesen? Ob dieses Grübeln, von dem er sich nie ganz befreien konnte, irgendwann zu einem Resultat führen würde, war fraglich und im Endeffekt konnte es ihm egal sein – scheißegal. Doch sein Gemüt gab ihm keine Ruhe.

Er griff nach dem schwarzen, maßgeschneiderten Blazer und zog ihn sich über, während er sein Antlitz fixierte. Sein Friseur hatte wieder gute Arbeit geleistet. Sowohl die seitlichen Partien als auch sein Hinterkopf waren sehr kurz gehalten, wogegen sein Deckhaar die leichte Lockenpracht zum Vorschein brachte, die er locker gewachst in Form stylte. Die schwarzen Strähnen bildeten einen starken Kontrast zu seinem Gesicht, obwohl er mittlerweile regelmäßig mit der Sonnenbank nachhalf. Noch vor wenigen Wochen hatte er blond gefärbtes, schulterlanges Haar getragen, das einfach zu auffällig gewesen war. Inzwischen war er das Verreisen und Hineinschlüpfen in neue Rollen gewohnt und sogar meisterhaft darin geworden. Zumindest hatte es ihn diesmal nicht so weit in die Fremde verschlagen wie sonst.

In Gedanken versunken fuhr er sich über den Dreitagebart und zog die Einladung nochmals aus der Innentasche seines Blazers. Auf edlem Pergament war in goldenen Lettern sein Name festgehalten:

Karl Dearing

Ein Name, den er wie so viele andere in jedem neuen Lebensabschnitt angenommen hatte. Jedes Mal, wenn er sich eine neue Persönlichkeit kreierte, war es wie ein Neuanfang nach einer kleinen, mittleren oder großen Katastrophe. Eine Existenz, die er im Keim erstickte, um wie eine Pflanze von Neuem durch die Erdkruste zu brechen und ebenmäßig die Blätter zu entfalten.

Kilian zerknüllte das exquisite Papier in der Hand. Unter diesem Namen konnte er leider nicht mehr auftreten, immerhin lief seine aktuelle Wohnung unter Keith Rolands. Diesmal hatte er die Initialen K und R gewählt – von dem Anfangsbuchstaben seines Vornamens hatte er sich allerdings nie trennen können.

Kilian schritt fertig gekleidet zur imposanten Glasfront seines Penthouses im einundzwanzigsten Stockwerk und betrachtete seine neue Heimatstadt. Die Sonne schickte die letzten Strahlen über den Eriesee in Buffalo und ließ das Farbenspiel des Himmels auf der glatten Wasseroberfläche tanzen. Durch die fast rahmenlosen Fenster entstand der Eindruck, als würde er direkt danebenstehen und die kühle Brise des beginnenden Frühlings inhalieren können.

Melancholisch strich er über das weiche Material seines Hemdes. Er liebte diesen Ausblick und die Tatsache, dass er jenen Ort zur Niederlassung erwählt hatte, der in Amerika am weitesten von seinem Geburtsort entfernt lag. Eigentlich hatte er alles, was er sich je erträumt hatte: Geld, Zugang zu den wichtigsten Veranstaltungen, Freizeit, um sich sportlich zu verausgaben, interessierte Geschäftspartner sowie Investoren, ausreichend Sex mit außergewöhnlichen Schönheiten ... Und dennoch wollte all das, was er sich sein Leben lang ersehnt hatte und was ihm seinen Erfolg deutlich vor Augen führte, die unerbittliche Leere in seinem Inneren nicht füllen. Diese Einsicht ließ Gevatter Kälte die Finger gierig nach ihm ausstrecken. Sie fuhren seinen Rücken hinab und verursachten ihm Gänsehaut. Ein eindeutiges Zeichen, dass es Zeit war, aufzubrechen und diesem Gefühl der Einsamkeit zu entrinnen.

Rasch schnappte er sich seine Rolex, die auf dem mondänen Beistelltisch im Wohnzimmer lag, und verließ eiligen Schrittes sein exklusives Appartement.

Kilian spazierte die Perry Street entlang und erfreute sich an den Auren der Menschen um sich herum, berührte und inhalierte sie. Es benötigte nur den Bruchteil einer Sekunde, um das beklommene Gefühl abzustreifen und sich wieder in seinem Metier zu fühlen. Das war eindeutig seine Welt – inmitten der unbeteiligten Individuen, die alle nur ihr Ziel im Auge hatten und hektisch darauf zusteuerten. Unbekannte Gesichter, alle mit ihren ganz persönlichen Träumen und Ängsten, einzigartigen Geschichten und Schicksalen, die sie geprägt hatten. Nur wenige unter ihnen schlenderten gemächlich und genossen die angebrochene Nacht, in der die Lichter der Stadt funkelten, die die Dunkelheit zurückdrängten. Eine kühle Brise zog durch die Gassen. Ein Hauch Glamour hing in der Luft, der ihm von den Pärchen entgegenwehte, die sich zum Ausgehen in Schale geworfen hatten und so wie er auf einen feuchtfröhlichen Abend aus waren.

Kilian musste schmunzeln, denn dieses innere Kitzeln kam wieder zum Vorschein. Das Verbotene war einfach zu verlockend und selbst wenn er wusste, dass dies nicht der richtige Ort dafür war, gab er der Versuchung nach. Es war unvermeidbar, der Reiz war zu groß. Er richtete den Blick auf eine der schick gekleideten Damen, die ihm entgegenkamen, und fixierte sie. Wie gewohnt schien es ihr unmöglich, ihre Augen von seinen zu lösen. Er konzentrierte sich auf ihre Umgebung, ohne den Fokus zu verlieren, und ließ die Konturen um sie herum verschwimmen. Er tauchte sie in eine andere Dimension, sodass ihre Wahrnehmung getrübt wurde. Nun war er es, der steuerte, was sie sah. Diese Gabe hatte er mittlerweile so perfektioniert, dass es bei ihm kaum noch Kopfschmerzen oder gar Nasenbluten hervorrief. Vor allem, wenn es sich nur um die Manipulation einer einzigen Person handelte. Durch die Fähigkeit, die Realität auszudehnen und in die Wahrnehmung eines Menschen Dinge zu schieben, die eigentlich nicht da waren – oder etwas verschwinden zu lassen, was eindeutig eben noch greifbar schien – konnte er wie ein Zauberer Wunder kreieren. Daher war es nachvollziehbar, dass die hübsche Blondine plötzlich die Lider ungläubig aufriss, ihr Unterkiefer aufklappte, sie wie von der Tarantel gestochen auf ihn zustürmte und aufkreischte: »O mein Gott! Tom Cruise! Ich fasse es nicht! Ich, ich, ich war schon immer ein großer Fan. Darf ich bitte ein Autogramm haben?« Ihre Begleiterinnen rümpften die Nasen und verstanden die Welt nicht mehr. Sie sahen auch nicht, was er seinem Opfer in dieser nur für sie kreierten Realität suggerierte. Sie sahen nur einen durchschnittlichen, wenn auch adrett gekleideten Nobody vor sich.

Kilian schloss genüsslich die Augen und sog das Bouquet aus Düften, das jedem Mann die Sinne geraubt hätte, tief ein und fühlte den warmen, wohl geformten Körper der jungen Schönheit, die sich dicht an ihn geschmiegt hatte. Als er die Lider wieder öffnete, sah er, wie sie ihn anhimmelte und ihm ein strahlendes Lächeln schenkte. Genau das fütterte eben jene Sucht, der Kilian eindeutig erlegen war. Er holte sich das, was ihm die Gesellschaft, seine Umgebung und seine angeblichen Freunde sowie die eigene Familie verweigerten: Aufmerksamkeit. Aufmerksamkeit, die ihm seines Erachtens zustand, und das en masse.

Er zog schmunzelnd einen Mundwinkel in die Höhe, während er lässig sein Haar zurückstrich. Galant zückte er einen Montblanc-Füller aus seinem Blazer und raunte süffisant: »Wo möchte die Lady es denn haben?«

»Brittany, bist du völlig durchgeknallt? Das ist überhaupt nicht Tom Cruise!«, fauchte eine ihrer Freundinnen, die sich in ihren Ellenbogen einhakte und sie peinlich berührt von ihm wegzog.

Andere Passanten kicherten unverhohlen, gingen aber rasch wieder ihren gewohnten Weg, da die interessante Szene frühzeitig aufgelöst worden war.

Kilian feixte in sich hinein. Auch wenn er diesen Augenblick mit der blonden Schönheit genossen hatte, störte es ihn kein bisschen, dass die Ladys weitergezogen waren – im Gegenteil. Dafür hatte niemand sein eigentliches Ziel erkannt, welches nun sicher in der seidenen Innentasche seines Blazers verwahrt war. Die offenbar gut betuchte Dame hatte nämlich ein sehr ansehnliches, goldenes Brillantarmband am linken Armgelenk getragen, das er ihr – so abgelenkt, wie sie gewesen war – mühelos hatte abnehmen können, ohne dass irgendjemand davon Wind bekommen hatte. Und dies, obwohl er es genau genommen nicht nötig hatte, denn er hatte Geld ohne Ende. Dennoch war es immer ein mächtiges, überwältigendes Gefühl, Menschen, die ihn kaum wahrnahmen, hinters Licht zu führen. In dem Punkt konnte er froh sein, dass er keiner jener Männer war, die eindeutig im Gedächtnis blieben, weil sie auffallend anders oder atemberaubend schön waren. Womöglich hatte die Schöpfung diesen kleinen Makel durch die ihm geschenkte Gabe wettmachen wollen. Warum sollte er diese dann nicht gnadenlos nutzen?

2
LIAM

Portland, Bundesstaat Oregon

»Na? Studierst du zum hundertsten Mal die Shadow-Akte? Wenn das der Boss sieht, rastet er aus – und du weißt das«, scherzte Stan, als er hinter Liam zu seinem Schreibtisch ging und sich mit seinem stattlichen Wohlstandsbauch dahinter einfädelte.

»Und weiter?«, zog Liam seinen Kumpel auf. Das Thema hatte einfach schon einen megalangen Bart.

»Ich meine nur, immerhin haben wir genug mit dem Raubüberfall von gestern in der Key-Bank zu schaffen. Warum hast du es dann nötig, Fälle hervorzukramen, die über fünf Jahre zurückliegen?« Stan runzelte die Stirn. »Manchmal muss man es darauf beruhen lassen, dass man nicht jede Akte schließen kann. Mann Liam, dein Ehrgeiz in allen Ehren, aber dieser Egotrip wird uns nur weiteren Ärger einhandeln. Außerdem sind die Einbrüche und Diebstähle passiert, lang bevor du bei uns bei der Oregon State Police aufgetaucht bist – also woher rührt diese Besessenheit?«

Liam kratzte sich mit einem Bleistift am Hinterkopf und runzelte die Stirn. Seine Finger strichen wehmütig über die kleinen Notizen, die ausgebleichten Post-its und die abgegriffenen Fotos, die sich in der Akte befanden. Wie sollte er es erklären, das Gefühl, etwas Essenzielles nicht erkannt zu haben? Eine Gewissheit, die einen in den Wahnsinn trieb, da der Instinkt ganz leise flüsterte: *»Sieh' genau* *hin, es ist direkt vor deinen Augen ... Es ist nicht so, wie es scheint.«* Und egal, wie lange diese Verbrechen vergangen waren, sie hatten drei Jahre angedauert und sich von Albany bis nach Portland verteilt. Sie trugen alle das gleiche Muster: Die Beteiligten hinterließen keine Spuren außer Notizen voller Hohn, mit denen sie sich über die lokale Polizei lustig machten. Warum ausgerechnet diese Fälle ihm seit Anbeginn seiner Arbeit als Polizeibeamter keine Ruhe ließen, konnte er sich selbst nicht so recht erklären. Dieser Stapel an Dokumenten und Beweisstücken ließ ihn nicht mehr los, als wäre darin eine imaginäre Schrift verborgen, die ihm einbläuen wollte: *Wenn diese Verbrechen gelöst werden können, dann nur von dir.*

»Tja, du hast recht. Ich werde mich nicht lang damit aufhalten. Ein kurzer Vergleich der Handschrift mit den Notizen, die ich aus Los Angeles habe, kann allerdings nicht schaden, meinst du nicht?«

Stan wurde offenbar hellhörig. »Du konntest tatsächlich Kopien aus den Akten der L.A.-Cops herauslocken? Wie hast du das denn angestellt – etwa blankgezogen?«

Liam blickte zu seinem leicht rundlichen Kollegen, der sich bereits das dritte Croissant reinstopfte, obwohl die Frühstückszeit schon längst vorüber war. Ungalant wischte er sich die fettigen Überreste auf den Fingern beiläufig an seinem verfilzten, dünnen Pulli ab. Die rostfarbenen Haare standen ihm zu Berge, wobei nicht zu beurteilen war, ob sie nur so aussahen, weil er sie die letzten Tage nicht gewaschen oder weil er sie heute Morgen genau so neu in Form gebracht hatte. Das Schmatzen durchbrach die Stille und Liam musste schmunzeln.

»So in etwa. Ich nehme einfach an, dass sie sich endlich haben weichklopfen lassen, immerhin konnten sie die Fälle bisher auch nicht abschließen. Vielleicht nehmen sie an, dass, obwohl diese Einbrüche nicht dem Einsatzbereich von Oregon unterliegen, ich ihnen auf die Sprünge helfen könnte. Reiner Nachbarschaftsdienst sozusagen.« Liam formte Anführungszeichen in die Luft, da Los Angeles alles andere als ums Eck lag, und zwinkerte Stan verschmitzt zu.

Sein Kollege massierte sich genüsslich den Bauch, aber die Neugierde stand ihm eindeutig ins Gesicht geschrieben. »Na, spuck's schon aus, sind die Schriften identisch?«

Liam nahm die beiden Beweisstücke aus der Mappe und rollte mit dem Bürostuhl zur Tischplatte seines Kollegen, um die Blätter vor ihm zu platzieren. »Ta-da!«

Stan scannte die filigrane Handschrift auf den Zetteln. Das geschulte Auge verglich penibel die Führung, das Absetzen des Stiftes, die Schnörkel der Hs und Gs sowie die Größe und den Abstand der Buchstaben, bis sich seine Pupillen weiteten.

»O Mann ... Da gibt es wirklich keinen Zweifel! Du bist ein absolutes Genie! Nun können die Kollegen einpacken und wir übernehmen deren Bude.« Theatralisch fuchtelte er mit den Händen herum. »Jetzt, wo wir das endlich geklärt haben, können wir uns ja mit dem kleinen Aktenhaufen da drüben beschäftigen.« Mit einer grazilen Handbewegung wies er auf den Dokumentenberg, der auf Liams Schreibtisch nur mit Mühe Balance halten konnte. Der Sarkasmus war fett oben drauf geschmiert und die vereinzelten Sonnenstrahlen, die durch die Lamellen des Bürofensters zärtlich über das Papier strichen, machten es nicht besser.

»Sehr witzig. Es ist immer schön, mit dir zu philosophieren, Stan. Aber danke, ich hab' den Wink mit dem Zaunpfahl verstanden.« Liam zog die Augenbrauen zusammen und schüttelte den Kopf. Langsam rollte er zu seinem Arbeitsplatz zurück und nahm es seinem Kumpel dennoch nicht übel, denn irgendwann musste wirklich Schluss mit dem Thema sein. Das wusste selbst er.

Im Nebenbüro läutete das Telefon und erinnerte Liam daran, wie Alessia ihn heute Morgen erneut am Hörer gefangen gehalten hatte. Nervös rieb er sich sein linkes Ohrläppchen.
Wann werde ich sie nur endlich überwunden haben?
»Stell dir vor, wen ich heute wieder dran hatte …«, setzte Liam an.

Stan grunzte und blätterte in einer seiner Akten, ohne zu ihm aufzublicken. »Da brauche ich nicht lange zu raten. Entweder ist es eine deiner Liebschaften, der du wie immer klarmachen musstest, dass du keine ernsten Absichten hegst, oder deine Exfrau, die dich erneut um Geld anschnorrt. Ich vermute ja Letzteres.«

Liam strich sich sein hellblaues Diensthemd an der Brust glatt und ging gedanklich nochmal ihre Worte durch. Jedes Mal, wenn er ihre Stimme hörte, löste sie die alte Sehnsucht in ihm aus, als wären die empfindlichen Härchen in seinem Gehörgang nur darauf gepolt. Ungebrochen hatte Alessia diese Macht über ihn, ein Umstand, den er abgrundtief hasste. Einerseits hatte sie ihn so bitter enttäuscht, ihn all seiner Träume beraubt. Andererseits machte er sich nach ihrem Absturz nun vermehrt Vorwürfe und Sorgen. Doch er hatte sich gegen sie entschieden und je eher sie das verstand und von ihm abließ, umso leichter würde es für sie beide werden. Obwohl er tief in seinem Innern noch Gefühle für sie hegte, wollte er nichts mehr mit ihr zu tun haben und endlich mit diesem Kapitel abschließen, um vielleicht ein neues beginnen zu können. Er wäre bereit, nach vorn zu blicken und einer neuen zukunftsträchtigen Partnerschaft eine Chance zu geben. Doch sie ließ ihn schlichtweg nicht zur Ruhe kommen.

»Bingo, Alessia hat angerufen – diesmal ausnahmsweise einmal nicht wegen Kohle. Stolz hat sie mir verkündet, dass sie das Sorgerecht nun vollständig zurückbekommt. Sie muss zwar weiterhin zur Therapie gehen und sich regelmäßig auf Kontrollbesuche einstellen, aber sie macht eindeutig Fortschritte.«

Diesmal lag mehr Ernst in Stans Stimme, als er ihn mit gütiger Miene anstierte. »Das freut mich ehrlich für dich, Mann. Es wurde aber auch Zeit. Ich meine, vielleicht schaffst du endlich den Absprung. Du hast so verdammt viele Frauen am Start, dass es schade wäre, wenn du den goldenen Ring nicht erneut verteilst. Würde ich so aussehen, befände ich mich längst bei der Kinderplanung.«

Bei dieser Aussage konnte Liam nur auflachen und schüttelte den Kopf, woraufhin er einen Radiergummi mit vollem Karacho ins Genick geschossen bekam.

»Hey, was gibt es da zu lachen? Ich meine das bitterernst!«

3
SENECA BUFFALO CREEK CASINO

Kilian betrat die heiligen Hallen des Seneca Buffalo Creek Casinos und sofort übermannte ihn die typische Geräuschkulisse vom mechanischen Klicken der einarmigen Banditen, dem Rattern der Rouletteräder sowie den Gesprächen und dem Gelächter der Besucher. Hier in diesem weitläufigen Saal fühlte er sich zu Hause und er blühte auf. Die Spielautomaten waren glänzend poliert und die Mitarbeiter leuchteten in rubinroter und royalblauer Montur um die Wette. Mittig im Empfangsbereich prangte sogar eine von innen beleuchtete Skulptur, die einem lebhaften Tornado nachempfunden war. Dekadenz, so weit das Auge reichte.

Obwohl das Etablissement gediegen und extravagant in der Ausstattung war und die Geschäftsleitung sich bemühte, nur der Upper Class Zutritt zu gewähren, tummelten sich auch Touristen und Menschen, die aussahen, als würden sie hier nicht hergehören, an diesem Ort. Kilian störten diese unliebsamen Besucher hingegen kein bisschen. So konnte er mit Leichtigkeit neue Opfer ausmachen, die seinem Spiel nicht misstrauisch gegenüberstanden.

Er betrat den prunkvollen Hauptsaal, der am Boden mit hellgrauem Marmor ausgelegt war. Die ringsherum an den Wänden angebrachten Spiegel ließen die Halle nochmal größer erscheinen, nur die vergoldeten Säulen im griechischen Stil unterbrachen die Weite. Von der Decke hingen ausladende Kronleuchter, die bunte Reflexionen im Raum verstreuten. Er konnte nicht anders, ein breites Grinsen wanderte über sein Gesicht. Hier war er eindeutig richtig. Schlängelnd spazierte er zwischen den üppig mit Schmuck behängten Damen, die ihre Dekolletés reizvoll zur Schau stellten, vorbei und beobachtete, wie die galanten Herren mit ihren Pokerchips herumwarfen und diese großzügig an die Croupiers verteilten. Kilian spürte dieses Kribbeln in sich und es juckte ihn förmlich in den Fingern. Voller Vorfreude rieb er sich wie ein Kind die Handflächen und gesellte sich an den ersten Roulettetisch, der ihm unter die Augen kam. Wie ein Adler inspizierte er die Ecken, in denen sich die Überwachungskameras befanden, und wusste, dass die mechanischen Hilfen seine einzigen Feinde waren. Sie zu täuschen, war nahezu unmöglich – mit Betonung auf nahezu. Denn er brauchte nur andere falsch spielen, sie ihre Jetons übersehen oder ihre Einsätze vergessen lassen. Wenn er besonders geschickt war, entschuldigten sie sich sogar bei ihm, da sie glaubten, aus Versehen zu seinem Stapel Spielmarken gegriffen zu haben. Diesen Trick nutzte er jedoch zur Sicherheit nur mit unbesetzten Farben des Plastikgeldes.

Kilian verschob die Ebenen in der Dimension so, dass alle um den Tisch versammelten Personen manipuliert wurden und sie somit in seiner Welt agierten. Diese Manipulation bedeutete höchste Konzentration für ihn, doch sobald die Kameras etwas Merkwürdiges erkennen würden, wäre er bereits über alle Berge. Zusätzlich legte er einen Hauch von Nebel um seine Statur, sodass seine Gesichtszüge und die Kleidung nur schwer auszumachen waren. Selbst mit Bildbearbeitung, Schärfen und Kontrastveränderungen hatten die Beobachter keine Chance. Und diese Macht in sich ruhen zu haben, war so ein verdammt überwältigendes Gefühl, dass er davon nicht genug bekommen konnte. An der Dimensionsblase vorbeischlendernde Personen bekamen von dieser von ihm hervorgebrachten Illusion nichts mit. Sie erkannten nur spielende Menschen, nichts, das Aufmerksamkeit erregte.

In diesem Kokon, den er geschaffen hatte, bewegten sich alle wie in Zeitlupe, was ihm selbst die Möglichkeit gab, besonders schnell zu handeln. Für ihn wirkten die Menschen außerhalb dieser eigens kreierten Blase wie in Rauch gehüllte, farblose Marionetten. Während es in seinem Reich merklich für ihn abkühlte und er das Gefühl hatte, als würde die Zeit an ihm nagen, wurde ihm in Erinnerung gerufen, dass er diese Magie nicht ewig aufrechthalten konnte. Denn sie erforderte sehr viel Energie, Konzentration und einen klaren Kopf. Schon allein kurze Nervosität oder Unsicherheit aufkommen zu lassen, konnte alles zunichtemachen. Er konnte sich keine Fehler leisten.

Doch sein Ehrgeiz trieb ihn voran, er wollte die Grenzen seiner Fähigkeiten um jeden Preis ausreizen. Kilian war stolz darauf, schon lange unentdeckt sein Talent weiterentwickeln und perfektionieren zu können. Lediglich sein Vater hatte ihn eines Tages ertappt. Ein Tag, der sich wie ein Brandmal auf seiner Seele verewigt hatte. Rasch schob er den Gedanken beiseite, denn er verlangte ihm zu viel seiner Aufmerksamkeit ab, die er brauchte, um die Täuschung aufrecht zu halten.

Aus dem Augenwinkel erblickte er eine schwarz gekleidete Frau grazil an den Roulettetisch treten. Irgendetwas an ihr war sonderbar. Sie schritt schneller als die anderen in seiner kreierten Welt. Ihre Haut strahlte in edler Blässe und ihr pechschwarzes, gelocktes Haar reichte bis zu ihrem Gesäß. Die seitlichen Partien wurden in Strähnen nach hinten gehalten und ließen rote Extentions hervortreten, die ihr etwas mädchenhaft Verspieltes verliehen. Was im Gegensatz zu ihrer Präsenz stand. Ihr sinnlicher Schmollmund war durch feuerroten Lippenstift hervorgehoben und lenkte von ihrer auffälligen Augenfarbung und der Tätowierung im Gesicht ab. Erst wenn man genau hinsah, konnte man erkennen, dass sie eine dunkelbraune und eine graue Iris besaß. Durch deren schwarze Umrandung erschien die hellere Augenfarbe so stechend, dass ihm das Herz für einen Schlag aussetzte, da solch eine bedrohende Kälte davon ausging. Die verschnörkelte Zeichnung umschmeichelte ihr linkes Auge – Signa, die wie aus einer uralten, längst vergessenen Zeit entsprungen wirkten und dort für die Ewigkeit hinterlassen worden waren.

Diese Frau zog jeden in ihren Bann und als hätte sie seine Gedanken abgefangen, starrte sie ihn plötzlich durchdringend an. Ihr Blick schien bis tief in seine Seele abzutauchen, was ihm alles andere als willkommen war.

Kilian schluckte geräuschvoll.

Kann sie mich tatsächlich sehen – als das, was ich bin?

Er schloss die Lider und schüttelte diese Eingebung ab wie Ungeziefer.

Das ist unmöglich, du bildest dir das nur ein, Kilian – jetzt reiß dich zusammen!

Als er seine Augen wieder öffnete, legte die aufsehenerregende Schönheit, die Kleidung aus schwarzer Spitze und Seide trug, ihre Jetons auf die rote Dreiundzwanzig des Tableaus und schenkte ihm aus dem Augenwinkel ein kleines Zwinkern. Sein Herz machte einen Satz. Kilian ertappte sich dabei, wie sich seine Atmung beschleunigte und die Handflächen zu schwitzen begannen. Er schüttelte sich innerlich. Statt sich betören zu lassen, wollte er sich lieber auf die Manipulation seiner Umgebung konzentrieren. Daher wandte er sich einer rechts neben ihm stehenden Mitspielerin zu und veranlasste sie – im Glauben, es handele sich lediglich um fünfzig Dollar –, eine beachtliche Menge Jetons auf das Square

10/11/13/14 zu legen. Allein für sie ließ er diese exakte Position aufleuchten, um einen Wink des Schicksals vorzutäuschen. Es sollte eine unwiderstehliche Botschaft darstellen, ihre Münzen genau dort zu hinterlassen. Jene Spieler als Gewinnquellen zu nutzen, die ihm am nächsten standen, hatte sich bisher bewehrt. Und so wählte er auch den Herrn zu seiner Linken und suggerierte ihm, seinen Einsatz auf Schwarz zu platzieren – und zwar gleich zwei gestapelte Säulen, wobei er die zweite umgehend aus seiner Wahrnehmung strich und ihn somit zuerst verunsicherte und ihn dann vergessen ließ, dass sie jemals dagewesen war. Ein lohnender, doppelter Handstreich, der das genüssliche Kribbeln in ihm noch steigerte.

Schließlich war das klickernde Geräusch der Metallkugel zu vernehmen, die der Croupier gegen die Drehrichtung in das Rouletterad geworfen hatte. »Rien ne va plus.«

Gebannt starrten alle Augenpaare am Tisch auf die tanzende Kugel und hofften, sie würde es sich exakt auf ihrer Zahl bequem machen. Verheißungsvoll fing sie an zu springen und schien sich in letzter Sekunde auf der roten Dreiundzwanzig betten zu wollen, was Kilian natürlich nicht zulassen konnte. Einen doppelten Verlust wollte er auf keinen Fall hinnehmen. Daher verschob er die Ebene und veranlasste die Kugel dazu, für alle sichtbar auf der schwarzen Zehn zu landen. Außer für die Dame zu seiner Rechten, die sich ihres Gewinns ja nicht bewusstwerden durfte. Enttäuscht senkte sie den Blick, um wenigstens nicht mit anzusehen, wie ihre Jetons von der gierigen Bank einkassiert werden würden. Mit einem charmanten Lächeln ließ es sich Kilian nicht nehmen, zu kommentieren: »Vielleicht klappt's ja beim nächsten Mal.«

Sie wandte sich ihm zu. Und als wäre nichts gewesen, himmelte sie ihn mit ihren moosgrünen Augen an, ein vielversprechendes Schmunzeln huschte über ihr Gesicht. »Das hoffe ich doch.«

Während Kilian sich an ihrem Gewinn bediente und den doppelten Einsatz von Schwarz abräumte, bot er ihr zum Trost noch an: »Wenn Sie Lust haben, tausche ich schnell meine Jetons und dann lasse ich Ihnen einen traumhaften Cocktail zur Aufheiterung servieren.«

Die elegante Blondine schien ihr Verlust gar nicht mehr zu interessieren, was nicht zuletzt daran liegen könnte, dass er seine Gesichtszüge auf jene Merkmale geändert hatte, die laut Ergebnissen verschiedener Attraktivitätsstudien für die Frauenwelt am reizvollsten wirken sollten. Mit braunem Teint, hellerem Augenweiß, einem schmalen Gesicht, vollen Lippen, klar konturierten Augenbrauen sowie hohen Wangenknochen stand er vor ihr und setzte einen verheißungsvollen Ausdruck auf. Von seinem Äußeren ganz eingenommen, ließ sie sich bezirzen. Noch hatte sie ja nicht mitbekommen, wie groß ihr Verlust tatsächlich ausfiel.

Kilian ließ seinen Blick über ihre Kurven gleiten und blieb an ihren verführerischen Lippen hängen. Er mochte ihr anregendes Parfüm und diese langen Wimpern, die ihn regelrecht anklimperten. Er hoffte, es wäre keine weitere Manipulation nötig und sie verfiele ihm, mit allem, was er ihr augenblicklich zu bieten hatte. Ein vielsagendes Schmunzeln und ein angebotener Ellenbogen nach der hohen Kunst der Gentlemen sollten ein Übriges tun.

»Es wäre mir eine Ehre, bei so einem galanten Kavalier.« Ihr strahlendes Lächeln brachte ihre brillantweißen Zähne zum Vorschein.

Na, geht doch – das wird noch eine heiße Nacht werden.

Kilian schickte die attraktive Eroberung voraus zur Bar, während er sich bei der Ausgabestelle für die Umwandlung seiner Jetons in Bares einreihte. Er spürte bereits die Gier in sich aufsteigen, endlich das druckfrische Papier zwischen den Fingern zu spüren, den Duft des Geldes einzuatmen und auf sich wirken zu lassen. Er war regelrecht berauscht, sodass er nicht mitbekam, wie sich ihm jemand von der Seite näherte.

»Einen netten Trick hast du da drauf. Wirklich beachtlich, selbst für mich, muss ich gestehen.«

Kilian zuckte erschrocken zusammen, als er sich nach links wandte und die geheimnisvolle Schönheit vom Roulettetisch nur einen halben Meter entfernt vor ihm stand. Ihre dunkle Stimme hallte in seinem Kopf noch nach, während er sie wachsam musterte.

Ihre seidene Korsage glänzte durch die funkelnden Kristalle der Deckenbeleuchtung und sie führte in aller Ruhe ihre Zigarettenspitze, die wie ein Zauberstab auf ihn wirkte, an die Lippen. Wie in Zeitlupe nahm Kilian wahr, wie sie inhalierte und anschließend verschnörkelte Rauchschwaden ausblies, die kurz rot glühten und an sich windende Schlangen erinnerten.

Wer qualmte heutzutage noch mit so einer Verlängerung? Ich halluziniere, eindeutig! Oder bin ich in meiner eigenen Dimension hängengeblieben und meine Fantasie geht gerade mit mir durch?

Verunsichert zupfte Kilian seinen Hemdkragen zurecht und zauberte sein Showlächeln auf die Lippen.

»Ich bitte höflichst um Entschuldigung, verehrte Dame, aber ich bin zutiefst verwirrt. Darf ich fragen, wovon Sie sprechen?«

Ihre Augen fixierten ihn. Nicht das kleinste Blinzeln oder Zucken in ihrem Gesicht verwies auf Unsicherheit. Stattdessen wagte sie einen weiteren Schritt auf ihn zu. Ihre Hände waren in schwarze Seidenhandschuhe gehüllt – die rechte stemmte sie lässigelegant in die Taille, mit ihrer linken begann sie, die Verlängerung gelangweilt zwischen den Fingern zu rollen. Unerklärlicherweise jagte dieser eindringliche Ausdruck Kilian eine Gänsehaut über den

Rücken. Irgendetwas stimmte mit der fremdartigen Schönheit nicht, deren Haut aus Porzellan zu sein schien.

»Ich werde es einfacher für dich formulieren, damit wir uns richtig verstehen.« Die Drohung schwang in jeder Silbe mit, während sie sich mit Blicken duellierten.

Urplötzlich fragte er sich, ob diese Tätowierung um ihr linkes Auge insgeheim eine stille Warnung à la *Leg dich bloß nicht mit mir an* darstellen sollte. Andererseits waren es genau jene Situationen, die Kilian anstachelten, dagegenzuhalten. Er war lange genug von seinem Umfeld herumgeschubst worden. Diesen Lebensabschnitt hatte er, wie so viele andere, hinter sich gelassen und würde ihn hier und jetzt gewiss nicht wieder aus der Versenkung holen. *Sicher nicht!*

»Andere magst du täuschen – mich aber nicht. Du wirst mir meinen Gewinn von 1.750 Dollar überreichen, ich werde dich nicht enttarnen und alles ist gut. Wir können getrennte Wege gehen …«, flüsterte sie ihm in einem unmissverständlichen Ton zu, was seinen Gaumen schlagartig trocken werden ließ.

Betont selbstsicher strich sich Kilian seinen Haarschopf zurück – obwohl ihm alles andere als wohl in seiner Haut war –, rieb sich dann in gewohnter Manier die Handflächen und verabschiedete die überbetonte Höflichkeit aus seinem Wortschatz.

»Schätzchen, nicht böse sein, ich habe für solche Kindereien keine Zeit. Es tut mir ausgesprochen leid, dass du verloren hast und glaubst, es nun an mir auslassen zu müssen. Aber um ehrlich zu sein …«, Kilian runzelte wie ein reumütiger Hund die Stirn und Zynismus sprach ihm aus jeder Pore, »… tangiert mich das nur peripher. Also nimm deine Voodoo-Püppchen und deine Kreuze und belästige jemanden, bei dem das zieht.«

Kilian war Meister in diesem Spiel und stolz darauf, dass er seine Augen ebenfalls ohne zu zwinkern auf die circa einen Kopf kleinere Person richten konnte. Ihn interessierten die lodernden Flammen, die man in ihrem Inneren erahnen konnte, kein bisschen. Denn wenn sie weiter herumzicken würde, könnte er ihr ein paar Ratten ins Dekolleté schummeln, die sein Problem für ihn beseitigten. Schon allein der Gedanke daran brachte ihn genüsslich zum Schmunzeln.

Sie zog ihre Mundwinkel nach oben, jedoch nicht, um zu lächeln.

»Ich warne dich ...«

Obwohl seine Alarmglocken anschlugen und jede Zelle seines Körpers Adrenalin ausschüttete, lachte Kilian lautstark auf. Als sie ihn daraufhin verdutzt mit schief gelegtem Kopf ansah, hatte er das Gefühl, einen ersten Sieg errungen zu haben – ein selbstgerechter Lachkrampf entrang sich seiner Brust. Wem wollte sie etwas vormachen, nachdem er höchstpersönlich die Kunst der Verschleierung, Manipulation und Einschüchterung auf ein neues Niveau katapultiert hatte?

»Du hast es nicht anders gewollt ...«, waren die letzten Worte, die Kilian zu Ohren bekam, als die Gothicprinzessin, ohne jegliche Emotion im Gesicht zu zeigen, ihren rechten Seidenhandschuh auszog und ihm unvorbereitet ihre kühle Handfläche auf die Wange legte.

Wie ein gellender Schrei fuhr eine Hitzewelle durch ihn und entlud Krämpfe in jede Muskelfaser seines Körpers. Sein Magen fiel in sich zusammen und seine Lunge schrumpfte wie ein Luftballon, aus dem die letzte Luft entwichen war. Nicht das winzigste Sauerstoffmolekül fand darin noch Platz. Er verlor die Kontrolle über all seine Sinne, als ein heller Blitz ihm das Augenlicht stahl. Übelkeit und ein lähmender Schmerz setzten schlagartig ein, sodass jeglicher Widerstand zwecklos wurde. Kilian konnte sich nur noch dieser Urgewalt hingeben, um von der Welle aus Leid davongetragen zu werden ... in ein tiefschwarzes Nichts.

4
VERMEINTLICHE RÜCKKEHR

Albany, Oregon

Alessia saß in ihrer spärlichen Küche am kleinen Frühstückstisch, dessen weiße Lackierung bereits stellenweise abbröckelte, und las die Tageszeitung. Durch das geöffnete Fenster drang der morgendliche Gesang der Vögel und das war für sie die schönste Musik, die sie sich vorstellen konnte. Es war einer dieser bewölkten Tage, an denen sich das Wetter nicht so richtig entschließen konnte, was es denn nun werden wollte: sonnig, bedeckt oder doch ein leichtes Nieseln?

Mit kleinen Schlucken nippte sie an ihrem Milchkaffee, der längst kalt war, während sie die Neuigkeiten und den Klatsch und Tratsch gierig in sich aufnahm. Sie war ziemlich am Ende angelangt, die Witze hatte sie gelesen und die Rätsel gelöst. Noch immer hing der Duft von frisch gemachtem Toast in der Luft, den sie so liebte. Selbst wenn er etwas angebrannt war, konnte sie nicht genug davon bekommen.

Gedankenverloren schraubte sie das Marmeladenglas zu, indes ihr Blick über die Todesanzeigen glitt und sie innehielt. Als sie den Namen William Burrow las, rutschte ihr vor Schreck das Glas aus der Hand und fiel zu Boden. Der Knall des aufschlagenden Gefäßes, das wundersamerweise heil geblieben war, hallte durch die spartanisch eingerichtete Wohnung. Erleichtert, dass sie diesmal kein Desaster vom Boden aufwischen musste, klaubte sie den Unruhestifter auf und hob prüfend den Blick. Nun hieß es bloß Daumendrücken, dass Pascal von dem Krach nicht munter geworden war und der Morgen noch ein klein wenig länger ihr allein gehörte. Sie brauchte die Ruhe, denn als alleinerziehende Mutter und bei all dem, was sie die letzten vier Jahre durchgemacht hatte, waren ihr Energiehaushalt und Nervenkostüm stark beansprucht worden.

Betont leise stellte sie das Marmeladenglas zurück auf den Tisch und horchte mit angehaltenem Atem auf die Geräusche in der Wohnung. Stille, selbst aus Pascals Zimmer war nicht die kleinste Unruhe zu vernehmen.

Zum Glück!

Sie zog die Todesanzeigen näher zu sich heran. Das dünne Papier in ihrer Hand vibrierte, solch eine Anspannung durchlief sie.

Das darf nicht wahr sein! Kilians Vater ist vor zwei Tagen verstorben.

Noch diese Woche sollte das Begräbnis in Albany stattfinden. Sie blickte auf und ein Zeitfenster aus Erinnerungen öffnete sich. Dieses Lachen, das so eindringlich zu hören gewesen war, als sie jünger waren und das glorreiche Trio heimlich die Schule geschwänzt hatte, drängte sich in ihr Gedächtnis. Kilian, Liam und sie selbst waren für lange Zeit unzertrennlich gewesen. Ein eingeschworenes Team, das zueinanderstand, komme, was da wolle. Jeder von den dreien hatte einen *Makel* – sie ihre indianischen Wurzeln, Kilian seine zweifarbigen Augen sowie seine magere Statur und Liam seine Lernschwäche –, der sie zusammengeschweißt hatte. Was sie mit Spickzetteln und Nachhilfe vollbrachte, hatte Liam mit Fäusten ausgeglichen. Kilian hingegen zog Prüfungsergebnisse aus dem Hut oder ließ Mitschüler auffliegen, wenn sie sie wegen ihrer Herkunft anfeindeten. Erst als die zarten Knospen der Liebe zwischen Liam und ihr aufgekeimt waren und sie sich mehr und mehr zur Erkundung dieser neuen Gefühle zurückgezogen hatten, geriet die innige Freundschaft in Schieflage.

Insgeheim hatte sie sie gespürt, diese stille Anklage, sich merklich ausgegrenzt und vernachlässigt zu fühlen, selbst wenn Kilian immer beteuert hatte, dass es ihm nichts ausmache und er es verstehen könne. Doch Alessia hatte seinen Worten damals geglaubt und den stillen Zeichen seines Kummers nie genügend Aufmerksamkeit geschenkt, andernfalls hätte sie die Katastrophe vielleicht kommen sehen. Immerhin hatte Kilian sonst niemanden und ohne die Einheit des Trios wurde er wieder gehänselt und verprügelt wie vor ihrer Gemeinschaft. Wie sagte man so schön? Liebe macht bekanntlich blind – und Alessia war niemals zuvor so glücklich gewesen wie zu dieser Zeit.

Liam und sie planten ihre Zukunft zusammen und sprachen von einem gemeinsamen Haus, Kindern und darüber, welche Ausbildungsstätte am nächsten lag, auf dass sie nicht so weit voneinander getrennt sein mussten. Immer mehr und mehr trat Kilian in den Hintergrund, denn selbst wenn sie etwas mit ihm unternommen hatten, gab es nur ihre Themen, ihre Berührungen, ihre Küsse ...

Ein dicker Kloß steckte urplötzlich in Alessias Hals und Tränen brachen sich Bahn. Rasch schob sie ihre rechte Hand vor den Mund, sodass kein Ton der Trauer entweichen konnte. Sie setzte sich. Plötzlich war sie wieder da, diese Dunkelheit, dieser tiefe seelische Schmerz, der so oft bei ihr anklopfte und um Einlass bat. Sie konnte einfach nicht vergessen, dass mit dieser Freundschaft in Wahrheit ihr tiefer Fall begonnen hatte. Ihr Leben hätte heute so anders aussehen können ...

Bitte ... bitte nicht schon wieder. Ich kann nicht mehr.

Das Atmen wollte ihr nicht gelingen, selbst als die bunten Bilder der Vergangenheit vor ihrem inneren Auge verblassten. Alessia sprang auf. Sie brauchte dringend eine Abkühlung. Also schritt sie zur Spüle und ließ kaltes Wasser aus dem Wasserhahn rinnen, um ihre Finger zu erfrischen und den Puls unter der zarten Haut der Handgelenke zu beruhigen. Der Gedanke, dass eine einzige Beruhigungstablette sie wieder in die richtige Bahn lenken könnte, keimte in ihr auf. Nur eine klitzekleine Pille würde schon nicht schaden … Mehrmals wusch sie sich ihr überhitztes Gesicht, als könnte sie all den Kummer im Nu wegwaschen und damit den neuerlichen Drang zur Droge.

»Mama? Geht es dir gut?« Wieder durchfuhr sie ein Schock und sie wirbelte herum. Erst die kindliche Stimme und die Kulleraugen ihres fünfeinhalb Jahre alten Sohnes brachten sie zur Besinnung. Sie fühlte sich, als wäre sie auf frischer Tat ertappt worden. Er war noch so klein und dennoch war die Besorgnis um sie immerwährend in seinem Antlitz abzulesen. Selbst in diesem zarten Alter war er so aufmerksam und sensibel, dass es nahezu beängstigend war.

Wundert es dich? Immerhin hat er dich vor knapp zwei Jahren bewusstlos mit weißem Schaum vor dem Mund auf dem Boden gefunden!

Die mentale Ohrfeige saß und beförderte einen Funken Disziplin ans Tageslicht. Mit aller Kraft, die sie aufbringen konnte, brachte sie ein klägliches Lächeln zustande. »Alles in Ordnung, mein Honigkuchen. Hab' ich dich geweckt? Das wollte ich nicht.«

Sorgenvoll strich sie ihm über das Haar und setzte ihm liebevoll einen Kuss auf die Stirn. »Aber sieh her, ich habe Toast gemacht. Hast du Hunger?«

Alessia konnte nicht vermeiden, dass etwas Wehmut in ihrer Stimme mitschwang, doch sie bemühte sich um Besserung. Es hatte lange genug gedauert, dass das Jugendamt und ihre Mutter ihr uneingeschränkten Umgang mit ihrem eigenen Kind zugestanden hatten. Und er war alles, was sie noch hatte – ihr Sonnenschein und der Mittelpunkt in ihrem Leben. Sie musste es ab sofort richtig machen und die Monate des Umzugs, in denen ihr Sohn aus seinen

Gewohnheiten gerissen worden war und verschiedene Ängste hatte ausstehen müssen, wiedergutmachen. Er sollte in einem wohlbehüteten Umfeld groß werden können. Sie wollte alles Negative hinter sich lassen und von Neuem beginnen – für ihn, aber auch für sich selbst. Das war sie ihnen beiden schuldig.

Pascal signalisierte mit einem Nicken, dass er etwas Essbarem nicht abgeneigt war. Deshalb ging sie zum Tisch, schob seinen Kindersessel zur Seite und lud ihn mit theatralischen Armbewegungen ein, sich zu setzen, woraufhin er freudig zu glucksen begann.

Noch die Kurve gekriegt!

Gleich machte sie sich daran, einen Teller für ihn anzurichten, auf dem sie Gesundes und Leckeres in Form eines Clowngesichts anordnete – alles schön in mundgerecht großen Häppchen, in der Hoffnung, er würde nicht nur die Leckereien verschlingen, sondern auch die verkappten Nährstoffhelden. Während Alessia einen Apfel zerkleinerte, zwang sich ihr die Frage auf, ob Kilian beim Begräbnis erscheinen würde. Immerhin war William Burrow sein Vater gewesen. Selbst wenn sie nicht im Guten auseinandergegangen waren, musste er doch so viel Anstand besitzen, um hier aufzukreuzen und ihm die letzte Ehre zu erweisen. Schließlich handelte es sich bei ihm um seinen einzigen nahen Verwandten.

Unweigerlich überlegte sie, ob sie ein Wiedersehen mit Kilian nun erhoffte oder doch eher fürchtete. Würde bei einer Begegnung alles wieder hochkommen?

Sie erwischte sich bei einem besonders boshaften Gedanken: Der einzige Grund, warum er womöglich hier aufkreuzen würde, war jener, zu erfahren, was er vererbt bekommen hatte. Sein Vater mochte zwar einen heruntergekommenen Eindruck gemacht haben, aber insgeheim war er vermögend und hatte zu Lebzeiten so viel erwirtschaftet, wie er nur konnte. Nicht umsonst hatte er einen sehr erfolgreichen und über die Grenzen der Region hinaus renommierten Tischlereibetrieb hinterlassen. Gewinne mussten gewiss regelmäßig eingetrudelt sein – zumindest wurde dies so unters Volk gestreut.

Kilian hatte bei seinem Vater das Handwerk erlernt, bevor er in einer Nacht- und Nebelaktion Albany verlassen hatte. Wohlgemerkt ohne auch nur eine Nachricht zu hinterlassen. Er hatte sich von niemandem verabschiedet und auch sonst keine Andeutung über sein Vorhaben wegzugehen geäußert – dennoch wollte nicht einer an höhere Gewalt glauben. Selbst wenn William Burrow offen über seinen einzigen Sohn gelästert und behauptet hatte, dass er die Satansbrut eigenhändig rausgeschmissen habe.

Alessia spekulierte allerdings, ob in Wahrheit nicht ein völlig anderes Ereignis der Auslöser war, der ihn zur Flucht gedrängt hatte. Ein Ereignis, dem auch sie beigewohnt hatte und das der Grund dafür war, warum sie Kilian nie im Leben verzeihen würde. Er war die Wurzel allen Übels und hatte ihre Träume für immer zerstört, hatte ihr alles genommen, was ihr jemals wichtig gewesen war. Dafür hatte er ihr etwas hinterlassen, das sie niemals vergessen lassen würde. Erneut wollte die Trauer sich in ihr hochkämpfen.

Wann hört das endlich auf?

Rasch besann sie sich darauf zu funktionieren, denn die letzten Paprikastreifen für Pascals Frühstücksteller sprangen nicht von allein an Ort und Stelle. Mit einem breiten, aufgesetzten Lächeln stellte sie ihre Kreation vor ihrem Sohn ab, der sie mit großen Augen anhimmelte. Liebevoll strich sie dem Kleinen durch die braunen Locken und fuhr ihm mit dem Zeigefinger über die Wange, was ihn noch mehr strahlen ließ. Wie sie so in seinen bildhübschen Augen versank, musste sie dennoch einen Kloß herunterwürgen, da diese einzigartigen Iriden sie an den größten Fehler ihres Lebens erinnerten.

5

KÄLTE AUS DER VERGANGENHEIT

Buffalo, New York

Kilian richtete sich ruckartig auf. Als ob er dem Ertrinken soeben entronnen wäre, schnappte er nach mehr Sauerstoff für seine Lunge, welche die Menge kaum verarbeiten konnte. Panisch wollte er von der Unterlage aufspringen – worauf auch immer er gebettet war – und nur seinem Fluchtinstinkt folgen. Die Angst saß in jedem Knochen, Angst vor diesem Schmerz, dem grellen Licht und der Gewissheit, sein letztes Stündchen habe geschlagen. Erst als seine Ohren einen schrillen Alarm ausmachten, wurde ihm bewusst, dass sein Ausbruch nicht unentdeckt bleiben würde. Er blickte sich um und erst jetzt konnten seine Augen die Informationen seiner Umgebung an sein Gehirn weiterleiten. Es sah aus, als befände er sich in einem Krankenhaus, also nicht im Casino oder gar vor dem Himmelstor mit Engelsgesang. Und das nervenaufreibende Piepsen war kein Alarm, sondern ging von einem Monitor aus, von dessen Kabeln er sich unbewusst losgerissen hatte.

Er tastete seinen Brustkorb ab und dieser hob und senkte sich wie es sein sollte. Kilian war somit am Leben und seine Kleidung, die nicht seine eigene war, war schweißdurchtränkt. Rasch löste er die Dioden, die an seiner Haut klebten, und lauschte, ob sich bereits unwillkommener Besuch ankündigte. Keine Sekunde später stürmte eine Krankenschwester in sein Zimmer und kam mit aufgerissenen Augen auf ihn zu. Sie schüttelte aufgeregt den Kopf.

»Mr Rolands, Sie jagen mir einen Heidenschreck ein! Zuerst sind Sie drei Tage nicht ansprechbar, liegen da wie im Koma – und nun reißen Sie alle Kabel ab. So, ich schalte das Gepiepe erst mal aus. Jetzt beruhigen Sie sich, damit ich Ihren Blutdruck messen und Sie untersuchen kann.«

Bevor er protestieren und erklären konnte, dass er Kilian Burrow heiße, rief er sich wieder in Erinnerung, dass er einen Ausweis mit sich spazieren trug, der auf den Namen Keith Rolands ausgestellt war. Noch dazu sollte er eigentlich seinen Geburtsnamen weit hinter sich gelassen haben. Viel zu lange war er nicht genutzt worden und verstaubte unter einem mentalen Spinnennetz aus unliebsamen Erinnerungen.

Dennoch mussten weitere Puzzleteile zusammengesetzt werden. Er verstand die Welt nicht mehr – was war da passiert? Diese merkwürdige, dunkelhaarige Schönheit … Was hatte sie bloß mit ihm gemacht?

»Wo bin ich und wie bin ich hierhergekommen?«, brachte er nur mühsam hervor und seine eigene Stimme erschien ihm fremd.

Seine Zunge war pelzig belegt und sein Mund ausgetrocknet. Die Krankenschwester, auf deren Namensschild *Ms Stacy Watson* abzulesen war, beäugte weiterhin seine Pulsmanschette.

»In Ihrer Krankenakte steht, dass Sie vor drei Tagen nach einem Kollaps im Seneca Buffalo Creek Casino in die Notaufnahme eingeliefert wurden. Sie befinden sich übrigens im Buffalo General Medical Center und standen die letzten Tage unter Überwachung.« Der Druck an seinem Oberarm ließ nach. »Hm, ihr Blutdruck ist noch immer etwas erhöht. Muss wohl die Aufregung sein …«

»Aber, was fehlt mir denn?«, unterbrach er sie ungeduldig und suchte in ihrem Blick nach irgendetwas, was ihm Aufschluss geben konnte. Immerhin waren drei Tage Bewusstlosigkeit nicht unbedingt wenig und sollte ihm seine Gabe nun einen Hirnschaden oder Tumor eingebracht haben, dann wollte er es jetzt sofort erfahren. Er war kein Mann für Nachrichten durch die Blume.

»Tut mir leid, da müssen Sie sich direkt beim Arzt erkundigen. Ich darf Ihnen dazu nichts sagen«, erklärte sie knapp und machte Anstalten zu gehen.

Kilian packte rasch ihr Handgelenk. Um ihr keine Angst einzuflößen, bettete er sie in eine Dimension, in der beruhigende Klänge einer Panflöte zu hören waren, und lächelte sie unschuldig an. Er ließ Wärme über sie gleiten, trotz der Kälte, die ihn selbst durchströmte. Eine Suggestion der Freundschaft sollte sie glauben lassen, er sei bereits über Monate auf der Station und sie hätten häufiger miteinander geplaudert. Und wie immer zeigte es Wirkung, da sie ihn nun vertrauensvoll anlächelte und ihm keck mit ihrer anderen Hand auf seine Finger, die sie festsetzten, klopfte. Kilian ließ daher vorsichtig von ihr ab und hielt sie nur mit seinem Blick gefangen.

»Du bist mir einer der liebsten Patienten hier, das muss ich dir lassen«, erwiderte sie schäkernd. »Auch wenn du ein bisschen vergesslich bist.« Sie lachte auf. »Dir kann man einfach keine Bitte abschlagen. Das müssen dir die Ärzte nach deinem langen Aufenthalt hier doch schon längst gesagt haben.« Sie atmete schwer aus. »Also gut – deine ersten Blutwerte sind beängstigend gewesen: erhöhte Blutsenkung, jegliche Mangelerscheinungen, eine reduzierte Anzahl von roten Blutkörperchen. Sogar deine Schilddrüsen- und Hormonwerte spielten verrückt. Die Parameter haben sich widersprochen und die Ärzte wussten nicht, wo sie ansetzen sollten. Um eine Fehlanalyse auszuschließen, haben sie eine zweite Probe entnommen. Es zeigte sich, dass dein Zustand sich zu stabilisieren schien, was gröbere Schäden ausschloss. Trotzdem behielten wir deine Ergebnisse im Auge, bis sie nicht mehr verdächtig waren.«

Die Schwester strich die Bettdecke glatt und stopfte eine Ecke des Lakens wieder unter die Matratze.

»Und, mein Lieber, dies war bereits nach achtundvierzig Stunden der Fall. Trotz allem wolltest du lange nicht aus dieser Bewusstseinsstörung aufwachen. Es stellte ein Mysterium für uns dar. Daher ist es natürlich eine Freude, dich eben ... ich meine vor ... ähm ...«

Offenbar bemerkte sie zu viele Widersprüche und geriet ins Stocken. Er musste sie erneut ablenken.

»Liebe Stacy, heißt das also, dass ich geheilt bin?« Er setzte sein verführerisches Lächeln auf. »Und meine überaus hübsche Krankenschwester nun nicht mehr um mich haben kann? Oder muss ich noch zu weiteren Untersuchungen und kann so länger deine Gesellschaft genießen?« Kilian packte all seinen Charme aus und zwinkerte ihr zu, während er diesmal nach ihrer Hand griff, um diese liebevoll zu streicheln. Sie wurde rot und blickte ihn verunsichert durch ihre langen Wimpern an.

»Ich muss gestehen, dass du leider kerngesund bist ... Noch einen Tag zur Beobachtung – dann wirst du wohl entlassen werden, wenn der Arzt grünes Licht gibt«, ließ sie mit einem Seufzen fallen.

Perfekt, so lange werde ich allerdings nicht warten.

Raffiniert zauberte Kilian eine männliche Stimme in ihr Ohr, die sie zu sich rief und somit aus dem Zimmer lockte. Diensteifrig wie sie war, verließ Schwester Stacy das Krankenzimmer.

Puh – endlich.

Die Manipulation war ihm ungemein schwergefallen und er merkte erst jetzt, dass er völlig erschöpft war. Dennoch konnte ihn nichts mehr in diesen nüchternen weißen, mit dem Geruch nach Desinfektionsmitteln erfüllten Räumen halten. Er wollte um jeden Preis hier raus und frische Luft einatmen. Nicht erst seit diesem Aufenthalt verabscheute er Krankenhäuser, die eine innere

Beklommenheit und das Gefühl, dass etwas mit einem nicht stimmte, heraufbeschworen. Zumeist fühlte man sich in einer Klinik automatisch kränker, als man tatsächlich war. Daher sah er keinen Grund darin, länger hier auszuharren.

Kilian schob sich aus dem Bett, ließ seinem Kreislauf einen Moment, um sich zu stabilisieren, und durchsuchte anschließend die nahestehenden Schränke nach seiner Kleidung.

Ungeduldig zog er den Anzug an. Er musste hier raus, bevor mehr Fragen zu seiner Person oder seinem Gesundheitszustand entstünden. Es reichte, dass die Krankenhausleitung eine horrende Summe von seiner Krankenversicherung fordern würde.

⁂

Als Kilian im Aufzug zu seinem Penthouse stand, blickte ihm aus der Spiegelwand ein Gesicht entgegen, das ihm glich und dennoch anders aussah. Misstrauisch lehnte er sich näher an die Spiegelfläche und traute seiner Wahrnehmung kaum. Wo waren denn über Nacht diese kleinen Fältchen in den Augenwinkeln hergekommen? Verunsichert strich er sich sein leicht gewelltes Haar aus dem Blickfeld und war schlagartig perplex ...

Sind das Geheimratsecken? Die hatte ich doch vorher nicht – oder doch? Mit fünfundzwanzig? Nein, nein – nein, so hatte das nie ausgesehen!

Kilian runzelte die Stirn und beäugte sich von allen Seiten. Er reckte das Kinn und versuchte unter wildester Gesichtsakrobatik weitere Absonderlichkeiten ausfindig zu machen. Der Liftboy schielte zu ihm herüber und seinem Gesichtsausdruck war deutlich anzumerken, was er davon hielt.

Okay – dreh jetzt nicht durch! Du bist nur übermüdet. Immerhin hast du drei Tage mit verrückten Blutwerten im Koma gelegen, nur weil dich diese Lady in Black für einen Augenblick berührt hat! Genau so war es und nicht anders.

Mit einem *Pling* öffnete sich die Tür des Lifts, als er in der einundzwanzigsten Etage stehen blieb. Der Liftboy schritt hastig beiseite und nickte Kilian mit einer betont eifrigen Geste zum Abschied, nicht ohne ihn noch einmal eines missbilligenden Blicks zu würdigen.

᚜᚛

Vigo hörte Siek am PC fluchen und richtete seine ungeteilte Aufmerksamkeit auf ihn. Ihre Spelunke in Portland war heruntergekommen und alles andere als einladend. Zu dritt teilten sie sich eine Wohnung, die gerade einmal groß genug für einen gewesen wäre. Sie lag im Nordwestbezirk der Stadt, nicht weit vom Industriegebiet entfernt. Muffig roch es und alles Lüften konnte nichts daran ändern, denn es waren Igors Ausdünstungen, die für diesen Mief sorgten. Jede freie Minute stählte er seinen Leib – mit der Körperpflege hingegen nahm er es nicht so genau. Womöglich waren aber auch die verfluchten Eiweißshakes an dem Gestank Schuld. Jeden Tag kippte er dieses Zeug in sich hinein, obwohl es bei dem Kraftprotz gar nichts mehr ausrichten konnte, weil es keine Fläche mehr gab, wo sich weitere Muskeln ansetzen könnten.

»Was gibt's denn, Siek? Hast du Neuigkeiten von unserem Kumpel?«, fragte Vigo beiläufig und erhob sich aus dem viel zu weichen, abgetakelten Sofa, dessen Nähte an verschiedenen Stellen aufgeplatzt waren. Den Fernseher ließ er unbeachtet laufen, die Talkshow war für ihn ohnehin mehr Geräuschkulisse als tatsächlich von Interesse. Träge schritt er in die offene Küche, das Glanzstück der Unterkunft. Dort hockte Siek in seinen Laptop vertieft auf einem Barhocker an der Theke, dem Ort, an dem er die meiste Zeit verbrachte. Nur hier durfte der Vierundzwanzigjährige, der ständig einen Glimmstängel im Mundwinkel hängen hatte, seiner Sucht frönen. Regelmäßig rastete Igor deshalb völlig aus, denn er war entschlossener Zigarettenverweigerer und lebte mit zwei Kettenrauchern unter einem Dach. Um etwas Frieden in die Wohngemeinschaft zu bringen, hatten sie sich darauf geeinigt, die Küche als Raucherzone festzulegen und die Fenster vierundzwanzig Stunden am Tag sperrangelweit geöffnet zu halten. Doch dieses Thema brachte die Gemüter immer wieder zum Brodeln, denn weder der muskelfütternde Igor noch der auf Lungenkrebs hinarbeitende Siek wollten sich wirklich in Toleranz üben.

Der junge, wasserstoffblonde Hacker mit Irokesenschnitt löste nicht eine Sekunde den Blick von seinem Lieblingsspielzeug. Er tippte so schnell, dass einem allein beim Zusehen schon schlecht wurde. Mit seinen Computerfähigkeiten rang der Jungspund Vigo äußersten Respekt ab, zudem schätzte er ihn für seinen unermüdlichen Einsatz, wenn es darum ging, neue Coups, wertvolle Gegenstände oder gesuchte Personen ausfindig zu machen.

»Bingo, da ist die Ratte! Nun haben wir seit langem wieder eine Spur«, brüllte Siek übermütig, sodass Vigo kurz zusammenzuckte. Offenbar war der Jüngling so in seine Arbeit vertieft, dass er Vigo nicht hatte kommen hören. »Oh – sorry, da steckst du«, nuschelte der Computerfreak und ließ den Glimmstängel dabei wild im Mundwinkel tanzen. Glühende Asche rieselte auf die bereits geschädigte Arbeitsplatte und Vigo schnaufte, weil es wieder an ihm hängen bleiben würde, die Theke zu säubern. Obwohl ein ordentlicher Nackenklatscher sicher wirkungsvoller gewesen wäre, räusperte Vigo sich lediglich, um seinen Mitbewohner auf seine Unachtsamkeit hinzuweisen, und versuchte, aus den verschiedenen Textfenstern, die gleichzeitig auf dem Bildschirm geöffnet waren, schlau zu werden.

»Und was sehen wir da?«, fragte er skeptisch – für ihn war alles, was er sah, kryptisch.

Siek deutete auf eine Krankenakte auf dem linken Bildschirmrand, die den Namen Keith Rolands trug. »Ich verwette meinen Arsch, dass das Kevin ist. Selbes Geburtsdatum und dieselbe Blutgruppe – so selten wie die ist, kann das kein Zufall sein.«

Aus dem Wohnzimmer war lautes Schnaufen zu hören. Nicht einmal solche Neuigkeiten hielten Igor davon ab, seinen Körper mit Liegestützen und sonstige Leibesertüchtigungen zu trimmen.

Vigo stöhnte lautstark auf. Dann wanderte sein Blick wieder auf den Bildschirm und studierte abermals die geöffneten Fenster darauf. Er massierte sich sein geschorenes Haupt. Beinahe hätte er seine bereits derangierten Nägel noch kürzer genagt, doch im letzten Moment konnte er dem Impuls widerstehen.

»Wie willst du nur mit dem Datum und der Blutgruppe ausmachen, dass das ausgerechnet Kevin ist? Die Akte stammt aus dem Bundesstaat New York – das ist fast am anderen Ende der Welt. Kannst du mir das mal erklären, du Schlaumeier?«

Siek wandte sich langsam zu ihm um und Vigo konnte deutlich in seinem Gesicht ablesen, wie er sich über diese Äußerung ärgerte. Mit einer Mimik, die verraten sollte, dass er es nicht böse gemeint hatte, versuchte er Siek milde zu stimmen. Der Grünschnabel war auch ohne Blutsverwandtschaft wie ein Sohn für ihn, selbst wenn in dessen Adern Armyblut floss und seine Disziplin oftmals zu wünschen übrig ließ. Während der Nerd, ganz in der Manier eines verwöhnten Söhnchens aus reichem Hause, beschlossen hatte, lieber die Schule an den Nagel zu hängen und als Punk *Anarchie* an die Wände zu kritzeln, war Vigo selbst in einer mittelgroßen Stadt der Ukraine dahinvegetiert und froh darüber, noch alle Gliedmaßen zu besitzen.

»Ganz einfach, Boss, weil ausgerechnet dieser Keith Rolands einen Flug für morgen nach Albany in Oregon gebucht hat. Klingelt es da bei dir?«

Vigo war abermals beeindruckt, denn der kleine Klugscheißer hatte mehr Grips als er und Igor zusammen, daher verstand er meist nur Bahnhof. Dennoch musste er ihn nicht noch in dieser Überzeugung bestärken. Immer öfter übertrat er verbal die Grenze seiner Unantastbarkeit in diesem Team – und damit lebte der Computerfreak gefährlich, denn dies könnte ihn in einer unkontrollierten Sekunde selbst neben Vigo, der dieses überhebliche Getue hasste, das Leben kosten. Mit einem scharfen Blick, der eine eindeutige Warnung darstellte, sah er Siek an.

»Also *die* Stadt, wo Kevin angeblich her ist? Und das ist alles?«, erkundigte Vigo sich genervt und griff nach den Zigaretten in der hinteren Hosentasche seiner Jeans, um sein Gemüt zu beruhigen.

»Nei-en«, zog Siek das Wort unnötig in die Länge. »Es ist nicht nur die Stadt, in der er angeblich geboren wurde, sondern auch jene Stadt, wo ein William Burrow am Freitag beerdigt werden soll. Und damit du mir folgen kannst …« Diesmal vergrößerte er auf dem Bildschirm eine Todesanzeige parallel zu einer Hochzeitsurkunde. »Er war verheiratet mit einer gewissen Daisy Samples.«

Vigo fiel die Zigarette aus dem Mund, er konnte sie gerade noch auffangen, bevor sie zu Boden fiel.

»Bljad!«, fluchte er und steckt sich den Finger in den Mund, den er sich an der Glut verbrannt hatte. »Du meinst, das ist Kevin Samples' Mutter? Er hat ihren Mädchennamen angenommen und geht nun auf das Begräbnis seines Vaters?« Eine innere Unruhe stieg in ihm auf, denn er hatte den Eindruck, zurück auf die Straße der Sieger zu gleiten.

»Sie hat genau an dem Tag einen Sohn geboren, an dem Kevin geboren ist. Hier steht zwar Kilian und nicht Kevin in der

Geburtsurkunde, aber das muss ja nichts heißen. Vielleicht hat er den Namen geändert.« In Sieks Augen flackerte kurz Unsicherheit auf, womöglich aus Sorge, wie sein Gegenüber mit dieser Diskrepanz umgehen könnte. Doch rasch straffte er den Rücken. »Ich bin zwar nicht Sherlock, aber es gibt zu viele Indizien, die kein Zufall sein können. Immerhin liefen meine Programme auf Hochtouren, um solche Fakten zu finden, und ich hab' alles verglichen. Ist ja nicht weit weg – lass uns zu dem Begräbnis fahren, vielleicht finden wir was.«

Vigo betrachtete den jungen Burschen und klopfte ihm zustimmend auf die sehnige Schulter. Er war stolz auf diesen Haufen Gehirnschmalz, der ihn seinem Ziel näher brachte.

6

UNGELIEBTE HEIMAT

Kilian zog sich die Kapuze tiefer ins Gesicht. Obwohl er eine große, schwarze Sonnenbrille trug und sich seit damals verändert hatte, wollte er um keinen Preis auf offener Straße erkannt werden. Der Teufel schlief bekanntlich nicht. Womöglich lief er ausgerechnet jemandem in die Arme, der ihn nach all den Jahren dennoch auf Anhieb identifizierte. Und unter freiem Himmel bei so vielen Passanten und beweglichen Objekten war eine Manipulation – durch eine Verlagerung der Dimensionen und das Einschieben von Ebenen – schwerer zu bewerkstelligen. Noch dazu musste er nicht unbedingt so viel Energie verschwenden, wenn es auch einfacher ging.

Kilian hatte mit der 50.000-Seelen-Stadt abgeschlossen – Albany, seinem Geburtsort und dem Beginn allen Übels. Es war ein ungewohntes Gefühl, wieder mit einer etwas weiteren, leicht zerrissenen Jeans und luftigen Sneakers unterwegs zu sein, aber es war viel bequemer als der seriöse Stil, den er sich in seinem neuen Leben zugelegt hatte, der hier vollkommen deplatziert wäre. Dennoch konnte er sein Faible gegenüber teurer Kleidung nicht ignorieren, was auch heute dazu führte, dass jedes Stück, das er trug, aus dem Hause eines renommierten Labels stammte.

Auf dem Weg zum Anwalt blickte er sich auf den Straßen um. In den letzten Jahren hatte sich nicht viel verändert und die Stadt war zu Frühlingsbeginn unbestritten hübsch anzusehen. Die Alleen voller blühender Bäume und Sträucher fehlten ihm im trostlosen

Grau der Großstadt. Erst jetzt, nach so vielen Jahren, wurde ihm diese Tatsache bewusst – oder überkam ihn soeben Melancholie?

Es ging wesentlich ruhiger zu als in Buffalo. Kein lautes Hupen der Taxifahrer, die im Stau feststeckten, keine hastenden Passanten, die noch rasch den Bus erreichen wollten und dabei die Hälfte ihres Kaffees verschütteten. Das Leben hier war eindeutig entschleunigt. Auch die Luft war deutlich besser, es fehlten die aufdringlichen Gerüche, die Buffalos Straßen verpesteten, selbst die Gehsteige schienen sauberer zu sein und die Bäume und Wiesen grüner als in den künstlich angelegten, gezüchteten Parks in der Metropolregion.

Kilian kam unweigerlich seine Kindheit in den Sinn, in der er oft diese Straßen entlanggelaufen war und Schutz in den kleinen Läden gesucht hatte, weil ihn wieder eine Horde Mitschüler verfolgt hatte. Sie hatten es damals besonders lustig gefunden, das mutterlose Weichei zu triezen. Unweigerlich keimte Wut in ihm auf: über die Menschen, die Andersartigkeit herabwürdigten und sich auf dem Rücken Schwächerer profilierten. Das würde er sich nie wieder gefallen lassen.

Nur noch wenige Schritte und er hatte sein Ziel erreicht. Obwohl das Gebäude unscheinbar war, stellte es mit seinen übergroßen Fenstern und der leuchtend gelben Fassadenfarbe das Highlight der Straße dar. Kilian lugte kurz über den Rand seiner Sonnenbrille, fand den Namen des Anwalts am Türschild und betätigte die Klingel.

ॐ

»Mr Burrow, wie ich vom Nachlassgericht vernommen habe, sind Sie der einzige Erbe des Verstorbenen«, eröffnete der Anwalt das Gespräch und Kilian war erstaunt über seine hohe, sehr dünne Stimme.

Jedes Mal, wenn er seinen Geburtsnamen hörte, verkrampfte sich sein Magen. Sofort wurde er überwältigt von all den unliebsamen Erinnerungen an sein Elternhaus und er wurde nicht nur unruhig, sondern der verdrängte Unmut kroch in ihm hoch. Als er die Todesanzeige gelesen hatte, hatte er die Zeitung nicht nur einmal wieder aus dem Mülleimer herausgefischt und er verfluchte sich nun selbst, überhaupt den Gedanken gehegt zu haben, nach Albany zurückzukehren. Der Irrsinn musste ihn geritten haben.

Als er vor sechs Jahren aus seinem Elternhaus geflohen war, hatte er aus jugendlichem Leichtsinn heraus den erstbesten Namen angenommen, der ihm einfiel: den Geburtsnamen seiner Mutter. Für ein kleines Vermögen hatte er sich einen Pass fälschen lassen und aus Kilian Burrow wurde Kevin Samples. Damals kostete es ihn Überwindung, heute wechselte er seine Namen wie seine Hemden, ohne dabei das Geringste zu empfinden. Nun wieder in seine tatsächliche Existenz zu schlüpfen, kam ihm vor, wie eine zu eng gewordene, modrige Haut überzustülpen. Viel zu viel war passiert und die Geschehnisse hatten aus ihm einen vollkommen neuen Menschen geformt. Ganz abgesehen davon, wollte er auch nicht mehr in die alten Fußstapfen passen. Er war stolz darauf, dass er seinen Weg allein gemeistert hatte und inzwischen wie Gott in Frankreich lebte.

»Ich muss Ihnen leider mitteilen, dass Ihr Vater all seine Ersparnisse an folgende wohltätige Organisationen gespendet hat: Volunteers of America, American Cancer Society, Greenpeace ...« Das Männchen getraute sich nicht, ihm in die Augen zu schauen.

Kilian unterbrach den Anwalt, indem er so abrupt aufstand, dass der gepolsterte Armlehnstuhl zurückfuhr, und wandte sich zum Gehen.

Das muss ich mir wirklich nicht anhören.

War es nicht genug, dass sein Vater ihn zu Lebtagen bereits verabscheut hatte, musste er ihn sogar aus dem Grab heraus verhöhnen? Dieses spießige Büro mit seinem altmodischen, aus dunklem Holz gefertigten Mobiliar engte ihn ein. Noch dazu war es muffig hier, als ob die Tätigkeit des Fensteröffnens nicht auf dem Arbeitsplan erschienen wäre.

»Moment! Warten Sie! Ich bin noch nicht fertig.«

Misstrauisch blickte Kilian über die Schulter zu dem hageren Advokaten. Seine kleine, runde Lesebrille saß ganz vorn auf der Nasenspitze und die wenigen dunkelgrauen Haare bedeckten nur spärlich die kahlen Stellen seines Kopfes. Wenn er den Mann mit einem Tier vergleichen müsste, wäre es wohl die Spitzmaus geworden.

»William Burrow hat Ihnen persönlich einen Brief hinterlassen. Darin befindet sich ein Dokument ...« Devot sah er Kilian an und wies mit einer abgehackten Handbewegung auf einen bräunlichen Umschlag. »Der Übertrag seiner Tischlerei auf Ihren Namen sowie die Schlüssel zu allen Gebäuden. Ihr Vater hat vor seinem Tod veranlasst, dass Sie im Grundbuch als Eigentümer eingetragen werden. Ich denke nicht, dass Sie diese Erbschaft ... wirklich ablehnen wollen – oder doch?«

In Kilians Kopf ratterte es. Er konnte nicht fassen, dass sein Vater ihm, nach seinem turbulenten Verschwinden, ausgerechnet sein Heiligtum überschrieben hatte. Er war eigens angereist, um laut ausgesprochen zu hören, dass er nichts – absolut nichts – Wertvolles erben würde, doch in diesem Moment wurde er eines Besseren belehrt. War sein Vater in seinen letzten Stunden senil gewesen? War es der Wahnsinn, der ihn überkommen hatte, oder woher rührte diese plötzliche Großherzigkeit? Das alles konnte nicht mit rechten Dingen zugehen. Kilian spürte einen Stich im Herzen, Sehnsucht, Traurigkeit. Gefühle, die er längst vergessen geglaubt hatte und die seiner Seele nun zusetzten. Dabei hatte er die letzten Jahre außer Hass nichts für seinen Vater empfunden.

Ein paar Sekunden blieb er wie angewurzelt stehen und überlegte. Was sollte er mit dieser alten Fabrik überhaupt anfangen? Womöglich wäre ein Verkauf die einzige Möglichkeit, noch etwas Geld dafür herauszuschlagen.

»Ich müsste Ihnen jedoch die Bedingungen hinter der Übernahme darlegen ...«, fuhr der Anwalt diensteifrig fort. Kilian zog die Augenbrauen in die Höhe.

War ja klar! Scheiß einfach drauf, das hast du nicht nötig!

Doch seine Neugier war hartnäckiger.

»Und die wären?«

Als Kilian in der Kanzlei erfahren hatte, dass sein Vater an einem Herzinfarkt verstorben war, flammte noch einmal alter Zorn in ihm auf.

Geschieht dir absolut recht!

Doch als er dann den Schlüssel zur Werkstatt in den Händen gehalten hatte, war dieses Gefühl mit einem Schlag verflogen. Das beklommene Ziehen in der Brust war zurück, durch das er sich klein und ungenügend gefühlt hatte. Zusammen mit dem ständigen Wunsch nach Akzeptanz und Liebe, der in keinem Zentimeter seines Heims Erfüllung fand.

Jetzt drehte er verbissen den Schlüssel zum Eingang der Tischlerei im Schloss, um das allzu bekannte *Klick* zu erzeugen. Sein Mund wurde trocken. Die Erinnerungen überschwemmten ihn beim Öffnen und rissen ihn beinahe von den Füßen. Die knarrende Holztür gab den Weg frei zum Reich der Kunstwerke und -schätze seines Vaters, der so viel Liebe in Details gesteckt hatte.

Es war für Kilian unmöglich, nicht daran zu denken, wie lange er seinen Vater oftmals beim Schmirgeln und Schleifen beobachtet hatte, einer Mühe, um Perfektion ein neues Maß zu geben. Wenn William etwas konnte, dann aus einfachem Holz ein kunstfertiges Edelstück der Meisterklasse entstehen zu lassen.

Kurz ertappte sich Kilian dabei, dass seine Augen vor Zorn feucht wurden, als er die Tür hinter sich schloss und an den alten Werkbänken entlangspazierte.

Die Tischlerei befand sich in einer großen Halle mit hoher Decke. Die Wände waren gespickt mit Haken, Tausenden von Fächern für Werkzeuge und kleinen Schublädchen für Hilfsmittel wie Schrauben, Nägel und Dübel. Der Boden war noch mit Sägemehl und Spänen bedeckt, wenngleich sein Vater immer sehr pedantisch arbeitete. Unzählige Kreis- und Bandsägen reihten sich aneinander, Hobelbänke und Schraubstöcke standen mittig platziert und an einem Gestell neben einer meterlangen Werkbank hingen Schraubzwingen verschiedenster Größe. Diese Stätte stellte das ganze Lebenswerk seines Vaters dar. War er zu Kilian auch hart gewesen, in diesen Mauern steckte viel Liebe und in jedem seiner Werkstücke Herzblut und Leidenschaft.

Tief atmet Kilian ein, er mochte diesen unverkennbaren Geruch nach Holz. Diese süßliche Note, die Kilian als außerordentlich angenehm empfand, hing sogar in den kleinen, kaum zugänglichen Spinnennetzen und brachte Erinnerungen empor, die er nur schwer bewältigen konnte.

William Burrow hatte direkt angrenzend eine Halle für kleine Massenanfertigungen eingerichtet, den Rest baute er als Exklusivware ausschließlich nach Auftrag mit den geschicktesten Tischlern, die im Umkreis von dreihundert Meilen zu finden waren. Nur wenn er bei der Endabnahme hundertzwanzigprozentig zufrieden war, bekam das Unikat das hauseigene Logo eingebrannt und wurde an den Kunden ausgeliefert. Selbst wenn dieser im Notfall zeitlich vertröstet werden musste, so war das Staunen und das Glück, den realisierten Auftrag in Empfang zu nehmen, so bemerkenswert groß, dass es ihm in all den Jahren nie jemand krummgenommen hatte. Auch der horrende Preis war, kaum hatte der Kunde das Kunstwerk in Augenschein genommen, plötzlich vergessen.

Sein Vater war in dem Beruf – so musste Kilian unweigerlich zugeben – ein Meister der Sonderklasse, an den er wohl nie herangekommen wäre. Obwohl gewiss nicht wenig Talent in ihm selbst schlummerte und nur hätte freigelassen werden müssen. Doch der Blick empor zu seinem perfektionistischen Vater, gepaart mit der Angst zu versagen, machte jedem noch so kreativen Fünkchen den Garaus. Unter den strengen Augen des Meisters hatten schon so simple Tätigkeiten, wie das Holz mit Schleifpapier oder Hobel zu bearbeiten, Stresspusteln sprießen lassen.

Wehmütig strichen seine Finger über die Werkzeuge und eine noch unfertige Kommode aus exotischem Holz. Zarte Späne blieben an seiner Haut haften. Er konnte nicht anders, als in die Hocke zu gehen, um sie eingehend zu bewundern. Wenn sein Vater doch nur einmal so viel Liebe und Zeit in ihn gesteckt hätte wie in seine Handwerksarbeiten. Stattdessen hatte er in ihm nur das Übel gesehen, das Schuld am Tod seiner Frau trug. Kann das Kind etwas dafür, wenn seine Mutter bei der Geburt in ihrem eigenen Blut ertrinkt? Dass jegliche Blutkonserven und Wiederbelebungsversuche kläglich scheitern? Je mehr ihn die Gedanken zu ertränken drohten, dieser gierige schwarze Schlund gebaut aus Trauer, Wut und Zorn nach ihm rief, umso mehr besann er sich selbst darauf, dass er über den Dingen stehen musste.

Sein Vater hatte durch Disziplin und Strenge versucht, Ehrgeiz in ihm zu schüren, dabei hätte Kilian sich schon geliebt gefühlt, wenn er ihm von seinen täglichen Hänseleien in der Schule hätte berichten können. Ein paar liebe, verständnisvolle Worte und gelegentlich eine innige Umarmung hätten geholfen, über viele Dinge hinwegzusehen. Doch so hatte Kilian sich bemüßigt gefühlt, sich seine Aufmerksamkeit anderweitig zu holen ...

Das Knarzen eines Dachbalkens rief ihm den letzten Streit mit seinem Vater ins Gedächtnis. Damals hatte dieser hinter der knarrenden Schranktür Killians geheimes Versteck mit all seinen Diebesgütern gefunden und es brach aus William heraus, was für eine Satansbrut sein Sohn sei. Seit dem Moment, in dem er unvorhergesehen Zeuge von Kilians Gabe geworden war, hatte er Angst vor ihm gehabt und diese als untrügliches Zeichen dafür betrachtet, dass Kilian nicht natürlichen Ursprungs sein könne – schlimmer noch: Er leugnete fortan, sein Vater zu sein. Zumindest die Ehre seiner Mutter hatte er bei seinem Ausbruch nicht verletzt ... Dann hätte Kilian wohl nicht mehr an sich halten können. Jedoch hielt er Kilians Andersartigkeit für den Grund, aus dem seine geliebte Frau ihr Leben hatte lassen müssen.

Dieser Vorwurf saß tief – so tief, dass Kilian sogar in diesem Augenblick den Dolch der Kränkung im Herzen spürte. Unwillkürlich ballte er seine Hände zu Fäusten und fühlte, wie sich winzige Holzspäne in seine Haut drückten. In seinem Inneren tobte ein Orkan, geformt aus den wütenden Worten, die sein Vater ihm am letzten Abend im Elternhaus an den Kopf geworfen hatte.

Er liebte seine Mutter, selbst wenn er niemals die Möglichkeit bekommen hatte, sie näher kennenzulernen. Sein Vater hatte kein Recht dazu, ihn für ihren tragischen Tod verantwortlich zu machen.

Kilian blickte auf die Wandvorrichtung hinter dem edlen Werkstück, an der verschiedene Werkzeuge angebracht waren. Ordentlich aufgereiht und nach Größe sortiert hingen sie penibel gereinigt und in exakt gleichem Abstand nebeneinander. Mittig war der Hammer angebracht. Er stach mächtig und unbezwingbar zwischen den anderen Utensilien hervor. Alles hatte seine Zugehörigkeit, seine Funktion und alles aus seinen Händen hatte stets zur Vollkommenheit geführt. Bis auf sein Sohn ...

Mit einem Mal war es genug. Kilian fasste nach dem Werkzeug, genoss das mächtige Gefühl des kühlen Griffes zwischen seinen Fingern und holte mit Schwung aus. Mit voller Kraft hieb er direkt auf das unfertige Kunstwerk vor sich ein. Es splitterte, Einzelteile barsten durch die Luft.

Er fühlte sich lebendig. All der Zorn der vergangenen Jahre entlud sich in diesem einen Schlag. Das Metall traf auf das exotische Holz, bohrte sich durch die Oberfläche und es hinterließ ein tiefes Loch.

Schwer atmend zog er den Hammer aus dem Holz und ließ ihn abermals niederfahren. Das Geräusch von Chaos und Zerstörung erhellte sein Gemüt. Mit jedem Schlag, der auf das liebevoll handgefertigte Möbelstück traf, gab Kilian seiner Enttäuschung, seiner Wut und seinem Hass Raum. Mit jedem Hieb verlor das Kunstwerk seines Vaters mehr an Form und Perfektion. Wie ein Befreiungsschlag von all den Wunden, die sein Vater ihm verursacht hatte, war dieser Vernichtungsrausch.

Siehst du das, Vater? Auch deine letzte Schöpfung hast du vergeigt!

Als sein Arm müder wurde und selbst mit Hilfe der zweiten Hand an dem Gerümpel vor ihm nicht mehr viel auszurichten war, ließ er den Hammer achtlos zu Boden fallen. Er rang nach Luft, war außer Atem und Schweiß lief ihm über die Brust.

Mit beiden Händen strich er sich das Haar zurück. Er zweifelte plötzlich daran, ob er sich nun tatsächlich besser fühlte.

Erschöpft griff er in seine Seitentasche und tastete nach dem Umschlag mit dem persönlichen Brief, der ihm vom Anwalt zu guter Letzt doch noch übergeben worden war. Achtlos hatte Kilian ihn in der Mitte geknickt, damit er in die Tasche im Innenfutter seiner Jacke passte. Die Ecken des edlen Kuverts waren eingedrückt.

Einmal atmete er tief ein und schwer wieder aus. Der Inhalt – jedes einzelne Wort – würde eine Anklage sein, davon war er überzeugt. Kilian wusste, egal was auf diesem Papier festgehalten war, er würde es niemals wieder vergessen.

ALTE WUT

Liam stieß ungeduldig die Luft aus, als sich die blonde Schönheit lasziv und splitterfasernackt auf seinem Laken räkelte. Der Duft ihrer schweißtreibenden Vereinigung hing so schwer und greifbar im Raum, dass sie mit einem Schwert hätte geteilt werden können. Drei Orgasmen waren der unersättlichen Lady wohl noch immer nicht genug, oder war es für eine Frau besonders reizvoll, wenn man von Anfang an klarstellte, dass man kein Interesse an etwas Festem hatte? Nach vier Jahren lediglich lockerer Bekanntschaften, gewann er langsam den Eindruck, dass exakt diese Wortwahl bei vielen den Jagdtrieb regelrecht ankurbelte.

Generell wollte diese Kimberly keinen weiteren Zugang zu seinen Shorts, sondern zu seinem Bett und geschundenen Herzen. Offenbar zählte sie zum Typ Frau, der bei jedem heiratswütigen Junggesellen Reißaus nahm und es ausgerechnet bei ihm, einem eingeschworenen Single, darauf anlegte, sesshaft zu werden. Vielleicht sollte er es zur Abwechslung mal auf die Egotour versuchen. Also einfach eine Frau abschleppen und sie erst danach unerklärter Dinge abservieren? Was sonst musste er noch tun, um seinen Standpunkt klarzumachen?

Es nervt eindeutig! Ich will nur meine Ruhe haben.

Nur mit seiner Jeans bekleidet, warf er Kimberly vom Bettende aus einen Blick zu, der ihr eindeutig zu verstehen geben sollte: *Raus hier, ich bin fertig.*

Doch selbst seine vor der Brust verschränkten Arme und der grimmige Ausdruck hielten sie nicht davon ab, stärkere Kaliber aufzufahren. Sie sah ihn anzüglich an, beobachtete ihn durch die langen Wimpern und ließ dabei ihre Hände lasziv über ihre perfekt geformten Brüste streichen. Sie streckte ihr Kreuz gekonnt durch, was ihren reizvollen Körper noch mehr zur Geltung brachte. Unschuldig befeuchtete sie sich dabei ihre wundervollen Lippen, an denen er gern die ganze Nacht hindurch gehangen hatte. Gekrönt wurde das filmreife Schauspiel noch mit einem hauchzarten Stöhnen, das ihr rein zufällig aus dem Mund rutschte.

Liam seufzte lautstark, dieses Exemplar machte es ihm besonders schwer. »Hey, sorry, aber du musst jetzt gehen. Mein Dienst beginnt in ein paar Stunden. Ich muss jetzt echt schlafen. … Komm schon, wir hatten doch unseren Spaß.« Er stemmte die Hände in die Hüfte.

Es juckte Liam in den Fingern, ihr den Weg zur Tür in Erinnerung zu rufen, doch das war nicht sein Stil. Egal, wie er sie in dieses Bett gebracht hatte, es war schön gewesen und sie war auch nur eine Frau, die gern mehr vom Kuchen wollte, von dem sie bereits genascht hatte.

»Aber ich sehe hier kein Problem, Schätzchen. Leg dich einfach zu mir, ich wärme dich und wir holen zusammen den Schlaf nach«, säuselte sie verführerisch und vollzog kreisende Bewegungen mit einer Hand auf der Matratze neben sich.

Unwillig schritt Liam am Bett entlang, raffte BH, Slip und ihr violettes Minikleid zusammen und warf ihr die Klamotten demonstrativ entgegen.

»Wir wollen es doch beide als unvergessliche Nacht in Erinnerung behalten, oder? Ich schlafe immer allein und fange bei dir nicht an, meine Gewohnheiten zu ändern. Also raus jetzt!«

Er verabscheute es, so überaus deutlich werden zu müssen, aber dieses Frauenzimmer schien es anders nicht zu verstehen.

In Gedanken war er bereits bei der Shadow-Akte und Alessia, als er bemerkte, dass Kimberly sich noch immer nicht rührte. Er packte sie am Arm und zerrte sie aus dem Bett. Mit ausgestrecktem Arm wies er in Richtung Ausgang.

Wutschnaubend und mit entrüstetem Gesichtsausdruck stieg seine Liebschaft in ihre Sachen. Den Slip überstreifend fluchte sie noch vor sich hin: »Ein wenig Kuscheln und Plaudern bedeutet nicht gleich, dass ich einen Heiratsantrag will, du Arsch!« Dann verschwand sie aus der Wohnung. Der Knall der Tür hallte noch nach.

Liam seufzte in sich hinein und fragte sich, warum es immer so enden musste. Konnte es nicht einmal unkompliziert laufen? Er zehrte einfach an der Nähe, dem Sex, dem Geruch und Geschmack von Frauen, aber das Letzte, was er wollte, waren Ladys mit Besitzansprüchen, Sehnsüchten, Träumen – und das sagte er klipp und klar von Anfang an. Bevor er bereit war, mehr von sich zu geben, musste er Alessia vollends überwunden haben.

Kaum war die Eroberung verschwunden, klopften neuerlich die Erinnerungen bei ihm an, an eine Zeit, in der er so wie jetzt bis zum späten Morgen mit Alessia im Bett verbracht und sie ihn mit Frühstück verwöhnt hatte. Ihr Strahlen hatte ihn jedes Mal verzaubert. Er hatte keine einzige Sekunde daran gezweifelt, dass er den Rest seines Lebens mit dieser Frau verbringen wollte, die er mit jeder Faser seines Körpers begehrte. Keine andere hätte ihm auch nur schöne Augen machen können. Noch immer hallte ihr Lachen durch seinen Kopf und ihre vergnügliche Art ließ ihn vermissen, was sie ihm heute schlichtweg nicht mehr geben konnte. Die Anziehungskraft zu ihr war ungebrochen, trotz ihrer Probleme und trotz allem, was ihre Liebe zerfressen hatte. Es rammte ihm erneut einen Dolch ins Herz, wenn er an die letzten Jahre dachte. Immerhin waren sie knapp sechs davon liiert gewesen. An seinem einundzwanzigsten Geburtstag musste er diesem lang gehegten Traum – dass ihre Liebe ein Leben lang halten würde – ein Ende bereiten. Nach nur einem Jahr Ehe. Einer Ehe mit einem dunklen Geheimnis, das wie ein Geschwür wuchs und gedieh, nur um sie langsam aber sicher von innen heraus zu zerfressen und als unglückliche Hüllen zurückzulassen.

Liam massierte sich die Schläfen und versuchte so die leidvollen Gedanken zu besänftigen. Es kam ihm vor, als wäre es erst gestern gewesen, dass er miterleben musste, wie Alessia mehr und mehr abstürzte und sich mit Tabletten und Alkohol vollgedröhnt hatte. Wie er gezwungen gewesen war, sie aufgrund seines Berufes anzuzeigen und sie vor seinen Augen einen Nervenzusammenbruch erlitt. Dann folgte ihr zum Glück gescheiterter Selbstmordversuch, bis sie endlich einlenkte und freiwillig in eine Entzugsklinik ging. Nie würde er vergessen, wie er vergebens darauf gewartet hatte, dass sie den Hörer abnahm, und er sie dann mit Schaum vor dem Mund am Küchenboden liegend vorgefunden hatte.

Liam fühlte sich schuldig, er fühlte sich verantwortlich dafür, was aus seiner bezaubernden Alessia geworden war. Doch hatte er eine andere Wahl gehabt in Anbetracht ihrer offensichtlichen Lüge? Einer Lüge, die sie in vollem Bewusstsein in die Ehe mitgeschleift hatte? Zusammen mit dieser geheuchelten, falschen Liebe, von der sie sogar immer noch behauptete, sie zu empfinden.

Schluss damit!

Um diesem ewigen Gedankenkarussell zu entfliehen, robbte er zum Nachtkästchen, auf dem die Shadow-Akte lag. Dieser Fall bohrte sich genau wie die Erinnerungen an Alessia in seine Gedanken, dennoch bevorzugte er ihn, weil es *seine* Wahl war, sich damit zu beschäftigen. Er holte tief Luft und mit dem Ausatmen stieß er jegliche Partikel der Vergangenheit aus. Und mit ihnen sämtliche Emotionen, um funktionieren zu können.

Liam knetete sein Ohrläppchen zwischen Zeigefinger und Daumen, während er die abgenutzte Schutzhülle zu dem Stapel der Unterlagen öffnete. Obenauf lagen Fotos der Überwachungsbänder. Auf den ersten Blick konnte man nichts darauf erkennen, sie waren körnig und unscharf. Bei genauerer Betrachtung sah man jedoch auf einem Bild so etwas wie Nebel, der in Form eines Menschen mitten im Raum stand. Es war das einzige Foto, auf dem etwas Merkwürdiges zu erkennen war. Alle anderen Bänder waren wie von Geisterhand bei einem Standbild hängengeblieben.

Liam betrachtete die verschiedenen Unterlagen. Keiner der Einbrüche und Diebstähle war am selben Ort, mal waren es Banken, mal Museen, dann wieder Privathäuser und Lagerhallen – ein Muster war für ihn nicht zu erkennen. Als die Bande – einen Einzeltäter schlossen sie aus – sich damals von Oregon auf die größeren Fische in Los Angeles und Umgebung konzentriert hatte, waren seinem Büro die Hände gebunden. Zwar hatte er sich in seinem Department rasch etabliert und mehr Fälle gelöst als alle anderen, trotzdem schien es seinem Vorgesetzten wichtig zu sein, dass er sich an die festgelegten Zuständigkeiten hielt.

Erneut blätterte er durch die Nachrichten, die bei jedem Coup hinterlassen wurden und die der Akte ihren Namen einbrachten. Liam las:

Selbst dem besten Ihrer Sicherheitsbeamten passiert mal ein Fehler – wie schade für Sie. Wir sind untröstlich.
Catch a Shadow – if you can.

Wie die Untersuchung gezeigt hatte, waren die Notizen zwar handschriftlich, aber ohne Fingerabdrücke hinterlassen worden. Der Verfasser war immer der gleiche und er hatte offenbar seine Probleme mit der hiesigen Rechtschreibung, wie sich in einigen Notizen herauskristallisierte. Insgeheim hatte Liam entweder einen frühen Schulabgänger oder einen Ausländer im Visier. Das war aber auch alles, was daraus zu entnehmen war. Die Nachrichten waren ausnahmslos sarkastisch und der zynische Schlusssatz ihr Markenzeichen: *Catch a Shadow − if you can.* »Fang einen Schatten − wenn du kannst«, wiederholte er laut für sich.

Er wusste, dass mit seinem Schlafentzug nicht mehr herauszuholen war, und beschloss, den Wecker zu stellen und sein Handy auf lautlos zu schalten. Sich seiner Jeans zu entledigen und unter die Decke zu schlüpfen, schaffte er nicht mehr. Augenblicklich fiel er in einen unruhigen Traum, voll von wirren Erinnerungen.

8

ALESSIA

Alessia sah sich in der stattlichen Runde der Trauergemeinde um. Niemals hätte sie für möglich gehalten, dass an die zweihundert Menschen dem eher sparsamen und zurückgezogen lebenden Geschäftsmann die letzte Ehre erweisen wollten. Noch dazu war es morgens 8:30 Uhr – nicht unbedingt eine Zeit, zu der jeder gern freiwillig aus dem Bett sprang. Aber durch die große Ansammlung konnte sie sich zumindest besser unter die Trauernden mischen. Denn eigentlich hatte sie mit William Burrow nicht viel zu schaffen gehabt und wollte auch nicht auf ihn angesprochen werden. Gleichzeitig fiel es ihr bei dieser Menschenmenge schwerer, ihr eigentliches Ziel zu verfolgen: Nämlich herauszufinden, ob Kilian höchstpersönlich beim Begräbnis auftauchen würde.

Die Ansprache des Pfarrers hatte bereits begonnen, und während alle Beteiligten ihr Haupt ehrfürchtig gesenkt hielten, bemühte sie sich, auf Zehenspitzen stehend und in verschiedene Richtungen reckend, bekannte Gesichter auszumachen. Und das so unauffällig wie möglich, da sie nicht taktlos erscheinen wollte.

Wo würde sich Kilian verstecken, um anwesend zu sein und trotzdem nicht in Erscheinung zu treten? Oder wäre es ihm nach all den Jahren schlichtweg egal? Nervös wickelte sie ihr glattes, langes Haar um ihren Finger. Der leichte Auberginetot war fast ausgewaschen und zum Vorschein kam ihre Naturhaarfarbe, die sie Pascal ebenfalls vererbt hatte.

Alessia beobachtete aufmerksam die Umgebung, dabei war sie sich noch nicht sicher, wie sie darauf reagieren würde, wenn er sich dort tatsächlich versteckt hielt. Diese Frage beantwortete sich jedoch quasi von selbst, als sie linksseitig hinter einer Hecke eine Gestalt entdeckte.

Ungeachtet der Ansprache des Pfarrers scherte Alessia aus der Trauergemeinde aus und rannte auf den Vermummten zu. Schon nach wenige Schritten wurde ihre Vermutung zur Gewissheit – bei der Gestalt handelte es sich um Kilian.

Im Laufschritt kam sie direkt auf ihn zu. Einen Bruchteil einer Sekunde dauerte es, dann hatte er die bildschönen, mandelförmigen Augen, die die halbe Kalapuya-Indigene für ihn so unvergesslich machten, erkannt.

Alessia!

Kilian setzte einen Schritt zurück.

Was ist bloß mit ihr passiert?

Irrte er sich vielleicht? Doch schon im selben Moment schloss er jeden Zweifel aus: Vor ihm stand seine erste Liebe.

Mit nur mühsam unterdrückter Wut zischte sie ihn an: »Du verdammtes Arschloch! Ich wusste, dass du nicht den Mumm hast, zum Begräbnis deines Vaters zu kommen wie jeder normale Mensch!« Ihre Stimme bebte, die geballten Fäuste hielt sie eng an ihren Körper gepresst und ihre Augen glänzten feucht.

Kilian musste ihr Einhalt gebieten. Weder wollte er von der Trauergesellschaft entdeckt werden, noch hatte er vor, sich weiter beschimpfen zu lassen. Er konzentrierte seine Gedanken, spannte sich an – und schon begann seine Umgebung zu flirren, so wie immer, wenn er jemanden manipulierte und in eine eigene Dimension außerhalb seiner Wahrnehmung versetzte. Mit bloßen

Gedanken und konzentriertem Blick formte er die Abschottung von der Außenwelt.

Augenblicklich wurde es mucksmäuschenstill.

Kilians Herz raste. Mit dem Handrücken wischte er sich den Schweißtropfen von der Schläfe und starrte den die Umgebung widerspiegelnden Kokon vor sich an, in dem Alessia von ihrer Umwelt blickdicht ausgeschlossen war.

Ein paar Sekunden rang er mit sich, ob er es tatsächlich wagen sollte, in die eigens für sie kreierte Blase zu steigen. Sie schien seinetwegen mehr als aufgebracht zu sein, was er zum Teil nachvollziehen konnte. Immerhin war er aus seinem Elternhaus geflüchtet, ohne sich bei ihr oder Liam zu verabschieden. Doch er hatte ihr nach allem, was sie ihm damals – wenn auch unbewusst – zu verstehen gegeben hatte, nichts mehr zu sagen. Die nicht gerade glanzvolle Erfahrung mit ihr war die bitterste Lektion seines ganzen Lebens gewesen und das hatte ihn fortan im Umgang mit Frauen geprägt.

Trotzdem, es musste sein. Er trat in seine Kreation und konfrontierte sich mit der Kindheitsfreundin, die er aus seinem Leben verbannt hatte. Verheult und völlig verwirrt stand ihm Alessia gegenüber.

»Was läuft hier, Kilian?!«, kreischte sie. Verzweifelt schlug sie ihm gegen die Brust. »Hast du das damals auch so gemacht? Was ist das für ein perverses Spiel?! Warum hast du mir das angetan, du mieses Schwein?!« All die Wut der vergangenen Jahre entlud sich in diesem Augenblick.

Kilian war entsetzt. Dass der Zorn gegen ihn so nachhaltig war, wunderte ihn. Nur, weil er ohne Abschied geflüchtet war?

Mit einer raschen Ebenenverschiebung sorgte er für Ruhe. Die zusätzliche Ebene ließ sie in Zeit und Raum einfrieren. Wie in Trance stand sie nun wort- und bewegungslos vor ihm.

Warum ist Alessia so fuchsteufelswild? Was glaubt sie, was ich ihr angetan habe? Sie wird doch nicht herausgefunden haben ... Nein! Das ist unmöglich.
Kilian fühlte sich überfordert mit der Situation. Er hatte nicht die geringste Idee, was er nun mit Alessia tun sollte. Unbekannte wie Schachfiguren nach seinem Willen zu verschieben, war eine Sache, aber Alessia kannte er gut, und selbst wenn sie sich ein paar Jahre aus den Augen verloren hatten, sollte er respektvoller ihr gegenüber sein. Zumindest sagte ihm das sein verkümmertes Mitgefühl. Egal, wie enttäuschend die Erfahrung mit ihr gewesen war und egal, wie wenig ihn noch an sie band. Es war lange her und er empfand weder für sie noch für jede andere Frau, die in sein Leben getreten war, auch nur das Geringste.

Unruhig massierte er sich die Handflächen. Er betrachtete Alessia. Als er sie das letzte Mal erleben durfte, hatte sie einen gesunden, zarten, leicht gebräunten Teint besessen. Ihre rehbraunen Augen hatten an die einer Katze erinnert und ihre verführerischen Lippen hatten wie eine ständige Einladung gewirkt. Davon konnte er nur mit Mühe noch etwas erkennen. Lediglich die winzige Stupsnase, der liebliche Duft nach Vanille in ihrem Haar und das Nasenpiercing waren seit damals unverändert geblieben. Aus dem kurvenreichen, durchtrainierten, heißen Feger war ein ausgemergeltes Wrack geworden. Ihre Haut wirkte fahl und grau und die dunklen Augenränder ließen die erst Vierundzwanzigjährige deutlich älter aussehen; auch ihre Haltung wirkte wie die einer älteren Frau. Am meisten jedoch erschreckte ihn der einst so verführerisch wirkende Schmollmund, der nun zu einer wilden Fratze verzogen war, und die einst feurigen Augen, die inzwischen unverkennbar von dem zeugten, was ihr das Leben die letzten Jahre offenbar abverlangt haben musste: Trauer, Wut und Enttäuschung sprachen aus ihnen. Tief in ihrem Inneren konnte er eine Leere und Verzweiflung erahnen, die nicht einmal er selbst kannte.

Noch immer schockiert über ihre Erscheinung wandte sich Kilian ab. Vorsichtig suggerierte er Alessia den Eindruck, dass er gekommen war, um ihr einen Besuch abzustatten, und sie sich schon so auf den ausgemachten Termin gefreut hatte. Mit bewegten Bildern, die er vor ihren Augen abspulen ließ, unterzog er sie einer Art Gehirnwäsche, die durch Gefühle, Gerüche und Erinnerungen gefestigt werden sollte. Er versuchte vehement, die Geschehnisse von vor sechs Jahren auszublenden, in der Hoffnung, er könnte ihre Trance nun lösen. Er wollte um jeden Preis und durch ein möglichst normales Gespräch herausfinden, welches Unglück ihr widerfahren war und sie so gebrochen hatte.

Alessia traute ihren Augen kaum. Ein überragendes Glücksgefühl durchflutete sie. »O mein Gott! Ich kann es nicht fassen, dass du endlich wieder da bist! Das hat ja Ewigkeiten gedauert, dass du uns in Albany beehrst.«

Sie konnte nicht anders, als sich in Kilians Arme zu werfen und ihn fast zu erdrücken, nur um sicherzugehen, dass das kein Traum war. All die Jahre kein Sterbenswörtchen und dann rief er sie urplötzlich an, weil er sie besuchen wollte – einfach so. Sie trat einen Schritt zurück, um ihn genau zu betrachten.

»Ich kann es nicht glauben, wie du aussiehst! Da steht ja ein richtiges Schnittchen vor mir. Ich muss gestehen, du hast dich gemausert, mein Freund!«

Wieder presste sie ihn an sich. Alessia inhalierte sein Parfüm, das anregender nicht hätte sein können, und musste feststellen, dass sie ganz angetan von seinem Dreitagebart war, der sie leicht kitzelte.

Damals war er noch nicht einmal zu erahnen gewesen. Früher hätte sie nicht im Traum daran gedacht, Kilian jemals anziehend zu finden. Seine Statur war schlaksig und mager gewesen und sein mangelndes Selbstbewusstsein hatte dafür gesorgt, dass seine Schultern immer nach vorn hingen, wodurch sein Rücken gebeugt wirkte. Sein Blick war meist zu Boden gerichtet, als hoffte er dadurch, nicht aufzufallen. Er hatte es gehasst, wegen seiner zweifarbigen Pupillen aufgezogen zu werden. Doch selbst wenn er kräftiger gewesen wäre, hätte er niemals den Schneid gehabt, sich gegen die Anfeindungen zu wehren: Er war der lebende Punchigball für alle und jeden, sobald Liam nicht an seiner Seite war.

Kilians Verwandlung war bemerkenswert. Er hatte einen aufrechten, stolzen Stand. Zwar war er eher drahtig als muskulös, konnte sich aber auf jeden Fall sehen lassen. Selbst die leicht knollige Nase war liebenswert ... Und die schicke Kleidung – alle Achtung – stand ihm hervorragend. Sie musste sich eingestehen, dass ihr sein neues Äußeres ziemlich gut gefiel.

Als sie von ihm abließ, um ihm nochmal in diese atemberaubenden Augen zu blicken, war sein Erscheinen in Albany noch immer wie ein Wunder für sie.

»Wenn ich gewusst hätte, dass ich mit so einer freudigen Begrüßung willkommen geheißen werde, wäre ich schon längst einmal aus der Metropolregion New York gekommen.« Er lächelte, doch sein Ausdruck wirkte zurückhaltend.

Habe ich richtig gehört?

»New York? Du lebst nun tatsächlich in New York?«

»Na ja, nicht New York City. Aber zumindest im Bundesstaat New York.« Kilian konnte sich ein Grinsen nicht verkneifen.

»Und wenn schon. Ich fasse es nicht! Das muss ein absoluter Traum sein. Komm, wir gehen zu mir, du musst mir unbedingt alles erzählen – was du treibst und wie du lebst. Ich bin ja so gespannt. O Mann, wenn Liam erfährt, dass du hier bist – der wird Augen machen!«, sprudelte es aus ihr heraus. Sie konnte sich nicht erinnern, wann sie sich das letzte Mal so unbeschwert und glücklich gefühlt hatte. Sie packte ihn am Arm, um ihn zu ihrem Auto zu lotsen.

Als sie an einer riesigen Traube von Menschen vorbeigingen, wurde ihr plötzlich flau im Magen und sie versuchte sich zu erinnern, was sie sich nur dabei gedacht hatten, ausgerechnet einen Friedhof für ihr Wiedersehen auszusuchen.

Moment! Friedhof ... Beerdigung ...

In ihrem Kopf erschien ein verschwommenes Bild, doch sie konnte es nicht greifen. Verunsichert blieb sie kurz vor ihrem Wagen stehen und sah noch einmal zurück zu den Trauernden. Doch schon wurde sie aus ihrer Grübelei gerissen, als Kilian fröhlich rief: »So, wo geht's denn nun hin?«

Gerade noch rechtzeitig hatte er Alessia wieder auf die richtige Bahn gebracht, bevor ihre Logik sich einschaltete. Nur zu gut wusste er, dass zu viele Zweifel und der Versuch, an die letzten klaren Momente anzuknüpfen, die Magie schlagartig verpuffen lassen würden. Er musste höllisch aufpassen und die vernebelten Personen stets zerstreuen und neue Dimensionslagen in ihre Sicht lenken, die das Gesamtbild aufrechterhielten.

Der Schreck fuhr ihm in die Glieder, als er sah, wie Alessia voller Euphorie ihr Handy aus der Handtasche hervorzog und beschwingt darauf herumtippte. Ihm schwante Böses.

»Ich muss sofort Liam Bescheid geben. Vielleicht kommt er ausnahmsweise nach. Ich könnte uns bei mir daheim einen kleinen Snack bereiten.«

Die Lethargie, die Alessia ausgestrahlt hatte, bevor er sie in diese Dimension versetzt hat, war restlos verschwunden. Er hatte mit seiner Manipulation ganze Arbeit geleistet, da ein solches Strahlen in Alessias Gesicht gezaubert wurde. Und das nur, weil in ihrer

Wahrnehmung das alte Trio noch völlig intakt war und alles unverkennbar einer glorreichen Zusammenkunft zusteuerte.

Hastig sprang Kilian auf sie zu und bekam gerade noch rechtzeitig ihr Handgelenk zu fassen; den lockeren Ton brachte er nur gepresst heraus. »Hey, Lessy, du willst mir doch nicht die Überraschung verderben, oder? Ich wollte im Anschluss bei ihm vorbeischauen, um ihn zu besuchen, sofern seine Arbeit das zulässt. Was auch immer er nun für seine Brötchen tut.«

Alessias Lächeln fiel augenblicklich in sich zusammen, die Enttäuschung war deutlich in ihrem Antlitz abzulesen. Dann sah sie ihn ernüchtert an, ihre Gesichtszüge veränderten sich und Kilian erinnerte sich, warum er solch weitläufige Manipulationen für gewöhnlich vermied. Er konnte ihr nicht jeden Gedanken ins Gehirn einpflanzen, ohne dass ihr Verstand lose Enden fand.

»Ach, das weißt du noch gar nicht? Liam ist doch umgezogen – er wohnt jetzt in Portland. So unkompliziert wie früher ist es vielleicht nicht, aber in einer Stunde könnte er hier sein, wenn sein Dienst es zulässt.« Wieder griff sie zu ihrem Handy.

Als Kilian stotternd Ausflüchte hervorbrachte, sah sie ihn skeptisch an. Ihre Augen begannen merklich zu funkeln und das war kein gutes Zeichen.

Abermals musste Kilian die Ereignisse mental stabilisieren, um ihr anschließend zu verkünden: »Ich freu mich schon auf deine Wohnung. Komm, lass uns losfahren und erzähl mir, was ich alles verpasst habe.«

Erneut hatte er es im letzten Moment zurechtgebogen, ein Lächeln kehrte in ihr Gesicht zurück und Kilian atmete erleichtert durch. Er hatte sich seinen Aufenthalt eindeutig anders ausgemalt.

⁂

Alessia öffnete die Wohnungstür und eine kühle Brise wehte ihr entgegen. Offenbar hatte sie vergessen, die Balkontür zu schließen, bevor sie ihr Heim verlassen hatte. Rasch lief sie ins Wohnzimmer, um dies nachzuholen. Auf dem Weg scannte sie ihr Heim mit den Augen eines Besuchers und ärgerte sich über sich selbst, dass sie sich nicht die Zeit genommen hatte, Ordnung in ihre vier Wände zu bringen. Und das, obwohl sie damit hätte rechnen können, hier mit ihm zu landen.

Hastig schloss sie die Küchentür, damit Kilian den nicht abgeräumten Frühstückstisch und das schmutzige, ineinander gestapelte Geschirr auf der Arbeitsfläche nicht entdecken würde. Sie hätte es wenigstens noch in die Spülmaschine räumen können. Alessia rollte mit den Augen, denn Kaffee fiel somit aus. Ihr Blick blieb an den defekten Jalousien und den vereinzelten Flecken auf ihrem Sofa hängen, die ein Kleinkind nun einmal mit sich brachte. Plötzlich fand sie ihre Idee gar nicht mehr so prickelnd, Kilian mit nach Hause zu nehmen, um sich ungestört mit ihm zu unterhalten. So, wie seine Kleidung beschaffen war, war er offensichtlich Besseres gewöhnt und obwohl sie eigentlich dazu stehen sollte, wie sie lebte, fühlte sie sich in diesem Moment mehr als schäbig.

Sei es drum, für einen Rückzieher war es ohnehin zu spät, also führte sie ihren Gast ins Wohnzimmer und zog die beigefarbenen Gardinen zu, um von dem Gebrechen dahinter abzulenken. Hektisch schob sie ein Holzauto von der bordeauxfarbenen Samtcouch und lud Kilian mit einer unmissverständlichen Geste ein. In diesem Augenblick sah sie, wie Kilian ein eingerahmtes Foto von Pascal von der Kommode nahm und eine eiskalte Klaue griff nach ihrem Herzen. Wenngleich sie nicht verstand warum, traten ihr Tränen in die Augen, die sie nur mühsam hinunterkämpfen konnte.

Reiß dich zusammen – du verhältst dich völlig merkwürdig!

Warum bin ich nur so traurig? Kilian, den ich so lange nicht mehr gesehen habe, ist zu Besuch und endlich kann ich mit ihm in alten Zeiten schwelgen. Ich müsste mich doch freuen?

Sie wischte die irritierenden Gefühle in ihrem Inneren beiseite und trat neben Kilian.

»Süß, der Kleine, wie er da so in seinem Bettchen schläft. Ist das dein Neffe, der Sohn deiner Schwester in Australien?«, erkundigte er sich neugierig und hatte dieses Schmunzeln im Gesicht, das sie schon früher an ihm gemocht hatte. Dabei entstanden diese kleinen niedlichen Grübchen an der linken Wange; wie hatte er es immer gehasst, wenn sie ihn damit aufgezogen hatten.

»Halbschwester, um genau zu sein, und nein ...«

In ihr brach ein Damm aus Emotionen auf, der sie mitriss und sie hatte keine Ahnung, wohin sie diese treiben würden. Die Tränen strömten über ihre Wangen, sie verlor völlig die Kontrolle.

»Nein, das ist Pascal«, brachte sie stockend hervor. Sofort riss sich Kilian von dem Foto los und starrte sie verwundert an.

Diese Augen ... diese verdammten Augen!

Sie schlang die Arme um sich, denn eine nie dagewesene Kälte fuhr ihr in alle Gliedmaßen. Sie versuchte, seinem durchbohrenden Blick standzuhalten, und schluchzte: »Er ist mein Sohn.«

Überrascht hob er die Brauen und strich sich beiläufig das Haar zurück, bevor er erneut das Foto betrachtete.

Alessia verstand nicht, was in ihr vorging, noch viel weniger verstand sie jedoch Kilians Reaktion auf ihre offensichtliche Gefühlswallung. Sie war sich sicher, früher hätte er sie hastig in den Arm genommen. Er hätte nicht lockergelassen, bis sie sich ihm geöffnet hätte – aber nun? Sie verstand die Welt nicht mehr und diesen Augenblick, der so künstlich und völlig falsch auf sie wirkte. Wer war dieser Mann und wo war der Kilian, mit dem sie groß geworden war?

»Oh … wow, ich wusste nicht, dass Liam und du …«

Was fuchtelt er denn immerzu so mit den Händen und sieht mich nicht einmal direkt an!

Plötzlich klingelte es an der Tür und Alessia konnte sich keinen besseren Moment wünschen, denn insgeheim war ihr speiübel. Ohne ein Wort lief sie zum Eingang und öffnete die Wohnungstür.

Erschrocken wich sie zurück als eine Schusswaffe direkt auf ihr Gesicht zielte und drei ihr unbekannte Männer die Wohnung stürmten.

9
PRISCILLA

Priscilla lehnte am Krankenbett ihrer Tochter, die gerade ein weiteres sensationelles Pastellbild fertiggestellt hatte. Sie verfügte über die Macht, Farbe in ein Kunstwerk zu gießen, das man stundenlang mit einem Lächeln auf den Lippen betrachten musste. Und als sie sah, wie Cecilia gerade den Pinsel in einem Kunststoffbecher, der normalerweise für Urinproben vorgesehen war, auswusch und das restliche Wasser auf Mullbinden fein säuberlich abtupfte, fiel es ihr schwer, nicht melancholisch zu werden. Die quälende Ungewissheit, dass niemand genau sagen konnte, wie viele Bilder Cecilia in ihrem Leben noch würde fertigstellen können, verursachte ihr ein flaues Gefühl im Magen. Tränen stiegen ihr in die Augen.

Auf dem Bild waren spielende Kinder auf einer Wiese, inmitten tausender Blumen zu sehen, die in allen Farben leuchteten. Die langen Haare der Mädchen waren so detailgetreu gearbeitet, dass man den Wind förmlich spüren konnte, der sich darin verfing. Der Himmel leuchtete so intensiv in den verschiedensten Blautönen, dass einem die Sommerfrische entgegenschwappte. Aus diesem Bild sprachen pure Lebensfreude und tief empfundenes Glück.

»Es ist atemberaubend schön geworden, mein Schatz. Ich bin so stolz auf dich«, entgegnete Priscilla, als Cecilia ihr den DIN-A4-Block mit ihrem Kunstwerk entgegenhielt. Das Kunstwerk einer Künstlerin, die mit einundzwanzig Jahren die meiste Zeit des Tages todkrank ans Bett gefesselt war. »Ich bin jedes Mal fasziniert davon, wie du Situationen so natürlich malen kannst, dass man glaubt, mittendrin zu sein«, offenbarte Priscilla stolz.

Cecilia lächelte. »Es ist eine Szene aus dem Park unten im Hof des Krankenhauses. Ich fand es so schön, wie die kleinen Besucher herumgetollt sind, dass ich sie festhalten musste. Ich schätze, Professor Eddings hätte mir eine gute Note dafür gegeben.«

Obwohl ihre Haut weiß und beinahe transparent wirkte und ihre Augen müde aussahen, vermochte die Krankheit ihrem Lächeln und ihrem ungetrübten Wesen nichts anzuhaben. Mit ihren zierlichen Fingern strich sie stolz über die Ränder des Papiers und schloss anschließend die Box mit den Pastellfarben, um diese in ihrem Nachtkästchen zu ihrer Rechten zu verstauen.

Priscilla wünschte sich in diesem Moment, sie hätte bloß ein Viertel der Kraft und Zuversicht ihrer Tochter. Sie selbst ertrug die ganze Situation fast nicht. Die Tatsache, dass sie allein für diesen neuen Zustand die Verantwortung trug, brachte sie der Verzweiflung nahe. Priscilla hielt das Leben ihres eigenen Blutes in den Händen und war unfähig zu handeln, wie so oft. Sie hatte Fehlentscheidungen getroffen, wodurch nun monetäre Mittel fehlten, die für Cecilias Genesung essenziell gewesen wären. Doch die Wut über ihre eigene Blindheit hatte sie nicht weitergebracht, daher versuchte sie, ihren Zorn auf sich selbst und ihre Verzweiflung jedes Mal vor dem Krankenzimmer wie ein unliebsames Bündel abzustellen und ihrer Tochter all das zu geben, was noch in ihrer Macht stand.

Sie blickte sich in dem großzügigen Einzelzimmer um. Ihre Tochter sollte alles bekommen, was ihr ihren Aufenthalt so angenehm wie möglich gestaltete. Frische Blumen standen angerichtet und brachten nicht nur einen Tupfen Farbe, sondern auch einen lieblichen Duft in den Raum.

»Ma, nun hör schon auf – dein Gesichtsausdruck sieht wieder aus, als ob du selbst sterben müsstest. Noch habe ich nicht vor, hier Platz für jemand anderen zu machen. Ich gebe nicht auf, auf keinen Fall – und du solltest das auch nicht.«

Priscilla lächelte ihre Tochter an. Offenbar war es ihr wieder einmal nicht gelungen, sich ihre Sorgen nicht anmerken zu lassen.

Wo sie das bloß herhat?

Trotz allem, was sie erleiden musste, ließ sie sich nicht unterkriegen, nach wie vor war sie keck und direkt, einfach herzerfrischend. Es war unvermeidbar, dass sie über diese Reaktion schmunzeln musste. Sie ging zur Krankenliege, lehnte sich zu ihrer Tochter hinab und drückte ihr einen dicken Kuss auf die Wange.

»Du bist unmöglich, junge Dame, und du genießt das auch noch. Du sollst doch nicht so sprechen. Deine Nieren werden bestimmt durchhalten und vom Sterben ist noch lange nicht die Rede, hörst du?«

Cecilia musste herzhaft lachen. »O Ma, wen willst du hier überzeugen, dich oder mich? Ich komme klar und mir geht es gut. Immerhin hat mir Schwester Emma für heute Abend ein Mousse au Chocolat versprochen – sogar eine extragroße Portion.«

Ihre Tochter ließ die Wimpern flattern wie einen Schmetterling und nickte überheblich. »Und nein – falls du fragen solltest –, ich gebe dir nichts davon ab.«

Da war sie wieder, diese freche Art, mit der es Cecilia immer schaffte, Priscillas Kummer zu vertreiben.

Sehe ich richtig? Streckt sie mir da tatsächlich die Zunge entgegen?

Mit nur einem Satz und ihrer unbeschwerten Art war es Cecilia gelungen, den Ernst der Lage in ein einfaches Spiel zu verwandeln. Priscilla bewunderte ihre Tochter, die selbst nach der heutigen Dialyse noch so fröhlich sein konnte, und das, obwohl die Behandlung diesmal besonders anstrengend gewesen war. Die Ärzte hatten nämlich Schwierigkeiten, das Blut über ihren gelegten Shunt zu entnehmen. Wahrscheinlich würde der Shunt neu gesetzt werden müssen – eine zusätzlich mühsame Prozedur –, um die tägliche Blutwäsche zu gewährleisten, nur weil ihre Nieren ihren Dienst verweigerten und die Giftstoffe anstelle ihres Urins nun ihr Blut verunreinigten.

Wehmütig strich sie ihrer Tochter über ihr goldenes, langes Haar, während diese sich bereits in eines ihrer vielen Bücher vertiefte. Womöglich sollte dies ein dezenter Wink ihrer Tochter sein, ihr mehr Freiraum zu geben.

Priscilla verfluchte sich für ihren Diabetes, der sie selbst als Spender aus dem Rennen nahm und auch, dass der Vater sich sogar in solch einer Notsituation nicht auffinden ließ. Er hatte sich mit seiner jüngeren Geliebten auf Nimmerwiedersehen aus dem Staub gemacht. Nur ein Spender mit der exakt gleichen Blutgruppe konnte Cecilia noch helfen, nachdem sie eine Nierenspende aus der Blutgruppenkompatibilität nicht vertragen hatte und selbst die ausgleichenden Medikamente nicht wie gewohnt angeschlagen hatten.

Priscilla merkte, wie ihre Tochter beim Lesen Abwechslung fand und in eine andere Welt eintauchte. Einen dicken Wälzer nach dem anderen verschlang sie. Und obwohl Cecilia offenbar nicht zum Reden aufgelegt war, wollte Priscilla bei ihr bleiben und nahm in einem Sessel am Fenster Platz. Von dort betrachtete sie die viel zu zarte Statur ihrer Tochter, die zwar das nahrhafte Krankenhausessen tapfer zu sich nahm, aber dennoch immer weniger wurde.

Es war einer dieser Momente, in denen Priscilla merkte, dass sie wie eine Glucke bei ihrem Spross saß und ihn behütete, obwohl dieser es insgeheim gar nicht wollte. Zurückgewiesen hätte Cecilia ihre Mutter dennoch niemals, dazu war sie viel zu höflich. Dabei wäre es für die Frohnatur gewiss abwechslungsreicher, wenn sie mit anderen Patienten in den Gängen spazieren gehen oder mit den Schwestern, die sie im Park begleiteten, Klatsch und Tratsch austauschen könnte. Dieses Tuscheln über attraktive Neuzugänge war mit der eigenen Mutter nicht so spannend, wie sich bei anderen Leidgenossen oder dem Personal der Privatklinik auf den neuesten Stand zu bringen. Und natürlich war Priscilla das bewusst. Obwohl es mehr als genug Arbeit gäbe, die auf sie wartete, selbst wenn sie als Society Lady mehr Mitspracherecht für die Terminvergabe hatte als so manch anderer, brachte sie es nicht übers Herz, dem Krankenhaus zu lange fernzubleiben. Allerdings könnte die Organisation von Charity-Veranstaltungen und Auktionen zu Gunsten ihrer Stiftung für krebskranke Kinder tatsächlich mal wieder etwas mehr Aufmerksamkeit benötigen. Vor allem in Anbetracht der prekären finanziellen Lage, in der sie sich im Moment befanden.

Gerade als Priscilla ihren anthrazitfarbenen Stiftrock richtete, um mit makellosem Äußeren das Krankenhaus zu verlassen, betrat die Oberschwester der Abteilung das Zimmer.

»Mrs Parker, gut, dass ich Sie hier antreffe. Hätten Sie einen Augenblick für mich? Es wird nicht lange dauern.«

Die in weiß gekleidete Dame mit ernstem Gesichtsausdruck stand in der Tür und sah Priscilla auffordernd an, was nicht unbedingt ein gutes Zeichen war – und die Society Lady wusste das.

Sie hauchte Cecilia noch einen Kuss auf die Stirn und verabschiedete sich mit einem Lächeln. Dann folgte sie der Schwester leicht humpelnd zum Schwesternstützpunkt.

Jeder ihrer eigenen Schritte in den schicken Lederstiefeln dröhnte Priscilla in den Ohren; die Zunge klebte ihr unangenehm am Gaumen. Ihre Nervosität hielt sie im Klammergriff, denn sie wusste genau, was gleich kommen würde. Sie ertappte sich dabei, dass es ihr schwerfiel, den Kopf zu heben, um den neugierigen Blicken der Belegschaft zu entgehen. Mit Sicherheit war es bereits in aller Munde.

Am Stützpunkt angekommen, kam die Schwester direkt zur Sache: »Mrs Parker, beredet haben wir das schon. Nun haben wir den zweiten geplatzten Scheck.« Ihre Lippen wurden schmal und ihre Augen verengten sich zu berechnenden Schlitzen. »Wir sind ein renommiertes Ärzteteam – ein Pool aus hochqualifizierten Pflegern und Therapeuten in einer Privatklinik. Wir sind auf dem neusten Stand der Technik und sehr bemüht, unseren Patienten die besten Heilungsmöglichkeiten zu verschaffen – aber wir tun das natürlich nicht aus reinster Nächstenliebe. Missverstehen Sie mich nicht, ich sorge mich genauso um Ihre Tochter und den Ärzten fällt es auch nicht leicht, sie auf der Spenderliste herabzustufen. Aber wir können uns nicht weiter von Ihnen vertrösten und hinhalten lassen. Wir sehen uns gezwungen, Cecilia zu verlegen.« Sie legte die Finger aneinander. »Diese neuen revolutionären Medikamente und die Dialyse sind nicht billig – ich kann der Klinikleitung das nicht länger erklären.« Mit einem unverhohlen deutlichen Blick sagte sie: »Sehen Sie zu, dass Sie die Rechnung bis Ende der Woche begleichen – oder ich muss den Oberarzt die Papiere zur Verlegung unterzeichnen lassen.«

Die Zeit schien schlagartig still zu stehen und alles um sie herum einzufrieren. Das Blut in ihren Adern wurde schwer wie Blei und sie konnte nur hoffen, dass ihr Kreislauf mitspielte. Priscilla spürte abermals diese Hoffnungslosigkeit und Verzweiflung in sich aufsteigen. Doch hier in aller Öffentlichkeit wollte sie sich keine Blöße geben.

Unter Aufbietung all ihrer Contenance entgegnete sie: »Ms Kline, ich danke Ihnen für Ihr Entgegenkommen. Und ich bin Ihnen natürlich sehr dankbar für alles, was sie für meine Tochter tun. Hier muss es sich allerdings um ein Missverständnis –«

Eine abwehrende Handbewegung unterbrach sie. »Bitte, Mrs Parker, ersparen Sie uns das. Ich habe alles gesagt, was es zu sagen gibt, die Buchhaltung wird uns informieren und wir werden unsere Konsequenzen daraus ziehen müssen.« Mit einer Geste, die deutlich zu verstehen gab, dass das Gespräch beendet war, begleitete sie Priscilla auf den Gang und entließ sie mit dem Satz: »Ach ja, ich soll Ihnen auch mitteilen, dass Dr Szednik Sie in seinem Büro erwartet.«

Hatte Priscilla gerade noch Hoffnung, die Situation irgendwie in den Griff zu bekommen, zog ihr diese Ankündigung den Boden unter den Füßen weg.

Wie erkläre ich das Ganze nur dem Oberarzt? Weitere Abstriche in der Behandlung darf es nicht geben, das verkrafte ich nicht.

Bei dem Gedanken daran, wie Cecilia diese Nachricht wohl aufnehmen würde gaben ihre Knie nach. Sie stützte sich am Tresen ab.

Mit einem ungeduldigen »Mrs Parker …«, forderte die Oberschwester sie zum Gehen auf.

Mühsam setzte sie einen Fuß vor den anderen – es kam ihr vor, als hätte sie Beton an den Schuhsohlen – und ging in Richtung des Büros.

Würde sie das Geld nicht binnen einer Woche zusammenborgen können, würde sie ihre eigene Tochter überleben. Das war mehr, als sie ertragen konnte, das Herz würde ihr brechen und ihr Leben hätte keinen Sinn mehr. Sie hatte nicht die Kraft dafür. Wenn nicht bald ein Wunder geschah, hätte sie den unausweichlichen Tod ihrer geliebten Cecilia selbst herbeigeführt. Aus blindem Vertrauen und törichter Liebe.

Warum habe ich bloß nicht auf Thomas gehört?

10
SCHWERE SCHATTEN

Alessia stand erstarrt da, unfähig zu der kleinsten Bewegung. Wie hatte sich dieser Nachmittag nur zu einem solch abscheulichen Albtraum entwickeln können? Immer hatten sie sich in ihrer Wohnung sicher gefühlt – und nun hatten drei Männer ihr Zuhause gestürmt und sie rückwärts mit der Schusswaffe an der Stirn ins Wohnzimmer gedrängt. Die Pistole an ihrem Kopf fühlte sich an wie brennendes Eisen.

Wer zu Hölle sind diese Männer?

Alessia zitterte am ganzen Leib. »Was wollt ihr?« Sie schluchzte. »Bei mir gibt es doch gar nichts zu holen?!«

Eine verschwitzte Hand wurde ihr auf den Mund gepresst und brachte sie zum Schweigen.

Pascal!

Ihr Herz setzte für einen Schlag aus. Dann fiel ihr ein, dass er sich im Moment mit ihrer Mutter auf dem Weg zum Zoo befand. Plötzlich hörte sie einen dumpfen Hieb. Sie blickte zu Kilian, der gerade zu Boden sank. Zum Glück hatte er durch den Schlag auf den Hinterkopf nicht das Bewusstsein verloren.

Kilian ist in meiner Wohnung. Mit mir. Wie …?

Alessia war verwirrt, spielte ihr Verstand ihr einen Streich? Erinnerungsfetzen flogen wild durch ihren Geist. Ein Begräbnis, eine Umarmung, diese verfluchten Augen …

Aber er kann mir helfen.

Flehentlich sah sie ihn an. Allerdings schwand ihre Hoffnung, wenn sie die Statur der drei Gangster betrachtete.

Einer, offenbar der Anführer, verpasste Kilian einen Tritt in die Magengegend. Alessia zuckte zusammen. Dabei schoss ihr ein Gedanke durch den Kopf: *Um Geld scheint es hier nicht zu gehen – wer solche Schuhe trägt, hat das nicht nötig.*

Der zweite, ein Koloss, zerrte Kilian hoch. Dieser grobschlächtige Typ grinste breit und offenbarte eine große Lücke zwischen den Vorderzähnen. Vor Übelkeit musste sie würgen, und wusste nicht, ob ihre Angst oder der penetrante Gestank des trainierten Neandertalers die Ursache dafür war.

Der Dritte, ein hagerer Kerl, der sie mit der Waffe in Schach hielt, wurde zusehends nervöser. Er ging eindeutig als Punk durch. Die Mündung der Kanone, die er in seiner Hand hielt, vibrierte an ihrer Stirn. Er beobachtete hektisch das Geschehen im Raum.

»Kevin – es hat zwar etwas länger gedauert, aber wie du siehst, waren wir dir immer auf den Fersen«, eröffnete der Anführer mit polternder Stimme, dabei rollte er auffällig das R.

Stammte er vielleicht aus einem slawischen Land?

Kevin? Wieso Kevin? Was redet der da?

Alessia sah erst Kilian und dann den Boss der Truppe an. »Was wollt ihr?«, rutschte ihr zitternd hinaus.

Plötzlich kam Bewegung in den aalglatten Burschen. Unvorbereitet strafte er sie mit einem irren Ausdruck und zwang sie mit einem Schlag in die Rippen zu Boden. Ein stechender Schmerz zog bis in ihren Kopf und ihr Atem stockte.

Hatte sie gerade noch geglaubt, er sei die Schwachstelle des Überfallkommandos, wurde ihr klar, dass auch er nicht zimperlich war. Er keilte sie zwischen seinen Beinen ein, dann hockte er sich neben sie und zischte ihr ins Ohr: »Halts Maul, du Schlampe, oder du bist fällig!«

Alessia spürte, wie sich der Lauf fest in ihre Schläfe bohrte, was ihren Körper unweigerlich zum Zittern brachte. Gegen die Flut an Tränen war sie nicht mehr gewappnet. Wieder dachte sie an Pascal. Was würde aus ihm werden, wenn sie das hier nicht überlebte?

Sie stutzte. Plötzlich fand sie die Situation mit den drei Eindringlingen nicht nur beängstigend, sondern zweifelte auch an ihrem Verstand. Wie passte Kilian in diese ganze Geschichte und wie war er eigentlich in ihre Wohnung gekommen? Sie konnte sich bei Gott nicht erinnern, ob und wann er sie angerufen hatte. Mehr und mehr Widersprüche taten sich auf und Fragen über Fragen formten sich in ihrem Kopf.

Eins musste Vigo Siek lassen: Seinem aufmerksamen Geist entging nichts. Und so war ihm auch nicht entgangen, wie die beiden Personen hinter der Heckenreihe plötzlich auf mysteriöse Weise verschwunden waren. Ihm selbst wäre das wahrscheinlich nicht aufgefallen. Er war viel zu sehr damit beschäftigt gewesen, Kevin unter all den Trauergästen ausfindig zu machen, doch zu viele waren zum Begräbnis angereist, sodass die Situation eher aussichtslos schien. Der Ukrainer hatte schon befürchtet, Kevin wäre ein weiteres Mal entwischt. Allerdings kannte er den Trick, Menschen einfach in Luft aufzulösen, bereits zur Genüge und daher bestand kein Zweifel mehr.

Selbst als er nun direkt vor ihm stand, war der *alte Kevin* nicht so leicht wiederzuerkennen – und das lag nicht nur an den paar Jahren, die sie sich nicht gesehen hatten. Er hatte sich stark verändert, nur seine unverwechselbaren Augen verrieten ihn. Andererseits war dieser, als er ihn mit siebzehn auf der Straße aufgelesen hatte, ein halbes Kind gewesen.

»Respekt, Kevin, du scheinst deinen Weg gemacht zu haben, oder lebst du noch immer von unserem Geld? Du erinnerst dich: das, was du uns einfach gestohlen hast?«, sagte Vigo in betont ruhigem Ton. »Dachtest du wirklich, wir lassen das durchgehen und sehen tatenlos zu?«

Auf ein Zeichen hin verpasste Igor Kevin eine weitere Kopfnuss. So hoffte Vigo, den Wunderknaben davon abzuhalten, sie in seine Welt zu ziehen. Er hatte in den zwei gemeinsamen Jahren mehr Zeit in Kevins Dimensionen und Manipulationen verbracht, als ihm lieb war, und das nur, weil dieser Möchtegern-Magier es irgendwann als Sport und Spaß angesehen hatte. Es gab kein schlimmeres Gefühl als aus diesen Blasen herauszutreten und nach und nach nicht mehr zu wissen, was real war und was nicht. Schlimmer noch war der Irrsinn, unter dem man mit der Zeit zu leiden begann – denn wie unterschied man, ob man sich noch in der fiktiven Ebene bewegte und wann man sie verlassen hatte?

Eigentlich war Kevins Gabe so angsteinflößend, dass niemand, wirklich niemand auf Erden diese Macht besitzen sollte. Und wenn er nicht so ein tolles Werkzeug für straffreie Einbrüche gewesen wäre, würde Vigo hier und jetzt kurzen Prozess mit ihm machen.

»Ich warne dich, Kevin, verlass dich nicht darauf, dass ich besonders an dir hänge. Ich hätte kein Problem damit, diesem Klamauk ein Ende zu machen. Fünf Jahre Suche – pah, ich kann dir sagen, ich habe vielleicht eine Wut im Bauch. Mir ist wurscht, was du uns abgenommen hast, aber du schuldest uns was. So einen richtigen Megacoup – wir verstehen uns?«

Vigos Blick wanderte zu der Frau und zurück zu Kevin.

Zuckt da etwas in seinen Augen? Könnte ich sie vielleicht benutzen, um ihn zu ›überreden‹?

»Das könnt ihr vergessen, ich werde nie wieder ein Ding mit euch drehen. Und was euer verschollenes Diebesgut angeht ... Das interessiert mich nicht. Selbst schuld, wenn ihr nicht auf eure –«, posaunte Kevin selbstbewusst heraus.

Vigo holte aus und schlug dem vorlauten Burschen so fest in den Magen, dass er kurz unsicher war, ob er bei Bewusstsein bleiben würde.

Und wenn schon, dem Lümmel würde er Manieren beibringen. Er selbst war durch eine harte Schule gegangen, die er ihm nun ebenso angedeihen lassen wollte. Da war dieser bei ihm goldrichtig: Es wäre ihm ein Vergnügen, ihm all seine Faxen eigenhändig auszutreiben. Vigos Wut schlug in Hass um. Eigentlich wollte er aus diesem perfekten Gesicht vor sich nur den Stolz raustreten. Grob griff er in Kevins Haarschopf, um seinen Kopf anzuheben und ihm direkt in die Visage zu blicken.

»Kevin, ich warne dich. Verkaufe mich nicht für blöd!«

Hinter ihm wurde das Wimmern der Frau lauter. Vigo ließ abrupt von Kevin ab, seine Botschaft sollte erst einmal wirken. Er schritt zur Kommode und betrachtete die fein säuberlich aufgereihten Schnappschüsse. Unweigerlich musste er an seine zurückgelassene Familie denken, die sehnsüchtig in Phoenix auf ihn wartete.

Ein paar Fotos waren sogar in eher altmodischem Schwarz-Weiß entwickelt worden. Auf allen war ein Junge abgebildet. Kurz blitzte die Erinnerung an seinen kleinen Bruder auf und sofort spürte er den Schmerz, der ihn jedes Mal aus dem Gleichgewicht brachte. Wieder erlebte er, wie Andriy in der Ukraine vor seinen Augen erschossen worden war.

Vigo presste die Lippen fest aufeinander. Ohne seinen Blick von einem der Fotos abzuwenden, erklärte er: »Ich würde sagen, wir kennen uns lange und gut genug, um zu wissen, dass deine Fähigkeiten dir einen leichten Zugang zu unserem Vorrat verschaffen könnten, und zwar jederzeit. Ich verstehe nicht, warum du das nötig hattest, wo wir doch eine – meines Erachtens – faire Aufteilung der Ware vereinbart hatten. Was hat dich also dazu bewogen, die Hand zu beißen, die dich füttert?«

Für einen Moment waren nur das Wimmern der Frau und der starke Wind vor dem Fenster zu hören, der ein Orchester anstimmte. Die Luft prickelte und es war allgegenwärtig, dass etwas im Begriff war zu geschehen.

Kevin senkte sein Haupt, wodurch seine Augen einen diabolischen Ausdruck gewannen, der so sehr vor Verachtung und Selbstbewusstsein strotzte, dass sich sogar Vigo die Nackenhaare sträubten.

»Mit Betonung auf *deines Erachtens*. Wenn ich dich erinnern darf, wärt ihr ohne mich nie ungesehen so nah an die Objekte herangekommen«, spuckte Kevin aus.

Vigo donnerte den Bilderrahmen zu Boden. »Du verdammtes Arschloch! Du lebst wohl gern gefährlich?!«, brüllte er Kevin an. Er stürzte zu der am Boden kauernden Frau und entriss sie Siek. »Wenn ich dir schon keine Loyalität eintrichtern kann, werde ich mich wohl an deiner Kleinen vergehen müssen. Mal sehen, wie dir *das* schmeckt, alter Kumpel!«

Kevin sollte sehen, wie sehr das Frauenzimmer zitterte.

»Tu – doch endlich – was!«, klagte sie mit kehliger Stimme.

Ein paar Sekunden schien der Bengel zu überlegen, doch dann ... »Töte sie, sie bedeutet mir nichts.«

Vigo glaubte sich verhört zu haben.

Kevin hat Eier, das muss man ihm lassen.

Zu spät merkte er, wie plötzlich Kälte den Raum flutete, die ohne jeden Zweifel von seinem ehemaligen Kompagnon ausgesandt wurde. Das, wovor er sich am meisten gefürchtet hatte, traf nun ein: Kevin verschob ihn in eine dieser verfänglichen Ebenen – und ausgerechnet er selbst hatte mit seinem Verhalten dazu beigetragen, dass der Wunderknabe in seinem geballten Zorn seinen Fähigkeiten freien Lauf ließ.

Eine riesige Welle aus Energie schoss aus Kilian heraus und riss alles um ihn herum mit sich. Er fühlte sich wie ein Wurmloch, das alles Unliebsame in sich aufsog, um es für seine eigene Welt neu hervorzubringen. Nicht einmal ein weiterer Schlag auf den Kopf konnte ihn jetzt noch aufhalten. Es fühlte sich so leicht an, diese unendliche Wut zu kanalisieren und wie ein Dirigent alle Beteiligten gleichzeitig zu manipulieren. Jeder würde für sich sein eigenes Schauspiel erfahren. Er wollte nur noch Schmerz, tiefen psychischen Schmerz erzeugen – und er wusste ganz genau, wo er ansetzen musste.

Für Vigo schuf er eine Ebene mit dem Abbild seines Bruders. In seiner Erinnerung sollte er möglichst realistisch noch einmal erleben, wie dieser verzweifelt um sein Überleben kämpfte. Als graue, leblose Hülle war er auferstanden und schritt mit blutunterlaufenen Augen auf ihn zu. Seine ausgestreckten Arme und der verzweifelte Ausdruck sollten Vigo mit Vorwürfen überschütten, dass er nicht da gewesen war, als er ihn am meisten gebraucht hatte.

Das Herz würde es ihm aus dem Leibe reißen, nicht alles getan zu haben. Seinen Bruder für immer zu verlieren, seine letzten Schreie der Enttäuschung über den herzlosen Bruder würden ewig in seiner Erinnerung nachhallen. Vigo sollte abermals diese Ohnmacht fühlen und in seinem Schmerz ertrinken, von ihm durchdrungen werden bis in die letzte Pore. Sein schlechtes Gewissen, seine Haut gerettet zu haben, während er seinen Bruder hatte sterben lassen, sollte ihn von innen auffressen. Leiden musste er. Diese Ebene sollte ihn bis ins Mark erschüttern.

Siek, der, wie er wusste, unter einer panischen Angst vor Ratten litt, hetzte er eine Horde der kleinen Nager auf den Hals. Unaufhörlich krabbelten sie an ihm hoch wie ein pelziger Teppich und bissen sich an ihm fest. Kilian ließ ihn jede einzelne kleine Pfote spüren, die Zentimeter für Zentimeter seines Körpers bedeckten. Es verschaffte ihm Genugtuung, mitanzusehen, wie der Junge sich in panischer Angst winselnd wehrte und versuchte, die Biester loszuwerden.

An Igor wollte er sich lediglich mit körperlichen Schmerzen rächen, indem er ihm die qualvollen Minuten schenkte, die er selbst hatte erleiden müssen. Drei übergroße Bodybuilder stürmten in seine geformte Umgebung, ließen die Fingergelenke knacksen, steckten sich die Schlagringe an und dann prasselten die Fausthiebe und Tritte auf jeden Quadratzentimeter seines Körpers ein. Erst nach Minuten, als Igor sich mit blauem Gesicht und malträtiertem Körper am Boden wand, hielt der Schlägertrupp inne. Kilian genoss, wie Igor keuchend Blut ausspuckte und die zahllosen Platzwunden in seiner Visage betastete.

Indes fing Vigo an wie ein Schlosshund zu heulen. Sein verstorbener Bruder packte ihn am Armgelenk und schleifte ihn aus der Wohnung und direkt an Kilian vorbei, der von dieser herrlichen Macht eine Genugtuung zurückerhielt, sodass er sich wie eine Gottheit vorkam.

Er konnte lenken, was andere erlebten, was sie fühlten. Er entschied, wem Gutes und wem vor allem Schlechtes widerfuhr. Und nur er allein bestimmte, wann das Unheil, welches er über andere hereinbrechen ließ, beendet war.

Diese Macht fühlte sich so verdammt gut an. Ein Lächeln breitete sich in seinem Gesicht aus und es wuchs zu einem schallenden Lachen an. Auf den Knien sitzend breitete er die Arme aus – wie ein Phönix, der aus der Asche stieg. Er wusste, dass sein

Lachen diese Mauern überdauerte und jedem von ihnen, der sich auch nur im Umkreis von zwanzig Metern befand, mit Angstschweiß in Erinnerung bleiben würde.

Er fühlte eine unermessliche Kraft in sich und wusste, dass nichts und niemand ihm jemals wieder etwas anhaben konnte.

Siegessicher erhob er sich. Die Spuren dieser Auseinandersetzung würden einige Tage an seinem Körper zu sehen sein – der Schmerz jedoch war von seinem Siegestaumel wie weggeblasen.

Als er sich umdrehte, blieb sein Blick an Alessia hängen, die ruckartig atmete. Ihr Blick war ins Leere gerichtet, während sie sich rücklings am Boden mit verkrampften Gliedmaßen nach hinten robbte. Es war ihr deutlich anzusehen, dass die Überlagerungen der verschiedenen Ebenen psychisch überfordert hatten. Er wusste, wenn er nun noch beruhigend auf sie einwirken würde, könnte sie kollabieren oder komplett durchdrehen. In diesem Zustand konnte er ihr nicht helfen. Egal, was er nun versuchen würde, es würde die Situation nur noch verschlimmern. Es blieb ihm also nichts anderes übrig, als sich aus dem Staub zu machen, damit er sich nicht in weitere Schwierigkeiten verstricken konnte.

☙❧

Liam wälzte sich unruhig hin und her. Irgendetwas stimmte nicht. »Piep ... Piep.« Er befahl sich, seine Augenlider zu öffnen, und wurde sofort von dem grellen Tageslicht geblendet, das sein Schlafzimmer durchflutete.

»Scheiße – die Jalousien«, stöhnte er. Er hatte ein pelziges Gefühl auf der Zunge und sein Schädel brummte. Der Alkohol – er hatte ganz eindeutig mindestens ein Glas zu viel getrunken – hatte ihm den Mund ausgetrocknet.

Er rollte sich zur Bettkante und machte sich darauf gefasst, auf allen vieren ungalant ins Bad zu krabbeln. Der erste Blick zu Boden rief ihm den letzten Abend in Erinnerung. Angewidert schob er die benutzten Kondome beiseite, die ihm wieder seine charmante Eroberung in Erinnerung riefen, und griff nach seinem Handy, um ein Gefühl für die Zeit zu bekommen. Der Balken der Batterieanzeigte leuchtete rot und er verzeichnete vier verpasste Anrufe. Das würde wohl oder übel warten müssen.

Dann sah er auf die Digitalanzeige der Uhr – und sie traf ihn wie ein Fausthieb: 13:06 Uhr. Längst schon hätte er im Büro sein sollten. Er schnellte in die Höhe. »Wieso hat dieser verdammte Wecker nicht geklingelt?«

Mit dem Handy bewaffnet, lief er schnurstracks in sein Badezimmer. Vor dem Spiegel angekommen, holte er seine Zahnbürste hervor, strich Zahnpasta darauf und öffnete parallel den SMS-Ordner.

Ich dachte, du solltest erfahren, dass Kilian Burrow gestern seine Erbschaft entgegengenommen hat. Er ist also in Albany.
Bis später, Stan.

Kilian ist zurück – hier in Albany ... Dieser verdammte Hurensohn!
Liam knallte die Zahnbürste ins Waschbecken. Keine fünf Minuten später verließ er die Wohnung.

Ihm war egal, dass er zu spät zum Dienst erscheinen würde. Viel wichtiger war es, dafür zu sorgen, dass Kilian Alessia fernblieb und Albany umgehend wieder verließ. Endlich war sie zur Ruhe gekommen und eine Begegnung zwischen den beiden wollte er um jeden Preis vermeiden. Sie durfte nicht erfahren, dass er in der Stadt war. Er wusste, dass es ihm eine große Menge an Beherrschung abverlangen würde, Kilian nicht an die Gurgel zu gehen. Am liebsten würde er höchstpersönlich dafür zu sorgen, dass Kilian für das Unheil, welches er angerichtet hatte, geradestand. Früher einmal war er sein allerbester Freund gewesen, doch das war lange her. Dann hatte er ihm alles gestohlen, was ihm im Leben wichtig gewesen war.

Viel zu hektisch hatte Liam die Wohnung verlassen und so war ihm entgangen, dass die vier verpassten Anrufe in seinem Anrufprotokoll von Alessia stammten.

11
QUÄLENDE TRÄUME

Ich spüre, dass ich eine Grenze überschreite, die ich nicht überschreiten sollte, nicht überschreiten dürfte. Doch ich kann nicht anders. Zu lange habe ich schon dem Geturtel zugesehen und ihre innigen Umarmungen und Küsse ertragen. Die Bilder, die mich nicht loslassen wollen, legen sich auf mein Gemüt wie eine qualvolle seelische Folter. Keiner von ihnen, weder Alessia noch Liam, haben mitbekommen, wie es in mir aussieht, wie ich leide.

Der Beginn unserer Freundschaft ist das größte Glück in meinem Leben. Endlich habe ich Anschluss gefunden und Menschen, denen ich wichtig bin, wenn wir auch nicht dieselbe Klasse besuchen. Seit wir alles zusammen machen, werde ich seltener verfolgt, belästigt und geschlagen. Ich bewundere Liam wie einen großen Bruder, eine Person, der man um jeden Preis nacheifern will. Er ist stark, selbstbewusst, fast jeder mag mit ihm befreundet sein, möchte *zu ihm* gehören und Teil seines Glanzes werden. Keiner wagt es, sich mit ihm anzulegen, denn das, was er in schulischer Leistung verkackt, vermag er am Sportfeld und mit Fäusten zu begradigen.

Und Alessia? Sie ist ... süß, zuckersüß – das süßeste Mädchen auf der Welt. Sie schafft es, mich aus meiner Trübsal zu reißen, mich aufzumuntern. Sie ist die Einzige, die sich mit mir abgibt, obwohl alle anderen sie dafür belächeln. Derweil hat auch Alessia es nicht leicht, denn genau wie ich wird sie oft gehänselt und von den anderen ausgeschlossen. Dennoch haben beide – sowohl Liam als auch Alessia – einen großen Gerechtigkeitssinn, stehen für Fairness und können Intrigen und Mobbing nichts abgewinnen. In ihrer Mitte fühle ich mich sicher.

Und so gelten wir auf dem Schulhof immer als das merkwürdige Trio. Ich versuche mich vor allem dadurch erkenntlich zu zeigen, dass ich Liam beim Lernen helfe und Alessia aus den Fängen von Rechtsradikalen hole, indem ich deren Interesse auf mich lenke. Wenn ich Glück habe, ist Liam rasch zur Stelle, um seinen Senf dazu abzugeben. Wenn nicht, halte ich die Schläge aus. Für Alessia. Sie ist es absolut wert.

Genau deshalb kann ich es Liam nicht übel nehmen, dass er sich unsterblich in Alessia verliebt hat. Sie ist atemberaubend schön und hat eine bezaubernde Art. Allerdings hätten die beiden bemerken können, wie mir ihre Romanze zusetzt. Nach und nach werde ich ausgeschlossen und an den Rand gedrängt. Ich fühle mich wie das fünfte Rad am Wagen.

»O Alessia«, flüstere ich bewundernd. Noch immer kann ich es nicht fassen, dass ich gerade auf ihr liege, in ihrem Bett. Die Art und Weise, wie sie mich mit ihren Augen streichelt, mich geradezu verschlingt und ihre Finger sich vor Begierde in meinen Nacken graben, um sich dann in meinem Haar festzukrallen, verlangt eindeutig nach mehr.

»Du hast mir so gefehlt, Liam. Dabei dachte ich, du könntest heute nicht vorbeikommen«, wispert sie und setzt einen ganz anderen Blick auf. Einen Blick, den sie *mir* niemals schenken würde. Doch sie sieht nicht mich – Kilian –, sondern nur das, was sie sehen soll – das Antlitz meines besten Freundes Liam.

Eigentlich wollte ich nur einmal von ihr in den Arm genommen werden, einmal zärtlich meine Lippen auf die ihren legen. Nur einmal wissen, wie es sich anfühlt, von ihr geliebt zu werden. Meine Gabe war der Schlüssel dazu. Danach wollte ich gehen. Doch jetzt, da nur ihr dünnes Top ihre vollen Brüste verhüllt und ein Hauch von zartrosafarbenem Nichts ihre Scham bedeckt, will ich mehr. Viel mehr.

Als sie mir gierig das T-Shirt abstreift und an meinem Reißverschluss nestelt, lasse ich es geschehen, obwohl mir das viel zu schnell geht. Für sie mag es vielleicht leidenschaftliche Hingabe sein, doch für mich ist es neu – mein erstes Mal. Das allerdings darf sie nicht mitbekommen, sie darf auf keinen Fall merken, dass ich nicht Liam bin – das wäre ein Desaster.

Ich bin verunsichert. Wie soll ich ihr Erfahrung vortäuschen, die ich eindeutig nicht habe? Es war schon schwer genug, sie den Unterschied nicht riechen oder schmecken zu lassen. Auch das musste ich mühsam lernen und perfektionieren.

»Wo bist du mit deinen Gedanken, Liam? So schüchtern kenne ich dich gar nicht«, hinterfragt Alessia und bringt mich damit aus dem Konzept. Schüchtern ist das Letzte, was ich sein möchte.

Sie schmiegt sich an mich, reibt ihren Oberkörper – ihre Brüste – aufreizend an mir. Sie bringt mich um den Verstand. Mir wird heiß. Nichts wäre jetzt schlimmer, als die Kontrolle zu verlieren.

Konzentriere dich, Kilian. Halte diese Dimension aufrecht. Das ist der schönste Moment in deinem Leben. Genau so hattest du es dir erhofft, gewünscht – also genieß es.

Meine Finger erkunden die samtweiche Haut unter ihrem Shirt. Meine Lippen legen sich auf die ihren, um sie zu kosten. Dabei vereinen sich unsere Zungen und senden kleine Funken durch meinen angespannten Körper. Nur mit Mühe kann ich ein wohliges Stöhnen unterbinden, um nicht voreilig abzudriften und wie ein absoluter Anfänger dazustehen.

Was würde Liam jetzt tun? Wie würde er sie berühren? Voller Begierde oder sanft? Würde er sich ihrer Leidenschaft einfach hingeben und genießen?

Wild entschlossen streife ich ihr das Shirt vom Leib. Ich bin betört von ihrem Anblick. Insgeheim hoffe ich, dass meine Art zu küssen und zu liebkosen sie so süchtig nach mehr davon macht und sie diese bei Liam nicht finden kann. Ich möchte eine Sehnsucht in ihr wecken, die nur ich allein zu stillen imstande bin.

Kurz halte ich inne bei dem Gedanken an Liam. Er ist mein Freund. Andererseits muss er es ja nie erfahren. Sollte sich Alessia allerdings eines Tages für mich entscheiden, dann ist es eindeutig Schicksal.

Als ich sie so ansehe, wird mein raffiniertes Grinsen einladender. Ich stemme mich hoch und lasse die Hüllen vor ihr fallen. Ich fühle mich nackt und beobachtet, obwohl sie vor ihren Augen Liams Körper bewundert und eine Hand fordernd nach ihm – nein, mir – ausstreckt. Ich habe mir die Bauchmuskeln, den breiten Rücken, jegliches Muttermal und Gott bewahre selbst den intimen Bereich eingeprägt. Alles nur, um ihr in diesem Moment all das bieten zu können, was ich in Wahrheit nicht kann. Eine Manipulation dieser Art ist außerordentlich riskant und meine Kopfschmerzen setzen wieder ein, weil ich derart viele Ebenen übereinander noch nicht so lange im Griff habe. Doch allein ihre pfirsichweiche Haut zu riechen und ihr mit jeder Berührung dieses zarte Stöhnen zu entlocken, sind es wert.

Ich kann nicht anders, als Alessia anzustarren, weil sich ihre Schönheit vor mir entfaltet. Ihre Nippel stehen in Erwartung, mehr Aufmerksamkeit zu erhalten. Die sie bekommen sollen. Ich lege mich wieder auf sie, lasse meine Hand über ihre perfekten Rundungen gleiten, um sie zu erkunden, und es lässt mich augenblicklich hart werden. Mein steifes Glied pocht vor Verlangen und ich bin überwältigt von der Erregung, die sich ungezügelt in mir fortpflanzt. Sie wäscht meine Angst vor fehlender Erfahrung hinweg.

»Ich will dich so sehr, Alessia«, rutscht es mir heraus. Ein innerer Druck, eine nicht zu bändigende Gier baut sich in mir auf.

»Worauf wartest du dann noch? Nimm mich, Liam.«

Obwohl dieser Name wie ein kurzer Giftpfeil durch mich hindurchfegt, lasse ich mich nicht abbringen. Ich möchte jeden Zentimeter ihres Körpers erforschen, sie lecken und ihren Duft in mich aufnehmen. Meine Hände streifen an ihrem Körper entlang, während ihre Nägel sich in meine Schultern graben. An dem dünnen Stoff ihres Slips angekommen, wird mir klar, dass auch dieser verschwinden muss. Ich fummle ungeschickt an dem seitlichen Riemchen herum – bis es reißt.

Überrascht stemme ich mich hoch, doch als ich Alessias Blick suche, trifft mich nur ihr freches Grinsen.

Wie meine Augen glühende Spuren auf diesem perfekten Körper hinterlassen, drohe ich gleich, etwas total Bescheuertes von mir zu geben. Noch nie zuvor habe ich eine Frau nackt gesehen. Ich atme viel zu schnell und habe Zweifel, ob ich ihren Ansprüchen gerecht werden kann.

Was, wenn ich zu früh komme oder sie nicht befriedige?

Doch ein Liam würde sich darüber keine Sorgen machen und Alessia scheint das auch nicht zu interessieren.

»Da hat es wohl jemand besonders eilig, dabei lag mir etwas an dem Slip.« Sie zwinkert mir zu.

Ohne Vorwarnung krallt sie sich dann in mein Haar. Beinahe grob zerrt sie mich zu sich herunter und erobert meinen Mund. Das verführerisches Zungenspiel nimmt Fahrt auf und lässt mich versinken in diesen Traum von ihr und mir. Ich will einfach nie wieder aufhören, sie in den Armen zu wiegen und zu küssen.

Lüstern wandert mein Blick zwischen unseren Körpern hindurch. Die Mitte ihrer zarten Schenkel bringt ihren weichen, zurechtgestutzten Flaum zum Vorschein und nimmt mich gefangen. Der Anblick macht mich nervöser und härter denn je. Wieder bekomme ich keine Chance, die Situation vollends auszukosten, da sich ihre schlanken Beine um mein Gesäß schlingen und sie mich an sich zieht.

Ich presse meine Hüfte intensiver gegen ihren Unterleib, was sie aufstöhnen lässt. In elektrisierter Vorfreude presst sie ihre Schenkel enger um meine Taille und lehnt ihren Kopf in den Nacken. Ich bin fasziniert zu sehen, wie sie ihre Augen schließt und sich genießerisch und erwartungsvoll auf die Unterlippe beißt.

Mach schon! Sie will dich, und zwar jetzt!, brüllt mir mein Ego entgegen und macht mir noch mehr Druck, als ich ohnehin schon ausgesetzt bin.

Ich positioniere mich vor ihrer Lustgrotte, langsam will ich in sie eindringen. Doch ich ramme mein Glied gegen harten Widerstand. Ich versuche den Schmerz wegzudenken. Mein Herz klopft mir bis in den Hals und ich beginne zu schwitzen, noch bevor es eigentlich schweißtreibend geworden ist.
Sei verdammt noch mal Liam! Er wäre niemals ein solcher Schlappschwanz!
Doch Alessia scheint es eindeutig zu lange zu dauern. Ungeduldig fädelt sie ihre Hand zwischen uns hindurch, packt meinen Penis und drückt ihn direkt gegen ihren Eingang. Ich bin fassungslos und liege wortkarg auf ihr. Erst als ihre Beine mich erneut gefangen nehmen, fällt mir wieder ein, was ich bei diesem Liebesspiel zu tun habe.

Mit einem festen Ruck dringe ich in sie ein und bin überwältigt von diesem Gefühl. Sie ist so warm, so feucht und ihr Inneres massiert mich, dass ich mich zusammenreißen muss ...

Alessias Arme streichen fordernd über meinen Rücken und ich spüre, wie sie ungeduldig ihre Hüfte hebt. Ich schließe die Augen und lasse meinem Instinkt freien Lauf, bewege mich in ihr, erst langsam, dann immer schneller. Es kommt der Punkt, an dem ich selbst die Beherrschung verliere. Ich habe schon Angst, zu grob zuzustoßen, doch sie krallt sich in meine Schultern und feuert mich an: »Mehr, Liam, tiefer, fester, härter! Komm, du weißt, wie ich es mag.«

Ich schüttele den Kopf, um diese Worte zu vertreiben. Erneut konzentriere mich darauf, die Dimension aufrechtzuerhalten. Wild entschlossen, es ihr zu besorgen, wie es Liam sonst tut, ziehe ich mich aus ihr zurück und schiebe ihn härter hinein. Doch mein eigener Körper macht mir einen Strich durch die Rechnung, als ein tosender Orkan über mich hinwegfegt, der Druck einfach zu groß wird und ich mich explosionsartig in ihr ergieße. Ein letztes, kehliges Stöhnen entkommt meinen Lippen, als ich von allen Kräften verlassen auf ihr niedersinke.

Ich fühle mich – leer, und glücklich. Ich kann nicht fassen, dass ich das erste Mal in meinem Leben Sex hatte und das ausgerechnet mit der schönsten Frau der Welt. Ich spüre ihre Feuchte auf meinem Glied und will mich nie wieder aus ihr zurückziehen. Ich spüre, wie mir ein zufriedenes Lächeln auf die Lippen schleicht.

»Ähm – könntest du bitte ...?« Vorsichtig, aber bestimmt schiebt mich Alessia von sich. Und als ich in ihre Augen sehe, kann ich Enttäuschung ablesen. Sie versucht es mit einem schiefen Lächeln zu vertuschen, aber dafür kenne ich sie zu lange. Unweigerlich wird mit klar, dass ich der Einzige bin, der gerade einen Orgasmus erlebt hat.

»Oh, verdammt ...« Zu mehr Glorreichem bin ich nicht imstande.

»*Oh, verdammt?* Mehr fällt dir nicht dazu ein? Du warst gar nicht richtig bei der Sache und so einem Egotrip hab' ich bei dir noch nie erlebt.«

Tränen stiegen ihr in die Augen. Ohne mich weiter anzusehen, robbt sie sich unter meinem verschwitzten und ausgelaugten Körper hervor.

»Ein Egotrip ...« Dieses Wort hallt wie ein Echo in meinem Kopf. Was meinen Plan betrifft, Liam als Liebhaber aufgrund meiner herausragenden Verführungskünste abzulösen, wirkt augenblicklich absolut lächerlich.

Wie konnte ich annehmen, besser zu sein als Liam, ihn aus dem Rennen zu schmeißen? Ich war lausig!

Ich bin so tief getroffen von dieser Offenbarung, dass sie sich wie Säure über meine Gefühle hermachen und alles verätzen, was mir etwas bedeutet hat. Mein Herz schrumpft zu einem kleinen ausgespuckten Kaugummi zusammen und schmerzt dennoch wie ein großes. Unfähig, mich zu bewegen oder auch nur einen Ton aus mir herauszubringen, starrte ich sie an.

»Mist!«, entfährt es ihr. Sie schlug sich an die Stirn. »Nicht mal einen Gummi haben wir benutzt.« Sie schließt die Augen und als sie sie wieder öffnet, verrät ihr Ausdruck Panik. Dann stürzt sie ins Badezimmer. Ich hingegen bleibe mit schmerzendem Herzen, Enttäuschung und wachsender Wut zurück.

Ein heller Blitz riss mich aus der Erinnerung und nahm mich als hüllenloser Beobachter mit auf eine Reise durch die Zeit. Ich verstand die Welt nicht mehr. Was war da gerade mit mir passiert? Der Sex mit Alessia hatte sich tatsächlich so angefühlt, als hätte ich ihn noch einmal erlebt.
Und jetzt gerade – träume ich oder was geschieht hier?
Einzelne bewegte Bilder zogen vor meinem inneren Augen vorbei wie aneinandergereihte Kurzfilme: Alessia, die einen Schwangerschaftstest in ihren Händen hält und sich unheimlich über das positive Ergebnis freut. Als Nächstes Liam, der sie freudestrahlend in die Arme schließt, sie euphorisch hochhebt und sich mit ihr um die eigene Achse dreht.

Worte verstand ich nicht, nur das Lachen und das Glück hingen in der Luft.

Ich wischte mir über die Augen.

Was soll das alles? Erinnerungen sind es nicht ... Was aber sonst?

Neue Bilder schoben sich in meinen Geist: Liam und Alessia schreiten dem Altar entgegen. Eine festlich gekleidete Menschenmenge umringt sie und feiert mit ihnen. Die Geburt eines kleinen Jungen und der Moment, als Liam sein eigen Fleisch und Blut das allererste Mal in Händen hält.

Alles schien so wirklich und mir brannte ein glühendes Schwert im Herzen.

Warum er und nicht ich?

Blinde Wut brandete in mir auf und plötzlich änderten sich die Bilder, die vor mir aufblitzten. Alles wurde dunkel und grau, Kälte durchströmte die Atmosphäre. Ich musste mitansehen, wie Liam sich von Alessia trennte und sie in ein tiefes, schwarzes Loch fiel. Traumatisiert und psychisch instabil blieb sie zurück. Ich sah geöffnete Tablettenschachteln und leere Blisterpackungen, überall standen ausgetrunkene Wein- und Wodkaflaschen herum. Dann entdeckte ich Alessia, wie sie regungslos in der Küche am Boden lag. Ihr Blick leblos, abgedriftet.

Panik kam in mir auf. Als ob ich eine Möglichkeit hätte, einzugreifen, streckte ich die Arme nach diesen Bildern aus, um sie zu berühren, um ihr zu helfen.
Ist das wahr? Und wenn ja, handelt es sich um die Vergangenheit oder die Zukunft?
Die Szenen bewegten sich immer schneller vor mir – als stiller Beobachter war ich ihnen machtlos ausgeliefert. Ich versuchte mich abzuwenden, doch die Horrorbilder zwangen sich mir auf, ohne Gnade und ohne dass ich ihnen entrinnen konnte. Der Schmerz, die Verzweiflung, der Selbstmordversuch, die Streitereien, der Moment, als das Amt ihr den Sohn entzog und sie in psychiatrische Behandlung und auf Entzug kam. All diese Emotionen stürzten gleichzeitig auf mich ein. Schuldbewusstsein übermannte mich, als wäre ich es gewesen, der all diese Ereignisse heraufbeschworen hatte.
Aber ich war gar nicht hier, wie hätte ich es verhindern sollen?
Unerbittlich ging die Zeitreise weiter. Hatten diese Bilder mich schon fast meines Verstandes beraubt, brachte die letzte Etappe mein Herz fast zum Stillstand. Als würde ich die Situation noch einmal erleben, sah ich uns beide mit meinen drei ehemaligen Partnern in ihrer Wohnung und beim nächsten Zwinkern – zwischen all den bewegten Bildern – sprang Alessia vom Balkon ihres eigenen Heims. Sie lag tot auf der Wiese, Blut rann ihr aus dem Mund, den starren Blick ins Leere gerichtet – dieser Anblick fraß sich unweigerlich in mein Gedächtnis.
Plötzlich veränderte sich die Perspektive, als würde ein Kameramann Alessia wegzoomen, bis sie nur noch ein ekliger Fleck auf einer trostlos grünen Leinwand war.
»Nein, nein, NEIN!«, schrie ich aus voller Brust, ohne einen Ton herauszubringen.
Das darf nicht sein! Das kann unmöglich sein!
Das letzte Standbild verwandelte sich vor meinen Augen in eine Person aus schwarzem, lebendigem Rauch. Ihre Konturen wurden schärfer und mit einem Mal erkannte ich in ihr die

Gothicprinzessin aus dem Casino wieder. Sie umhüllte mich mit eisiger Kälte und schien meine entstandene Gänsehaut unerbittlich zu füttern. Ihr stechender Blick war auf mich gerichtet, der Ausdruck kühl und leer, während die Signa unter ihrem Auge deutlich heraustraten.

Und sie hatte nur eine einzige Botschaft für mich: »Werde sichtbar, bevor du ewig unsichtbar bleibst.«

Eine Botschaft, die in meinem Verstand widerhallte und drohte, mich zum Wahnsinn zu treiben, bis sie langsam verebbte.

Kilian brüllte aus voller Lunge und wagte nicht aufzuhören. Denn schon allein die Tatsache, dass er sich selbst brüllen hörte, kam einem Beweis gleich, dass er nicht in einer Zwischenwelt auf ewig gefangen war und seine Gedanken außer Kontrolle geraten waren. Wie unter Strom drückte er sich von der Matratze hoch, um sich zu orientierten.

Er brauchte ein paar Sekunden, bis er realisierte, dass er sich in einem billigen Motel in Albany befand. Hier hatte er die furchtbaren Geschehnisse in Alessias Wohnung verdauen wollen, bevor er zurück nach Buffalo flog. Doch einen erholsamen Schlaf hatte er nicht gehabt, ganz im Gegenteil: Seine Albträume hatten ihn die allerletzte Kraft gekostet.

Kilian streckte sich und sein gesamter Körper fühlte sich geschunden an. Ein Schmerz in seinem Kreuz zog bis in die Wirbelsäule und er spürte sein steifes Genick. Das Gefühl beschlich ihn, seine Glieder benötigten noch mehr Zeit, um wach zu werden, als sein Geist. Er kratzte sich am Kopf. Doch was war das? Verwundert strich er sich durchs Haar. Es war deutlich länger als am Abend davor. Ungläubig tastete er noch einmal an verschiedenen Haarbüscheln entlang.

Was ... was passiert hier?

Was war aus seinem modischen Kurzhaarschnitt geworden? Als er mit den Fingern in der Fülle hängen blieb, führte er anschließend verwirrt seine Handflächen vor sein Gesicht und war schockiert. Wie von Sinnen wollte er aus dem Bett steigen, verhedderte sich in der Decke und stürzte ungeschickt auf seine Knie.

»Verdammter Mist!« Wie ein Traum fühlte sich das eindeutig nicht mehr an. Er rollte sich auf den Rücken und massierte sich seine geschundenen Gelenke. Dann vergewisserte er sich nochmals, ob es kein Hirngespinst war, und drehte die Hände vor seinen leibhaftigen Augen. Er hatte unnatürlich lange Fingernägel, als hätte er seit ungewisser Zeit keine Maniküre mehr machen lassen.

»Was zum Teufel …?«

Schockiert fixierte er seine Finger, genauer die Nägel daran. *Kann das wahr sein? So etwas gibt es doch gar nicht!*

»Verdammt – wie …!«

Ein lautes Klopfen an der Tür riss Kilian aus seiner Fassungslosigkeit. Erschrocken hielt er inne, traute sich kaum zu Atmen.

Wer weiß noch, dass ich hier bin?

Der Zimmerservice war es ganz gewiss nicht, derart penetrant würde der sich nicht bemerkbar machen. Konnte Vigo ihn diesmal so schnell ausfindig gemacht haben? Und das, obwohl er abermals unter falschem Namen eingecheckt hatte? Hatte er ihm am Vortag nicht genug Angst eingejagt?

12
SCHRECKEN OHNE ENDE

»Kilian? Ich weiß, dass du da bist, mach gefälligst auf!«

Er erkannte die Stimme sofort.

Kann das wirklich sein?

»Liam? Bist du das?«. Damit hatte er gar nicht gerechnet.

»Ja, verdammt noch mal. Nun öffne endlich die Tür, bevor ich sie eintreten muss!«

Oh-oh, das hört sich nicht gut an.

Offenbar hatte Alessia ihn völlig aufgelöst angerufen und Liam als der Beschützer, für den er sich immer hielt, wollte die Angelegenheit mit seiner Wenigkeit persönlich klären. Dafür schien ihm selbst die einstündige Fahrt von Portland nicht zu weit.

Kilian hatte absolut keine Lust, mit weiteren Schwierigkeiten konfrontiert zu werden und streckte seine Sinne über die Grenzen des Hotelzimmers aus, um Liam einen Riegel vorzuschieben. Doch offenbar hatte er einen Moment zu lange gezögert. Mit einem Ruck knallte ihm die Tür entgegen und Liam hieb ihm die Faust direkt ins Gesicht.

»Du hast sie auf dem Gewissen, du verdammtes Arschloch!«

Was, wie, wovon spricht er zum Teufel?

Bevor Kilian auf Liams Frage antworten konnte, sprang dieser wie ein wildgewordenes Tier über das Bett, um ihn dann mit beiden Händen zu packen und gegen die Wand zu schleudern.

»Was hast du Alessia erzählt?« Wieder hechtete er auf Kilian zu. »Was hast du ihr erzählt, dass sie sich vom Balkon gestürzt hat?«

Ein weiterer Fausthieb traf seine Nase. »WAS – will ich wissen!« Er zerrte Kilian auf die Füße, dann spuckte er ihm die Worte entgegen: »Sie hat einen kleinen Sohn! Du Stück Scheiße. Und ihre Mutter hat nun einen Nervenzusammenbruch! Hast du nicht schon genug angerichtet? Du bist so – skrupellos. Ich …«

Kilian sah ihn entgeistert an. Als er ihre Wohnung verlassen hatte, ging es ihr einigermaßen gut. Zumindest war sie stabil.

»Nein, nein, das kann nicht sein …«, stotterte er. Augenblicklich holte ihn diese merkwürdige Vision, die er vorher gehabt hatte, wieder ein. Er kämpfte dagegen an, das letzte Bild aus dieser verfluchten Erinnerung abzuschütteln. Alessia, die mit starrem Blick auf der Wiese lag und der das Blut aus dem Mundwinkel lief.

Das kann nicht sein, das darf nicht sein – bitte nicht!

Doch als er in die vor Zorn glühenden Augen seines ehemals besten Freundes blickte, sah er die Wahrheit – die bittere, nüchterne Wahrheit.

Er brauchte einen Moment für sich, deshalb fror er die Szene ein. Die letzten vierundzwanzig Stunden hatten ihn nicht mehr zur Ruhe kommen lassen. Er fühlte die Wand im Rücken, die ihm eine Stütze war in dieser niederschmetternden Lage.

Das ist absolut irre! Was ist hier verflucht noch mal los?

Liams Gesichtszüge waren von tiefen Furchen des Kummers gezeichnet. Die kastanienbraune Strubbelfrisur war nicht gestylt und seine smaragdgrünen Iriden fixierten ihn. Erst jetzt sah Kilian, dass Liam eine Uniform trug.

Ist er etwa bei der Polizei? Das fehlt mir gerade noch!

Ein hellblaues Hemd und eine Stoffhose spannten sich über einen hart trainierten Körper. Sofort nagte der Neid an Kilian. Schon damals hatte Liam leichtes Spiel bei den Frauen gehabt. Dieses markante Kinn, die vollen Lippen und dieser muskulöse Body hätten ebenso von den Seiten eines Modemagazins abgekupfert sein können. Kilian hasste es, zu diesem einen halben Kopf größeren Mann aufblicken zu müssen, den er früher so bewundert hatte und der nun bereit dazu war, ihn windelweich zu schlagen. Er wollte nicht wieder der Unterlegene sein.

Als Kilian im Gang vor dem Zimmer Unruhe und Stimmen vernahm, wusste er, dass er die Starre nicht länger aufrecht halten konnte. Er würde sich der Situation wohl oder übel stellen müssen. Kaum war die Dimension wieder geradegerückt, schlug Kilian mit der Faust zu, um das Überraschungsmoment auszunutzen. Liams Kopf schnalzte von dem Treffer nach hinten und seine Nase begann zu bluten.

Kilians ganze Wut entlud sich in diesem Augenblick, er hatte es satt, erneut in die Opferrolle gestoßen zu werden. Diesmal würde er die Richtung vorgeben. Noch wusste er zwar nicht, was überhaupt passiert war, aber das würde er sicher gleich erfahren. Alles schien komplett aus dem Ruder gelaufen zu sein, denn Alessia konnte nicht tot sein – das konnte sie einfach nicht!

Liam schmeckte Blut auf seiner Lippe und fasste es nicht – Kilian schlug ihn – ihn, einen Polizeibeamten. Das hätte er sich im Teenageralter niemals getraut. Es musste in der Zeit, in der sie sich nicht gesehen hatten, mehr passiert sein als nur das geänderte Auftreten und der neue Kleidungsstil. Doch dann musste Liam sich eingestehen, dass er seine Kompetenzen weit überschritten hatte und selbst seine Uniform ihn nicht vor allem schützen konnte. Wütend schleuderte er Kilian wieder gegen die Wand, beäugte ihn das erste Mal genauer – und stockte.

»Was ist denn mit dir los? Mann, du siehst wie ausgekotzt aus. War wohl eine harte Nacht! Und was soll dieser ungepflegte Vollbart?« Irritiert ließ er von ihm ab und beobachtete, wie Kilian entkräftet die Wand hinabglitt. Doch offenbar war dieser Schwächeanfall nur fingiert gewesen, denn keine Sekunde später sprang dieser auf, um erneut auf ihn loszugehen.

»Sag, dass es nicht wahr ist! Sie kann nicht tot sein!« Keuchend hielt Kilian vor ihm inne und bei jedem Wort, das er sagte, sprühten Liam Speichelfetzen ins Gesicht. »Und wage es ja nicht, mir irgendeinen Scheiß anzuhängen. Ich habe Alessia seit sechs Jahren nicht mehr gesehen!«

Dann warf Kilian ihn rücklings auf die Matratze. Schnell hatte er sich jedoch hochgerappelt und übernahm wieder die Kontrolle. Mit dem Knie auf Kilians Brust, presste er seinen Unterarm erbarmungslos gegen dessen Luftröhre.

»O mein Gott! Schatz, schnell! Ruf die Polizei, die werden sich noch umbringen!«, kreischte jemand. Liam blickte zu der Frau, die aufgelöst und verängstigt im Türrahmen stand.

»Das brauchen Sie nicht, ich *bin* die Polizei!«

Mit hochrotem Schädel, schließlich hätte sie das an seiner Uniform erkennen müssen, verschwand die Schaulustige sofort aus seinem Sichtfeld und er konzentrierte sich erneut auf Kilian unter sich. In ihm brodelte ein Vulkan. Er musste unweigerlich an dieses eine Gespräch mit Alessia vor Jahren denken, das alles ausgelöst hatte: ihren mentalen und körperlichen Absturz, die Trennung, die ihm noch immer zusetzte und ihren Selbstmordversuch. All die Tränen, der Kummer, die Ängste. Aus seinem anfänglichen Traum, mit der Liebe seines Lebens alt zu werden und Kinder aufzuziehen, war ein nicht enden wollender Albtraum geworden. Und alles, absolut alles war Kilian zuzuschreiben.

Bring ihn um! Er hat Alessia auf dem Gewissen! Sag, es sei Notwehr gewesen!

Er zögerte.

Noch hatte er keine Beweise. Was ihn jedoch vor allem zurückhielt, war der Gedanke an den kleinen Pascal, der nach diesem Desaster abermals allein dastehen würde.

»Mach deinen Mund auf, sofort!«

Kilian hätte ihn einfach in eine Ebene stoßen und ihn dort verprügeln können. Und das, ohne auch nur einen einzigen Finger dafür rühren zu müssen. Doch irgendwie fühlte es sich gut an, einmal nicht hinter seiner Gabe in Deckung zu gehen, sondern seiner Wut freien Lauf zu lassen, selbst wenn Liam für diesen Augenblick die Oberhand gewonnen hatte.

Nur mit Mühe krächzte er: »Was hast du vor, Officer? Wie ... willst du meine Beschwerde ... bei deinem Boss erklären? ... Und glaub mir ... das werde ich ... tun. Angriff ... und ... Nötigung.«

Liam drückte fester und erwiderte: »Dann werde ich mit Widerstand gegen die Staatsgewalt, Angriff auf einen Beamten und, nicht zu vergessen, Urkundenfälschung aufwarten, Mr Keith Rolands!« Den Namen sprach er mit so viel Verachtung aus, als wären sie schon immer Erzfeinde gewesen. Liam schien geradezu darauf zu warten, dass er ihm einen Grund liefern würde, ihn weiter zu schlagen.

Kilian war verunsichert. Dass er bereits so viel von ihm wusste ... Doch er könnte dafür sorgen, dass es Liam augenblicklich entfiel, allerdings nur temporär, rief er sich ins Gedächtnis und verwarf diesen Plan sofort wieder.

»Mach endlich dein verdammtes Maul auf!«, brüllte Liam ihn an.

Verständnislos sah Kilian ihn an. Wollte sein Freund aus seiner Schulzeit ihm etwa mit geladener Waffe zwischen den Lippen ein Geständnis entlocken? Ein Geständnis worüber? Entgeistert machte er den Mund auf, als Liam ein Röhrchen öffnete, in dem eine Art

Ohrenstäbchen steckte. Ohne besonders vorsichtig zu sein, fuhr er mit dem Wattestab in seinem Mund an der Schleimhaut auf und ab.

»So, du verdammtes Arschloch, wie gern ich dich auch einfach vom Balkon schmeißen würde, du wirst die Verantwortung für dein Handeln tragen. Und soll ich dir was sagen?« Liam riss die Augen auf, als hätte ihn der Irrsinn befallen. »Ich glaube dir kein Wort. Ich war in Alessias Wohnung. Irgendetwas hat nicht gestimmt und ich verwette meinen Hintern, dass ich deine Fingerabdrücke irgendwo finden werde. Leugnest du weiter oder packst du lieber gleich aus? Denn Gnade dir Gott, wenn ich es selbst rausfinde!«

Endlich nahm er den Druck von seiner Kehle. Dennoch brannte sie und hinterließ das Gefühl, sich eine gnadenlose Angina eingefangen zu haben. Viel schlimmer aber war dieses herablassende Gefühl, von Liam festgesetzt und beschuldigt worden zu sein. Sein ehemals bester und wohlgemerkt einziger Freund im Leben traute ihm zu, Alessia über den Balkon geschubst oder zumindest etwas getan zu haben, weswegen sie selbst hinabgesprungen war. Nie zuvor hatte Liam die Hand gegen ihn erhoben, hatte ihn noch nie erniedrigt wie gerade eben. Und das auch noch vor anderen. Kilian wollte, aber konnte nicht vergessen, wie dieses Gesicht ihm früher stets freundlich gesinnt gewesen war, mit ihm gescherzt hatte und wie Liams Arm oft brüderlich um seine Schulter gelegen hatte. Alles fühlte sich plötzlich so an, als hätte diese Zeit nie existiert. Aber was war nur geschehen? Aus seinem Blick und aus seinem Handeln sprach purer Hass.

Und was war bloß mit Alessia geschehen?

Noch immer konnte Kilian die Puzzleteile nicht zusammensetzen. Diese seltsamen Bilder: Alessia glücklich, dann verwahrlost, schließlich tot. Er war damals aus seinem Heim geflüchtet, ohne sich von irgendjemandem in Albany zu verabschieden. Mit allem und jedem hatte er im Stillen abgeschlossen. Auch mit Liam, obwohl dieser mit dem Bruch zu seinem Vater William nichts zu tun gehabt hatte.

Kilian ließ Liam nicht aus den Augen, beobachtete jede seiner Bewegungen, da er mit einer weiteren Attacke rechnete.

»Was auch immer passiert ist, ich habe nichts damit zu tun«, stellte er klar, doch nie hatte sich eine Lüge so falsch angehört wie diese. Die Lippen fest aufeinander gepresst hielt Kilian den Blickkontakt aufrecht, wenigstens sollte Liam nicht merken, wie er mit dieser Aussage seine Haut zu retten versuchte.

»Und weiter?«, fragte Liam gelangweilt.

»Nichts weiter.« Kilian musste schwer schlucken, so trocken war seine Kehle. Selbst das Massieren des Halses konnte das Gefühl nicht lindern. Mühselig hievte er sich hoch.

»Na, wenn du das sagst.« Liam ging schnellen Schrittes am Bett vorbei in Richtung Ausgang, stieg unbeeindruckt über die Holztür und drehte sich ein letztes Mal zu ihm um. Den Zeigefinger drohend auf ihn gerichtet und mit zu Schlitzen verengten Augen warnte er zynisch: »*Mr* Keith Rolands, ich weiß von deinem Flug in zwei Stunden, aber ich warne dich! Du wirst Albany nicht verlassen, bevor das geklärt ist, hast du mich verstanden? Und du solltest die Tür ersetzen, sonst bin ich gezwungen, dich wegen Vandalismus einzubuchten.« Mit diesen Worten verließ er den Raum.

Das Getuschel auf dem Gang setzte wie durch einen Dirigenten gelenkt ein. Als die Flurleuchte zu flirren begann, war das schlechte Karma komplett.

Kilian konnte sich kaum halten vor Wut und presste ein »Wenn es sein muss, Officer!« zwischen den Zähnen hindurch.

13
EVOLET

Dieser Gezeichnete wollte Evolet einfach nicht aus dem Sinn gehen. Sie beobachtete ihn seit ihrem Zusammentreffen regelmäßig. Man könnte beinahe sagen, zu oft. Doch die Tatsache, dass er über diese übernatürliche Gabe verfügte, machte sie neugierig. Was hatte sich die Schöpfung hierbei nur gedacht? Was war das Ziel dieses Menschen, der eine Macht besaß, die ihr nie zuvor begegnet war? Sie dachte stets, sie wäre allein da draußen und nur ihr wäre eine besondere Gabe von ihrem Vater in die Wiege gelegt worden. Und nun gab es jemanden, der aus einem ähnlichen Holz geschnitzt zu sein schien wie sie.

Evolet ging in sich, schloss die Augen und beobachtete ihn in Gedanken. Ihn, der es wagte, sie zu verhöhnen. Ihn, der ihr ins Gesicht lachte und amüsiert befahl, ihr Voodoo-Püppchen zu verstauen. Erneut kam Wut über sie, denn so ein Verhalten hatte ihre Aufmerksamkeit überhaupt nicht verdient. Eigentlich könnte es ihr egal sein, wie die Lektion, die ihm erteilt wurde, sein Schicksal verändern würde. Der Untergang und der Weg ins Verderben waren geebnet, also warum konnte sie ihn nicht loslassen?

Sie erblickte den Gezeichneten, der auf den Namen Kilian getauft war, wie er sich im Badezimmer dieser derangierten Räumlichkeit begutachtete.

Kilian wurde kreidebleich. Was zuvor nur eine böse Ahnung gewesen war, war zur Gewissheit geworden. Alessia war tot – und er sollte dafür verantwortlich sein, so meinte es zumindest Liam. Und als würde die Nachricht über Alessias Tod nicht schlimm genug an ihm nagen, stand er zusätzlich diesem Desaster im Spiegel gegenüber, das er nur schwer als sein eigenes Abbild erkannte. Er trug tatsächlich einen unhygienisch wirkenden Vollbart – Liam hatte ihm keinen Bären aufgebunden. Noch dazu war ihm vollkommen schleierhaft, wie er zu diesem dichten Haarwuchs gekommen war. Und die Farbe seines ungewollten Kunstwerks auf dem Schädel? Die schwarze Tönung war verschwunden und zum Vorschein kam sein dunkelbrauner, leicht gelockter Naturschopf. Er machte einem Neandertaler Konkurrenz. Entsetzt wandte er sich ab. Irgendetwas lief hier völlig verkehrt.

Kilian kramte seinen Rasierer heraus, nur um ihn Sekunden darauf wieder wegzupacken. Damit würde er dieses verschlungene Gestrüpp niemals aus dem Gesicht bekommen. Zuerst müsste er mit einer Schere das Gröbste beseitigen. Und wenn er schon dabei war, konnte er der verfilzten Mähne zu Leibe rücken, denn so konnte er unmöglich in ein Flugzeug steigen. Aber dass er einen Fuß über die Schwelle des Jets setzen würde, darin bestand für ihn kein Zweifel – egal welche Drohung noch immer in der Luft dieses Hotelzimmers verdünnt lag. Kilian war zu oft geflohen und hatte wieder neu angefangen, als dass diese Situation ihm aussichtslos erscheinen könnte.

Erneut blickte er in sein Antlitz und vermisste urplötzlich den riesigen Bluterguss unter dem rechten Auge, der ihn noch am Vorabend geziert hatte. Bei der Erinnerung an den Mann, der ihm diesen verursacht hatte, stieß er wütend eine Kampfansage aus: »Vigo, verdammt noch mal! Wenn du mir noch einmal in die Quere kommst ...« Im selben Augenblick wurde ihm jedoch bewusst, egal wie gern er sich für das Veilchen revanchieren würde, er wollte ihm lieber nie wieder begegnen. Er sollte diesen Ort so rasch wie möglich verlassen.

Nach dem Vorfall in Alessias Wohnung hatten seine drei Diebeskumpel erst recht Grund, sauer auf ihn zu sein, und sie mussten davon ausgehen, dass er sich noch in der Nähe befand. Sogar Liam hatte ihn hier unter seinem neuen Namen Keith Rolands ausfindig gemacht – wieso also sollte nicht in jeden Augenblick auch Vigo vor der eingetretenen Tür stehen?

Nervös rief er sogleich bei der Fluggesellschaft an und cancelte seinen Flug. Zuerst mussten ein neuer Name her, der dazu passende Ausweis sowie ein anderer Rückkehrplan nach New York. Er wollte auf Nummer sicher gehen.

Sein Blick fiel auf seine Fingernägel. Bart, Frisur – eigentlich sein gesamtes Äußeres bedurfte einer Korrektur. Er selbst konnte maximal das Schlimmste kaschieren, für ein ordentliches Auftreten musste jedoch ein Profi ran, deshalb machte er sich auf den Weg zum nächsten Schönheitssalon in diesem Kaff. An diesem Ort, der eigentlich dem weiblichen Geschlecht vorbehalten war, würde man wohl zum ersten Mal einen Mann zwischen die Finger bekommen.

Immerhin ist das das verschlafene Albany, dachte er zynisch.

☙❧

»Also, ich weiß nicht, was du hast – dein ehemaliger Schulfreund sieht geschniegelt und gestylt aus«, vernahm Liam Stans Stimme beiläufig am Handy. Er hatte ihn beauftragt, sich an Kilians Fersen zu heften, denn er traute ihm nicht über den Weg und würde auf keinen Fall zulassen, dass er einen Fuß aus seinem Zuständigkeitsbereich heraus setzte.

»Was? Das kann nicht sein. Reden wir von der gleichen Person? Bist du sicher, dass er es ist? Kommt er gerade aus dem Hotel? Was hat er an?« Liam konnte es nicht fassen. War Kilian diesem Trottel entwischt?

Er klemmte sein Handy zwischen Schulter und Ohr und bewegte seine Hände in flehender Haltung vor der Laborassistentin, die bereits genervt ihre Augen verdrehte. Zusätzlich legte er in James-Dean-Art die Stirn in Falten und hoffte sie so zu erweichen. Wahrscheinlich war es seinem blauen Nasenrücken geschuldet, dass die Masche weniger zog als sonst.

»Officer Brown, Sie wissen, dass ich nicht jedes Mal alles stehen und liegen lassen kann, nur weil Sie wieder an einem brenzligen Fall arbeiten.« Genervt verzog sie den Mund zu einer Schnute. »Sie haben doch Ihre eigene Abteilung für solche Analysen. Warum behelligen Sie die nicht mit dem Auftrag?«

Die junge Frau, deren Schopf seines Erachtens zu hell gebleicht war, sah ihn aufmüpfig an und verschränkte die Arme vor ihrem vollen Busen. Bei ihr zeigte sein Charme offenbar keinerlei Wirkung.

Liam unterzeichnete die Einreichunterlagen und lauschte währenddessen Stans Beschreibung: »Circa einen Meter fünfundachtzig groß, blond, Schickimicki-Anzug und eine Sonnenbrille. Ungefähr fünfunddreißig Jahre alt. Er sieht dem Foto, das du mir geschickt hast, zumindest ähnlich. Und gerade eben spaziert er an meinem Auto vorbei. Wohlgemerkt ist er der einzige Gast, der das Gebäude bis jetzt verlassen hat. Die Gegend ist wie ausgestorben.«

Liam hielt eine Hand über das Mikro und wandte sich an die dralle Blondine: »Miss, bitte, es ist wirklich ein Notfall. Wenn ich das Ergebnis nicht gleich bekomme, ist der Täter vielleicht schon über alle Berge. Könnten Sie nicht ausnahmsweise die Reihenfolge vergessen und es mit höchster Dringlichkeit behandeln? Bitte?« Er zog das *I* in die Länge und schenkte ihr sein schönstes Lächeln – dass es sich um eine private Fehde handelte, musste sie ja nicht unbedingt erfahren. Es reichte, dass sein Boss ohnehin schon sauer auf ihn war, weil er die Shadow-Akte nicht aus der Hand legte.

Dann fiel es Liam plötzlich wie Schuppen von den Augen. In seinen Gedanken formte sich ein Bild zu Stans Beschreibung und er brüllte in den Hörer: »Verdammt, du bist hinter dem Falschen her! Womöglich hat er den Hinterausgang benutzt. Er ist weder blond noch salonfähig. Außerdem ist er erst fünfundzwanzig Jahre alt. Mann, du hast ihn tatsächlich verloren!«, brüllte er wütend ins Handy.

Die Laborassistentin vor ihm zuckte merklich zusammen und riss verdattert die Augen auf.

»Was … das …! Scheiße! Ich melde mich wieder.« Ein Tuten in der Leitung zeigte an, dass das Gespräch beendet worden war.

Als Liam die hochgezogenen Brauen im Gesicht der wasserstoffblonden Dame erblickte, verlor er langsam die Hoffnung. Das kam dabei heraus, wenn man zwei Fliegen mit einem Schlag erledigen wollte. Jegliche Süßholzraspelei kooperierte nicht mit einer Schreitirade, das verstand sogar er und strich sich verlegen durchs Haar, während er lediglich ein dämliches Lächeln zustande brachte.

Plötzlich hörte er ein Räuspern hinter sich. Eine Dame hinter ihm, die wohl ebenfalls eine Probe abgeben wollte, sah ihn ungeduldig an. Erneut wandte er sich der Assistentin zu, die ebenfalls mehr als nur ungehalten aussah.

»Sie wollen mir also weismachen, dass dieser Test den *Täter* …«, sie zeichnete Anführungszeichen mit ihren Zeigefingern in die Luft, während sie einen leicht zynischen Blick aufsetzte, »… eines furchtbaren Gewaltverbrechens entlarven wird? Ist das Ihr Ernst?«

Liam verstaute sein Handy in der Innentasche seiner Jacke, lehnte sich über den Schalter und setzte – auch wenn es ihm im Moment schwerfiel – einen Hundeblick auf. »Bitte, Miss, ich bin verzweifelt.«

※

In Gedanken versunken ging Liam nochmals die Anrufliste auf seinem Handy durch. Das schlechte Gewissen plagte ihn auf dem Weg in die Pathologie. Er wollte Alessia Algoma ein letztes Mal sehen, bevor sie von den Bestattern abgeholt werden würde. Hätte er nicht ein solches Schlafdefizit gehabt und wäre sein Handy nicht auf lautlos geschaltet gewesen, wäre sie durchgekommen und er hätte sie womöglich beruhigen und auf sie einwirken können. Vielleicht wäre er sogar direkt zu ihr gefahren, um ihr jegliche Faxen auszutreiben. Wahrscheinlich wäre sie dann nicht verzweifelt genug gewesen, in den eiskalten Freitod zu gehen. Er hätte sie retten können.

Nervös rieb er sich sein linkes Ohrläppchen und blickte immer wieder auf, um niemanden aus Versehen umzulaufen. Das mintfarbene Linoleum entlang der sterilen Gänge des Krankenhauses quietschte unter seinen Ledersohlen, die grellweißen Neonlichter ließen die Gesichter aller Passanten blass und blutleer aussehen. Liam stieg dieser aufdringliche Geruch in die Nase, der wohl jedem Patienten das Gefühl gab, selbst ein Bakterium oder Virus zu sein, das mit Desinfektionsmittel in Schach gehalten wurde. Am liebsten hätte er das Unbehagen abgeschüttelt, denn diese Umgebung erzeugte ihm Gänsehaut.

Zum hundertsten Mal blickte er auf die Anruferliste und wieder grübelte er. Alessias erster Anruf war um 9:21 Uhr des heutigen Tages eingegangen. Dann hatte sie sich aus irgendeinem Grund Zeit gelassen, oder etwas anderes war offenbar hinzugekommen, was sie noch weiter verunsichert hatte. Denn um 11:32, 11:43 und 11:51 Uhr hatte sie gleich dreimal hintereinander durchgeläutet. Ihre Angst oder ihr Leidensdruck musste enorm gewesen sein. Erst beim dritten Anruf hatte sie ihm aufs Band gesprochen, verheult und völlig aus der Fassung geraten. Sie flehte ihn an, rasch zurückzurufen. Kilian sei zurück und sie sei sich nun sicher, dass es damals nicht ihr Fehler gewesen war.

Wie oft hatte sie ihm diese Geschichte schon erzählt? Doch erst die Nachricht, die sie ihm zuletzt auf der Mailbox hinterlassen hatte, bohrte sich wie ein gefrorener Eiszapfen in seine Seele. Darin klagte sie ihn an. Wie er jemals hatte an ihr zweifeln können. Warum er die Schuld bei ihr gesucht und nicht einfach die Augen aufgemacht habe. Niemals wäre ihr in den Sinn gekommen, ihn zu hintergehen, und es sei alles ein manipulatives Spiel gewesen. Aber er habe ihr ja nicht glauben wollen. Und nun seien unbeschreibliche Dinge in ihrer Wohnung passiert und sie glaube, sie drehe durch.

»Ich kann einfach nicht mehr, Liam. Keiner will es verstehen und was ich nun gesehen habe, wird man mir noch weniger abnehmen.«

Er hörte, wie sie die Nase hochzog, hörte die abgehackten Worte zwischen ihrem Schluchzen und konnte ihr Zittern förmlich durch die Telefonleitung spüren. Liam hörte diese Nachricht immer wieder ab. Er ertappte sich dabei, dass er feuchte Augen bekam und der Impuls in ihm aufstieg, ihr zu antworten. Er ertrug es nicht, dass ihr Bitten unbeantwortet blieb, als er ihre gebrochene Stimme erneut in seinem Innersten aufnahm. Das Klicken in der Leitung klang wie ein Donnerschlag.

Bitte, Alessia, tu es nicht!, flehte er, allerdings viel zu spät. Denn dann legte der Schatten einer Erinnerung, der letzte Hauch einer Persönlichkeit ein weiteres Mal einfach auf. Alles, was von Alessia geblieben war, war ihre Nachricht auf der Mobilbox, eine Nachricht, die nur die Vergangenheit festhielt, die nicht zu ändern war. Keine dieser Informationen – die Uhrzeiten der Anrufe, ihre Sprachnachricht und der Zustand ihrer Wohnung gaben ihm Aufschluss darüber, was geschehen war, selbst ihr Abschiedsbrief brachte keinerlei Erkenntnis.

Gerade als Liam um die Ecke bog, lief er direkt in einen Mann, der ungewöhnlich rot gefärbtes Haar trug und dessen Pony lediglich sein rechtes Auge preisgab – strahlend blau blitzte es ihm entgegen. Mit einem »Entschuldigung« eilte er weiter Richtung Pathologie. Wenige Schritte später stutzte er. Die eiskalte Ahnung traf ihn wie ein Schlag. Er fuhr herum und musterte den weitermarschierenden Mann von hinten. Diese Art zu gehen, dieses kaum wahrnehmbare Federn der Knie und die leicht nach außen gedrehten Zehen ... Jede dieser Einzelheiten kam ihm bekannt vor. Konnte es sein, dass ... Er wollte auf Nummer sicher gehen und rannte dem Mann in dunklen Jeans und einem dunkelblauen Hoodie nach. Blitzschnell ergriff er den hinteren Halsausschnitt des Pullovers und zog ihn ein paar Zentimeter nach unten, um die blanke Haut des Nackens freizulegen – und da waren sie, die übergroßen tätowierten Engelsflügel, die er nur allzu gut kannte.

Kilian konnte es nicht fassen. Sowohl die furchtbare Wahl der Haarfarbe als auch das Verdecken seiner zweifarbigen Augen hatte seinen langjährigen Jugendfreund nicht täuschen können. Dass aber ausgerechnet seine Tätowierung ihn entlarven würde, hätte er nicht erwartet. Noch immer gefielen ihm diese beiden Flügel, die wohl jeder als Engelsflügel interpretieren würde – ein Eindruck, der in Wahrheit nicht fehlgeleiteter sein könnte. Kurz vor seiner Flucht aus dem Elternheim hatte er sie stechen lassen, als Symbol dafür, dass er nicht kleinzukriegen war. Stolz hatte er damals damit vor

Liam geprahlt. Die Legende der Auferstehung des Phönix – episch und eindrucksstark war sie für ihn gewesen. Nicht verwunderlich also, dass er seinen neuen Lebensabschnitt mit dieser kraftvollen Zeichnung besiegeln wollte. Die Tinte war unter seiner Haut verewigt und sollte ihn stets daran erinnern, dass er in jeder noch so aussichtslosen Lebenslage auferstehen, aus der Asche emporsteigen und stärker als jemals zuvor sein würde. Und zwar ohne Hilfe von außen.

Leider war er diesmal unvorsichtig und nicht als Schatten unterwegs gewesen, so wie auf dem Weg vom Hotel in den Salon. Wer hätte ihn denn im Krankenhaus auch suchen sollen, wo er sich still und heimlich selbst Gewissheit verschaffen wollte, ob von Alessia tatsächlich nur die sterbliche Hülle übrig war?

Noch immer kämpfte er mit seinen Emotionen. Er saß in einer Achterbahn der Gefühle und wollte am liebsten die Notbremse ziehen. Seit dem merkwürdigen Vorfall im Casino war sein Leben aus den Fugen geraten, alles versank im Chaos und riss ihn mit.

Als er sich vor einer halben Stunde umgedreht hatte, schloss Liam ihm doch tatsächlich mit Handschellen an sein eigenes Handgelenk. Wie ein skurriles Pärchen waren sie aus dem Krankenhaus herausspaziert und in seinem Polizeiwagen zu einem ihm unbekannten Gebäude gefahren.

Und nun saßen sie hier und schwiegen sich im geparkten Auto an. Noch immer hallten Liams Worte in seinem Gedächtnis, als er ihn vor der Pathologie festgesetzt hatte: »Hast du wirklich geglaubt, ich lass' dich gehen?«

Was wollen wir hier bloß?

Sie hatten vor dem unscheinbaren Bauwerk angehalten. Kilian blickte vom Beifahrersitz auf ein Haus, dessen Mauern von Kinderhand verziert und von winzigen Sträuchern umsäumt waren, die den Frühling ankündigten.

»Kann ich dir die nun abnehmen oder hast du wieder vor zu türmen? Den Anblick würde ich den Kindern gern ersparen«, sagte Liam mit einer Kopfbewegung zu dem Flachbau.

Augenblicklich drängte sich Kilian die Überlegung auf, ob er seinem ehemaligen Kumpel eine Illusion vor die Nase setzen sollte, sobald seine Hände gelöst worden waren. Eigentlich würde es reichen, ihm einfach einzureden, dass sich die Schlüssel in der eigenen Jackentasche viel besser machen würden als zwischen Liams Fingern. Oder noch effizienter: Er könnte ihn dazu veranlassen, sich selbst beide Handschellen anzulegen – da wäre er ganz schön verblüfft, wenn er wieder klaren Verstandes wäre. Kilian feixte in sich hinein.

»Warum grinst du so blöd?«, erkundigte sich Liam und holte ihn in die Realität zurück. Mit gekräuselter Stirn saß er neben ihm und wartete offensichtlich auf eine Antwort. Dieser grimmige Ausdruck ließ keinen Zweifel daran, dass ihre unbeschwerte Vergangenheit längst vergangen war. Sie hatten damals so viel gelacht, gemeinsam unternommen und er hatte ihn als großen Bruder betrachtet. Bei niemandem hatte er sich so wohl und verstanden gefühlt. Liam hatte ihm die Freude am Leben und das Lachen beigebracht. Kilian konnte sein Lachen noch in den hintersten Ecken seiner selbst echoen hören. Inzwischen wirkte Liam wie ein komplett anderer Mensch. Offenbar hatte sie mittlerweile vieles entzweit und diese Erkenntnis schmerzte.

»Ich grinse nicht. Jetzt mach mich schon los.«

Kilian hob seine und damit ebenso Liams Hand, damit er die Handschellen öffnete. »Du glaubst doch nicht allen Ernstes, ich habe irgendetwas mit Alessias Tod zu tun? Du kennst mich, wir waren mal beste Freunde – du erinnerst dich? ... Erzähl' mir endlich, was passiert ist. Nur weil ich damals weggegangen bin, ohne euch Bescheid zu sagen, bin ich doch immer noch derselbe.

Wie kannst du nur annehmen, dass ich ihr etwas angetan habe? Du weißt selbst, wie viel sie mir bedeutet hat.« Kilian sprach kontrolliert und ruhig. Er kramte all die guten Erinnerungen in sich hervor, versuchte sich an seine innigen Gefühle von damals zu erinnern. So hatte er bereits unzählige Male erreicht, Verständnis in den Menschen zu wecken, damit sie ihm dann gaben, was er wollte. Nur ohne Manipulation konnte er hinter die Fassade blicken. Er strengte sich an, spürte sich in seine Gefühlswelt von damals hinein.

»Komm schon, Liam, unserer früheren Freundschaft wegen.«

Doch aus irgendeinem Grund lief Liam vor seinen Augen feuerrot an und sprang vom Fahrersitz direkt auf ihn zu, um ihn in der nächsten Sekunde mit der Kette der Handschellen zu strangulieren.

»Du verdammter Drecksack, wie kannst du es nach all dem noch wagen? Diese Heucheleien kannst du dir sparen. Ich weiß alles, ALLES!«

Sofort war Kilian klar, dass er sich aus dieser Lage allein mit Geschicklichkeit nicht würde befreien können, und schuf geschickt eine Dimension.

Plötzlich hörte Liam ein lautes Klopfen hinter sich. Wie vom Blitz getroffen fuhr er herum. Als er in das Gesicht eines Passanten sah, der durch die Scheibe auf der Fahrerseite zu ihm hereinblickte, wurde ihm bewusst, wie er gerade dabei war, während seiner Dienstzeit in einem Polizeiwagen über einen gefesselten Mann herzufallen.

»Officer, sind Sie sicher ... also ... ist alles in Ordnung bei Ihnen?«

Entsetzt über sich selbst ließ Liam von Kilian ab und zog seine Uniform zurecht. Eine Uniform, die jedermanns Freund und Helfer symbolisierte. Wie in Zeitlupe wandte er sich wieder Kilian zu, um sich noch einmal zu vergewissern, ob das soeben wirklich passiert war. Dieser rieb sich seinen rot geschundenen Hals und hustete sich die Stimmbänder frei. Als Liam sich wieder umdrehte, um den Passant zu beruhigen, bevor er Schwierigkeiten machen würde, war der Mann jedoch verschwunden.

Liam riss die Tür auf, um herauszuspringen – mit Kilian am Handgelenk war daran jedoch nicht zu denken.

»Spinne ich? Wo ist er hin? Da war ... Kilian, du hast doch auch ...«

Halluziniere ich?

Liam wischte sich über das Gesicht.

Oder ist er schon abgehauen, um mich zu melden?

Ein ungutes Gefühl befiel ihn.

»Sag mal, hast du sie noch alle? Kannst du mir endlich erklären, warum du mich so abgrundtief hasst?« Kilian atmete schwer. »Das ist jetzt schon das zweite Mal, dass du mich versuchst zu erwürgen. Eine dritte Chance bekommst du nicht.«

Schon allein der Klang seiner Stimme löste Aggressionen in Liam aus. Im nächsten Moment erkannte er verblüfft, dass Kilian nicht mehr an ihn gekettet war. Seelenruhig stieg dieser aus, stellte sich vor die offene Autotür und lehnte sich mit einem kühlen Gesichtsausdruck in die Fahrerkabine.

Ungläubig starrte Liam auf sein rechtes Handgelenk, um das sich die Handschelle schloss, wogegen die zweite unabgeschlossen daran baumelte. Unbändige Wut durchströmte ihn: »Ist das ein billiger ...?«, schrie er, ohne sein Gegenüber aus den Augen zu lassen.

»Trick?« Kilian lachte auf. »Ja, genau das ist es. Und nun gebe ich dir eine letzte Chance, mir zu erklären, was hier los ist und weshalb du mich unbedingt hierherbringen musstest. Es sieht nicht aus, als würdest du mich einbuchten wollen. Das ist alles andere als ein Gefängnis oder eine Polizeiwache. Also, wenn du mich nicht einbuchten kannst, warum schleifst du mich ausgerechnet an diesen Ort?«

Mit einem Ausdruck, dem nichts zu entnehmen war, stieg Liam aus dem Auto und lehnte sich auf das Autodach. Seine Augen durchbohrten ihn analysierend, die Lippen zu einer dünnen Linie gepresst. »Du fragst allen Ernstes noch immer, was passiert ist? Was PASSIERT ist?« Verächtlich knallte Liam ein längliches weißes Kuvert vor ihm auf das Dach.

»Du kannst von Glück sagen, dass deine Fingerabdrücke am Tatort nicht gefunden werden konnten. Es konnte kein einziger vervollständigt werden. Und Alessia hat auch keine Info hinterlassen, ob du in ihrer Wohnung warst. Dennoch, wenn ich eines weiß, dann, dass *du* der Auslöser für ihren Selbstmord warst.« Mit einem drohenden Finger zeigte er auf ihn und Kilian ging diese schulmeisterliche Art langsam auf die Nerven. Wie Liam so dastand in seiner Uniform, ein Mann des Gesetzes mit den markanten Streifen an den Schultern und dem Abzeichen des Oregon Police Departments auf der Brust. Wut kochte in Kilians Herz hoch und tief in sich wollte er Liam nur noch Einhalt gebieten.

Doch Liam ließ nicht locker: »Sie war am Friedhof, das haben Augenzeugen bestätigt, und ich würde Gift drauf nehmen, dass du nach sechs Jahren aus einem anderen Grund in Albany aufgetaucht bist als wegen des Begräbnisses deines Vaters! Und du beschissener Feigling drückst dich schon wieder.«

Sein verbitterter Gesichtsausdruck zeigte all das, was tief in seiner Seele brannte.

Scheiße – er weiß es!, durchfuhr es Kilian. Doch stolz reckte er sein Kinn, um sich nichts anmerken zu lassen.

»Selbst wenn du nicht direkt was mit ihrem Tod zu tun haben solltest – du hast Alessia trotzdem auf dem Gewissen. Genauso wie unsere Ehe, unsere Träume und unsere Liebe. Dafür kann ich dich vielleicht nicht festnehmen – obwohl ich dich am liebsten in einem dunklen Kittchen dahinvegetieren lassen würde und du das verdienst, du Arschloch –, aber du wirst den Preis dafür bezahlen! Du bekommst eine allerletzte Chance, die Scheiße wieder auszubügeln, und Gnade dir Gott, wenn du dich dabei nicht voll ins Zeug legst.«

Hä? Kilian konnte vor lauter Fragezeichen nicht mehr klar denken.

»Wovon zur Hölle redest du? Ich verstehe überhaupt nicht, was du meinst. Und wenn wir schon mal bei all den Ungereimtheiten sind, was soll *das* sein?« Kilian wedelte genervt mit dem Kuvert hin und her. Ein weiteres Teufelsding, das er eigentlich nicht öffnen wollte, da er insgeheim befürchtete, an den geschriebenen Worten zu verbrennen.

Mehr Kälte hätte Liams Gesicht nicht ausstrahlen könnte, als er antwortete: »Jemand wie du würde es wohl *Besitzurkunde* nennen.«

Evolet stand unter Spannung, denn wenn sich etwas Dunkles zusammenbraute, sich heranschlich und aufbäumte, um seine Ladung an Niedergang zu verstreuen, dann konnte sie es spüren. Und zwar in jeder Faser ihres Körpers. Leicht zitterten ihre Finger, als sie den beiden im Geiste folgte. Sie betraten das nahestehende Gebäude und sie fragte sich insgeheim, warum Kilian nicht seine Gabe genutzt hatte, um diesem Schicksal zu entrinnen. Er hätte es sich einfacher gestalten können, so wie er es offensichtlich bereits öfter getan hatte. Doch willig und mit überheblicher Haltung folgte er dem Henker, den er selbst gezogen hatte. Einem Henker, der ihm früher ein Freund gewesen war, der für ihn durchs Feuer gegangen wäre. Das konnte Evolet in seinen Lebensbahnen lesen und erkannte nun lediglich Trauer und Wut, die seine Lebensfreude im Zaum hielten und ihn ohne Ende leiden ließen. Sie verspürte Mitleid mit dem uniformierten Mann, denn seine Seele war gütig und rein. So wie jene von Alessia es gewesen war.

Die beiden Männer gingen in einen Raum, in dem eine adrette Dame und ein kleiner Junge an einem Holztisch saßen. Der Junge wirkte zierlich und war ohne Frage in einen Anzug mit Hemd und Hose gezwungen worden, wie ein Püppchen, das gefallen sollte. Die nach links gekünstelte Haarsträhne an seiner Stirn, die wie geleckt aussah, unterstrich die herausgeputzte Erscheinung des Kleinen. Nichts an ihm wirkte kindlich – alles an ihm schrie um Hilfe.

Die Frau stand wortlos auf und die heruntergezogenen Mundwinkel sowie der strenge Dutt sprachen für sich, als sie den Polizisten in Empfang nahm, um ihn in ein Gespräch zu verwickeln, das nur für seine Ohren bestimmt war. Ihre Blicke wechselten besorgt zwischen allen Anwesenden hin und her. Das Kind – das kleine Häufchen Elend – hockte verstört an einem Tisch und starrte teilnahmslos vor sich hin, sodass Evolet es nur in die Arme schließen und von all dem Schmerz befreien wollte. Dieses schutzbedürftige Wesen, dessen Fundament zerborsten war und vor dem sich ein Höllenschlund auftat, der es zu verschlingen drohte. Wollte sie all das Leid wirklich beobachten? Sie war zwar der Dunkelheit entsprungen, was aber nicht bedeutete, dass sie ausschließlich Düsternis leben und säen wollte. Sie war nicht geboren worden, um in die Fußstapfen ihres Vaters zu treten.

Kilian wollte flüchten, sein Gehirn reichte ihm Informationen, setzte die einzelnen Puzzlestücke zusammen und konnte die

Darstellung dennoch nicht entziffern. Er fühlte sich wie in Watte gepackt, als er diesen kleinen Jungen an einem Tisch sitzen und trostlose dunkle Bilder malen sah. Keine Sekunde verschwendete er damit, zu ihnen aufzublicken.

Noch kannst du verschwinden!

Doch Kilian war wie gelähmt, die Worte und Töne drangen nur gedämpft zu ihm durch und aus irgendeinem Grund war es ihm nicht möglich, seinen Blick von dem Kind abzuwenden. Eine Gänsehaut überkam ihn.

Bitte, lass es nicht wahr sein!

Jemand wie du würde es wohl Besitzurkunde nennen, hallte es ihm verächtlich durch den Kopf.

»Pascal? Darf ich dir jemanden vorstellen?«, hörte er entfernt eine Frauenstimme, deren Besitzerin er nicht einmal wahrnahm, denn der Junge hob langsam den Blick und spielte die Hauptrolle eines Dramas. Mit glasigen Augen sah er zu ihm auf.

Wie vom Donner gerührt schrak Kilian zusammen und ob der plötzlichen Erkenntnis versagten ihm die Knie. Nur mit Mühe konnte er Halt an der Lehne eines Stuhls finden. Die beiden Augen des Jungen wiesen unterschiedliche Farben auf: Er hatte eine blaue und eine grüne Iris – wie sein Vater.

14
GEERBTES SCHICKSAL

Kilian saß mit dem Jungen in einem kleinen Diner am Flughafen von Portland. Beide starrten sich an und keiner überwand sich dazu, das erste Wort von sich zu geben. Wie hätte er das von einem Kind auch erwarten können? Er war der Erwachsene. Der, der die Verantwortung übernehmen sollte. Kilian erfasste Panik und er hoffte inständig, all das wäre nur sein ganz persönlicher Albtraum und irgendeine masochistische Existenz ließ ihn einfach nicht daraus aufwachen.

Er betrachtete den kleinen Mann, dem er seine Augen und eine zarte, helle Haut vererbt hatte; braune Locken umschmeichelten sein Gesicht. Ansonsten konnte er keine Ähnlichkeiten zu sich erkennen. Dennoch trug er die Gewissheit in einem Kuvert in seiner Jacke, das so schwer wie Blei wog. Beide belauerten sie sich gegenseitig, Kilian hatte den Eindruck, der Röntgenblick des Jungen drang bis in sein tiefstes Inneres vor. Und diese intensive Musterung bis tief in die Seele schmeckte Kilian überhaupt nicht. Immer und immer wieder spielten sich die letzten Ereignisse wie in einer Endlosschleife in seinem Gehirn ab. Pascal wurde ihm als sein leiblicher Sohn vorgestellt und Liam musste verdammt gute Beziehungen zum lokalen Gericht haben, um solch eine hirnrissige Idee ohne Anwesenheit und Überprüfung des Vaters durchsetzen zu können. Ihm, Kilian, wurde auf Probe die Vaterschaft angeboten …

Angeboten? Wohl eher von Liam aufgezwungen!

Der Betreuerin kam das mehr als ungelegen, daraus hatte sie keinen Hehl gemacht. Man konnte in ihren Augen ablesen, dass sie es als leichtsinnig und verantwortungslos dem Kind gegenüber empfand. Dem er nur beipflichten konnte. Kilian sollte die Fürsorge zwar nur temporär übernehmen, bis Alessias Mutter nach ihrem Nervenzusammenbruch wieder dazu in der Lage war, sich um ihn zu kümmern, dennoch war es für ihn inakzeptabel.

»Das kannst du dem Jungen nicht antun!«, war es bei der Übergabe des Jungen im Kindergarten aus Kilian herausgeplatzt. »Er kennt mich überhaupt nicht und ich habe kein geübtes Händchen mit Kindern – diese Verantwortung ist viel zu groß! Bist du vollkommen übergeschnappt? Denk doch einmal an ihn!«

Kilian spielte diese Erinnerung abermals in seinem Kopf ab, um zu erkennen, an welcher Stelle er womöglich hätte anders reagieren können, um nun keine auf Beinen herumtrottende Verpflichtung mit sich herumschleppen zu müssen. Das ganze Gespräch ließ er Revue passieren.

»Das hättest du dir früher überlegen müssen. Pascal wurde die letzten fünfeinhalb Jahre genug hin- und hergeschoben. Jetzt bist du an der Reihe – ein Mann mit Geld, ein Blutsverwandter, der ihn noch dazu aus dieser Umgebung holt, die ihn ständig an diese furchtbaren Ereignisse erinnern wird. Und vielleicht kitzelt er sogar Gutes aus dir heraus, wenn da überhaupt etwas sein sollte.«

Diese zynischen und widersprüchlichen Worte waren wie Ohrfeigen bei Kilian angekommen und sie hatten ausgerechnet vor dem Jungen diskutiert, der womöglich ohnehin bereits unter Schock stand. Kilian hatte an Liams Vernunft appellieren wollen: »Er braucht besonders jetzt jemanden, der sich intensiv mit ihm beschäftigen kann, den er kennt und der ihm Liebe und Geborgenheit geben kann. Also jemanden wie dich. Schließlich kennt er dich ... seit ... er ein Baby ist?«

Liam hatte ausgesehen, als würde er gleich platzen. Seine Hände ballten sich auf dem Tisch zu Fäusten. »Willst du dich schon wieder vor deiner Verantwortung drücken?«

Kilian waren die Argumente ausgegangen. Noch einmal hatte er angesetzt: »Sehe ich etwa aus, als ob ich mich um ein Kind kümmern könnte? Ich bin viel zu beschäftigt ...«

»Womit denn?«, entgegnete Liam wie aus der Pistole geschossen. *Tja, was genau hätte ich sagen sollen? Ein bisschen betrügen hier, ein paar gestohlene Schätze da? Aktien, Beteiligungen ...* »Das tut jetzt nichts zur Sache. Ich habe viele Geschäfte am Laufen. Aber eins ist mal sicher: Alessia hätte nicht gewollt, dass er zu mir kommt!«

Kilian hatte bei dem Gespräch geglaubt, mit diesem letzten und schlagenden Argument hätte er seinen Kopf aus der Schlinge gezogen. Doch als er das siegessichere Lächeln auf Liams Gesicht sah, war ihm bewusst geworden, dass sich die Schlinge um seinen Hals sogar noch enger zusammenzog.

»Ach ja? Hat sie dir das persönlich gesagt? ... Schon interessant – wenn ihr doch im Guten auseinandergegangen seid, wie du sagst. Vor ... wie viele Jahre waren es noch gleich? Sechs? ... Oder gibt's da etwas, das du mir erzählen willst?«

Damit hatte er nicht gerechnet. Er hatte also ganz flott das Thema gewechselt. »Außerdem ist er in meiner Gegenwart einfach nicht sicher. Es gibt da ein paar Leute ...« Das war die Stelle gewesen, als er sich auf die Zunge gebissen hatte. Fast hätte er sich damit zusätzliche Schwierigkeiten eingehandelt. Liam hatte ihn hoch interessiert gemustert. »Tatsächlich?«

Ihm war der Mund trocken geworden und der Schweiß ausgebrochen. Auf dem Papier stand zwar, dass er zu neunundneunzig Prozent der Vater dieses Sprosses war – biologisch betrachtet mochte das stimmen –, ansonsten verband ihn jedoch nichts mit dem Jungen. Außerdem war das Thema Kinder für ihn

so naheliegend und interessant wie die chemischen Ausdünstungen beim Verbrennen von Autoreifen.
Ich kann unmöglich Vater sein – das ist unmenschlich!

Das dumpfe Schlagen von Pascals kleinen Füßen gegen ein Tischbein riss Kilian aus seinen Gedanken. Die vereinzelten Gespräche um sie herum traten wieder mehr in den Vordergrund und der Geruch von Frittiertem hing in der Luft.

Er räusperte sich und setzte sich auf. Erneut musterte er den stillen Jungen und konnte sich nicht vorstellen, wie er sich mit dieser neuen Rolle arrangieren sollte. Schon allein der Gedanke, dass seine genetischen Bausteine hinter diesen unvergesslichen Augen verstreut lagen und der Knirps im Zuge der Zeit immer mehr Ähnlichkeiten mit ihm bekommen würde, machte ihm Angst. Sah sein Blick auch so bedrohlich stechend und gleichzeitig anziehend aus? Was wohl gerade in diesem kleinen Kopf vorging? Der Junge war ihm suspekt und die Situation ließ ihm kalte Schauer über den Rücken fahren. Allerdings wusste Kilian, dass in fünfundvierzig Minuten sein Flug nach New York starten würde. Sollte er Pascal tatsächlich mitnehmen? Da draußen gab es doch genügend todunglückliche Frauen, die kein eigenes Kind bekommen konnten – für sie wäre er ein Gottesgeschenk. Unter dem leicht abgegriffenen Tisch rieb er sich seine Handflächen und konnte urplötzlich nicht mehr in Pascals Augen blicken.

Noch immer dröhnten Liams Worte laut und deutlich durch seinen Verstand: »Ich werde jeden Schritt von dir verfolgen und wage es ja nicht, meine Anrufe wegzudrücken, denn ich werde mich regelmäßig erkundigen, wie es dem Kleinen geht. Und sollte ich mitbekommen, dass du dich nicht in deine Vaterrolle fügst, erstatte ich dir persönlich Besuch und bringe es dir bei!«

War es überhaupt legal, jemanden zur Vaterschaft zu zwingen? Wieder blickte er in diese gebrochenen Kinderaugen. Nie hätte er gewollt, dass er solche Spuren in der Welt hinterließ. Der Junge hätte nie geboren werden sollen. Egal was passierte, Pascal war ungewollt in diese Situation geraten und wenn Kilian zumindest eines noch geraderücken konnte, dann, dass sein Nachwuchs an einem guten Ort aufgenommen würde. Und der wäre gewiss nicht an seiner Seite.

༺•༻

»Ich kann es nicht fassen! Und du bezeichnest dich als begnadeter Hacker?!«, schrie Vigo Siek an, dem bereits der Schweiß auf der Stirn stand.

Kevin musste seine Gabe eindeutig weiterentwickelt haben, denn nur durch die Vergleiche ihrer Erinnerungen konnten sie zumindest einen Teil der Ereignisse des vergangenen Tages rekonstruieren. Sie hatten alle drei etliche Lücken, Vigo jedoch dürfte wohl sein größtes Opfer gewesen sein, da er so viel Mitgefühl für den *armen Kerl* empfand, dass ihm speiübel wurde. Kevin hatte kein Recht, ihn derart zu manipulieren. Es fühlte sich furchtbar an, Emotionen zu empfinden, die einem eindeutig zuwider waren oder an der eigenen Logik zu verzweifeln. Er hasste sich für diese Schwäche. Es war aber auch besonders perfide gewesen, ihm ausgerechnet eine Dimension mit seinem toten Bruder zu kreieren. Damit war er eindeutig zu weit gegangen. Dabei musste er Kevin dankbar sein, dass er Igor eine Imagination erspart hatte, in der er erfahren hätte, dass er seine Loyalität gegenüber Vigo in Wahrheit nur durch bösartige List hatte gewinnen können.

Der damals Spielsüchtige hatte bei der Mafia Schulden angehäuft und Vigo nutzte dieses Wissen aus, um ihn an sich zu binden. Vigo hatte Igor von einer Horde Männer fast totprügeln lassen, die im

Namen der Mafia auftrat. Als Held der Stunde war Vigo zur Hilfe geeilt, woraufhin Igor ihm aus Dankbarkeit sein Leben versprach. Vigo wollte sich gar nicht ausmalen, was Igor mit ihm anstellen würde, wenn er die Wahrheit eines Tages herausfand.

Bei dem Gedanken, dass Kilian ihm diese Information, wie so viele andere in all der gemeinsamen Zeit, aus der Nase gezogen hatte, nur weil er erproben wollte, wie weit seine Fähigkeiten reichten, schwelte erneut Wut in Vigo. Wenn es um unangenehme Geheimnisse ging, hatte er ihn allerdings mindestens genauso in der Hand wie umgekehrt.

Vigo schlug mit der flachen Hand auf den Tisch, nur wenige Zentimeter neben der Tastatur des Laptops.

»Du hast wirklich nichts gefunden? Da muss doch irgendwas sein, du Supergenie!«

»Es ist mir unerklärlich, wie er es diesmal geschafft hat. Ich kann in der ganzen Stadt keinen Eintrag mehr zum Namen Kevin Samples oder Keith Rolands finden. ... Nicht einmal eine Zahlung mit Kreditkarte oder eine Abhebung von einem Konto. Woher hat der Kerl nur so schnell eine neue Identität? Irgendjemand muss ihm helfen«, verteidigte sich der Computernerd.

Igor stand mit ihm hinter Siek und alle drei blickten gebannt auf den Bildschirm des Laptops. Vigo tappte nervös von einem Bein aufs andere und stieß zwischendurch lautstark die Luft aus.

»Nicht einmal die Kameras am Flughafen haben ein passendes Bild von ihm aufgezeichnet? Der wird ja wohl kaum in ein Auto gestiegen sein und damit über den gesamten Kontinent reisen, oder?«, giftete Vigo und zündet sich unter Igors genervtem Blick eine neue Zigarette an. Doch nur das Nikotin konnte ihm noch etwas Erleichterung verschaffen.

»Ich bin alle Reservierungen von Einzelpersonen durchgegangen, habe ein Programm über die Gesichter laufen lassen und mir sogar andere Flugrouten mit Zwischenlandungen gezogen – nichts! Einfach nichts! Er ist wie vom Erdboden verschluckt!«

※

Kilian hatte zwar den Entschluss gefasst, das kleine Anhängsel baldmöglichst loszuwerden, doch in Portland waren ihm die Hände gebunden. Hier kannte er kaum noch jemanden, der sich dem Jungen annehmen würde. Daher sah sein Plan vorerst so aus, ihn mit ins Flugzeug zu verfrachten und dann in New York einen neuen Aufpasser für ihn zu finden.

Bald würde das Boarding starten. Egal, was er versuchte, Pascal sprach nicht mit ihm. Kilian hatte keine Ahnung, was er noch tun sollte, um an den Jungen heranzukommen. Wie konnte man einem Kind in diesem Alter begreiflich machen, dass man zwar sein Vater war, aber irgendwie auch nicht? Selbst wenn Kilian sich damals aus tiefstem Herzen gewünscht hatte, dass mehr zwischen ihm und Alessia gewesen war, die grausame Wahrheit lautete: Er hatte ein paar Minuten ihre Nähe, ihre Liebe gespürt, mehr war es nicht gewesen. Wobei sie es noch nicht einmal leidenschaftlich empfunden hatte. Doch diese Zeiten waren lange vorbei und er war ein anderer geworden.

Nun standen sie in der Warteschlange zum Boarding und Kilian beobachtete Pascal fasziniert, als ob ihm ein Alien gegenüberstünde. Wie folgsam er ihn bis hierher begleitet hatte, ohne hysterisch zu werden oder sich aufzubäumen. Seit dem Geschrei, als sie den Kindergarten verlassen hatten, war Kilian schon ganz bange, denn er wusste, es ging auch anders. Doch bisher blieb er von weiterem Gebrüll verschont. Ob er unter Schock stand? Immerhin hatte Liam etwas von *hin- und herschieben* erwähnt. Dieser Gedanke ließ Kilian nicht kalt, denn selbst wenn ihn das nichts anging, wünschte er keinem Kind solch ein Schicksal. Immerhin wusste er selbst am besten, wie es sich anfühlte, unwillkommen und ungeliebt zu sein. Er hatte stets von einem Zuhause geträumt, in dem er sich geborgen und verstanden fühlte. An seiner Kindheit war nichts mehr zu ändern, Pascal hingegen stand eine bessere Zukunft noch offen. Allerdings sah Kilian es nicht als seine Aufgabe, ihm diese zu ermöglichen. Es war schon schlimm genug, dass er vom Papier her Vater war und sich mit dieser neuen Aufgabe kurzweilig irgendwie arrangieren musste. Wie, war fraglich.

Der kleine Mann hatte sich dicht an den nächstgelegenen Zeitungswarenladen begeben, an der die Warteschlange vorbeiführte. Lustlos strich er mit seinen Fingern über die Comichefte, die in einem Rondell vor dem Eingang – dem letzten Shop vor dem Boarding – aufgestellt waren. Die Werbewirkung hatte somit seinen Zweck erfüllt. Wenigstens dafür zeigte er ein wenig Interesse. Das war die erste Regung, in der Kilian einen Hauch von Emotion erkennen konnte, seit sie gemeinsam unterwegs waren. Ihn beschlich plötzlich eine abgrundtiefe Angst.

Ob er vielleicht meine Gabe geerbt hat? Und wenn dem so ist, wie wird er damit umgehen? Er konnte nur hoffen, dass seine Großmutter ihn in diesem Fall nicht als Satansbrut titulieren und ihn dafür verurteilen würde, so wie es ihm selbst ergangen war. Womöglich konnte man mit richtiger Führung diese Fähigkeit sogar in einem geordneten Maß nutzen.

Etwa so wie du, Kilian?

Verärgert schüttelte er den Gedanken ab. Er scherte aus der Schlange aus und ging zu Pascal hinüber. Irgendwie musste er das Eis zwischen ihnen brechen, schließlich würden sie mehrere Stunden gemeinsam im Flugzeug auf engstem Raum verbringen müssen. Und er hatte nicht vor, dieses quälende Schweigen auszuhalten auf den Flügen von Portland nach Philadelphia und dann nach längerem Aufenthalt dort, weiter nach Buffalo.

Kilian fischte sich ebenfalls ein Comic aus dem Ständer und blätterte unbeholfen darin herum. »Magst du Comichefte?«, versuchte er ein Gespräch in Gang zu bringen.

Doch der Kleine zog lediglich freudlos Heftchen heraus, betrachtete die bunten, lebhaften Bilder, nur um sie dann vorsichtig zurück in das Fach zu fädeln. Ansonsten ignorierte er Kilian.

»Sollen wir dir eines kaufen? Wenn du willst, kannst du dir eines für den Flug aussuchen.«

Kurz hielt der Junge inne, würdigte ihn allerdings immer noch keines Blickes.

Dann steckte Pascal das letzte Heftchen zurück in die Halterung und lief ohne ein Wort an ihm vorbei, um beim nächsten Rondell mit den dicken Taschenbüchern dasselbe Spiel zu beginnen. Kilian atmete schwer ein und wieder aus – der kleine Knirps glaubte allen Ernstes, er könnte ihn foppen. Doch er konnte von Glück reden, dass ihm Pascal bis ins Hotel zum Packen und dann weiter zum Flughafen ohne Probleme gefolgt war. Wenn er nun meinte, Kilian seine Abneigung so zeigen zu wollen – bitte schön. Er konnte es ja verstehen, er selbst hätte in solch einer Situation auch keine Lust gehabt, mit irgendjemandem zu reden.

Kilian sah die Warteschlange vor sich kürzer werden und zog die beiden Tickets, ausgestellt auf Pascal Algoma und Kingston Bradley, aus seiner Innentasche. Für seinen Sohn hatte er ad hoc keine neue Identität erkaufen können. Doch das war auch nicht notwendig, ganz im Gegenteil hätte das sicher Ärger mit dem Jugendamt heraufbeschworen.

Dann blickte er nachdenklich auf die Comichefte, beschloss spontan, sich ein paar Exemplare zu schnappen und sie an der

Kasse zu erstehen. Sie waren möglicherweise der Schlüssel zur Aufmerksamkeit des Kleinen.

Mit den Heftchen in der Hand zog er an Pascal vorbei an das Ende der Warteschlange und riskierte einen Seitenblick. In Ignoranz konnte er dem Kleinen allerdings nichts vormachen.

»Kommst du bitte, wir sind die Letzten«, sagte er mit gereiztem Unterton. Eine der Stewardessen, die die Kartenabschnitte einscannte, wurde bereits hellhörig und beäugte die Szene skeptisch. Stocksteif musterte Kilian sein Anhängsel, musste jedoch feststellen, dass der junge Mann weiterhin keine Anstalten machte, zu ihm zu kommen. Er hingegen hatte sein Ticket soeben einscannen lassen und die sehr beobachtungsfreudige Stewardess legte nun fragend den Kopf schief. Kilian sah die Stewardess entschuldigend an und rechtfertigte es mit einem Schulterzucken: »Kinder – sie rauben einem den letzten Nerv.« Dann richtete er das Wort an seinen Sohn: »Pascal, könntest du dich *bitte* beeilen?« Nervös wippte er von den Fersen auf die Zehenspitzen und wieder zurück. Gekünstelt lächelte er die Stewardess an und blickte noch einmal mahnend zu Pascal.

Was verdammt noch mal würde ein anständiger Elternteil in solch einer Situation machen?

Als er den Jungen genauer betrachtete, kam ihm ein Gedanke: Pascal hielt einen Wälzer eines für Horrorgeschichten bekannten Autoren zwischen den Fingern, mit dem er in seinem Alter eigentlich nichts anfangen konnte. Dennoch schien ihn das Cover maßlos zu faszinieren. So viel Kilian erkennen konnte, war darauf ein geisterartiges weißes Wesen abgebildet, das in ein wehendes Laken gewickelt war. Schelmisch konnte Kilian es sich nicht verkneifen, als er den Jungen in eine Ebene verschob, eine transparente Hand als Verlängerung des Fabelwesens aus dem Umschlag lockte und diese sich nach dem Jungen ausstreckte.

Laut hallte der hysterische Schrei durch den Wartebereich. Außer sich warf Pascal mit weit aufgerissenen Augen das Buch zu Boden und rannte so schnell er konnte – das Buch nicht aus den Augen lassend – zu Kilian und knallte ihm direkt an die Oberschenkel.

Autsch!

Kilian rieb sich kurz die schmerzende Stelle. Er ließ es sich aber dann nicht nehmen, den verdatterten Jungen am Arm zu packen und zu sich heranzuziehen.

Auch nach dem Scannen des zweiten Boarding Passes hielt Kilian Pascals Hand fest in der seinen, um sicherzugehen, dass er ihm nicht neuerlich entwischen würde. Noch immer sah der Sohnemann entgeistert aus, während Kilian der Stewardess triumphierend zuzwinkerte. Mit stolzgeschwellter Brust schritt er den Gang zum Flugzeug entlang. Er wusste, wie man die Dinge richtig anging.

15

ILLUSIO

Ich beobachte fasziniert, wie er voller Hingabe die Taube aus dem Käfig vor allen Augen verschwinden lässt, und dies, ohne über meine Fähigkeiten zu verfügen. Ein Zauberer zu sein ist tatsächlich Illusios unangefochtene Berufung, die er mit Leib und Seele zelebriert. Wie er so im Scheinwerferlicht steht, auf dieser glatt polierten, makellosen Bühne vor Tausenden von begeisterten Zuschauern. Alle fixieren seine Finger, um nichts zu verpassen und im besten Fall sogar hinter den Trick zu kommen. So viele unter ihnen wünschten sich gewiss, sie könnten ihn enttarnen, aber er ist ein Meister in seiner Kunst.

Illusio hat mir erzählt, wie dieser Traum zur Passion wurde. Enrico, wie er mit bürgerlichem Namen heißt, wurde auf Teneriffa groß und begegnete dem ersten Zauberer mit gerade einmal elf Jahren. Er musste wohl einen bleibenden Eindruck hinterlassen haben. Der Gedanke, diesen Mini-Illusio mit breitem Grinsen einen Kartentrick beobachten zu sehen, springt mir in den Sinn. Von diesem Augenblick an wusste er offenbar, dass es seine Berufung war. Er erledigte kleine Arbeiten, um Geld zu sammeln und Bücher zur Macht der Magie zu erstehen. Schon mit sechzehn hatte er seine ersten Auftritte in Themenparks der Touristeninsel absolviert und schon bald verschlug es ihn nach Amerika, wo er fließend Englisch lernte, um dort die Akademie der Zauberkünste in Hollywood zu besuchen. Alles, um heute vor diesen staunenden Gästen zu stehen. Er ist ein Zwei-Meter-Hüne, dessen Markenzeichen sein gegelter, gezwirbelter Schnurrbart und seine farbenfrohen Fliegen sind. Nicht zu vergessen die von seiner geliebten Frau Martha genähten Samtgilets mit goldenen Ornamenten und buntem Muster. Seine ausgeprägten Lachfalten zeugen von einem glücklichen Leben, in dem er seinen Traum in die Realität umgesetzt hat und mit seinem spanischen Teint wirkt er wie ein Strahlemann. Nicht nur einmal ertappe ich mich dabei, selbst zu erkennen, wie er mir ans Herz gewachsen ist oder sich mehr wie mein Vater anfühlt, als mein leiblicher es je vermocht hätte. Dabei sollte es das nicht, denn alle Vaterfiguren davor hatten sich bisher als großer Reinfall entpuppt.

Applaus brandet auf, als der Vorhang fällt und Illusio kommt auf mich zu, mit einem Lächeln, welches durch und durch geht.
»War das nicht wieder eine fantastische Vorstellung, Kevin – oh, verzeih – *Magic Gil*? Mittlerweile bist du wirklich schon mehr als mein Assistent. Wenn du so weitermachst, stiehlst du mir noch die Show. Wo kam denn dieser Balltrick plötzlich her? Der war mir völlig neu«, witzelt er vergnügt und legt seinen Arm um meine Schulter, als hoffte er, ich flüstere ihm mein Geheimnis ins Ohr. Diese Vertrautheit tut mir gut, denn ich bin schon lange nicht mehr so behandelt worden.
»Wenn ich dir den Trick verrate, Illusio, müsste ich dich wohl oder übel dafür umbringen«, kontere ich und sehe ihn stolz auf mich hinabblicken.
»Du lernst wirklich unglaublich schnell, mein Junge.« Ununterbrochen nennt er mich so, obwohl ich geschlagene dreiundzwanzig bin. Aber es macht mir nichts aus, da ich weiß, dass Martha und er sich ihr Leben lang Kinder gewünscht haben, ihnen dieses Glück jedoch verwehrt geblieben ist. Außerdem geben sie mir ein Zuhause, in dem ich willkommen bin. Nach der Ablehnung durch meinen Vater, der ganzen Flucht und dem Bruch mit der Diebesbande habe ich ein familiäres Umfeld mehr als gebraucht. Ich musste mich optisch vollkommen ändern, um selbst auf Fotos für meine Vergangenheit nicht erkennbar zu sein. Zu viel Negatives ist passiert, das auf mich lauert und nach mir

packen könnte. Ich wollte alles ablegen, einen Neuanfang starten ohne meine Wut, den Hass und all die Enttäuschung, die mir das Leben bisher gebracht hat. Womöglich kann mein altes Ich einmal ruhen und ich darf darauf vertrauen, dass mir auch mal Schönes widerfährt.

Ich trage eine Augenmaske auf der Bühne und habe vermieden, meinen Namen offiziell zu machen. Nun bin ich Magic Gil. Und ich bin Illusio und Martha überaus verbunden für diese Chance. Immerhin habe ich ein neues Handwerk dazugelernt, das mir wohl im Leben am leichtesten fällt – das Spiel mit Illusionen.

Umgezogen und nach einer halben Stunde Fahrt kommen wir in San Diego an. Ich bin ausgelaugt von den heutigen zwei Vorstellungen. Donnerstags bis sonntags sind wir für Auftritte in ganz Kalifornien gebucht, die Martha als geschickte, wohlorganisierte Managerin an Land gezogen hat. Montag ist meistens der einzige Tag, an dem wir uns eine Pause gönnen, denn dienstags und mittwochs kreieren wir neue Illusionen oder basteln an Apparaturen für unsere Attraktionen, die auch ab und zu gewartet werden müssen. Des Weiteren ist Illusio ein absoluter Perfektionist und drillt mich unaufhörlich, Tricks zu wiederholen, die ich eigentlich schon im Schlaf beherrsche. Obwohl ich durch mein großzügig angelegtes finanzielles Polster das Geld nicht nötig habe, streiche ich ein Drittel der Gagen ein, die sich verdienter anfühlen als irgendetwas, was ich vorher gemacht habe. Dabei wäre es ein Leichtes, mir viel mehr zu nehmen und die Verlockung hat mich nicht nur einmal gestreift. Wenn man einmal diese Macht hat und der Sucht verfällt, lauert sie an jeder Ecke.

Wir betreten das weitläufige Anwesen mit dem mediterranen Bungalow, der inmitten eines atemberaubenden Gartens mit Swimmingpool liegt. Es ist Hochsommer und die Sonne gnadenlos, sodass ich froh bin, aus dem Frack und den

Handschuhen raus zu sein – den typischen Utensilien unserer Ausrüstung. Gleich beim Eingang werden wir herzlich von Martha begrüßt, die mich so fest umarmt, als ob sie mich seit Wochen nicht gesehen hätte.

»Gut, dass ihr kommt. Das Essen ist schon fertig.« Sie strahlt uns über das komplette Gesicht an. Die kleine, etwas stämmige Frau trägt wie immer ihre knallbunten Schals und einzelne verirrte Strähnen fallen aus ihrem blonden Dutt. Selbst nach den drei Jahren, die ich hier wohne, fällt mir noch ihr britischer Akzent auf. Ich beobachte, wie Illusio sie innig in seine Arme schließt, sie leidenschaftlich küsst und sie sich nur mit Mühe auf den Beinen halten kann. Unweigerlich versetzt mir dieser Anblick einen Stich, denn mir wird klar, mein Lehrmeister hat einiges, wonach ich mich sehne: ein eigenes Leben, das ich mir selbst aufgebaut habe, und einen Menschen an meiner Seite, der mich aufgrund meiner Werte und nicht meiner Gabe liebt. Jemanden, der mich so ansieht wie Martha ihren Illusio in diesem Moment oder wie Alessia und Liam es zu tun gepflegt haben. Wieder ergreift mich diese eisige Kälte, steigt in meinem Inneren auf, schlingt sich um mein Herz und droht mich zu erfrieren. Unvermittelt wird mir klar, wie sehr ich mich nach ein wenig Glück verzehre, wie es mich danach verlangt, mir eine Existenz aufzubauen, die nur meinem eigenen Verdienst entsprungen ist.

Ich gehe in unsere Werkstatt und spüre innere Unruhe in mir aufkeimen. Es wird Zeit, meine gelernten Fähigkeiten zu nutzen, um als Magic Gil meinen eigenen Weg zu beschreiten und Neues auszuprobieren. Nur so kann ich mich eines Tages von Illusio abnabeln und unabhängig werden. Mir müssen nur atemberaubende Tricks einfallen, die noch nie zuvor gewagt worden sind und die mich bekannt machen würden.

Doch wo fange ich bloß an? Angespannt wandere ich durch den großzügigen Raum, der mit Zauberutensilien gespickt ist. Die großen Kästen, eine teilbare Liege und sogar ein menschengroßer Wassertank – alles steht bereit für die verschiedenen Übungen.

Mehrere Kisten und Truhen bergen Gegenstände, Fallen und Eigenkreationen, die ihre Geschichten unverkennbar mit sich tragen. All diese bunten Schätze, so einzigartige Utensilien der Täuschung vereint, die Illusio über die Jahre angesammelt hat. Man kann förmlich die Magie durch die Atemluft inhalieren.

Mein Blick wandert über die verschiedenen Gerätschaften und ich überlege, was ich selbst gern einmal im Leben mit leibhaftigen Augen würde sehen wollen. Was mich als Zuschauer vor Begeisterung aus dem Sitz heben würde. Ich schließe meine Lider, reibe die Handflächen aufeinander und konzentriere mich – doch ... nichts ... absolut gähnende Leere. Die Ungeduld übermannt mich und Enttäuschung bäumt sich in mir auf.

Eh klar, Kilian, voller Tatendrang, ein neues Leben beginnen zu wollen, um dann keine Ahnung zu haben, wo du ansetzen sollst – typisch für dich!

Entsetzt stelle ich fest, dass meine Gedanken wie die Worte meines Vaters klingen, die mich höhnisch daran erinnern, dass nie etwas aus mir werden wird. Meine Faust auf dem Deckel einer Truhe klingt wie ein Paukenschlag – niemals lasse ich zu, dass diese innere Stimme Bestätigung finden wird, niemals!

Wie ein Licht in der Dunkelheit fällt mein Blick auf einen kleinen, verstaubten Lederkoffer, der so alt und brüchig aussieht, dass er den Eindruck erweckt, einem anderen Jahrhundert entsprungen zu sein. Er lugt zwischen einer großen, schillernden Plane und einem eigens produzierten Paravent hervor. Zögerlich nähere ich mich dem Objekt. Ein letzter Schritt, dann greife ich danach und es kommt mir vor, als würde ich durch die Zeit steigen.

Ich streiche ehrfürchtig den Staub von der hellbraunen Oberfläche. Die Ecken des Koffers und das Schloss sind aus Metall, das an manchen Stellen verrostet ist. Kleine vergilbte Sprenkel bedecken die ehemals polierten Stellen. Das derbe Leder fühlt sich spröde und steif unter meinen Fingerkuppen an, so als wäre es bereits verschiedensten Witterungen ausgesetzt gewesen.

Ich drücke die kleinen Schnappverbindungen rechts und links neben den Schlössern, allerdings ohne jegliche Hoffnung, dass mir das Gepäckstück sein Geheimnis preisgeben wird. Wundersamerweise ist es nicht verschlossen. Behutsam hebe ich den Deckel an und entdecke darunter wie Pergament wirkendes Papier voller Skizzen und Pläne. Die Handschrift der Notizen ist unverkennbar Illusios, wenngleich einzelne Anmerkungen aus einer anderen Feder stammen. Wie ein Kind, das auf eine Schatzkarte gestoßen ist, mustere ich jedes einzelne Blatt und ertappe mich dabei, wie ich die Luft anhalte.

Rasch gehe ich zum großen Arbeitstisch, um die Unterlagen genauer zu sichten und mein Herz schlägt schon bei dem Gedanken schneller, vielleicht auf einen Trick gestoßen zu sein, den Illusio noch nicht realisieren konnte. Womöglich war damals die Zeit nicht reif dafür oder ihm fehlten die Hilfsmittel. Als ich auf ein in Leder gebundenes Notizheft stoße, das lediglich mit Raulederbändchen zusammengehalten wird, stockt mir der Atem. Bei dem ungeduldigen Versuch es durchzublättern, rutschen ein paar lose Zettel heraus und meine Aufmerksamkeit fällt auf ein Blatt, dessen eine Ecke leicht verbrannt ist. So, als hätte jemand das Werk vernichten wollen und es dann in letzter Sekunde aus den Flammen retten können. Es zeigt eine fragile Zeichnung eines Menschen, der vollständig aus Feuer besteht.

»Ah, da bist du«, vernehme ich plötzlich und zucke unweigerlich zusammen, als ich realisiere, dass Illusio direkt hinter mir steht. Ich drehe mich zu ihm um und prüfe seine Gesichtszüge auf Ärgernis. Doch seine Augen ruhen auf der Skizze, die ich noch immer in den Fingern halte. Sie wirken leer und verschleiert, als ob ihn seine Erinnerungen gefangen halten.

Ich fühle mich ertappt und starte einen Erklärungsversuch: »Tut mir leid, Illusio, meine Neugier hat gesiegt. Ich wollte nicht in deinen Sachen ...« Beklommen sehe ich ihn an und erkenne, wie seine Wangen plötzlich eingesunken wirken, sein aus Eitelkeit schwarz gefärbtes, gelocktes Haar fällt ihm kraftlos in die Stirn. Beinahe sieht er aus wie ein Mensch, der mit seinem eigenen Tod konfrontiert wird. Ich schlucke meine Unsicherheit herunter und übe mich in Geduld.

»Wo hast du das gefunden, Kevin? ... Ich dachte, ich hätte diese Studien längst entsorgt.« Noch immer erreichen mich seine Augen nicht. Es ist geradezu beängstigend, ihn so zu sehen, als hätte ich die Büchse der Pandora geöffnet.

»Der Koffer ... er stand da hinten ... dort an der Wand.« Ich deute an die Stelle, wo ich den Koffer gefunden habe. »Aber ... warum entsorgt, Illusio? Das sieht nach ein paar Entwürfen von Tricks aus, die ich noch nie zuvor gesehen habe.« Weil er nichts darauf erwidert, frage ich: »Was wurde aus diesem brennenden Menschen?«, und halte ihm sein Notizbuch näher unter die Nase.

Mit bebenden Fingern nimmt er mir die Unterlagen aus der Hand, um selbst darin zu blättern.

»Das ist meine Kreation *Auferstehung des Phoenix*«, erklärt er tonlos und streicht sanft mit den Fingerkuppen über die Skizze. »Ich war besessen von dieser Idee und sie hätte mich fast in den Wahnsinn getrieben. Erst als mein damaliger Assistent bei dem Versuch, sie umzusetzen, mit schweren Brandwunden davonkam, erwachte ich und habe diese Höllenidee aus meinem Leben verbannt. Zusammen mit einigen anderen schwachsinnigen Einfällen, die alles andere als reif für eine Show waren.«

Er strafft den Rücken und atmet einmal tief ein und wieder aus. »Lassen wir die ollen Kamellen.« Und schon beginnen seine Augen wie gewohnt zu leuchten und er lächelt mich mit diesem väterlichen Charme an. Beiläufig schließt er das alte Notizheft und verschränkt seine Arme darum, als würde er das Satanswerk nicht entfliehen lassen wollen.

Unbeirrt, weil es für mich genau der richtige Moment ist, diese Tricks erneut auszuprobieren, versuche ich es noch einmal: »Aber vielleicht sollten wir diese schwachsinnigen Einfälle trotzdem einmal durcharbeiten und herausfinden, ob sie heute besser umzusetzen sind. Und vor allem diese Phoenix-Sache sollte doch Grund genug sein, es noch einmal zu wagen.« Ich versuche in seinem Blick zu lesen, was er davon hält und als er nichts sagt, fahre ich fort: »Es wird eine große Herausforderung, ja, aber auch eine Genugtuung sein, wenn wir es nach all den Jahren gemeinsam schaffen. Stell dir nur den Erfolg vor, den wir haben werden. Du musst mir lediglich erklären, was exakt dahintersteckt.«

Ich tue mich schwer, meinen Enthusiasmus im Zaum zu halten, denn in mir ist die Besessenheit erwacht, dass es genau *diese* Art von Trick wäre, die ich mir als Durchbruch gewünscht habe. Eine Gier steigt in mir auf, die meinen Drang zur Umsetzung verstärkt und mich völlig hibbelig werden lässt.

»Nein, Kevin, ich halte das für keine gute Idee. Manche Dinge muss man ruhen lassen. Und manchmal gibt es Gründe, sie nicht noch einmal hervorzukramen. ... Es ist wichtig, dass du das lernst.« Illusio spricht mit einer Direktheit und Härte, die mir unterschwellig rät, diesen Weg nicht weiter zu beschreiten, aber ich denke gar nicht daran. Zum Aufgeben bin ich nicht geboren.

»Du meinst doch nicht etwa, dass du es mir nicht zutraust, oder?« Noch ehe er antworten kann, plappere ich weiter. »Ich verspreche, dass das mit mir nicht passieren wird und ich bin mir der Gefahr und der Risiken bewusst. Oder versteckst du dich gerade hinter deinen eigenen Ängsten?« Meine Provokation trifft ins Leere – er lehnt mein Angebot einfach ab. Noch schlimmer: Er dreht mir den Rücken zu und macht Anstalten, die Werkstatt samt der wertvollen Notizen zu verlassen.

»Ich werde das mit dir nicht weiter diskutieren. Es sind *meine* Ideen, *meine* Entwürfe und daher muss ich mich auch nicht für meine Entscheidung rechtfertigen. Die *Auferstehung des Phoenix* bleibt, wo sie ist, auf meinem Skizzenpapier! Und nichts, was du sagst, wird etwas daran ändern.«

Ich wurde aus dieser Erinnerung herausgezogen, wusste einen Moment nicht, wo ich mich befand und war verwirrt. Wieder fühlte es sich nicht wie ein Traum an und ich ahnte Böses. Und tatsächlich, da war sie, diese Abfolge von Bildern und Szenen aus meinem Zusammenleben mit Illusio, die mir vor mein inneres Auge geschmissen wurden, samt dem Zwang, sie nochmals über mich ergehen zu lassen. Die Begegnungen fühlten sich vollkommen echt an, als würde ich selbige Situationen ein weiteres Mal erleben. Unser letzter Streit, bei dem ich ihm an den Kopf geworfen hatte, dass ich darauf pfiff, nur sein Assistent zu sein und mich zu mehr auserkoren fühlte. Als er nicht auf meinen Wunsch einging, eine einzige Attraktion als meine Erfindung im Alleingang in seiner Show aufzuführen. Der schmerzliche Moment, als er mir entgegenschrie, dass ich nur durch ihn zu Rang und Namen gekommen wäre und nun undankbar und unreif agieren würde. Nicht zu vergessen meine Drohung, dass ich es auch ohne ihn bravourös als Zauberer schaffen würde und noch mehr, ihm haushoch überlegen sei. In absoluter Hybris machte ich ihm klar, dass ich Tricks kreiert hätte, die ihn so weit in den Schatten stellen würden, dass er froh sein könne, künftig überhaupt Aufträge an Land zu ziehen.

Selbst jetzt erschreckte mich diese Abfolge von Worten, die mir damals über die Lippen gerutscht waren. Von außen betrachtet wirkte es hart, allerdings hatte mir abermals jemand im Weg gestanden, der mich für unfähig hielt und mich kleinhalten wollte. Das konnte ich auf keinen Fall zulassen. Womöglich hatte Illusio diese Härte nicht verdient, aber zu dem Zeitpunkt überkamen mich eine Unzufriedenheit und der Drang der Veränderung, sodass ich mir nicht anders zu helfen wusste. Ich wollte aus seinem Schatten heraustreten und mich von seinem Erfolg unabhängig machen, hielt diese bewundernden Blicke des Publikums, die nur an ihm hafteten, nicht länger aus. Früher wurde Liam bewundert, dann Illusio, nun sollte ich endlich an der Reihe sein. Die Bewunderung der konkurrierenden Kollegen, die unendliche Liebe zu Martha, diese maßlosen Errungenschaften ... Und so geschah es, dass ich ein Déjà-vu erlebte, als er mir aus Wut dasselbe vorhielt, wie mein Vater: dass aus mir niemals etwas Anständiges werden würde. Somit verstieß mich auch mein zweiter Vater und trieb mich aus dem Haus.

Der Schmerz saß tief und rollte nun von Neuem über mich hinweg. All meine Bemühungen, es diesmal besser zu machen, allen Erwartungen zu entsprechen und der *gute Junge* zu sein, waren abermals im Sande verlaufen. Und es kotzte mich an, dass ich es überhaupt versucht hatte.

Ich wollte dieser Blase aus Erinnerungen entrinnen, die sich wie meine verschobenen Ebenen und Dimensionen anfühlte, in der ich gefangen gehalten wurde. Bestürzt musste ich feststellen, dass es noch nicht zu Ende war. Immer schneller folgten die Bilder aufeinander, streiften mein Bewusstsein und hinterließen tiefe Wunden.

Bei meinem ersten Auftritt im Alleingang als Magic Gil war mir bewusst geworden, dass ich die Manipulation einer Menschenmenge unterschätzt hatte und brach nach der Vorstellung mit Nasenbluten zusammen. Ich musste mir eingestehen, dass ich nach wenigen Monaten erfolgreicher Shows nicht auf Dauer die Kraft zur Manipulation dieser Besucherzahl aufbringen konnte. Ich sah Illusio, der meinen Erfolg schockiert wahrnahm, weil er seine Tricks aus den heiligen Notizen vor sich erkennen musste. Die Enttäuschung über den Verrat, aber vor allem die Wut, die dann in Ehrgeiz umschlug und ihn dazu veranlasste, die *Auferstehung des Phoenix* nochmals aufzurollen und in noch aufregenderer Präsentation in seiner Show zeigen zu wollen.

Entsetzt musste ich feststellen, wie Illusio beinahe daran zerbrach und anstatt den Diebstahl seiner Idee anzuzeigen, verbrannte er bei lebendigen Leibe während des Versuchs, die Illusion zu beherrschen. Der Geruch von verglommener Haut und glühendem Haar stieg mir in die Nase und ließ mich würgen. Das Wehklagen von Martha brach über mich und ihr schmerzverzerrter Gesichtsausdruck ließ mich nicht los. Ich wollte nicht wahrhaben, was sich für Trugbilder vor mir abspielten.

Das kann, das darf einfach nicht passiert sein!

Ich rätselte, ob diese Bilder der Tatsache entsprachen und warum ich mit ihnen behelligt wurde.
Was hätte ich denn anders machen sollen? Ich musste doch meinen eigenen Weg gehen! Ich konnte doch nicht ahnen, dass er sich selbst in solch eine Gefahr begibt!
Ich wollte schreien, dass jeder selbst die Verantwortung für sein Leben trug, dass es mich einen Dreck scherte, wenn andere dazu nicht in der Lage waren, doch kein Ton entwich meinen Lippen.
Wütend, aber auch frustriert verfolgte ich die nächsten Bilder, die mir aufgezwungen wurden: Martha, diese starke Frau, die wie ein Häufchen Elend über dem verunstalteten Leichnam mit verkohlten Augen zusammenbrach und die Tränen nicht aufhörten zu fließen. Es brannte sich mir für die Ewigkeit ein. Die Übelkeit überkam mich und schnürte mir die Kehle zu.
»Bitte – bitte, lass mich aufwachen. Bitte!«, wimmerte ich in mich hinein, weil die Bilder mehr schmerzten als alles, was ich je zuvor gesehen hatte.

Diese glühende Hitze, die ich schon einmal erlebt hatte, umfing mich erneut und mein Brechreiz verstärkte sich. Die Frau in Schwarz war wieder zurückgekehrt, gehüllt in diese unheilvollen Rauchschwaden. Ihr stechender Blick durchbohrte mich, hielt mich gefangen – ich war ihr ausgeliefert und konnte nicht entrinnen. Und dann folgte dieselbe Botschaft, die ich schon beim ersten Mal gehört hatte: »Werde sichtbar ... bevor du ewig unsichtbar bleibst.«
Was soll dieser Satz denn bedeuten? Und was will sie mir damit sagen? Oder zieht sie dieses ganze Spektakel nur wegen der läppischen 1.750 Dollar ab?

Ein schrilles Kreischen holte ihn ins Leben zurück. Instinktiv griff Kilian sich an die Brust, um sicherzustellen, dass er nicht einem

Herzstillstand erlegen war. Rasch orientierte er sich und fand sich in der Flugkabine einer 747 wieder. Neben sich brachte Pascal sein Trommelfell fast zum Platzen, woraufhin Kilian seine Finger über das Schreiorgan legte, um ihn ruhigzustellen.

»Was ist denn in dich gef-«

Ihm blieb jedes weitere Wort im Halse stecken, als er auf seine Hand blickte. Die Adern traten deutlich hervor und die Haut wirkte dünn und deutlich älter als vor seinem Schläfchen. Entsetzt riss er die Hand zurück, drehte sie hin und her, wischte sich über die Augen, nur um erneut dasselbe zu erblicken: Auf dem Handrücken und an den Gelenken zeigten sich eindeutig Falten und die Nagelhaut war vereinzelt rissig. Auch seine Fingernägel waren wieder deutlich gewachsen.

Ich kann nur hoffen, dass das noch immer der verfluchte Albtraum ist.

Er schloss die Augen, um sie Sekunden später weit aufzureißen. Allerdings befand er sich tatsächlich im Flugzeug – und auch sah seine Hand noch wie die eines Fremden aus.

Erst jetzt bemerkte Kilian, wie Pascal und er von den Passagieren in der Nachbarreihe neugierig beäugt wurden. Kein Wunder, wenn der Knabe gerade eben noch gemeint hatte, seine Lungen lautstark rauszubrüllen. So ängstlich, wie er ihn gerade anstarrte, musste mehr im Argen liegen als ein paar Fältchen auf seinen Händen. Nach der Sache mit seinem kaum zu bändigenden Haar und dem Bart nach seiner letzten Nachtruhe, schien plötzlich nichts mehr unmöglich.

Bleib ruhig, Kilian. Bekomme ich eine Dimensionsverschiebung für alle hin?

Ein Blick auf Pascal, der verschreckt in seinem Sitz weitestmöglich von ihm abgerückt war, verriet ihm, der Junge würde als Erster in eine eigene Ebene verschoben werden müssen: Daher ließ er ihn einschlafen. Erst dann kümmerte er sich um die restlichen Passagiere.

16
SCHLAG AUS DER VERGANGENHEIT

Liam spürte eine Trauer in sich aufsteigen, eine Leere, die ihm in diesem Moment mehr als unrecht war. Eine atemberaubend schöne Frau kreiste gerade auf seinen Hüften und warf ihren Kopf in wilder Ekstase in den Nacken. Doch nicht einmal das vertrieb dieses schwermütige Gefühl. Dabei war sie verdammt gut in dem, was sie tat. Er fühlte, wie sich seine Betrübnis in Tränen einen Weg bahnen wollte, woraufhin er die Kontrolle verlor. Energisch kippte er die Eroberung dieses Abends von sich herunter, um sie in eine Position zu bringen, die ihm das Gefühl von Stärke und Kraft zurückbringen konnte. Auf dem Bauch liegend zog er ihr Gesäß zu sich hoch, um sie von hinten zu nehmen. Hart und tief stieß er zu. Mit jedem Stoß, den er ihr versetzte, hoffte er, diese Schuldgefühle von sich zu schieben, die letzten Worte auf der Mailbox, die endgültigen Zeilen in Alessias Abschiedsbrief.

Immer fester stieß er zu. Doch sie wollten sich nicht in Rauch auflösen, was Liam unbewusst dazu verleitete, seine Finger fordernder in die Hüften der Geliebten zu vergraben, die laut stöhnte, als er nun noch härter in sie eindrang. Immer schneller bewegte er seine Lenden. Schweiß lief ihm über die Stirn entlang der Nase, um einen salzigen Geschmack auf seinen Lippen zu hinterlassen. Oder war es eine Träne? Erst als seine Gespielin zwischen dem Stöhnen laut aufschrie, fand er in die Realität zurück und wurde sich seiner Raserei bewusst.

»Aua! Spinnst du? … Was ist denn in dich gefahren? Das ist jetzt eindeutig zu krass!«

Erschrocken darüber, dass er so zügellos und rücksichtslos gewesen war, ließ er von ihr ab. Er mochte es hart, doch nie zuvor hatte sich eine Frau beklagt, dass er eine Grenze überschritten hatte.

Ich bin zu weit gegangen! Man fickt nicht, wenn man nicht bei der Sache ist, du Idiot!

Wie verbrüht zog er sich aus ihr zurück. Er rang nach Luft und sortierte seine Gedanken. Auf dem Bettrand sitzend fiel sein Blick auf die große Narbe an seinem rechten Unterschenkel. Die fünfzehn Zentimeter große Erinnerung an den Bruch mit Alessia würde ihn sein Leben lang erhalten bleiben, während ihre Knochen Stück für Stück in die Endlichkeit eingingen.

Nur dumpf drangen die Beschimpfungen der Frau, die sich gerade noch im wilden Liebesspiel mit ihm geglaubt hatte, an sein Ohr. Ob sie erkannte, dass nicht das fehlende Interesse an ihr der Grund für seine Abweisung war, sondern ihn die Erlebnisse der letzten Tage aus dem Gleichgewicht gebracht hatten? Und tatsächlich musste sein Gesichtsausdruck Bände gesprochen haben. Durch Empathie getrieben, sah sie sich dazu veranlasst, sich neben ihn zu setzen und tröstend einen Arm um ihn zu legen. »Du siehst völlig fertig aus, liegt es an dieser Frau, die beerdigt werden soll?«

Wie hatte er sich ausgerechnet auf die Laborassistentin einlassen können? Er würde künftig bestimmt keine rascheren Analyseergebnisse mehr von ihr herauslocken können, nachdem er sie als Nächstes ohne Umschweife aus seiner Wohnung herauskomplimentieren würde.

»Lass gut sein … Ich weiß, du meinst es gut, aber das mit uns wird heute nichts mehr.«

»Ich verstehe, du brauchst Zeit, um das alles zu verdauen …«, äußerte sie verständnisvoll und begann, mit ihren Fingerspitzen sanft über seine Schulter zu kreisen. Doch Liam hielt es keine Sekunde länger mehr aus.

»Nein, du missverstehst ... Das mit uns wird auch künftig nichts.« Mit einem kühlen Blick machte er unmissverständlich klar, wie ernst er es meinte. Jegliches Verständnis und ihr liebevolles Lächeln waren mit einem Schlag verschwunden.

Kaum war die junge Frau gegangen, lag eine beklemmende Trostlosigkeit im Raum. Liam musste an seinen einundzwanzigsten Geburtstag denken, als ihn die Veränderung von Pascals Augen in eine Bar getrieben hatte.

In all den Monaten, die er sich mit Alessia auf den kommenden Nachwuchs gefreut und er voller Stolz die Entwicklungen seines vermeintlichen Sohnes beobachtet hatte, hatte sich heimtückisch ein Virus eingeschlichen. Ein Virus, der ihn blind gemacht hatte für die Realität. Eine Realität, in der Alessia es ungeschützt mit seinem besten Freund getrieben hatte, um ihm nachher ein Kind unterzujubeln, die er mit einer glücklichen Heirat unter dem Deckmantel des gemeinsamen Glücks besiegelt hatte. Einer Tatsache, die wie ein Dorn in seinem Herzen saß, und die er den beiden niemals verzeihen würde. Denn, dass es hatte passieren können, war schon schlimm genug und ein Bruch der Freundschaft und Liebe per se. Aber dann Alessias ewige Verleugnungen und ihre offenkundigen Lügen anhören zu müssen, nagten am schlimmsten an ihm. Ihre ewigen Beteuerungen, sie habe niemals, wirklich kein einziges Mal mit seinem besten Freund geschlafen, obwohl die Augenfarbe des Säuglings für jeden erkennbar von ihrem Fehltritt zeugte. Er trug weder ihre rehbraunen Augen noch seine leuchtend grünen, sondern ein blaues und ein grünes. Eine Absonderlichkeit, die es nur bei wenigen gab – und eine dieser Personen war Kilian.

Als Liam deshalb auf einen Vaterschaftstest bestand, platzte sie fast vor Zorn. Und wie war es auch anders zu erwarten: Schwarz auf Weiß wurde seine schlimmste Befürchtung bestätigt und damit verlor er mit einem Schlag nicht nur seinen Sohn, sondern sogleich auch die Liebe seines Lebens und jegliches Vertrauen in eine glückliche Beziehung.

Dennoch bereute er, nachdem die erste Wut verflogen war, Alessia – seine Liebe, seine Seelenverwandte – verlassen zu haben. Hätte er es geschafft, ihr wenigstens ein Freund und dem Kind ein Ersatzvater zu sein? Immerhin war ihm der Kleine nicht egal und sie – das musste er im Rückblick sagen – nur durch seine kühle Abweisung ins Chaos geschlittert. Andererseits setzte ihm ihre stetig wiederholte Lüge so sehr zu, dass es für Liam keinen anderen Ausweg gab, als seine Vaterschaft auf dem Papier sowie im realen Leben zurückzuziehen. Weil Alessia an ihren Wurzeln festhalten wollte, hatte sie nach der Trennung darauf bestanden, dem Baby und sich selbst ihren Mädchennamen zu geben.

Wer hat in all der Zeit schon auf meine Bedürfnisse und meine Wunden geachtet? Selbst wenn sie vehement beteuerte, weder mit Kilian etwas gehabt noch jemals mehr als Freundschaft für ihn empfunden zu haben, bezeugten die Dokumente anderes. Hätte sie ihr Tête-à-Tête wenigstens zugegeben und ihre Schuld eingestanden, wäre es für ihn möglich gewesen, es zu verarbeiten und ihr zu verzeihen. Aber so – so war die Wut zum Parasiten geworden, die ihn bei lebendigem Leibe auffraß.

Wehmütig griff Liam nach dem schon tausend Mal auseinandergefalteten Abschiedsbrief, der eigentlich in die Beweisführung gehörte. Obwohl er den Inhalt längst auswendig kannte – er hatte sich ihm in die Seele gebrannt –, las er Wort für Wort noch einmal. Nur ein paar Zeilen waren es, doch es war ihr letzter Gedanke, der sie schließlich in den Tod getrieben hatte:

Zu sehen, was sonst niemand sah, zu spüren, was sonst niemand spürte, daran zu vergehen, was keiner versteht. Verzeih mir, Pascal, denn ich habe versagt und dem Schmerz nachgegeben.
In Liebe
deine Mutter

Liam zählte sich zu den starken Männern, die nicht gerade nah am Wasser gebaut waren und Schwäche zu zeigen vermied er weitestgehend, aber dennoch: Die Trauer beherrschte ihn. Er musste wieder an diesen verdammten Abschaum denken – Kilian, der einst sein Freund gewesen war, der sich jedoch als Unheil erwies, unter dem er nun schon seit Jahren litt.

Früher war er für ihn ein Seelenbruder gewesen, mit dem er alles austauschen konnte, der ihm zugehört und immer zu ihm gestanden hatte, egal was passiert war. Kilian hatte seine intimsten Gedanken gekannt. Niemals hätte er seinem allerbesten Freund zugetraut, dass er ihn derart hintergehen würde. Auch er hatte ihm gegenüber nie zugegeben, mit Alessia ein Verhältnis und so ihre Freundschaft verraten zu haben. Stattdessen hatte er sich still und heimlich über Nacht aus dem Staub gemacht und blieb spurlos verschwunden. Und das noch bevor Alessia ihn überhaupt über ihre Schwangerschaft aufgeklärt hatte. Für Liam ein eindeutiges Zeichen, dass Kilian nicht den Mumm besessen hatte, ihm damals persönlich unter die Augen zu treten – *dieses feige Schwein!*

Dennoch – bei allem, was Kilian auf dem Kerbholz hatte: Liam war außer Stande, sich Kilian als Mörder von Alessia vorzustellen. Vielleicht als Mitwisser, nebulöse Kraft oder als Umstand, der sie zu ihrem Handeln trieb, aber nicht in persona. Er war sicher nicht derjenige, der seine Exfrau vom Balkon gestoßen hatte. Nichtsdestotrotz reichte dieser indirekte Einfluss ihm, um Kilian weiterhin abgrundtief zu hassen. Und insgeheim war er sich nicht mehr sicher, ob er Pascal durch seine Übergabe an den leiblichen Vater nicht einem weiteren Schicksalsschlag ausgesetzt hatte. Indem er seine Beziehungen bei den Behörden hatte spielen lassen, war er eindeutig zu weit gegangen.

Unruhig wälzte Liam sich auf dem Bett hin und her, an Schlaf war nicht zu denken. Nach dem, wie es mit ihr zu Ende gegangen und sie endgültig und unwiederbringlich aus seinem Leben geschieden war, sehnte er sich nach Alessias nervenden Anrufen und er wollte sie ein letztes Mal in die Arme schließen, um ihr zu sagen, dass er sie trotz allem noch aus tiefstem Herzen liebte. Doch alles, was ihm blieb, war, sich in die Arbeit zu stürzen, um seinen inneren Dämon zu bekämpfen. Daher zog er die neuen Beweisstücke der Shadow-Akte unter dem Bett hervor.

❧

Priscilla saß an ihrem Schreibtisch in ihrem Arbeitszimmer und ging den Berg an Rechnungen durch. Bei jeder Dritten entfuhr ihr ein gequältes Seufzen. Ein pochender Kopfschmerz kündigte sich an und den Beträgen unter den Strichen nach zu urteilen, würde dieser weiter anschwellen. Als sie hinter sich ein verhaltenes Klopfen vernahm, wandte sie sich um und sah ihre Haushälterin Emma im Türrahmen des nostalgisch eingerichteten Arbeitsraumes stehen.

»Ich habe alle meine Sachen gepackt, Mrs Parker. Kann ich noch etwas für Sie tun? Vielleicht die Post mitnehmen? Ich gehe sowieso daran vorbei.«

Priscilla konnte zwischen den Zeilen die Verunsicherung und die Trauer herauslesen, die ihre recht betagte ehemalige Angestellte an den Tag legte. Immerhin hatte diese Aushilfe geschlagene fünfundzwanzig Jahre in ihrem Haus gedient, seit Priscilla aus dem nordöstlich von London gelegenen Ipswich nach Amerika ausgewandert war. Die Liebe zu einem Halbamerikaner mit deutschen Wurzeln hatte sie über den großen Teich gelockt. Er war so galant und wohlhabend gewesen, trug sie auf Händen und holte ihr die Sterne vom Himmel. Schon nach vier Jahren kam dann Cecilia auf die Welt. Allzu lang hatte dieses Familienidyll leider nicht bestanden, denn ab dem dreizehnten Lebensjahr musste ihre Tochter auf den Vater verzichten, der ein Faible für jüngere Frauen entwickelt hatte. Von dieser Trennung hatte sich Priscilla nie wirklich erholen können, redete sich aber insgeheim ein, dass sie ihm zumindest finanziell großen Schaden zugefügt hatte, an dem er eine Zeit lang hatte nagen müssen.

Doch auch sie selbst musste an allen Ecken und Enden sparen und war gezwungen, ihrer Emma, die mehr als nur eine einfache Hilfe im Haushalt war, den Dienst nach so langer Zeit zu quittieren.

»Nein, Emma. Das ist in Ordnung, ich mache das schon selbst«, versicherte sie ihr und schenkte ihr ein warmes Lächeln. Als sie jedoch die bebenden Lippen der älteren Dame bemerkte, sprang sie auf und eilte zu ihr, um sie fest an ihre Brust zu drücken. Nun wurde auch sie sentimental und bekam feuchte Augen.

»Ist schon gut, Emma, ich weiß … Es tut mir so leid, aber in meiner Situation …«

Die schluchzende Haushälterin löste sich aus der Umarmung, blickte zu ihr empor und nickte tapfer. »Bitte richten Sie Ms Cecilia liebe Grüße aus …«, erneut übermannten sie die Tränen, »… und sagen Sie ihr, dass ich sie in meine Gebete einschließen werde.« Schnäuzend wandte sie sich ihrem Gepäck zu und machte sich auf den Weg.

»Das werde ich und danke für alles, Emma!«, rief ihr Priscilla nach und beobachtete, wie die Frau, die ihr in letzter Zeit Halt gegeben hatte, entschwand.

Zurück bei der Arbeit ging Priscilla ihre To-do-Liste durch, auf der sie alle verzichtbaren Ausgaben kürzte oder vollständig eliminierte. Doch es war lediglich ein Tropfen auf den heißen Stein. Zumindest eine der Rechnungen des Krankenhauses würde sie damit decken können, was ihr gerade einmal eine Woche Galgenfrist verschaffte.

Es ist zum Verzweifeln!

Sie raufte sich das Haar. Nun stand ihr nur noch Thomas, ihr Berater, zur Seite, der sogar freiwillig Überstunden schob, um Mittel und Wege zu finden, wie sie an weitere Finanzmittel gelangen konnte. Eine Auktion war nächste Woche geplant und lag ihr schwer auf der Seele. Viele ihrer geschätzten Kunstwerke sollten für diese Veranstaltung beworben werden. Wobei sie sich nicht sicher war, ob sie die Behandlung ihrer Tochter ins Gespräch bringen sollte, damit bei den Interessenten das Portemonnaie lockerer saß. Sie war nicht die Art von Person, die gern auf die Tränendrüse drückte. Dafür war sie viel zu stolz.

Ihr Blick glitt hinter sich zu der alten, robusten Mahagoniwohnwand, die schon ein Jahrhundert auf dem Buckel hatte. Darin eingelassen war ihr Safe, wobei das Metall, aus dem er bestand, im Moment das wertvollste daran war. Es musste wieder bergauf gehen – wenn schon nicht für sie, dann zumindest für ihre geliebte Tochter.

RUHELOS

Buffalo, New York

Kilian blickte ungläubig in den Spiegel seines Hotelzimmers. Der fragende Ausdruck angesichts der rasenden Veränderung seines Abbilds war in letzter Zeit öfter darin zu finden.

Nachdem er nicht wusste, wie lange seine alte Wohnung im Penthouse unter Keith Rolands noch sicher war, hatte er von dort nur seine für den Notfall gepackten Koffer mitgenommen und war mit Pascal in ein nobles Hotel gezogen – fürs Erste. Ihm war natürlich nicht verborgen geblieben, wie groß die Augen des Sprösslings bei all dem glänzenden Schnickschnack geworden waren. Für einen Moment hatte es Kilian ein gutes Gefühl gegeben, ihm etwas Neues zu bieten, etwas, was er bei seiner Mutter sicher nie zu sehen bekommen hatte. Doch Pascal brauchte sich gar nicht erst an diesen Luxus gewöhnen, denn es würde nur ein Zwischenhalt für ihn bleiben, bis sich eine bessere Aufsichtsperson für ihn ergeben hatte. Bis dahin musste Killian allerdings zur Ruhe kommen; er verstand nicht, was da gerade mit ihm passierte.

Noch vor ein paar Stunden hatte er im Flugzeug erwartungsgemäß alle Insassen manipulieren müssen. All seine Kraft hatte ihm das abverlangt. Mit Entsetzen hatte er festgestellt, dass sein im Schönheitssalon gerade erst gestutztes Haar abermals gewuchert war und er aussah wie ein Waldschrat. Aus dem Spiegel in der unruhigen, spartanischen WC-Anlage in schwindelerregender Höhe blickte ihm ein Mann mit derangierter Frisur und Vollbart entgegen – und das künstliche Licht gereichte ihm nicht unbedingt zum Vorteil. Das Rot war verblichen und am Haaransatz blitzten weiße Strähnen hervor. Er hatte eindeutig die Nase voll von diesem ganzen Hokuspokus. Mit vollem Tatendrang griff er in diesem beengten Raum nach dem elektrischen Haarschneider, den er vorsorglich im Salon von Albany hatte mitgehen lassen, und schor sich radikal den Schädel. Es fühlte sich eindeutig nach einer Kampfansage an – aber von wem? Von der Zeit oder sich selbst?

Doch auch ein kurzer Herrenschnitt konnte diese fünfzehn Jahre ältere Kopie seiner selbst nicht kaschieren. Kilian ließ seine Finger über die trockene Haut fahren. Er wirkte hohlwangig und ausgezehrt und sein Schädel wirkte kantig. Die markante Höckernase ragte spitzer denn je aus seinem Gesicht und die Falten um die Mundpartie erzählten von Erfahrungen, die ihm wohl noch bevorstanden.

Entsetzt und voller Bange hatte er die Toilettenkabine verlassen und war auf seinen Sitz neben Pascal zurückgekehrt.

Auch jetzt, im Badezimmer des noblen Hotels, starrte Kilian seinem Abbild in dem übergroßen Spiegel mit indirekter Beleuchtung ins Gesicht. Die weißgrauen überdimensionalen Wandfließen wirkten nicht gerade heimelig und ließen ihn aschfahl aussehen. All die Rubbel- und Seifvorgänge mit herrlich herb duftendem Duschgel hatten das Gräuel weder verbessern noch beseitigen können. Selbst sich in den Arm zu zwicken, um über dieses Reizmerkmal Gewissheit zu erlangen, dass er nicht mehr in einem Traum gefangen war, änderte nichts an dem Ergebnis. Er hatte nichts unversucht gelassen, doch das Resultat blieb das gleiche: In nur einer Woche war er um fünfzehn Jahre gealtert.

Das kann unmöglich sein! Was zur Hölle geht hier vor?

Matt ließ er sich auf den Wannenrand plumpsen. Hilf- und machtlos beschrieb seine Gefühlslage im Moment am besten. War das ein Phänomen, was häufiger vorkam? Gab es Spezialisten dafür? Oder war es einfach nur Ermüdung oder eine Extremform von Burnout und Stress?

Ihm wurde heiß. Konnte es sein, dass es an seiner Gabe lag, die nun langsam aufgebraucht war und seine Lebensenergie dadurch mit erlosch? Konnte er sein Dahinschwinden aufhalten? Und wenn ja, wie? Denn wenn sein Alterungsprozess in dieser Form weiter voranschritt, könnte er in ein paar Wochen nicht mehr unter den Lebenden weilen und mit diesem raschen Ableben hatte er nicht gerechnet.

Er musste sich beruhigen. Schwachen Fußes und mit chaotisch geschorener Frisur wankte er ins Schlafzimmer der Suite, wo der schlafende Pascal in der Mitte des großen Bettes lag. Der Junge verdaute gewiss noch die wundersame Verwandlung, die er einerseits als Sitznachbar und andererseits nach seinem Toilettengang im Flugzeug miterlebt hatte.

Na toll, wieder ein Schock mehr, der auf deine Kosten geht – großartig!

Vorsichtig näherte er sich dem Bett und betrachtete den Jungen. Die leichten Locken, die wild in alle Richtungen abstanden, erinnerten ihn an seine eigenen Kindheitsfotos. Er streckte die Hand nach ihnen aus – zog sie dann jedoch zurück, als hätte er sich verbrüht. Ihm wurde gewahr, dass er Pascals Mutter den Lebenswillen geraubt und damit dem kleinen Knirps die Mutter genommen hatte. Durch sein Einwirken hatte er seinen eigenen Sohn in dieses Dasein gestoßen, in dem er nun auf die Liebe seiner Mutter verzichten und in dieser trostlosen, gebrochenen Welt bestehen musste. Unweigerlich verspürte er das erste Mal Hass gegen sich selbst.

Wie konnte ich so blind sein? Wie hatte ich einfach gehen können, ohne nur ein einziges Mal zurückzublicken?

Doch ihm kam sein tobender Vater in den Sinn. Es wäre nur eine Frage der Zeit gewesen, bis er die Hand gegen ihn erhoben hätte, er elendig verkümmert wäre oder womöglich selbst irgendwann den Freitod gewählt hätte. Daher hatte er sich um sich selbst kümmern müssen und Albany blitzartig verlassen. Jemand anderes war nicht da gewesen.

Kilian drängte Wut und Trauer zurück, er fühlte sich wieder in seinem Tun bestätigt und besann sich auf das Hier und Jetzt. Eine Lösung für Pascal musste her, denn neben Vigo und seinen Kumpanen gab es nun noch diesen neuen, besorgniserregenden Umstand seiner Veränderung, von der er nicht wusste, wie sie sich weiterhin entwickeln würde.

❧

Jegliche Recherchen blieben fruchtlos und ließen die Uhren für Kilian merklich lauter ticken. Gefangen im eigenen Körper, der zum unliebsamen und unberechenbaren Feind mutierte. Weder im Schlaf noch im Wachzustand konnte er Ruhe finden. Schlimmer – der bloße Gedanke daran, die Lider zu schließen, löste Panik in ihm aus, da er mittlerweile bereits diese spezielle Art von Träumen mit dem Voranschreiten seines Alters verband. Vorsorglich warf er sich Aufputschmittel ein, die aber immer mehr ihre Wirkung verfehlten.

Pascal betrachtete die Überreste eines Burgers vor sich, der ihm vom Room Service auf einem übergroßen Teller mit einer silbernen Servierhaube gebracht worden war. Statt zu essen, hatte er daraus ein Kunstwerk aus Ketchup-Kreisen und Fritten-Pyramiden gezaubert. Als er offenbar das Interesse daran verloren hatte, bettete er sein Haupt auf eine Hand. Ein weiteres Mal musste sich Kilian eingestehen, dass er nicht gerade ein Vorbildvater war. Fastfood als Hauptmahlzeit und selten frische Luft zeichneten nicht unbedingt einen kindgerechten, gesunden Lebensstil aus. Schon allein der Geruch des Essens duellierte sich mit dem feinen Ambiente hier. Außerdem konnte diese Isolation nicht gut für den Jungen sein. Wenn Kilian etwas wusste, dann das. Die Freundschaft zu Alessia und Liam war in seiner Jugend das einzige, das ihn stets aus seinem freudlosen Alltag gerissen hatte. Pascal brauchte ebenso diese Art von Zerstreuung, und natürlich andere Kinder. Und Kilian? Er brauchte sein gewohntes Leben zurück.

Eine geeignete Betreuungsstätte hatte er noch nicht ausfindig machen können und die Angst vor Liams Kontrollanrufen saß ihm tief in den Knochen. Er musste sich rasch etwas einfallen lassen. Um abermals einen Austausch zu provozieren, räusperte er sich, doch der erhoffte Effekt blieb aus. Sein Sohn zeigte keine Regung.

»Hör mal, Pascal«, setzte Kilian an.

Widerwillig hob der Kleine den Kopf und zog die Augenbrauen in die Höhe. Das unruhige Schwingen seiner Beine, die beim Sitzen noch nicht bis zum Boden reichten, begann von neuem.

»Ich wollte dich im Flugzeug nicht erschrecken, ich hoffe, dir ist das klar.«

Dieser monotone Blick war beklemmend.

»Und wegen deiner Ma. Ich ... Wir ...«

Großartig, wie eloquent und geschickt du dich wieder an die Sache herantastest!

Kilian kaute nervös auf seiner Unterlippe. Rieb sich die Handflächen und versuchte es erneut.

»Es tut mir leid, was passiert ist. Und zwar alles. Ich meine, dass es ihr nicht gutging, was mit ihr geschehen ist und dass du ... nie erfahren hast, wer eigentlich ... dein Vater ist.«

Das Gesagte fühlte sich schal auf der Zunge an, denn bis vor ein paar Stunden hatte er es ja selbst nicht gewusst.

Pascals wachsamer Blick durchbohrte ihn bis in sein Innerstes.

Verunsichert fuhr Kilian fort: »Aber ich habe es am gleichen Tag erfahren wie du.« Dieser Satz klang wie eine Verteidigung und er kam sich kindisch vor.

Entschuldigend hob er die Schultern und bemühte sich um ein zerknautschtes Lächeln, doch bei Pascal schien das keinen Eindruck zu schinden. Er starrte ihn nur unverwandt an.

»Ich hab' keinen Hunger mehr«, erklärte er dann und Kilian war verblüfft. Das waren die ersten verständlichen Worte, die Pascal in seiner Gegenwart bisher hervorgebracht hatte. Daraufhin schob er den Teller angewidert beiseite, um sich einen der Comics zu greifen, die vor ihm auf dem Tisch verteilt lagen.

Kilian konnte es nicht fassen. Endlich diese Stimme zu hören … in Wahrheit hatte er sich diesbezüglich gar keine Hoffnungen mehr gemacht. Nachdem das Eis aber nun gebrochen schien, versuchte er einen weiteren Vorstoß.

»Und? Wie findest du meine neue Frisur? Wenn du willst, können wir heute noch zum Friseur gehen und ein Double aus dir machen. Was hältst du davon? Zwei übel geschorene Köpfe?« Als Kilian den schockierten Blick genau erkannte und er die Nervosität in dem Kleinen aufsteigen sah, musste er laut auflachen. Er wuschelte Pascal durchs Haar und ließ ihn wissen: »Das war nur ein Scherz, Kleiner, nur ein Scherz.«

Pascals Blick sprach Bände.

Mit seinem Humor und dem kläglichen Versuch, den Jungen aus der Reserve zu locken, kam er offenbar nicht weiter.

Als der Dreikäsehoch vom Sessel rutschte, samt dem Comicheft ins Schlafzimmer flitzte und die Tür demonstrativ hinter sich zuzog, hatte er wohl seine Antwort. Kilian wusste bereits vorher, dass er kein Händchen für Kinder besaß. Das Dumme war nur, er strebte es auch nicht an. Doch selbst wenn er es sich nicht eingestehen wollte, diese Ablehnung verletzte ihn dennoch.

Lag es etwa daran, dass er wieder gealtert war? Weil man im Alter dünnhäutiger wurde?

Blödsinn! Er hat seine Mutter verloren, bekommt einen wildfremden Menschen als Vater vorgesetzt, sieht ihn von Tag zu Tag älter werden, was eigentlich unmöglich sein sollte, und ist noch dazu gezwungen, mit diesem skurrilen Unbekannten weit weg von seiner Großmutter zu leben. Was könnte es Schlimmeres geben? Und dass dich das kränkt, bildest du dir nur ein!

Selbst Kilian musste unter diesen Umständen zugeben, für eine ungezwungene Vater-Sohn-Beziehung stand eindeutig zu viel zwischen ihnen.

Das Läuten seines Handys holte Kilian zurück ins Hier und Jetzt. Er zog das Smartphone aus seiner Hosentasche und erkannte wie ein schlechtes Omen die Handynummer von Liam auf dem Display. Da war er also, der Kontrollanruf, den er bei ihrer Abreise angedroht hatte.

»Liam. Was gibt's?« Kilian bemühte sich um einen zwanglosen Ton, was ihm jedoch nicht so ganz gelang.

»Ich will nur wissen, wie es dem Kleinen geht.«

»Ach? Interessant, dass dir das so wichtig ist, wo du ihn doch nicht schnell genug loswerden konntest.« Diese Spitze konnte er sich nicht verkneifen.

»Gib ihn mir, damit ich von ihm selbst hören kann, wie es ihm geht.«

Oh, wie Kilian diesen Befehlston von ihm hasste. Wurde Liam täglich auf der Polizeiakademie damit geimpft? Bewusst sarkastisch presste Kilian ein »Aber sicher doch« zwischen den Zähnen heraus und schritt mit dem Handy schnurstracks zum Schlafzimmer.

Während der Apfel dieses für sich eingenommen hatte, musste der Stamm mit dem Sofa vorliebnehmen.

Genervt klopfte er an die Tür. »Pascal? Liam ist am Telefon. Er will dich sprechen.«

Wie auf Kommando sprang sie vor ihm auf und der Junge riss ihm ungerührt das Gerät aus der Hand, nur um ihm die Pforte beinahe erneut ins Gesicht zu schleudern.

Gern geschehen!

Das ist ja nicht zu fassen!

Ohne dass er sich anstrengen musste, konnte er Pascal lautstark mit *Onkel Liam* reden hören, bei dem er offenbar nicht so wortkarg war. »Verdammter Bengel«, rutschte ihm verärgert heraus, während er sich über die ungewohnten Haarstoppel am Kopf fuhr.

Eine gefühlte Ewigkeit später, die Kilian vor der Tür ausgeharrt hatte, öffnete sich diese einen Spalt und Pascal streckte ihm das Handy ohne ein weiteres Wort entgegen.

»Ist nun alles geklärt?«, wollte Kilian wissen, doch erneut flog die Tür ins Schloss.

Innerlich kochte Kilian. Wie sollte er diesem Kind nur beikommen.

»Und? Zufrieden?«, zischte er genervt ins Telefon.

»Im Moment wäre das alles. Ich kann dir nur raten, nicht auf den idiotischen Gedanken zu kommen, ihn irgendwo abzuschieben. Hörst du! Wage das ja nicht.«

»Ach, willst du mir schon wieder drohen?«, polterte es aus Kilian heraus. »Warum hast du ihn dann nicht zu dir geholt? Immerhin bist *du* ›Onkel Liam‹ und ihr kennt euch eine kleine Ewigkeit. Und wenn wir schon dabei sind: Wie lange braucht seine Großmutter zur Regeneration?« Er ertappte sich dabei, wie seine Finger sich um das Handy krallten und die linke Hand zu einer Faust geballt war.

»Wie taktvoll von dir«, erwiderte Liam süffisant. »Aber sie ist nach dem Schock noch nicht ansprechbar. Sie wurde erst einmal in die psychiatrische Abteilung verlegt – mach dir also keine Hoffnungen. ... Und übrigens: Könnte es sein, dass man ab und zu im Leben von seinen eigenen Handlungen eingeholt wird? Womöglich sollte man aus Lektionen lernen und mit den Konsequenzen seines Verhaltens umgehen wie ein Mann.«

Die Worte rieselten in Kilians Verstand und formten ein bekanntes Muster. Wieder jemand, der ihn bevormunden wollte und alles besser wusste. Die Gelegenheit, etwas darauf zu erwidern, bekam Kilian hingegen nicht – ein langes Tuten drängte an sein Ohr. Liam hatte aufgelegt.

Wut brannte in ihm hoch. ... Doch plötzlich fiel es ihm wie Schuppen von den Augen. Konnte das alles tatsächlich eine grässliche Prüfung sein?

Er ließ die letzten Tage Revue passieren und bekam urplötzlich Panik, dass jene Bilder über den verkohlten Leichnam mit Illusio ebenso Realität waren, wie jene des Balkonsturzes von Alessia. Als er San Diego und Illusio hinter sich gelassen hatte, war dieser noch am Leben gewesen.

Rasch schüttelte Kilian den Gedanken ab. Das war zu schrecklich, das durfte einfach nicht wahr sein. Manisch überlegte er, welches Ereignis der Auslöser für diese Art Fluch sein könnte.

Lange musste er nicht darüber nachdenken, denn schon formte sich in seinem Geist die Silhouette der atemberaubenden Gothicprinzessin aus dem Casino. Hier würde er ansetzen müssen. Womöglich war sie der Schlüssel zu seinen Visionen – und folglich auch zu dem ungewöhnlichen Alterungsprozess, der sich gerade bei ihm vollzog. Wenn sich sein Verdacht bestätigte, wäre sie die einzige Person, die ihn aus diesem Kreislauf befreien konnte.

Womöglich musste er ihr einfach die 1.750 Dollar zurückgeben, um sein normales Leben zurückzubekommen.

~~~

Kilian war ratlos. Wie sollte er heimlich die Videobänder im Casino sichten, um die gefährliche Schönheit ausfindig zu machen, wenn er diesen Dreikäsehoch als Anhängsel hatte? Grundsätzlich könnte er ihn ja in eine Abstellkammer schieben und in einer bunten Welt einhüllen, damit er beschäftigt wäre, doch irgendein innerer Impuls ließ ihn dies moralisch nicht vertreten. Er hatte schon genug Schaden angerichtet; ein Standardsatz, der sich ihm aufdrängte bei jeglicher Überlegung, die Pascal betraf.

Da er nicht wusste, wie viel Zeit das Durchforsten der Bänder in Anspruch nehmen würde und ob sie überhaupt so lange gespeichert wurden, ließ er sich dazu verleiten, ein Kindermädchen für den Abend auszusuchen. Natürlich hatte er keine Ahnung, worauf es zu achten galt und es erwies sich um einiges schwieriger als zuerst gedacht. Etliche Telefonate und Absagen später, musste er sich offenbar mit der einzigen im Raum Buffalo verfügbaren Sitterin zufriedengeben. Noch dazu verlangte sie dreißig Dollar die Stunde – *was für ein Wucher!* Was blieb ihm aber anderes übrig?

Als er die Tür des Hotelzimmers öffnete, kam ihm eine junge Frau mit einem dicken braunen Pferdeschwanz entgegen, die gut und gern als Studentin durchgehen könnte. Sofort trat sie ein, als ob sie bereits des Öfteren mit ihm im Geschäft gewesen wäre. Diese Sicherheit ging Kilian gegen den Strich. Als sie dann noch mit aufgehaltener Hand und forderndem Blick vor ihm stand, sagte er: »Moment, bezahlt wird nachher – verstanden? Sie wissen, was Sie zu tun haben, Miss …?«

»Maggie, einfach nur Maggie. Und keine Sorge, ich mach das schon seit fünf Jahren, ich weiß also Bescheid. Sollen wir noch einmal kurz durchgehen, worauf ich achten muss?«

Als Kilian sie nur verständnislos anblickte, fragte sie: »Hat er Allergien, um welche Zeit soll er ins Bett, ist Fernsehen erlaubt? ... Und ach ja, wo sind die Notfallrufnummern?«

Kilian hob bremsend die Hand. »Wow, Sie wissen wohl mehr als ich – dann sind Sie hier eindeutig richtig. Also: Er heißt Pascal, ist fünfeinhalb Jahre alt und ...«, Kilian deutete mit dem Kopf zum Schlafzimmer, »... versteckt sich da drin. Keine Ahnung, was er nicht verträgt, und ihm das Fernsehen zu verbieten habe ich aufgegeben. Hier noch meine Handynummer.« Kilian streckte ihr ein Stück Papier mit seinem Kontakt entgegen, während sie ihn belustigt musterte.

꩜

Als Schatten stieg er über ein Dachfenster des Casinos ein. Dafür, dass hier oft eine Menge Geld und haufenweise Jetons gelagert wurden, war das Schloss viel zu einfach zu knacken gewesen. Da war er selbst zu Beginn seiner kriminellen Karriere komplizierteren Sicherungssystemen begegnet. In nur wenigen Sekunden hatte er sich Zugang verschafft.

Kilian war erleichtert, endlich wieder festen Boden unter den Füßen zu wissen. Seine neue Konstitution war deutlich schlechter und er war schneller entkräftet, was das Festhalten an der Fassade, den Fensterrahmen und Schindeln bei einem solchen Vorhaben schwierig gestaltete. Noch dazu hatte die schwindelerregende Höhe ihn mehr aus dem Konzept gebracht als gewöhnlich – ein Muskelzucken in den Waden nervte ihn nach diesem Kraftakt. Er fragte sich insgeheim, ob alternde Personen sich langsam an das Nachlassen der Energie, die Verschlechterung der Konzentration und Koordination gewöhnten. Ob es ein schleichender Prozess war oder ob sie sich gar nicht daran erinnern konnten, dass es früher mal anders gewesen war. Je mehr er darüber nachdachte, umso ungemütlicher wurde es ihm in seiner Haut. Er wollte um jeden Preis seinen ursprünglich athletischen Körper zurück.

Rund um die Uhr hatte dieses Etablissement die Pforten für Spielsüchtige und Touristen geöffnet. Aus den verschiedenen Sälen drangen das Rattern, Klingeln und Rollen der Spielautomaten. Auch Gelächter und Getratsche mischten sich darunter und wogen ihn in Sicherheit, dass quietschende Sohlen seine geringste Sorge bleiben würden. Es sollte ein Leichtes sein, dem wachsamen Auge des Sicherheitspersonals zu entgehen, dennoch kam er um das Verschieben von Ebenen nicht umhin.

Auf seiner Suche nach dem Archivraum interessierten ihn jene Türen besonders, die für die Öffentlichkeit nicht zugänglich waren. Kilian bemühte sich, lautlos über die Marmorböden zu schleichen und wagte vor Aufregung kaum zu atmen. Die ganze Zeit lauschte er auf Stimmen und behielt sein Umfeld im Auge, um bei Bewegungen vor oder hinter sich im Notfall rasch reagieren zu können. Er legte sich bereits eine eigene Dimension zurecht, die ein paar der Mitarbeiter im Steuerungsraum fortlocken sollte.

Plötzlich schwang eine Tür vor ihm auf und zwei Männer verließen den Raum. Kilian musste handeln. Er manipulierte die Wirklichkeit und versetzte sie in eine Dimension, dann spähte er an ihnen vorbei durch die geöffnete Tür. Doch hier schien er eindeutig falsch zu sein. Statt Monitoren und Aufnahmegeräte erwartete ihn eine Küche samt Sitzgelegenheit.

Mist! Nur der Aufenthaltsraum.

Daher folgte er den beiden Männern geräuschlos und versuchte, aus ihrem Gespräch brauchbare Informationen zu erhaschen. Sie trugen die Uniform des Casinos, die in dunklem Rot und Blau, sowie Gold gehalten war.

»Schaust du bei Steven rein? Er ist heute allein, weil Roberta ausgefallen ist«, hörte er einen der Männer sagen. »Ich begleite inzwischen die Geldabfuhr und nehme Jack dafür mit – geht das klar?«

Der Jüngere nickte ihm zu und machte sich auf den Weg, während der offensichtlich Übergeordnete über sein Headset abklärte, wann er sich mit diesem Jack wo treffen würde.

Der Mitarbeiter öffnete eine weitere Tür zu seiner Linken und Kilian sah seine Chance. Schnell, bevor sich die Tür wieder schließen konnte, warf er abermals einen Blick hinein.

Bingo! Er sah sich seinem Ziel näher und glitt ungehindert als verschleierter Schatten hinein.

Unzählige Bildschirme standen in dem Raum: Auf manchen erschienen die Aufnahmen in Farbe, andere zeigten sie in Schwarz-Weiß. Durch eine enorme Glasfront konnte man direkt in den Hauptsaal blicken, wo die Gäste mit ihren Einsätzen um sich warfen. Auf störende Lichtquellen war in dem Überwachungsraum verzichtet worden; wohl damit man die Aufzeichnungen auf den Bildschirmen besser verfolgen konnte. Die Dunkelheit spielte Kilian somit in die Karten, da er sich nun weniger auf die Manipulation in der Ebene konzentrieren musste.

»Hey, Steven, brauchst du eine Pause? Ich könnte für dich übernehmen, wenn du willst«, hörte er den uniformierten Jüngling seinen Kollegen fragen.

»Das ist zur Abwechslung mal ein guter Vorschlag, ich spür' meinen Hintern schon nicht mehr vor lauter sitzen«, witzelte dieser und stand auf. »Ich muss nur noch schnell die Sicherheitskopie abspeichern – ich weiß doch, wie du das hasst.« Nachdem er mit wenigen Klicks das Geschehen im Casino konserviert hatte, verabschiedete er sich mit einem Schulterklopfen von seiner Ablösung und verließ den Raum.

Nun sah sich Kilian nur noch mit einer Person konfrontiert, die er beeinflussen musste. Besser hätte es gar nicht laufen können.

Blitzschnell zog er eine Dimension über den Mitarbeiter, die ihn ruhigstellen sollte – er befand sich somit in einem eingefrorenen Zustand, in dem er nur das letzte Bild wahrnahm, das er im Moment der Ebenenverschiebung vor sich gehabt hatte. Somit konnte er weder etwas außerhalb dieser Blase hören noch fühlen oder riechen. Für ihn stand die Zeit still.

Kilian rückte dichter an das Bedienpult heran. Er schlüpfte in die schwarzen Lederhandschuhe, die er vorsorglich mitgebracht hatte – denn bekanntlich schlief der Teufel nicht – und legte los.

So einfach, wie er sich das vorgestellt hatte, gestaltete sich das Durchforsten der Ordner dann allerdings nicht. Die hinter ihm montierte Wanduhr tickte bedrohlich.

Kurze Zeit später vernahm er vom Gang her Geräusche und Stimmen. Das war der zurückkehrende Steven. Durch die Mauer hindurch suggerierte er ihm, dass er unten im Casino etwas Wichtiges vergessen hatte. Erst nach einer halben Stunde Kreiseziehen würde er realisieren, dass ihm entfallen war, was er überhaupt vergessen hatte. In der Hinsicht musste Kilian wieder über seine Fähigkeit schmunzeln, denn diese Macht amüsierte ihn selbst nach all den Jahren noch. Die Menschen waren leicht manipulierbare Marionetten und *er* hielt die Strippen in der Hand. Sie waren alle wie Ratten in einem Labyrinth, die nur dem höheren Plan der Forschung folgten.

Endlich fand er die Datei mit dem Datum, an dem sich sein Zusammenbruch zugetragen hatte. Soweit er sich erinnern konnte, musste es zwischen zweiundzwanzig und dreiundzwanzig Uhr passiert sein. Nacheinander spielte er die entsprechenden

Sequenzen ab. Mit dem Cursor spulte er vor, denn Geduld war nicht unbedingt seine Stärke.

Erst beim vierten Abschnitt wurde er fündig. Er rückte näher an den Bildschirm. Wie paralysiert musste er mitansehen, wie seine eigene, in Nebel gehüllte Gestalt auf dem roten Teppich zu Boden schlug. Erschrocken wichen die Menschen um ihn herum zurück, bis dann der erste Mutige die Erstversorgung übernahm.

Verständnislos spulte er vor und zurück, sah sich die Szene noch einmal an und noch einmal. Er konnte es nicht begreifen.

Wo verdammt noch mal ist sie?

Er war sich sicher, absolut sicher, sie damals gesehen zu haben. Wutentbrannt spulte er den Abend weiter zurück, bis zu der Stelle, als sie noch mit ihm beim Spieltisch gestanden hatte. Doch alles, was er erkennen konnte, war seine unscharfe Silhouette. Kein einziger Anhaltspunkt, nicht einmal ein Rauchzeichen ihrer Zigarettenverlängerung konnte er ausfindig machen.

Ein kalter Schauer überkam ihn und eine Gänsehaut kroch ihm über den Körper.

Ich weiß, dass ich das nicht geträumt habe!

18
VIGO

Vigo versank im Sofa vor dem Fernseher und ließ sich berieseln. Eigentlich bekam er vom Programm, das ihn auch nicht ernstlich interessierte, nicht viel mit. Er hing seinen Gedanken nach, die ständig auf Reisen gingen. Genau genommen wollte er mit dem Gedröhne aus dem Fernseher nur diese unerträglichen Geräusche übertönen, die seine Mitbewohner von sich gaben. Er war genervt von Igors lautem Atmen während des Trainings und dem ewigen Fluchen von Siek, der sich in seiner Hackerehre gekränkt fühlte, da er noch immer keine Spur von Kevin entdeckt hatte. Vigo schloss erschöpft die Augen, kaute nervös auf dem Daumennagel herum.

»Boss?«, hörte er Igor rufen.

»Was gibt es denn?«

»Da wir nik wissen, wo negstes Ding wir drehn und Siek noch sucht, ich geh laufn fur Stunde, wich?«

Vigo stöhnte laut auf und massierte sich die Stirn. Obwohl er Igor schon vor zwei Jahren dazu verdonnert hatte, mit ihm ausschließlich in der Landessprache zu kommunizieren, wünschte er sich bei diesem Kauderwelsch, dass sie wieder auf Ukrainisch kommunizierten. Irgendwann musste es dieser Schwachkopf doch lernen. Wobei es den Anschein hatte, dass er lernresistent blieb, schließlich hatte er seinen Fuß nun schon vor fast zehn Jahren über die Grenze der Vereinigten Staaten gesetzt. Davon zählte er seit acht zu ihrer außergewöhnlichen *Arbeitsgemeinschaft*.

»Ist gut, Igor.« Er konnte den gequälten Unterton nicht kaschieren. Die pure Muskelmasse war loyal, überragend stark und nahezu schmerzfrei, doch was sich in seinem Oberstübchen abspielte, würde keine Abende füllen.

Im Hintergrund vernahm er das Zufallen der Eingangstür und wusste, dass Igor nun eine Zeit lang nicht mehr seine Gedanken stören würde und er ohne Bedenken zum Glimmstängel greifen konnte.

Er streckte sich auf dem Sofa aus, das unter seinem Gewicht unüberhörbar protestierte, und griff nach der Fernbedienung, um die Lautstärke etwas zu drosseln. Die gedämpfte Geräuschkulisse erinnerte nun an leichten Regen, der gegen eine Scheibe prasselte. Dann schloss Vigo die Lider und ließ sich von dem Rauschen in die Vergangenheit führen.

Der Moment, als er Kevin in Portland kennengelernt hatte, kam ihm in den Sinn. Er war in die illegale Pokerparty hineingestoßen, bei der auch Vigo am Tisch gesessen hatte, und wollte mit seinen gerade einmal siebzehn Jahren mitmischen. Keine Ahnung, wie der Grünschnabel in dieser Spelunke hatte landen können und wie er auf die irrwitzige Idee gekommen war, dass er überhaupt einen passenden Einsatz für jene Runde haben würde. Mit Kleingeld kam man hier nicht weiter. Der Jungspund riss sein Maul so weit auf, dass Gelächter über den Pokertisch polterte und die sechs Teilnehmer sich einig waren, dass man *seinem Glück* nicht im Weg stehen sollte. Niemand wollte wissen, wie er hieß. Je weniger man vom Gegenüber wusste, desto weniger konnte jemand wegen illegalen Gewinnspiels belangt werden.

Sie wiesen dem Bürschchen, das noch feucht hinter den Ohren war, einen Platz zu und Vigo hatte die Ehre, direkt neben ihm zu sitzen. Er schmunzelte den ernst wirkenden Teenager an, doch der verzog keine Miene. Sie alle hielten den Neuling für einen Bluffer und Angeber. Keiner nahm sein Pokerface ernst – eher betrachteten sie ihn als Belustigung in ihrer geübten Runde. Doch schneller als ihnen lieb war, stellte sich heraus, dass mit ihm etwas nicht ganz koscher ablief.

Damals agierte Kevin noch ungeduldig und machtgierig. Anstatt ab und zu Verluste einzustecken und relativ gängige Kartenkonstellationen hervorzuzaubern, verblüffte er sie mit einem Royal Flush nach dem anderen oder wartete mit hohen Straßen auf, die einfach niemand toppen konnte. Der Unmut in der Runde wuchs rasch und schon nach dem vierten Spiel wurde Kevin dazu aufgefordert, seine Jacke auszuziehen. Das kurzärmelige T-Shirt, welches zum Vorschein kam, sollte seinen Tricksereien ein Ende bereiten, denn nun würde es ihm an Versteckmöglichkeiten fehlen, so dachten sie. Das Gelächter und das zwanglose Geplänkel ebbten jedoch ziemlich schnell ab und die Rauchschwaden der Zigaretten woben Muster in die stehende Luft. Man hätte damals eine Stecknadel zu Boden fallen hören können.

Der Geldhaufen auf Kevins Seite wuchs und wuchs und die Spieler neigten dazu, rascher auszusteigen, aus Angst, ihr letztes Hemd zu verlieren. Der Spaß war allen eindeutig vergangen. Niemand verstand, wie er es bewerkstelligte. Bis zu dem Moment, in dem er gierig und unvorsichtig wurde.

Kevin offenbarte ihnen ein Poker mit vier Damen. Die Mitspieler rissen ungläubig die Augen auf. Ein bulliger Typ stürzte in nächster Sekunde über den Tisch auf den schmächtigen Teenager zu. Er bekam ihn am Kragen zu packen und brachte die stabile Unterlage bedrohlich zum Wackeln. Die Geldscheine segelten in alle Richtungen, während die Mitspieler völlig überfordert waren, bis das Blatt des Betrogenen für alle sichtbar auf dem Tisch lag. Es zeigte eine weitere Dame. Kevin war als Betrüger entlarvt.

Doch der lächelte seinen vor Wut schnaubenden Kontrahenten nur hämisch an, obwohl er kaum Luft bekam und bereits blau anlief.

Vigo wagte damals einen zweiten Blick auf das offengelegte Blatt und dabei stellte er perplex fest, dass es keine fünfte Dame, sondern ein einfacher Herzbube war. Rasch sprang er dazwischen, um den Irrtum aufzuklären, dem sie augenscheinlich aufgesessen waren. An zu viel Alkoholkonsum oder eine untergejubelte Droge im Getränk hatte aber auch er nicht glauben wollen. Misstrauisch war er allerdings schon geworden, denn sein Instinkt sagte ihm, dass dieser junge Mann mit den zweifarbigen Iriden sie in irgendeiner Weise getäuscht haben musste. Dennoch hatte er dafür gesorgt, dass sie den Jungen laufen ließen, jedoch mit der Warnung, sich in dieser Pokerrunde nie wieder blicken zu lassen. Doch vergessen hatte das merkwürdige Spiel keiner von ihnen. Vor allem, da Kevin ihnen allen eine horrende Summe aus den Taschen gezogen hatte.

Von diesem Zeitpunkt an hatte Vigo dieses Ereignis nicht mehr losgelassen und er war auf die Jagd nach dem außergewöhnlichen Teenager gegangen. Zuvor hatte er sich von Pokerrunde zu Pokerrunde gearbeitet und sich mit Einbrüchen in Villen über Wasser gehalten. Doch nun witterte er das große Geschäft. Wer wusste, über welche Talente der Knabe noch verfügte und welche Bereicherung er für ein infernales Team wie seines sein konnte?

Siek war damals schon sein Kompagnon und es hatte Vigo einige Überredungskunst gekostet, ihn davon zu überzeugen, dass diese besondere Begabung des Jungen ihnen zu Glanz und Gloria verhelfen würde. Der Hacker hatte ihn zwar damals misstrauisch angesehen, da er Vigos fulminanter Erzählung nicht so richtig Glauben schenken wollte, dennoch tat er es. Und das, obwohl sie nicht einmal ansatzweise ahnten, wie sehr sich der Aufwand einmal lohnen würde.

Eigentlich hatte Vigo bereits die Flinte ins Korn werfen wollen. Seine Bande war damals in Albany auf der Suche nach potenziellen Einbruchsstellen gewesen, als sie während einer ihrer Erkundungstouren ausgerechnet auf ihn stießen. Er stand ihnen mit stolz gerecktem Haupt gegenüber. Vigo hatte es sogar geschafft, ihm seinen Namen aus der Nase zu ziehen. Er wollte Kevin festhalten und ihn erpressen, doch von einer auf die andere Sekunde saßen sie alle drei in ihrem Auto vor einer Brücke und konnten sich beim besten Willen nicht erklären, wie sie dort gelandet waren. Kevin hingegen war spurlos verschwunden. Dies war wieder eine Bestätigung mehr, dass dieser Jüngling über eine manipulative Fähigkeit verfügte, die ihnen nützlich sein würde. Vigo konnte sich erinnern, wie die Wochen vergingen, ohne dass sie eine Spur von ihm ausmachen konnten. Nichts, aber auch gar nichts konnte Siek finden. Es gab unter dem Namen Kevin Samples nicht einen Eintrag in der Umgebung.

Erst als Vigo die Hoffnung bereits aufgegeben hatte, fand er ihn in einer Seitengasse im Regen sitzen. Vigo befand sich damals allein auf dem Rückweg zu ihrem Versteck. Durch die Beschaffenheit des Wetters vermochte man Kevins Tränen nicht abzulesen, doch Vigo erkannte es auch so. Die eingesunkene Körperhaltung, die durchnässte Kleidung und das leichte Beben seines Leibes sprachen für sich. Er setzte sich trotz der Witterung neben ihn und bot ihm seine Hilfe an. Zuerst hatte Vigo vermutet, erneut seiner ungeheuerlichen Gabe zu erliegen, doch diesmal schien der junge Mann zugänglicher zu sein.

»Ich brauche keine Hilfe – von niemandem!«, kam die Antwort mit heller Stimme trotzig zurück, die durch Kälte gezeichnet war. Vigo würde nie das Geräusch des Windes in der Gasse vergessen, das mit den Tropfen, die in den bereits gefüllten Pfützen landeten, ein taktverliebtes Konzert gab. Wasser lief über Kevins nasses Haar direkt auf seine blasse Haut und Vigo wusste, dass er zu stolz war, um seine Unterstützung in Anspruch zu nehmen.

»Das weiß ich, aber was, wenn ich *dich* um *deine* Hilfe bitten würde?«

Mit einem Ruck sah der Junge zu ihm auf und musterte ihn skeptisch. »Wobei soll ich denn *helfen*?« Seine Augen formten sich zu Schlitzen und die Lippen waren zu einer bebenden Linie zusammengepresst. Ihm Vertrauen zu entlocken würde ein langer und steiniger Weg bleiben.

»Ich habe gesehen, wie talentiert du bist, als du damals mit uns Poker gespielt hast.«

Er merkte, wie die Umgebungsluft zu flimmern begann und ihm schwante Böses. Gerade noch rechtzeitig konnte Vigo beschwichtigen. »Warte!«

Sein Atem beschleunigte sich und er hoffte, nicht wieder diesem Zauber ausgesetzt zu werden, dem er offen gestanden hohen Respekt zollte. Nur zu gut erinnerte Vigo sich noch an das letzte Mal. »Bitte lass mich aussprechen, ich will dir weder etwas antun noch dich verpfeifen – versprochen!«

Plötzlich trat eine unheimliche Stille ein. Beinahe setzte sein Herzschlag aus, als er bemerkte, wie sich eine Art transparenter Schirm über ihnen bildete und kein einziger Tropfen mehr zu ihnen hindurch drang. Vigo beobachtete mit eigenen Augen, wie das Wasser an dieser Illusion abperlte und in gesammelten Striemen an anderer Stelle zu Boden rann. Seine Aufmerksamkeit wieder auf Kevin richtend, erschrak er aufs Tiefste. Er würde nie diesen diabolischen Ausdruck auf dessen Antlitz vergessen. Dieser leicht herabgeneigte Kopf, das unnatürliche Grinsen und der starre Blick, der ihm damals eine Gänsehaut über den ganzen Körper gejagt hatte. In diesem Moment waren ihm Zweifel gekommen, ob er künftig tatsächlich mit diesem jungen Mann zusammenarbeiten wollte.

»Schnell, Boss! Das musst du dir anschauen!«, riss ihn Siek aus seiner Erinnerung. Als er die Lider öffnete, schienen diese teuflischen Augen noch immer in seine Netzhaut eingebrannt zu sein, als hätte er zu lange in die pralle Sonne gestarrt. Er wischte sich über das Gesicht, schnaubte hörbar und stapfte auf Ukrainisch fluchend in die Küche, um zu sehen, was Siek gefunden hatte.

»Offenbar hat Keith Rolands soeben seine Wohnung einem Immobilienmakler zur Vermittlung übergeben«, verkündete Siek stolz und ließ dabei seine Zigarette im Mundwinkel wippen.

Vigo ordnete die Information ein und formte einen Plan im Kopf. Dann befahl der dem Hacker: »Wir müssen nach Buffalo! Mach schon, buch uns drei Tickets!«

19

WENN TRÄUME WAHR WERDEN

Kilian zuckte zusammen und musste feststellen, dass er sich mit dem Gesicht in seinem eigenen Speichel suhlte. Sein Kopf ruhte auf der Tischplatte des Esstisches, neben ihm der Laptop, der sich mittlerweile in den Schlafmodus versetzt hatte. Er setzte sich auf. Entsetzt erkannte er, dass er trotz des Aufputschmittels – welches er genommen hatte, um zu verhindern, dass er einschlief – eingenickt war. Er drehte sein Genick zur rechten Seite und musste kurz sein Weh klagen, so verspannt endete sein Schlafausflug auf dem unliebsamen Holz. Erst jetzt wurde er Pascal gewahr, der im Lichtkegel der gedimmten Schreibtischlampe stand und ihn anstarrte. Ein paar Mal blinzeln bestätigte, dass er sich nicht in einem Traum befand.

»Pascal? Ist alles in Ordnung mit dir?«, fragte er misstrauisch und analysierte die Gesichtszüge des Kleinen.

»Du veränderst dich ... aber warum?«

Kilian lief eine Gänsehaut über den Nacken, hatte er sich während seines Nickerchens erneut in Richtung Sarg entwickelt? Zur Sicherheit kontrollierte er die Länge seiner Fingernägel, die bisher stets ein Indiz für seine Alterung dargestellt hatten. Zum Glück – alles im Normbereich. Erleichtert atmete er aus. Allerdings war jetzt nicht gerade die Zeit, dieses Thema näher zu erörtern und ein kurzer Seitenblick auf seine Uhr bestätigte dies. Es war halb fünf Uhr in der Früh. Doch als er zu einer Antwort ansetzte, war sein Sohn spurlos verschwunden. Verdutzt spähte Kilian in alle

Richtungen und lauschte, ob er verräterisches Kindertapsen vernehmen konnte. Doch nicht der kleinste Mucks war zu vernehmen, es war totenstill.

»Das gibt's doch nicht.« Genervt stand er auf und näherte sich der geschlossenen Schlafzimmertür. Ohne anzuklopfen, öffnete er die Tür. In Embryohaltung zusammengekrümmt lag der Junge unter der Decke. Er hatte die Nachttischlampe angelassen, deren Licht das Chaos im Hotelzimmer offenbarte. Kleidung, Spielzeug, Bücher – alles lag kreuz und quer, als hätte eine Bombe eingeschlagen. Kilian schnaubte.

Er wandte sich dem Knäul unter der Decke zu. Nichts bewegte sich. Er hätte schwören können, dass sein Spross schlief, andererseits war er als Knabe nicht weniger gerissen gewesen und hatte seinen Schlaf so einige Male vorgetäuscht. Es konnte Kilian aber schlichtweg egal sein, er hatte ohnehin nicht vorgehabt, tiefer in die Materie seiner sonderbaren *Erkrankung* einzutauchen, insofern kam es ihm durchaus gelegen.

Auf leisen Sohlen verließ er das Zimmer. Er musste sich auf den heutigen Arzttermin – nur noch wenige Stunden Schlaf blieben ihm bis zu diesem – konzentrieren. Viel Hoffnung, dass er eine brauchbare Diagnose erhalten würde, machte er sich allerdings nicht.

Weil er am nächsten Morgen sowieso nicht dazu käme, weiter zu recherchieren, beschloss er, seinen Laptop ganz herunterzufahren. Er ließ seine Finger über das Mousepad gleiten und erstarrte, als ihm der Artikel über Illusios tragischen Unfall mit Todesfolge entgegensprang. Jetzt erinnerte er sich: Er hatte nach Berichten über Illusio gesucht, doch er musste dabei eingeschlafen sein, bevor er sich diese ausführliche Reportage hatte ansehen können. Der Bildschirm zeigte das Foto einer teilweise abgefackelten Halle. Diese habe der Magier sich zugelegt, um seine größeren Tricks einüben zu können, verriet die Bildunterschrift. Kilian musste sich setzen. Er las Zeile für Zeile. Seine bebenden Finger stießen gegen den Bildschirm, als könnte er durch diesen hindurchtauchen und auf die Realität treffen. Sein Herz krampfte sich zusammen, als seine Befürchtung zur Gewissheit wurde.

Es war kein Traum – meine Vision ist tatsächlich passiert. Und es erinnerte ihn daran, dass er diese Tragödie zu guter Letzt herbeigeführt hatte.

☙❧

Als der Wecker Kilian unerbittlich aus seinem Tiefschlaf herausriss, fühlte es sich wie eben hingelegt, plus eine halbe Pirouette nach links gedreht an, bevor der Ausflug ins Traumland schon wieder vorbei war. Der Schlaf auf dem Sofa war nicht so angenehm ausgefallen wie gewünscht. Er rieb sich den Nacken und ärgerte sich, dass er dem kleinen Lümmel das bequeme Bett überlassen hatte, während er hier auf dem Sofa kampierte. Schwerfällig hievte er sich in eine aufrechte Position und strich sich über seine Haarstoppel. An dieses Gefühl würde er sich wohl nie gewöhnen, andererseits musste er das womöglich auch nicht. Er schüttelte diesen Gedanken ab und sah auf seine Armbanduhr, was Energie in die müden Gliedmaßen pumpte. Er spurtete ins Bad.

Auf dem Weg zum Schlafzimmer betätigte er die Kaffeemaschine, schlüpfte in ein frisches Hemd und schnappte sich eine Hose aus einer seiner Taschen, denn den Schrank hatte sein Sohnemann okkupiert. Als Kilian dann voller Elan die Tür zu dessen Gemach öffnete, um ihn zu wecken, traute er seinen Augen kaum. Automatisch startete bei dem Anblick in seinem Kopf die Titelmelodie von Hitchcocks *Psycho*. Pascal musste nicht mehr geweckt werden – ganz im Gegenteil: Er hatte die frühen Morgenstunden damit verbracht, den Wänden des 300-Dollar-pro-

Nacht-Anwesens bunten Mehrwert zu verschaffen. Mit Ölkreiden bewaffnet, hatte er ganze Landschaften auf die reinweiße Wand gezeichnet und kaum ein Fleckchen frei gelassen. Etliche Stifte lagen wild verstreut am Boden, gleich neben dem halb herausragenden Etui dafür, das aus seinem Kinderrucksack neben Pascals Füßen ragte. Kilian versuchte seine Fassung zurückzuerlangen, er krallte sich an den Türrahmen.

»Das kann doch nicht wahr sein! Bist du verrückt geworden?!« Die Hysterie in seinem Tonfall war nicht zu leugnen. Den Jungen brachte das jedoch nicht aus der Fassung. Er hatte nichts Besseres zu tun, als scheinheilig den Kopf zu heben und lapidar: »Ich finde, es sieht hübsch aus«, darauf zu entgegnen. Verständnislos hob er die Schultern, als könnte er Kilians Ausraster nicht nachvollziehen.

Kilian spürte seine Ader an der Schläfe bedrohlich pochen und tat sich schwer damit, seinen Zorn zu unterdrücken. Unter Aufbietung all seiner Beherrschung hielt er dem Bengel zugute, dass er zumindest schon angezogen war. Dennoch war Eile geboten. Mit einem Schritt war er bei Pascal, schlang einen Arm um seine Taille und schleppte ihn wie eine Tasche direkt ins Bad. Kilian musste feststellen, dass er schwerer war, als er aussah, noch dazu wehrte er sich vehement mit zappelnden Gliedmaßen gegen den Transport. Das lautstarke Kreischen manipulierte Kilian mit Hilfe einer übergestülpten Dimension, denn dafür hatte er im Moment nun wirklich keinen Nerv.

»Putz' dir die Zähne und wasch dein Gesicht«, ordnete er wütend an. Beide standen sie vor dem Spiegel und starrten sich gegenseitig an. Der gleiche Blick, dieselben heruntergezogenen Augenbrauen – Pascal war ihm wie aus dem Gesicht geschnitten. Deutlicher hätte es nicht sein können.

»Und wenn nicht?«, entgegnete das Früchtchen provozierend, was Kilians Gesichtsmimik entgleiten ließ. Der Kleine formte die

Augen zu Schlitzen und verschränkte herausfordernd die Arme vor sich.

Nicht mit mir!

»Dann helfe ich nach.« *Das würde er doch wohl nicht wagen!* »Ein paar Sekunden gebe ich dir, anschließend wirst du sehen, dass das keine leere Drohung ist!«

Beide lasen im Ausdruck des anderen, doch Pascal schien es darauf anzulegen. Daher packte Kilian ihn samt Kleidung, stellte ihn in die Dusche und riss den Duschkopf aus der Halterung.

»Das machst du nie!«, schrie ihm sein Sohn trotzig entgegen, doch Kilian bedachte ihn nur mit einem eisigen Blick.

»Wetten?«, erwiderte er triumphierend, drehte das Wasser auf und richtete den lauwarmen Sprühregen direkt auf den fassungslosen Jungen.

Als dieser wie erwartet Töne von sich gab, die ein Trommelfell zum Bersten bringen konnten, wiederholte er das Spiel mit der Dimension. Die Stille war Balsam für seine Ohren und Kilian konnte sich ein zynisches Lächeln nicht verkneifen.

»Tja, mein Lieber, nun wirst du dich ausziehen, sorgfältig waschen und ich hol dir inzwischen was Neues zum Anziehen. Hast du mich verstanden?« Der Vater wider Willen ertappte sich dabei, den drohenden Finger erhoben zu haben, genau so, wie er es bei seinem Vater immer gehasst hatte. Kurz musste er schlucken, bevor er das Wasser zudrehte und sich auf den Weg ins Schlafzimmer machte.

Der kleine Satansbraten macht mich wahnsinnig! Ich wusste, dass ich dafür nicht geschaffen bin!

☙❧

Nachdem Kilian Pascal geschniegelt und gestriegelt auf Probe bei der exklusiven Betreuungsstätte in Buffalo abgegeben hatte –

wohlgemerkt die einzige, die bereit war, ihn so kurzfristig anzunehmen –, saß er nun auf einer Untersuchungsliege in der Allgemeinarztpraxis. Er wartete auf die Diagnose seines Gegenübers.

In Gedanken ging er seine To-do-Liste durch. Kilian hatte mit Maggie für die nächsten Tage einen Pauschalbetrag ausgemacht, da er einen Flug nach San Diego gebucht hatte und diese Reise im Alleingang antreten wollte. Sie sollte den Jungen außerhalb der Betriebszeiten der Tagesstätte betreuen, was ihm unterm Strich wesentlich billiger kam, als ihn von der Sitterin rundum betreuen zu lassen. Zudem kam Pascal so endlich mal unter seinesgleichen und hoffentlich auf andere Gedanken. Im Moment war er unausstehlich.

All dieser Vorbereitungen zum Trotz fühlte er sich nicht wohl bei dem Gedanken, Pascal für zwei Tage allein zu lassen. Zwei weitere Flüge über den gesamten Kontinent innerhalb so kurzer Zeit wollte er ihm allerdings nicht zumuten. Des Weiteren hätte er vor Ort erneut das Problem, wer sich seines Anhängsels annehmen würde, wenn er den schwierigen Schritt wagte, Martha einen Besuch abzustatten. Auf keinen Fall sollte Pascal in die Schusslinie geraten.

Wieder dachte er über die Geschehnisse des frühen Morgens nach und überlegte, wie er die Wogen zwischen ihnen glätten konnte. Denn wenn *Onkel Liam* von der ungewollten Duscheinlage Wind bekam, würde er höchstpersönlich in Buffalo aufschlagen. Nicht auszudenken, wie er erst reagieren würde, wenn er wüsste, dass Kilian Pascal für ein paar Tage abschob.

Erst das Räuspern des Spezialisten befreite ihn aus seinem Gedankenkarussell.

»So, Mr Bradley, was ich auf den ersten Blick sicher sagen kann, ist, dass Sie für ihr Alter soweit fit und gesund sind. Also was verschafft mir die Ehre Ihres Besuchs?«

Dr. Peythen musterte ihn mit gekräuselter Stirn und tippte nervös mit einem Stift auf den Block, der auf seinem Schreibtisch lag. Das Geräusch wurde in Kilians Gehörgang immer lauter. Der Mittfünfziger schien viel zu abgeklärt, um Kilians fantastischen Theorien auch nur ansatzweise zu glauben. Dabei hoffte er, der Arzt würde Klarheit in die Sache bringen, damit er der Gothicprinzessin nicht weiter nachjagen musste, um sich wegen des *Voodooausdrucks* zu entschuldigen.

»Genau das ist das Problem, für mein Alter sollte ich ganz anders vor Ihnen sitzen.«

Der Arzt zog die Augenbrauen zusammen. »Das verstehe ich nicht, Mr Bradley. Wie meinen Sie das?«

Das glaubt er mir nie.

Ein Seufzen entwich Kilian. Unruhig rieb er seine Handflächen aneinander.

»Fakt ist, dass ich gerade einmal fünfundzwanzig Jahre alt bin und noch vor zwei Wochen auch so aussah. Aus unerfindlichen Gründen altere ich nun über Nacht und ich kann Ihnen sagen, dass dieser Umstand höchst beängstigend ist.«

Totenstille.

Kilian sah Dr. Peythen abwartend an.

Noch immer keine Reaktion.

Sogar das penetrante Flügelschlagen einer Fliege an der Scheibe der Praxis drohte Kilians Trommelfell platzen zu lassen. Er versuchte in der versteinerten Mimik etwas abzulesen, doch nicht die kleinste Regung verriet, was sein Gegenüber dachte.

»Mr Bradley, verstehen Sie mich bitte nicht falsch ...« Der Arzt verschränkte die Arme vor der Brust und lehnte sich in seinem Chefsessel zurück. »Mit solchen *Beschwerden* kommen für gewöhnlich nur betagte Damen. Ich fürchte, Sie sind bei mir völlig falsch.

Vielleicht versuchen Sie es bei einem Kollegen in der plastischen Chirurgie.«

Resigniert sank Kilian in sich zusammen und versuchte einzulenken. »Nein, nein, so habe ich das nicht gemeint. Es ist mein voller Ernst. Gibt es denn nicht irgendeine Krankheit, die diese Symptome auslösen könnte? Vielleicht eine, die äußerst selten vorkommt? Sie müssen nur …«

Der Arzt warf erneut einen Blick in die Patientenkartei in seinem Computer. Ein kurzer Hoffnungsschimmer keimte in Kilian auf. Doch nur minder beeindruckt blinzelte Dr. Peythen mehrfach und wandte sich abermals an sein Gegenüber: »Sie machen es mir wirklich schwer – Ihre Unterlagen und Ihr Aussehen passen nicht so recht zueinander. Da kommen vielerlei Ursachen infrage. Stress, Übermüdung oder ein Jetlag. Nicht zu vergessen: Traumatische Ereignisse, Trennungen, schwere Erkrankungen und Unfälle kurbeln ebenfalls den Alterungsprozess vorzeitig an. Es könnte sich ebenso um temporärere Veränderungen handeln. In dem Fall wäre es meiner Meinung nach nichts Besorgniserregendes.« Ein Blick auf seine Armbanduhr, dann stand er auf. Ein eindeutiges Signal, dass das Gespräch beendet war.

Kilian blieb sitzen und atmete gedehnt aus. »Ich versichere Ihnen, es ist die Wahrheit. Ich kann Ihnen Fotos auf meinem Handy zeigen …« Voller Eifer zog er sein Telefon aus der Hosentasche.

Noch ehe er die App öffnen konnte, stand Dr. Peythen mit verschränkten Armen an der Tür. »Wenn dem so wäre, darf ich fragen, warum Sie dann ausgerechnet zu mir kommen und nicht bei Ihrem Hausarzt erschienen sind? Dieser müsste Sie doch länger kennen und ihn hätte diese Veränderung womöglich eher alarmiert als meine bescheidene Person.«

Kilian öffnete kurz den Mund, wusste jedoch nichts zu entgegnen. Ein Hausarzt, eine Bleibe für einen längeren Zeitraum – all das kannte er nicht. Das Bild seines Spezialkoffers kam ihm in den Sinn, versteckt im Hotel, so wie viele weitere Exemplare in Schließfächern verstreut auf der ganzen Welt. Darin waren vorsorglich Reisepässe, Führerscheine, Visitenkarten, SIM-Karten, Versicherungsunterlagen und alles, was man an Papieren sonst noch benötigte, in Plastikfolien verstaut, um jederzeit neu anfangen zu können. Er hatte einen Vorrat, der um die dreißig Identitäten umfasste. Sogar in diesem Augenblick hatte er zwei verschiedene Personalien bei sich. Nur seine Bankkonten in Übersee waren auf ein und denselben Namen ausgestellt, um keine Fragen aufkommen zu lassen. Er hatte Handlanger, die er schmierte und die ihm rasch nötige Unterlagen und Versicherungen tauschten, Wohnungen besorgten und dergleichen. Fakt war, dass er durch diesen selbst gewählten Lebensstil nie lange genug an einem Ort gelebt hatte, um nun einen Hausarzt seines Vertrauens zu Rate ziehen zu können.

Ein schwerer Schatten legte sich auf sein Gemüt, da diese Art des Seins sich bisher nach grenzenloser Freiheit angefühlt hatte. Im Moment zeigte sich jedoch, wie diese Freiheit Stück für Stück abbröckelte und sein persönliches Gefängnis offenbarte.

⁂

Der Frühling verwöhnte sie mit den ersten warmen Sonnenstrahlen. Kilian ließ Pascal, der neben ihm am Tisch saß und wie gewohnt gelangweilt seine Beine baumeln ließ, nicht aus den Augen. Für eine kurze Pause hatten sie es sich in dem kleinen Café im Zoo auf den liebevoll verschnörkelten Eisenstühlen gemütlich gemacht. Spatzen stritten um die besten Plätze für Essensreste und machten sich mit lautem Gezwitscher gegenseitig die Häppchen streitig. Pascal war in sich gekehrt. Er beäugte die drei Eiskugeln vor sich, die immer mehr zu einer Suppe zusammenliefen.

Okay, das Friedensangebot ging wohl daneben.

»Und? Wie hat es dir im *Early Childhood Center* gefallen?« Mit seiner Frage knallte Kilian frontal gegen eine Wand, da Pascal nicht mal ein Haar in seine Richtung wehen ließ. Der Junge würdigte ihn keines Blickes. Stattdessen zog er ein Comicheft, auf dessen Cover Spiderman abgebildet war, aus seinem Kinderrucksack, um hingebungsvoll jedes Bild in sich aufzunehmen. Kilian vermochte beim besten Willen nicht nachzuvollziehen, wie ein verliebtes Paar auf die Idee kommen konnte, dass ein Kind eine Bereicherung für ihre Beziehung wäre. Bis jetzt gestaltete sich diese Vaterschaft nur als teuer und sehr nervenaufreibend. Selbst ein lautes Räuspern, während die Kellnerin das geschmolzene Eis abräumte und ihn mit einem mitleidigen Blick bedachte, brachte den Jungen nicht aus dem Konzept. Kilian fragte sich, ob er die Situation einfach aussitzen sollte oder ob Pascal in diesem Punkt ein längeres Durchhaltevermögen besaß als er.

Plötzlich riss der Kleine panisch die Augen auf und öffnete ungläubig den Mund. Ein kurzer Schrei – dann schleuderte er das Heft so schnell von sich, als hätte er darin eine leibhaftige Riesenspinne entdeckt.

Moment!

Kilian holte den Comic zurück auf den Tisch, schlug ihn auf und studierte jede einzelne Zeichnung. Eine wie die andere wirkten sie unverdächtig auf ihn. Er konzentrierte sich so sehr auf jede Einzelheit, dass er darauf achten musste, nicht zufällig eine Ebene zu verschieben und dadurch eine Bewegung auf dem Papier auszulösen. Dabei kam ihm ein Gedanke: Vielleicht hatte auch Pascal die besondere Gabe …

Skeptisch musterte er seinen Sohn.

So harmlos wie möglich fragte er ihn: »Was hast du gerade gesehen, Pascal?« Als er den Kleinen ansah, blickte dieser beschämt zu Boden.

Kann es denn wirklich sein?

Kilian hatte keine Ahnung, was genau passiert war. Doch sollte es tatsächlich sein, dass auch sein Sohn eine solche Fähigkeit besaß wie er, dann wollte er ihm die Sicherheit geben, die er selbst nie erfahren durfte. Er stand auf, um seinen Stuhl direkt neben den des Jungen zu rücken. Er sah in ein grünes und ein blaues Auge, als Pascal einen Seitenblick riskierte, aus dem pure Verzweiflung sprach.

»Pascal? Ich weiß, dass ich der Letzte bin, dem du dich öffnen willst, aber …« Kilian rang um jedes Wort, da er solchen Respekt vor deren Gewicht hatte und wusste, ein falsch gewählter Satz könnte den kleinen Mann sein Leben lang verfolgen. Immerhin sprach er aus Erfahrung. »Sollte dir irgendwas einmal merkwürdig oder unnatürlich vorkommen, dann zögere nicht, mich danach zu fragen. Egal wie verrückt es ist. Weder werde ich darüber lachen noch dich dafür verurteilen. Hast du mich verstanden?«

Kilian bemühte sich um ein Lächeln und zählte im Inneren die Sekunden, da der Moment so magisch war, dass er einfach in die Geschichte des Jungen eingehen musste.

Pascal zog die Nase hoch und antwortete mit einem Nicken.

»Gut, dass wir das geklärt haben. Ähm …« Kilian kratzte sich verlegen im Nacken. »Wenn wir schon bei schonungsloser Ehrlichkeit sind …« Er rückte mit seinem Stuhl wieder ein Stück ab. »Leider muss ich heute Abend für ein paar Tage verreisen. Ich muss dringend etwas erledigen. Maggie wird dich zum *Early Childhood Center* bringen und sich am Abend um dich kümmern. Sie wird dir ein leckeres Frühstück zaubern und ehe du dich versiehst, bin ich wieder da.« Kilian konnte genau sehen, wie sein Sohn mehr Luft als nötig aufsog und mit sich kämpfte.

»Warum kann ich nicht bei Oma oder Onkel Liam bleiben?«

Autsch! Das hat gesessen.

Kilian wusste nicht, weshalb, aber diese Aussage traf ihn mitten ins Herz. Vor wenigen Tagen noch wäre ihm dieser Vorschlag sogar recht gewesen, nun jedoch kränkte es ihn plötzlich. Er lehnte sich zurück und verschränkte die Arme vor der Brust. »Pascal, ich weiß, dass du mit der Situation ... oder genauer gesagt mit meiner Anwesenheit nicht glücklich bist. Ich möchte mich bemühen, das zu ändern, wenn du mir eine Chance gibst. Tust du mir bitte den Gefallen?« Er suchte den Blick seines Sohnes, doch der starrte in die Ferne. Dann blies er lautstark Luft durch die Nase aus, erhob sich und sah ihn prüfend an. »Okay, mal schauen.«

»Super, ich werte das mal als ein Ja. Wenn wir schon mal im Zoo sind, was willst du jetzt noch machen?«

»Ich mag Koalas, die würde ich gern sehen. Und ich will einen SpongeBob-Pulli haben, in knallgelb.« Auffordernd beäugte er ihn und Kilian musste sich ein triumphierendes Grinsen verkneifen. Versuchshalber streckte er Pascal die Hand entgegen, die der Kleine aber nicht annahm.

20
BRENNENDE ZEIT

Kilian hing seinen Gedanken nach, während sich das Taxi seinen Weg durch den Berufsverkehr von San Diego kämpfte. Von allen Seiten drängte ihm lautes Hupen ans Ohr und er stellte sich auf eine längere Fahrt ein, denn selbst zu Fuß wäre er deutlich schneller gewesen als in dem gelben Auto. Inständig hoffte er, dass Martha noch in demselben Bungalow wohnte und dort noch immer ihrer Leidenschaft nachging. Früher einmal war sie Lehrerin gewesen, hatte ihren Beruf jedoch nie richtig aufgegeben und wurde gern für Nachhilfestunden oder als Privatlehrerin gebucht. In einem kleinen Studierstübchen, welches sie extra zu diesem Zweck in ihrem Hause eingerichtet hatte, brachte sie so manchen Schüler auf Trab.

Unbewusst schlich sich ein breites Grinsen auf Kilians Gesicht, da er beiläufig an die herzerweichende Szene mit Pascal und dem Koala zurückdenken musste. Für diesen womöglich nicht wahrnehmbar, hatte Kilian eine Tierpflegerin manipuliert, sodass sie seinem Sohn die unvergessliche Erfahrung hatte schenken können, einmal einen Koala zu berühren und zu füttern. Er konnte noch immer das glockenhelle Lachen hören, das er von sich gegeben hatte, als ihm diese Möglichkeit offenbart wurde. Überglücklich hatte er in die Hände geklatscht. »Wirklich? Ich darf einen Koala streicheln und ihn sogar füttern?«, rief er mit leuchtenden Augen. Es duftete intensiv nach Eukalyptus, den das Tier haufenweise vertilgte, nachdem es die Blätter genau beschnuppert hatte. Wie

Pascal mit beseeltem Blick seine Fingerchen durch das krause Haar des Tiers gleiten ließ – das war auch für Kilian ein Erlebnis, das ihm auf ewig im Gedächtnis bleiben würde. Pascal wollte zwar wissen, warum die Dame Kilian ausgerechnet mit *Herr Direktor* titulierte, doch Kilian ignorierte die Frage geflissentlich. Gedanklich fotografierte er den Jungen, der das erste Mal Farbe auf seiner Haut entwickelte. Sogar noch mehr, als er mit stolzem Haupt aus dem Zoo spazierte und diesen grässlichen, knallgelben Pulli mit SpongeBob trug.

Kilian begegnete dem Blick des Taxifahrers, der neugierig in den Rückspiegel schielte. Ungelenk zupfte er seinen schwarzen Blazer zurecht und konzentrierte sich auf das bevorstehende Gespräch mit Martha, welches gewiss kein Kinderspiel werden würde.

Unweigerlich musste er an sein letztes Streitgespräch mit Illusio denken und daran, wie Martha bemüht war, die Wogen zu glätten. Vehement hatte sie ihnen Vernunft einreden wollen, doch biss auf Granit.

»Wie könnt ihr euch nur so beschimpfen? Die letzten Jahre waren wir ein eingeschworenes Team, haben hier gemeinsam gewohnt und gearbeitet, bis spät in die Nacht an neuen Attraktionen gefeilt. Gib doch zu, Illusio, dass Kevin wie ein Sohn für dich ist. Oder besser gesagt, für uns. Macht das nicht kaputt, weil ihr beide blind seid und zu stolz, um einen Mittelweg zu finden!« Verzweiflung sprach aus ihr, doch es gelang ihr nicht, die alte Eintracht wiederherzustellen.

»Der Bengel ist aber nicht wiederzuerkennen, er strotzt nur so vor Überheblichkeit! Nichts, was ich ihm beigebracht habe, scheint hängengeblieben zu sein!«, fauchte Illusio in seinem gebrochenen Akzent, der vor allem in emotionalen Situationen unverkennbar war.

»Ach ja? Nur weil ich es gewagt habe, dich zu fragen, ob wir dein geheiligtes Notizbuch mit Tricks durchforsten und ich gern einen selbstständig in unserer Show präsentieren wollte? Wie anmaßend von mir!« Kilian konnte seine Rage kaum bändigen.

»Da haben wir es mal wieder, jetzt ist es auf einmal *unsere* Show!«

Kilian vertrieb den bösen Wortwechsel aus seinem Geist, der sich anfühlte, als habe er erst gestern stattgefunden, die Enttäuschung und den Schmerz, die noch immer tief saßen.

Das Taxi blieb vor dem Haus stehen, welches einstmals sein Zuhause gewesen war. Als er ausstieg, wirkte das Gebäude nicht mehr so imposant, wie er es in Erinnerung hatte, sondern eher rumplig und verkommen.

Unsicher schritt er zum Eingangstor des verwitterten und stellenweise zugewucherten Zaunes, der früher so penibel gepflegt worden war. Er ließ seinen Blick über das dunkle Eisen gleiten, das die Initialen *I & M* trug, blieb dann an der Klingel hängen, die offenbar nicht mehr funktionstüchtig war. Unkraut hatte sich durch die Pflastersteine gekämpft und die Sträucher waren schon seit langem nicht mehr zurechtgeschnitten worden.

Was ist hier nur passiert?

Wie lange war es her? Zweieinhalb Jahre? Konnte es sein, dass er viele Dinge damals anders wahrgenommen oder einiges inzwischen verdrängt hatte? Beziehungsweise, breitete sich dieser furchtbare Vorfall wie ein Geschwür um den Zellkern aus? Plötzlich war er sich nicht mehr sicher, ob er tatsächlich anklopfen wollte, als sich unverhofft die Eingangstür öffnete und Martha ihm direkt in die Arme lief.

»Hoppla! Bringen Sie Post …?«

Sie blickte ihm ins Gesicht. Studierte seine Iriden. Und Kilian konnte den Moment in ihren Augen ablesen, in dem ihr klar wurde, wer ihr da gegenüberstand.

»Das ist nicht möglich! Sie ... Du ... du bist so alt geworden. Bist du es wirklich – Kevin?« Ihre blauen Augen durchbohrten ihn. Doch auch sie war gealtert, ihr ehemals blondes Haar war von grauen Strähnen durchzogen, die vereinzelt aus ihrem Dutt fielen.

Kilian musste schmunzeln, denn immerhin war er nun ungefähr in ihrem Alter. Er sah, wie sich ihre Hand seinem Gesicht näherte, als würde sie ihn für ein Hirngespinst halten. Ohne zu zögern, nahm er diese und überwand die letzten Zentimeter zu seiner Wange, nur um seine Finger dann bestärkend über ihren Handrücken streichen zu lassen. Er sah, wie ihr Tränen in die Augen stiegen und die schmalen Lippen zu zittern begannen.

Doch plötzlich riss sie ihre Hand blitzschnell aus seiner und verpasste ihm eine schallende Ohrfeige. Damit war klar, dass Martha ihm nicht freundlich gesinnt war. Sein Kopf arbeitete und der Schmerz, den ihre Hand auf seiner Wange hinterlassen hatte, brannte wie Feuer. Kilian massierte sich ungläubig den Kiefer, auch wenn er wusste, dass diese Reaktion verdient gewesen war.

Wortlos schritt die kleine, stämmige Frau ins Haus zurück, ohne die Tür hinter sich zu schließen. Nur zögerlich folgte er der stillen Einladung und verschloss dann den Eingang hinter sich.

»Was willst du nach all dieser Zeit hier?«

Kilian betrat die großzügige, liebevoll eingerichtete, aber dennoch trostlose Küche, wo sich Martha in einer dunklen Sitzecke verkroch. Kraftlos ließ sie sich auf die Holzbank plumpsen, fischte nach einer Zigarettenpackung auf dem Tisch vor ihr, um sie zu öffnen. Darin kamen ein feuerrotes Feuerzeug und die letzten drei Glimmstängel zum Vorschein, was Kilian fassungslos machte. Er hatte sie nie zuvor rauchen sehen. Unweigerlich kam die Trauer in ihm hoch.

Eingehend musterte sie ihn. »Was ist mit dir geschehen – du siehst alt aus. Und wie kannst du es wagen, *jetzt* hier aufzukreuzen?!« Ihre Stimme überschlug sich, dann begann sie zu schluchzen.

Instinktiv wollte er sie in den Arm nehmen – einst war sie die Mutter, die er niemals gehabt hatte –, doch sie fauchte ihn hysterisch an: »Untersteh dich! Du hast meinen Mann auf dem Gewissen!« Ihr ganzer Körper bebte vor Zorn und sie drohte in sich zusammenzubrechen. Vorsichtig trat er an den Tisch heran und langte vorsichtig nach der Zigarette zwischen ihren Fingern, um diese zurück in die Packung zu schieben. Noch bevor sie protestieren konnte, rutschte er zu Martha auf die Bank, um sie fest gegen seine Brust zu pressen. Ihre anfängliche Abwehr wandelte sich schnell in erschöpfte Duldung. Still weinte sie an seiner Schulter.

»Nichts, was ich sage, kann es ungeschehen machen, das weiß ich. Aber ich bin hier – zumindest jetzt –, um dir zu erklären, dass ich blind war, von Gier und Eifersucht getrieben. Ich lag einfach falsch.«

Vorsichtig ließ er von ihr ab und hoffte auf eine Reaktion, aus der er ein wenig Vergebung ablesen könnte. Martha hingegen ging erneut auf Distanz.

»Deine Einsicht kommt viel zu spät, *Magic Gil*«, sagte sie hart und sein Künstlername hing schwer in der Luft. »Egal, was diesen entstellten Zustand verursacht hat, es wird wohl ein Wink des Schicksals gewesen sein.«

Obwohl er in ihren Augen lesen konnte, dass sie aus ihrem Schmerz heraus verletzend wurde, trafen ihn ihre Worte wie eine Ladung Eiszapfen. Kilian rieb sich die Brust; ihm schmerzte sein Herz, als hätte sie ihn leibhaftig getroffen.

»Du hast Recht, dass Gevatter Tod seine Finger nach mir ausstreckt, um Gerechtigkeit zu fordern, indem der Tod mir schneller auf den Fersen ist als allen anderen. Aber wenn ich gewusst hätte …« Ihm versagte die Stimme, auch ihm stiegen Tränen in die Augen.

»Was? Wenn du gewusst hättest – dass er daran zerbricht, weil du ihm etwas gestohlen hast, was ihm am Herzen lag und du damit hinter seinem Rücken Ruhm erlangen wolltest, was dann? Willst du mir erzählen, dann wärst du reumütig auf allen vieren zurückgekrochen und hättest dich entschuldigt?« Martha schüttelte den Kopf. »Du weißt selbst, dass das nicht wahr ist, Kevin.« Die Art, wie sie seinen Namen verächtlich aussprach, ließen ihn zweifeln, ob es richtig gewesen war, hierher zu kommen.

»Was muss ich tun, dass du mir verzeihst?«

Laut und feindselig lachte sie auf und es klang, als stünde sie kurz davor, durchzudrehen. »Du hast offenbar alles getan, was in deiner Natur liegt. Ich bin fertig mit dir. Nicht einmal bei der Beerdigung warst du. Du hast mich dort allein mit meinem Kummer stehen lassen, wo ich dich trotz allem am meisten gebraucht hätte.« Ein kehliges Schluchzen entwich ihrer Kehle. Dann ging ein Ruck durch ihren Körper und sie lehnte sich stolz erhobenen Hauptes zurück.

Kilian wollte etwas entgegnen. Verzweifelt suchte er nach den passenden Worten, doch die richtige Kombination wollte ihm partout nicht einfallen. Es tat nur unsagbar weh und er wusste nicht, ob er so viel Schmerz nach Alessias Ableben verkraften konnte. Andererseits mussten andere seinetwegen die letzten Jahre viel mehr erleiden.

»Gibt es noch irgendetwas, das du mir sagen willst, bevor du mich aus dem Haus jagst? Ich weiß, dass ich es verdient habe.« Sein Gaumen wurde trocken. Er machte sich auf das Schlimmste gefasst.

Dennoch wollte er es durchstehen. Für Martha. Wenn er schon keinen Trost spenden konnte und nicht zur Stelle gewesen war, als sie ihn am dringendsten benötigt hatte, so wollte er zumindest, dass sie jetzt ihrem Herzen Luft machen und dadurch vielleicht Frieden finden konnte.

Ein gequältes Seufzen entfuhr Martha. Mit hartem Gesichtsausdruck blickte sie ihn an. »Sag mir einfach, warum? Warum hast du das getan? Und wie – wie konntest du diesen Trick realisieren, den Illusio über Jahre hinweg nicht in die Tat umsetzen konnte?« Erwartungsvoll sah sie ihn an und Kilian wusste, die Antwort würde sie nicht unbedingt milde stimmen.

»Ich schätze, ich habe euer gemeinsames Glück nicht ertragen«, gestand Kilian. »Ich wollte mir eine eigene Existenz aufbauen, bewundert und geliebt werden – mein eigener Herr sein. Ich wollte nicht länger in seinem Schatten stehen. Ich habe mich immer als Versager gefühlt, der ohne Hilfe nicht bestehen konnte. Außerdem hatte ich das Gefühl, er traute es mir nicht zu, selbst mit Attraktionen aufzuwarten – und das hat mich verletzt.«

Martha riss ungläubig die Augen auf. Vehement schüttelte sie den Kopf. »Aber das ist so ein großer Irrglaube, Kevin …«

Kurz glaubte Kilian, dass sie sich ihm nähern wollte und tief aus seinem Inneren kam etwas empor, das unbedingt ausgesprochen werden musste. Ihm wurde bewusst, dass er seine Schuld – wenn überhaupt – nur mit der Wahrheit wiedergutmachen konnte. Wenn es jemandem zustand, dann Martha, die alles darangesetzt hatte, ihm einen Ort zu schenken, an dem er willkommen war.

»Warte, bevor du weitersprichst …« Kilian wusste nicht, ob er diesen Schritt wirklich wagen sollte. Lag Martha ihm so sehr am Herzen, um ihr alles zu offenbaren? Er gab sich einen Ruck und fuhr fort: »Es wird Zeit, dir die Wahrheit zu sagen. Kevin ist nicht mein richtiger Name.«

Vor seinen Augen formten sich ihre Lippen zu einem stummen *W*, ihre Stirn legte sich in Falten und Fragezeichen schienen ihr ins Gesicht geschrieben zu sein. Schnell sprach er weiter, bevor ihn der Mut verlassen würde. »Mein richtiger Name ist Kilian Burrow. Allerdings wechsle ich, seit ich siebzehn bin, andauernd meinen Namen. Jedes Mal, wenn ich einen Lebensabschnitt hinter mir lassen will.«

Kilian spürte den Schweiß auf seinen Handflächen, das Herz schlug ihm bis zum Hals. Martha sah ihn immer noch entgeistert an.

»Du siehst also, mein ganzes Leben ist eine einzige Lüge und so auch die *Auferstehung des Phoenix*. Sie war schlichtweg eine Illusion.«

Verwirrt neigte Martha sich näher an ihn heran, als ob sie ihn nicht richtig hören würde. »Unehrlich warst du also auch noch ...« Enttäuscht schüttelte sie den Kopf. »Aber – Kilian – dass alle Tricks auf dieser Showbühne nichts mit Magie zu tun haben, weiß doch jeder. Es sind Täuschungen, flinke Hände und raffinierte Hilfsmittel. Dennoch, wie ist dir gelungen, *diesen* Trick einzustudieren und zu zeigen, ohne auch nur einmal ... Schaden zu nehmen?«

Kilian musste lautstark schlucken in Anbetracht dessen, was er ihr nun enthüllen wollte. Er wusste, die Wahrheit würde schwer wiegen und für sie unfassbar wie schmerzhaft sein.

»Martha, es ist nicht *irgendeine* Illusion. Enrico hätte sie nie so bewerkstelligen können wie ich. Es ist mir in die Wiege gelegt worden. Womöglich fällt es keinem Menschen auf Erden so leicht wie mir.«

Er krempelte den linken Ärmel seines Sakkos hoch bis zum Ellenbogen und drehte langsam seine Hand, sodass Martha die Verschiebung der Ebenen genau beobachten konnte. In nur einem Wimpernschlag tauchte er seinen Arm in eine lodernde Flamme, deren Hitze sogar auf ihren Wangen abzulesen war, da er ihr mit

Leichtigkeit die abstrahlende Wärme suggerierte. Die gierigen Ausläufer spiegelten sich in ihren fassungslosen Pupillen wider.

Ein Prickeln tanzte über Kilians Haut, weil seine Augen Informationen an sein Gehirn weiterleiteten, die nicht der Wahrheit entsprachen. Trotz des Wissens, dass es eine Täuschung war, und seiner langjährigen Erfahrung. Er ließ bewusst den Geruch von verbrannter Haut und Haaren aus, die er bei dem Trick in seinen Shows sehr wohl kreierte, um ihn noch glaubhafter wirken zu lassen. Doch das wollte er Martha nicht antun, zu viele Erinnerungen an Illusios Tod hätte es in ihr wachgerufen.

Der plötzliche Schrei, der ihren Rachen verließ, fuhr ihm durch Mark und Bein und würde ihn in seinen Albträumen ein Leben lang verfolgen.

✿

Kilian nahm einen zusätzlichen Schluck direkt aus der Wodkaflasche, die er in der Bar erstanden hatte. Gebannt starrte er auf den Werbeflyer, den er aus Marthas Haus, aus dem er vor wenigen Stunden unmissverständlich rausgeschmissen worden war, hatte mitgehen lassen. Darauf wurde zu einer Wohltätigkeitsveranstaltung eingeladen, auf der Gelder zugunsten eines außergewöhnlichen Projektes gesammelt werden sollten. Illusios großer Traum war es, eine eigene Schule für hilfsbedürftige Kinder oder Jugendliche aus ärmeren Verhältnissen zu errichten, mit Internat und Zauberunterricht. Er hatte über all die Jahre darauf gespart, konnte die finanziellen Mittel aber nie aufbringen, da die Entwicklung und Kreation von neuen Tricks immer mehr Budget band. Martha wollte nun offenbar um jeden Preis seine Ambition weiterverfolgen und würde wohl nicht eher ruhen und rasten, bis sie seinen Traum hatte Wirklichkeit werden lassen.

Als sich doch tatsächlich Tränen ankündigen wollten, nahm er einen weiteren Schluck Trost. Der Alkohol sollte seine Seele einhüllen, zumindest ein paar Stunden wollte er ohne Vorwürfe, schlechtes Gewissen und Schmerz verbringen, bevor er wieder einen Fuß in ein Flugzeug setzte. Er hielt Ausschau nach einer willigen Beute für die Nacht. Da er die letzten Wochen keine Zeit mehr für sexuelle Befriedigung gefunden hatte, hoffte er, hier würde sich die Gelegenheit für eine schnelle Nummer auftun.

Der Blick in den Spiegel hinter dem Barmann brachte ihm jedoch Ernüchterung: Er musste feststellen, dass sein Äußeres nicht unbedingt ein Aushängeschild für eine atemberaubende, erotische Begegnung darstellte. Unglücklicherweise ließ in diesem Zustand seine Konzentration zu wünschen übrig – eine vorzeigbare Illusion bekäme er so sicher nicht hin. Es blieb ihm nur, sich an eine der freizügigen Damen zu halten, die das horizontale Gewerbe als ihre Berufung sahen und in dieser Bar auch sofort zu erkennen waren.

Heute Nacht brauche ich Heilung für Körper und Seele. Er zog den letzten Schluck aus der Flasche gierig in sich hinein. Dann wankte er in die Arme der nächsten käuflichen Lady.

21
SCHLECHTE NEUIGKEITEN

Priscilla stand unter Schock. Ohrenbetäubend hallten Dr. Szedniks Worte in ihren Gehirnwindungen wider und sie konnte sich nicht vorstellen, welchen Ausweg es noch geben konnte.

Wir müssen Ihre Tochter auf der Warteliste der Organspenden leider herabsetzen …

»Aber das kann nicht Ihr Ernst sein!« Sie kämpfte und suchte nach Argumenten, um an die Vernunft und das Herz des Arztes zu appellieren. »Sie hat hervorragend auf die neuen Medikamente angesprochen und hilft Ihnen dabei, Ihre Studie zu belegen. Schließlich wäre keine andere Patientin in diesem Stadium in einem derart guten Zustand. Sie können doch nicht all die Hoffnungen von Cecilia mit nur einem Knopfdruck zunichtemachen!« Priscilla blickte in die Augen ihres Gegenübers und zwang sich dazu, nicht zu blinzeln, um ja nicht zu verraten, wie verzweifelt und gebrochen sie bereits am Boden lag und die weiße Fahne hisste.

»Mrs Parker, Sie kennen unsere Prinzipien zur Genüge und Sie wissen, dass es nun nicht mehr in meiner Macht steht.«

Diesen bemüht verständnisvollen Blick hätte sie ihm nur allzu gern aus dem Gesicht geboxt.

»Wenn es darum ginge, mit einem Schlag allen Menschen in dieser Klinik ein neues, funktionierendes Organ zu schenken und sie in ein unbekümmertes Leben zu entsenden, dann würde ich das tun. Aber ich bin weder Gott noch ein Ölscheich, um all die Kosten dafür zu decken. Wenn ich bei Ihnen eine Ausnahme machen würde, wie soll ich mich dann bei den nächsten Patienten rechtfertigen? Welche Argumente könnte ich da noch anführen? Sympathie, die meisten Tränen, das beste Wortgefecht?« Er legte ihr eine Hand, die sie ihm am liebsten abgehackt hätte, auf die linke Schulter.

Priscilla drückte ihre Lider fest zusammen und hoffte, beim Öffnen festzustellen, dass alles nur ein böser Traum gewesen war. Eine Flut der Trauer suchte sich Zutritt in die Freiheit, als sie die Augen wieder aufschlug. Sie presste sich schützend eine Hand vor den Mund, um ihr Schluchzen zu ersticken.

»So leid es mir tut, Mrs Parker, wir müssen nun einem anderen Patienten die Möglichkeit bieten ... Cecilia wird morgen ins Jacobi Medical Center verlegt. Wir haben uns bemüht, sie in ein Vier-Bett-Zimmer einzuquartieren. Die Ärzte werden dort ebenso alles daran setzen, dass Ihrer Tochter geholfen wird.«

Priscilla fädelte sich unter seiner Hand, die sich nach Abschaum anfühlte, heraus. Mit verschränkten Armen und erhobenem Haupt baute sie sich vor ihm auf und sah ihm verächtlich ins Gesicht.

»Sie wissen genauso gut wie ich, dass Cecilia ohne diese preisgekrönten Medikamente und einer passenden Niere nur noch wenige Monate zu leben hat – also ersparen Sie mir diese Standardfloskel. Es zeigt sich wieder, dass Geld die Welt regiert und nicht soziales Engagement und Hoffnung.«

Energischen Schrittes stolzierte sie an dem Oberarzt vorbei und ärgerte sich, die letzte Zahlung überhaupt überwiesen zu haben. Sie würde zwar noch vor Gericht landen mit all diesen Schulden, aber wenn der Kampf um ihre Tochter verloren wäre, könnte ihr alles andere egal sein. Ihr Hüftleiden, das sie seit ihrer Geburt begleitete, unterstrich die trostlose Situation. Mit aller Anstrengung versuchte sie ihr leichtes Humpeln zu unterdrücken, das ihrem eleganten und stolzen Abgang im Wege stand und kämpfte gegen weitere Tränen an.

Verärgert strich sie die feuchten Wangen mit ihrem Handrücken trocken, um beim Eintreten in das Krankenzimmer ihrer Tochter wieder ein gespieltes Lächeln aufzusetzen.

»Hey, mein Schatz, wie geht es dir heute?«

Der fröhliche Ausdruck im Gesicht ihrer Tochter wandelte sich sogleich. »Offenbar geht es mir besser als dir.«

»Bitte, nicht jetzt, Cecilia, kannst du dir das vielleicht einmal verkneifen?« Priscilla griff zu ihrem vererbten Medaillon an der Brust und ließ ihre Finger nervös darüber gleiten, während ihre Tochter sie neugierig musterte.

»Sie werden mich verlegen, nicht wahr?« Sie hob ihren Blondschopf aus dem Kopfkissen und ließ sie nicht mehr aus den Augen. Priscilla brachte nur ein Nicken zustande und ertappte sich dabei, wie sie beschämt ihren Blick zu Boden richtete. Ihre Nägel fuhren so fest an den Kettengliedern des Schmuckes entlang, dass sie drohten zu zerreißen.

»Ma – bitte mach dir keine Vorwürfe deswegen. Du hast alles getan, was in deiner Macht stand und wie gesagt: Ich habe nicht vor, es dem Sensenmann allzu leicht zu machen. Komm her.«

Als Priscilla aufsah, waren die dünnen Arme ihrer Tochter nach ihr ausgestreckt, dennoch tröstete das breite Lächeln nicht über die grauen Augenringe hinweg. Cecilia hielt den Kopf schief und zwinkerte ihr frech zu. Diese Einladung konnte sie nicht ausschlagen, deshalb vergrub sie sich schnurstracks in die Umarmung und drückte ihre Tochter fest an sich.

»Eigentlich sollte das umgekehrt funktionieren, junge Dame«, bemerkte sie, während ihre gebrochene Stimme in ein gequältes Lachen überging. Sie spürte, wie Cecilia ihre filigranen Finger über ihren Rücken streichen ließ, eine Geste, die so wohltuend für die Seele war, dass ein erleichtertes Seufzen ihrem Mund entfloh.

Sie entzog sich ihr und versuchte, die Rollen zu tauschen, indem sie Cecilia die hellblonden, langen Strähnen hinter ein Ohr führte. Dabei fielen ihr wieder die letzten Worte ihrer Tochter ein ...

Du hast alles getan, was in deiner Macht stand.

Eine imaginäre Schelle traf sie augenblicklich, denn wenn genau *das* alles war, was in ihrer Macht stand, dann sollte sie sich gleich in einem dunklen Loch vergraben. Wie hatte sie so leichtsinnig sein können? Wie hatte sie sich so blenden lassen können von einem breiten Lächeln, dem jugendlichen Übermut und einem pochenden, verliebten Herzen?

»Du denkst gerade an ihn, nicht wahr? Du liebst ihn noch immer«, erklang Cecilias Stimme.

Priscilla biss sich so fest auf die Unterlippe, dass sie den metallischen Geschmack von Blut kostete. Wut übernahm die Kontrolle über ihre Hände, die sich zu Fäusten ballten.

»Er hat diese Liebe nur ausgenutzt, als ich am schwächsten und zerbrechlichsten war.« Es fiel ihr schwer, in die Augen ihrer Tochter zu blicken, so schäbig fühlte sie sich. Sie hätte als Erwachsene Weitsicht und Vorsicht walten lassen sollen, anstatt jugendlichem Leichtsinn nachzulaufen, der weit vor ihrem Alter lag.

»Ma, du bist wieder theatralisch und zudem zu streng mit dir selbst. Du hast über acht Jahre, nachdem du Pa rausgeschmissen hast, keinen Mann mehr an dich rangelassen. Du hattest ein bisschen Glück verdient. Dass er der Falsche war, konnte doch keiner ahnen.«

Trotz Cecilias verständnisvollem Blick wurde sie zornig, denn ihr Leib und Blut hatte keine Kenntnis von diesem Spiel, das mit ihr getrieben worden war.

»Vorsicht, Cecilia, du sprichst von Dingen, von denen du keine Ahnung hast!« Priscilla strich sich eine ihrer roten Locken über die Schulter. »Karl hat sich in mein Herz geschlichen, mir das Gefühl gegeben, etwas Besonderes zu sein und mich blind getäuscht. Wenn er nicht ...«

Erneut musste ihre Hand ein lautstarkes Schluchzen aufhalten. Noch immer konnte sie es nicht fassen. Karls Emotionen hatten damals so ausdrucksstark gewirkt und es hatte sich einfach richtig angefühlt. Die Art und Weise, wie er sie in die Arme schloss, sie freudestrahlend anhimmelte, seine zarte Haut, die sie umgab, wenn sie in voller Ekstase unter ihm hinwegschmolz. Dieses starke, ungezügelte Verlangen und dieses kindische Lachen und Hintereinander-Herlaufen hatte alles andere in den Schatten gestellt. Nie zuvor hatte sie sich so schwerelos und unbekümmert gefühlt, so angekommen an jenem Ort, an den sie einfach gehörte. Als ob das Schicksal sie am Arm gepackt hätte und nicht mehr loslassen wollte. Niemals hätte sie für möglich gehalten, dass der tiefe Fall sie so rasch ereilen könnte und sie mit in die Abgründe der kalten Wut und Verbitterung nahm, in der sie schon einmal gelebt hatte.

Als sei es gestern gewesen, musste sie an diese zweideutigen Blicke ihrer halbherzigen Freundinnen beim Kaffeeklatsch denken, die sie immer wieder auf den Boden der Tatsachen bringen wollten und Karl als einen Toyboy titulierten. Wie sehr sie damit doch recht gelegen hatten. Diese Erkenntnis schmeckte bitter auf ihrer Zunge und kam viel zu spät.

Plötzlich spürte sie Cecilias warme Hand, die ihr liebevoll über den Oberarm streichelte. »Ma, bitte, tu dir das nicht an. Du darfst nicht vergessen, dass du dieses wundervolle Erlebnis immerhin haben durftest. Nicht jedem ist das gegönnt.«

Als der wahre Hintergrund dieser Worte zu Priscilla durchsickerte, schnürte es ihr die Kehle zu. Wie sehr wünschte sie sich, dass ihre Tochter zumindest einmal hätte erleben dürfen, wie es sich anfühlte, umgarnt und geliebt zu werden – und zwar aus tiefstem Herzen.

Nein! So nicht! So darf es nicht enden! In ihrem Innersten begehrte alles auf und Priscilla griff mit einer Überzeugung zu ihrem Handy, um die Nummer von Thomas zu wählen. Cecilia beäugte sie dabei misstrauisch.

»Thomas? Es geht nicht anders. Bitte bewirb den Verkauf der Pachtgründe, und zwar aller.«

Sie lauschte Thomas, der sie versuchte umzustimmen, ohne ein Wort an sich heranzulassen. »Ich weiß, dass es meinen Ruin bedeuten könnte, aber ich habe keine andere Wahl mehr. Die Auktion wurde einfach zu spät angesetzt. Ich brauche das Geld und zwar jetzt!«

22
WIE DU MIR, SO ICH DIR

Mit Genuss beobachtete Vigo, wie Igor seinen Baseballschläger durch die sündhaft teuren Skulpturen und Sammlungen zog. Leider hatten sie bei dem Krach nicht viel Zeit, um den Moment voll auszukosten. Aufmerksam verfolgte Siek den Polizeifunk und lauschte parallel, ob beim Portier Alarm geschlagen wurde. Ihr Glück war, dass das Appartement unter dem Penthouse nicht bezogen war und die meisten Bewohner tagsüber arbeiteten.

Die beigefarbene Luxusledergarnitur hatten sie bereits mit einem Messer bearbeitet, wie Innereien quoll die Polsterung zwischen den Lederrissen heraus. Die Platte des Glastischs lag zerborsten am Boden und die Sessel waren kreuz und quer im Raum verteilt. Natürlich waren sie so geistesgegenwärtig, Kunstwerke, die sie mühelos mitnehmen konnten, außen vor zu lassen, um sie später zu Geld zu machen. Immerhin schuldete Kevin ihnen zwanzig Millionen Dollar und die paar Wertgegenstände wären lediglich ein Tropfen auf dem heißen Stein. Penibel hatte Siek das schicke Appartement vorher noch nach Kameras und Wanzen durchstöbert – just in case – damit sie nach der Aktion kein blaues Wunder erlebten.

Während Vigos Kumpel in der Küche zugange waren und den Schränken einen neuen Stil verpassten, strichen seine Finger über den feinen Zwirn in Kevins Garderobe. Anzüge aller erdenklichen Nobellabels reihten sich aneinander.

Der Mistkerl hat sogar einen eigenen Schuhschrank!

Wütend schlug er die Holzregale aus der Verankerung und ließ die edlen Teile zu Boden stürzen. Eine ganze Stange war ausschließlich für seine außergewöhnlichen Krawatten reserviert und ein weiterer Schrank beherbergte legere und sportliche Outfits. In den flachen Schubladen – fünf davon lagen übereinander – waren Manschettenknöpfe, teure Uhren, Schmuck und Lederbänder verstaut. Vigo wusste, auf diesen Schnickschnack stand der Drecksack besonders. Je mehr Vigo sah, desto stärker pochte seine Halsschlagader und er spürte, wie die Arterie an der Schläfe bedrohlich anschwoll. Kevin hatte offensichtlich weiter geplündert und gestohlen – mit einem ehrenhaften Beruf wäre dieser Wohlstand in der kurzen Zeit jedenfalls nur schwer zu erreichen gewesen. Darüber hinaus traute er dem Bengel einen ordentlichen Job auch gar nicht zu. Nach seinem fulminanten Highschoolabgang, dem Anschluss in seinem Team und der Flucht danach konnte er sich kaum vorstellen, dass Kevin seriös werden wollte.

So wie es aussah, hatte Kevin zudem Helfer gefunden, deren vertrauensvoller Geldgeber er nun war. Jegliche Spuren zu ihm verliefen schnell im Sand, alle mutmaßlichen Flüsterer und Schwachstellen waren beseitigt worden. Jemanden, den man ausquetschen hätte können, gab es nicht.

Kevin war verdammt gewieft. Aber der Ukrainer hatte ein Ass im Ärmel und Siek an seiner Seite, der Kevin intellektuell in nichts nachstand. Irgendwann würde er einen Fehler machen und dann schnappte die Falle zu. Noch dazu hatte die Bande nicht vor, den Rest ihres Lebens hinter ihm herzujagen.

Er für seinen Teil wollte zumindest zu seiner Frau und seinen beiden Töchtern, die in Arizona lebten, zurück. Viel zu lange war er schon von ihnen getrennt und hatte zum Großteil verpasst, wie seine Mädchen zu jungen Damen heranwuchsen. Er wollte endlich für sie ausgesorgt haben. Er brauchte einen Coup, einen großen, genialen Coup. Doch ohne Kevin lief es nicht so einfach und risikolos wie damals, als er noch mit ihnen auf Jagd gegangen war. Er würde diesen Knaben zu einer letzten gemeinsamen Tour überreden müssen.

Allerdings war ihm klar – so wie die Bude eingerichtet war und wie es Kevin offenbar gewohnt war zu leben –, es musste ihm schon etwas Besseres einfallen als eine lausige Beteiligung an der Beute, um Kevin zu einer weiteren Zusammenarbeit zu bewegen. Er konnte ihm nicht immer nur Prügel androhen oder ihn unter Druck setzen. Er musste mit neuen Geschützen aufwarten und Siek hatte diese parat. Nicht zu glauben, dass sich sein Computergenie ausgerechnet mit Hilfe der Datenbanken der Polizei jener Beweismittel bemächtigt hatte, die Kevin Kopf und Kragen kosten konnten.

Vigo verließ den begehbaren Schrank und beschloss, dass es Zeit wurde zu gehen. Er pfiff seine Kumpels herbei und begutachtete noch einmal ihr Werk. Es war nicht zu übersehen, dass es sich hier um eine Drohung handelte und sie sich Gehör damit verschaffen würden.

Siek drückte sich sein Headset dichter ans Ohr und wies sie mit einer Handbewegung zur Ruhe. »Dem Portier wurde gerade Lärm gemeldet. Lasst uns verschwinden. Ich denke, wir haben unseren Standpunkt klargemacht.« Sein Irokese wippte leicht bei jeder Kopfbewegung, was an mangelndem Gel liegen musste.

Vigo quittierte dies lautstark mit einem »Na, dann raus hier!«, während er wie die anderen einen Rucksack mit den eroberten Kostbarkeiten schulterte und noch an das kleine Kuvert dachte, das er für Kevin an einer markanten Stelle platzierte.

Gerade war Vigo dabei, den Weg über das Treppenhaus zu nehmen, da hielt ihn Siek mit einem festen Griff an der Schulter auf. »Warte, ich hab' eine Idee.«

Vigo vernahm das hallende Rumpeln von Igors schnellen Schritten, der im sportlichen Abgang vor ihnen nach unten spurtete. Kurz entschlossen entschied er sich dafür, Siek zu folgen, der ohne zu zögern in den sich öffnenden Aufzug sprang.

»Bist du verrückt geworden? Was soll das werden?«, zischte er Siek zu, als er des Liftboys gewahr wurde. Die Tür schloss sich geräuschlos und es entstand eine bedrückende Stille in der beengenden Kabine. Der Mitarbeiter schielte zu ihnen herüber und beäugte sie von oben bis unten.

Ohne seinen Plan lang und breit zu erklären, eröffnete Siek das Gespräch mit dem jungen Mann im Livree: »So, mein Freundchen, ich finde, es gibt wohl keine bessere Wanze in einem Gebäude als eine Person, die hier wie ein Schatten agiert und jedes Gespräch und jede merkwürdige Situation mitbekommt. Habe ich nicht recht?« Durchdringend sah er den Hotelangestellten an.

Der Blick des Liftboys huschte kurz in die Ecke, wo eine Kamera montiert war und er schluckte dabei lautstark. Blitzschnell zog Siek seinen Kaugummi aus dem Mund und ließ den stillen Zeugen erblinden, indem er ihn auf die Linse klebte. Vigo konnte genau erkennen, wie sich die ersten Schweißperlen auf der Stirn des Liftboys bildeten. Der beleibte Mitarbeiter, der gerade mal dreißig Jahre zählen mochte, wirkte geradezu lächerlich, wie er in diese rote Uniform gezwängt war und nun am obersten Knopf herumnestelte. Das zu klein geratene Pagenhütchen wirkte auf seinem Kopf wie ein albernes Krönchen.

Nun ahnte Vigo, was Sieks eigentliches Ziel war. In überheblicher Geste verschränkte er die Arme vor der Brust, was seine breiten Schultern und seine trainierten Bizepse besser zur Geltung brachte und setzte einen grimmigen Blick auf.

Siek schritt näher an den schwer atmenden Angestellten heran, der sich mit seinem ganzen Leib gegen die Aufzugwand presste. Mit einem Zeigefinger tippte er ihm kurz auf die Brust und katapultierte damit den Liftboy aus seiner Starre.

»Ich werde nichts sagen! Ga-ga-gar nichts!«

Daraufhin musste Siek höhnisch lachen und griff rasch in seine Jackentasche. Verängstigt schloss der Page die Augen. Seine Lippen bewegten sich hysterisch, während seine schwindende Gesichtsfarbe die Sommersprossen noch mehr zur Geltung brachte. Womöglich betete er gerade innerlich ein Ave-Maria herunter, in dem Glauben, sein letztes Stündlein habe geschlagen. Siek war zwar eher sehnig und schlank, aber sein Auftreten war selbstbewusst und angsteinflößend, was er gern nutzte. Vigo musste schmunzeln, denn die Szene war einfach zu köstlich.

Ich würde mich nicht wundern, wenn er sich gleich einpinkelt.

Doch als der Liftboy unter den Wimpern einen Seitenblick riskierte, wurde seine Aufmerksamkeit auf ein rundes Bündel Geldnoten gelenkt: »Also w-wenn ich es mir recht überlege, dann könnte ich sch-sch-schon so einiges erzählen.« Seine Stimme stieg eine Oktave bei dieser Offenbarung. Gierig wollte er nach dem großzügigen Trinkgeld greifen, als Siek vor seiner Nase damit rumwedelte, es dann aber augenblicklich außer Reichweite hielt. Die Fahrkabine setzte sich in Bewegung, ohne dass einer von ihnen die Etagenknöpfe betätigt hatte, was Vigo und Siek erneut ihren Zeitdruck in Erinnerung brachte.

»Dieser Keith Rolands aus dieser Etage, zu welchem Zeitpunkt hast du ihn das letzte Mal gesehen oder weißt du, wann er wieder hier reinschneit?«

Wie aus der Pistole geschossen plapperte der Angestellte los: »Das ist ein total merkwürdiger Kerl, mit dem stimmt eindeutig etwas nicht. Der ...«

»Schon klar, und weiter?«, polterte es ungeduldiger aus Vigo heraus, der abwechselnd auf die Stockwerkanzeige, deren Zahl stetig sank, und dann zurück auf ihren Gesprächspartner schielte. Die sanfte Frauenstimme, die die Etagennummer ansagte, schnitt an seinen Nerven.

»Vor ein paar Tagen kam er hier völlig aufgelöst mit einem kleinen Jungen herein, holte zwei Koffer und riesige Taschen, und verließ total hektisch das Gebäude.«

Vigo wurde stutzig, doch Siek kam ihm zuvor. »Moment – mit einem kleinen Jungen?«

Schleppte Kevin etwa die Illusion eines Kindes mit sich herum? Aber warum? Als Tarnung? Hier in dem Gebäude musste er doch niemandem etwas vorgaukeln ... Oder war das Kind etwa real?

Vigo stand knapp davor, den Liftboy an der Gurgel zu packen, um die Antwort schneller aus ihm herauszuquetschen. Siek jedoch versuchte es auf seine Tour: »Wie sah der Junge aus? War er schon mal hier?«

Nur noch wenige Etagen trennten sie vom Erdgeschoss.

Der füllige Mitarbeiter rang nach Luft und blickte verunsichert zwischen ihnen beiden hin und her.

»Also, er ging mir ... ungefähr bis hier ...«, er deutete an seine Taille, »... hatte dunkles Haar und – ach, was weiß ich! Wie Kinder nun mal so aussehen! Aber wenn Sie mich fragen, dann würde ich meinen, dass es sein Sohn war. Der Bengel hatte genau wie er zwei verschiedene Augenfarben.«

Der gereizte Tonfall musste auf jeden Fall mit dem Herannähern der Zielebene einhergehen.

Vigo klappte die Kinnlade herunter. Ein Seitenblick zu Siek bestätigte die synchrone Entgeisterung.

Der Aufzug ruckte, mit einem *Ping* öffnete sich die Tür und ausgerechnet Igor stand verärgert vor ihnen. »Wat das soll? Wirr mussn los!«

Noch immer ratterte das eben Gehörte in Vigos Kopf, als Siek dem Boy beiläufig das Geld in die Hand presste und lautstark posaunte: »Ich glaube, nun haben wir den Schlüssel zu Kevins Kooperation.«

Nachdem der Portier am Eingang ruhiggestellt war und Siek die Kameraaufnahmen sicherheitshalber gelöscht hatte, verließen sie mit einem neuen Plan die Eingangshalle.

༄

Stans lautes Kauen nervte Liam so sehr, dass es ihm unmöglich war, auch nur einen einzigen Gedanken zu formen. Seit Alessias Tod war er bei seinen Ermittlungen nicht weitergekommen. Weder bei der Shadow-Akte noch bei dem alltäglichen Kleinkram, der den ganzen Tag über eintrudelte.

»Mann, Stan, kannst du nicht leise kauen? Wolltest du nicht ein paar Pfunde loswerden, fang doch heute am besten damit an?«, rutschte ihm ungehalten heraus, während er sich ungeduldig die Schläfen massierte. Wie zwei Karnickel saßen sie in ihrem Büro eingepfercht, der Regen klatschte an die Fenster und aus der Ferne kündigte sich Gewitter an. Dieses elendige Wetter drückte ihm zusätzlich aufs Gemüt. Er war über die Jahre wetterfühlig geworden, würde sich aber eher seine Hand abbeißen, als es unter dem Wort *Migräne* laut herauszuposaunen.

»Na? Heute sehr empfindsam, der Herr? Was ist dir denn über die Leber gelaufen?«

Liam sah Stan eindringlich an, konnte aber in dessen Gesichtsausdruck ablesen, dass er zurückrudern wollte, da ihm bewusst wurde, *was* seinem Partner über die Leber gelaufen war. Beschwichtigend hob Stan die Hände. »Sorry, Mann. Aber im Moment machst du es keinem von uns leicht, mit dir auszukommen – das musste einmal gesagt werden.«

Liam atmete lautstark aus und strich sich das Haar zurück. »Ich weiß, ich weiß. Ich kann einfach nicht abschalten. Und irgendwie komme ich nicht weiter. Mir ist schon klar, du kannst es nicht mehr hören, aber ich werde nicht schlau daraus. Diese Diebesbande von damals ... ich würde meinen, dass sie aus mindestens drei Köpfen bestehen müsste – die ist von einem auf den anderen Tag spurlos verschwunden. Aber warum?«

Stan rollte mit seinem Bürostuhl näher heran.

»Ach Liam, ich wünsche mir wirklich, dass dieser Fall aufgeklärt wird. Dann hätte diese Besessenheit endlich ein Ende.«

Liam blickte ihn düster an, was Stan sofort zum Rückzug hinter seinen Bildschirm veranlasste.

»Vielleicht haben sie mittlerweile genug Geld gescheffelt und haben sich zur Ruhe gesetzt«, meinte er dann kleinlaut, um die Wogen zu glätten.

»Ha!«, entfuhr es Liam. »Du denkst doch nicht allen Ernstes, dass, wenn sich eine Masche so gut bewährt hat und über die Jahre kein einziges Indiz die Ergreifung vorangetrieben hat, dass sich auch nur ein einziger Ganove da vernünftig verhält, oder? So leicht verdientes Geld, schnell und unkompliziert ... Niemals, sag ich dir, niemals! Und dass sie sich gegenseitig dezimiert haben, passt auch nicht ins Muster – es war keine Mafia.« Liam fuhr unruhig mit seinem Schreibtischstuhl hin und her und verursachte dadurch unangenehme Schleifgeräusche, was Stan veranlasste, seine Lider schmerzhaft zusammenzukneifen.

»Und was, wenn ihnen ihr Joker abhandengekommen ist?«, warf Stan ein und schmiss mit einem zusammengeknüllten Papier nach Liam, in der Hoffnung, er würde dadurch die akustische Folter beenden.

Liam hielt in der Bewegung inne. »Wie meinst du das?«

»Na ja, ich denke mir, die hatten irgendein Hilfsmittel, einen Insider oder einen besonders begabten Langfinger in ihrer Mitte. Sozusagen ein Ass im Ärmel. Jemand, der es ihnen ermöglicht hat, so rasch und problemlos vorzugehen. ... Und nun nehmen wir mal an, dieses Instrument geht kaputt oder das Wunderkind beschließt, eigene Wege zu gehen. Dann *Puff* ...«, Stan wedelte theatralisch mit seinen Fingern in der Luft, »... ist es vorbei mit den erfolgreichen Diebeszügen.«

Liam sah ihn fassungslos an und ließ die Theorie auf sich wirken. »Stan, du bist brillant. Du könntest recht haben. Und wer weiß, vielleicht ist die Gang sogar noch in Oregon und dreht jetzt eher kleine Dinger. Ich schätze, ich werde mir mal die Akte unserer Kleinkriminellen zu Gemüte führen.«

Er stand auf – um sich gleich noch einmal hinzusetzen. Stans fragenden Blick beantwortete er lediglich mit »Pascal« und wählte Kilians Nummer auf seinem Handy. Während er dem Tuten lauschte, sah er Stan mit schüttelndem Kopf wieder zum Sichten der Unterlagen übergehen. Zum zehnten Mal tutete es. Das Telefonat wurde nicht angenommen, was kein gutes Zeichen war.

Verdammter Mistkerl, du hältst dich nicht an unsere Abmachung!

Er griff in die Innentasche seiner Jacke, die an der Sessellehne aufgehängt war, fischte das Notizbuch daraus hervor und blätterte aufgebracht darin herum. Schnell hatte er den Eintrag mit der Wohnadresse in Buffalo gefunden, die er unter dem Namen Keith Rolands hatte ausfindig machen können. Energisch wählte er die Nummer des Penthouses.

In Liam stieg wieder die Wut empor. Ihm wurde bewusst, dass er Kilian von Anfang an nicht hätte trauen sollen. Er tröstete sich über seine eigene Dummheit hinweg, indem er sich einredete, dass er noch immer genug Beweismittel hatte, um Kilian Ärger ohne Ende zu bereiten. Damals hatte er für Pascal geschwiegen, aber in diesem Augenblick zweifelte er an seinem gesunden Menschenverstand, den armen Jungen da reingeritten zu haben. Nach ein paar Tönen drang eine Männerstimme durch den Hörer: »Mr Sissler – wie kann ich behilflich sein?«

»Officer Brown, Oregon Police Department. Ich hätte gern Keith Rolands gesprochen.«

»Mr Rolands? Der ist vor ein paar Tagen ausgezogen und hat die Wohnung einem Makler übergeben. … Aaaaber notgedrungen wird er noch mal erscheinen müssen, weil bei ihm eingebrochen und sein Appartement schwer verwüstet wurde. Gerade war die Polizei hier und hat sich den Schaden angesehen. Sie haben auch gleich den Angriff auf meinen Kollegen dokumentiert.«

Liam sprang aus seinem Sessel hoch. »Was ist mit dem Jungen?!«

»Welcher Junge, Officer?«

23
UNENDLICHE GIER

Obwohl wir mittlerweile ein eingespieltes Team sind und jeder seine Handgriffe kennt, kann ich mich einfach nicht daran gewöhnen, wie mich bei unseren Beutefängen der Nervenkitzel befällt, ich ohne Angst vor Entdeckung das Objekt unserer Begierde zwischen den Fingern spüre und dann wie ein Geist verschwinde.
Ruhig Blut, Kilian, dir rennt nichts davon.
Kein Staubkorn, nicht einmal das klitzekleinste Härchen lasse ich zurück, nur Vigo kann es sich nie verkneifen, seine makabren Witze mit der Polizei zu treiben, indem er freche Nachrichten schrieb. Er war es, der uns die *Shadows* getauft und uns in schwarze Ganzkörpersuits gesteckt hat, damit wir uns ungesehen im Dunkeln bewegen können. Vielleicht wurde er bei dem Namen davon inspiriert, dass ich mich durch pure Konzentration in eine Art Nebel tauche, der für die Kameras nicht zu identifizieren ist. Leider habe ich es trotz meiner Gabe und viel Übung nur bei Menschen geschafft, mich vollkommen unsichtbar zu machen, die Technik zu überlisten ist um einiges komplizierter. Aber es reicht, um ungesehen aufzutauchen und kurze Zeit später um Millionen schwerer wieder zu verschwinden.

Als Vigo mich vor Jahren auf der Straße auflas, konnte ich mir beim besten Willen nicht vorstellen, was er mit *Ich weiß, dass du keine Hilfe b*rauchst – aber was, wenn ich dich um *deine* Hilfe bitten würde? meinte. Diese Frage hat mich ziemlich überrascht und mein skeptischer Blick hat ihn veranlasst, mir sein Vorhaben zu erklären. Nun folge ich ihm bei seinen Plänen, die er regelmäßig ausheckt. Er ist der Kopf unseres Teams, kennt die Orte, wo wir eindringen und wertvolle Kunstwerke und Schmuck vorfinden. Er begnügt sich nicht mit einfachen Banken, wenn, dann müssen es Klunker in Faustgröße sein oder Statuen aus dem Reich der Inkas. Man glaubt gar nicht, wie viele Sammler es in Oregon und Kalifornien gibt, die auf der ganzen Welt ihre Fühler ausstrecken, um bei der nächsten Gartenparty zu prahlen, was sie wieder an Land gezogen haben. Doch Vigo hat seine Ohren überall. Er sieht und hört alles, was ich besonders an ihm bewundere. Ich kann so viel von Vigo lernen und ich darf bei ihnen als gleichwertiges Mitglied wohnen.

Er lehrt mich den Sinn des Lebens: »Nimm, was du kriegen kannst und blicke niemals zurück.« Und es fühlt sich gut an, zur Abwechslung einmal geachtet und gebraucht zu werden. Respekt und Lob zu erhalten. Gierig und ausgehungert stürze ich mich auf diese immateriellen Güter, da die Anerkennung für mich wertvoller als all das Geld ist, das wir durch unsere Streifzüge mit nach Hause bringen.

Vigo war es, der mir geholfen hat, aus den kleinen Betrügereien und Diebstählen, die ich bereits vor unserer gemeinsamen Zeit tätigte, herauszuwachsen. Und als ich dann ein halbes Jahr später die Gegenwart meines Vaters nicht mehr ertrug, war er für mich da und hat mich aufgenommen. Es ist also Ehrensache, ihm ein bisschen was zurückzugeben und Teil dieser Gesellschaft zu sein.

Igor hingegen ist mir ein wenig unheimlich, wenngleich er uns immer den Rücken mit seiner Stärke und Skrupellosigkeit freihält. Und Siek – ja, Siek ist ein echter Nerd, ein Hacker, im technischen Bereich macht ihm keiner was vor. Er manipuliert Kameras, findet Pläne und Grundrisse im Internet, die eigentlich nicht gefunden werden dürften, loggt sich in den Polizeifunk ein und sabotiert Telefone. Sogar Ampelschaltungen hat er schon zu unseren Gunsten beeinflusst. In gewisser Weise sind wir uns da sehr ähnlich. Wir genießen unsere Gabe und unser Geschick und wenn wir uns dann stillschweigend gegenübersitzen und uns anblicken, ist dieses unsichtbare Band zwischen uns deutlich spürbar. Wir sind auf derselben Wellenlänge – talentiert und wissbegierig. Nach Liam ist er der neue Bruder für mich.

Alles hätte so schön sein können, wenn ich es nicht gerade mit eigenen Ohren gehört hätte. Die Worte hallen in meinem Inneren nach und hinterlassen tiefe Krater in meiner Seele.

»Wie lange, glaubst du, wird Kevin noch deine Marionette sein wollen, wo er doch ohne uns genauso gut dran ist?« Sieks Stimme war heller und dünner als die der beiden Kraftbolzen.

»Siek, warum so pessimistisch? Ich habe Kevin im Griff – der tanzt nach meiner Pfeife. Wir machen das noch zwei, drei Jahre und dann setzen wir uns nach Übersee ab. Was aus dem wird, ist mir egal. So 'nen Freak will man nicht um sich haben. Stell dir mal vor, der hat üble Laune und lotst dich – wie auch immer er das macht – splitterfasernackt auf die Straße, um dich dort wie ein Balletttänzer Pirouetten drehen zu lassen. Nein, glaub mir, der ist nur so lange bei uns, wie er uns nützlich ist. Denn seien wir mal ehrlich, ohne ihn wären wir aufgeschmissen.« Vigos Akzent hängt in der Luft, als hätte er Respekt vor ihm und würde ihm mehr Echo zugestehen.

»So schlecht ging es uns ohne ihn auch wieder nicht.« Und mit verstellter Stimme, äffte Siek mich dann nach: *»Ich fühle mich gekränkt, wenn du das so siehst. Wir sind doch eine Familie.«* Dann höre ich das Gelächter der drei, das mir rhythmisch auf den Schädel klopft, wie imaginäre Hände, die mich als afrikanische Buschtrommeln zweckentfremden.

Ich kann nicht darüber lachen. Wieder bin ich der Außenseiter, der, den keiner mag. Wie früher fühle ich mich klein, ungeliebt.

Wie einer Pussy fließen mir Tränen über die Wangen, die mich weichlicher dastehen lassen, als ich mir selbst zugestehen möchte. Und plötzlich entsteht ein Gefühl in mir, das ich noch nicht so recht deuten kann. Ist es etwa Kampfgeist? Wütend spüre ich meine Fäuste zu schweren Bleiladungen wachsen.

Mir fallen Vigos Worte ein: »*Du musst unbedingt härter werden, Kevin, denn das Leben schenkt dir nichts!*«
Da hast du so was von recht! Und ich zeige dir jetzt, wie hart ich sein kann.

Ich schleiche zurück in mein Zimmer. Keinen einzigen Ton will ich mehr hören von diesen *herzensguten* Verrätern, die sich über mich lustig machen. Wie hinterhältig sie doch sind. Kaum glauben sie mich aus dem Haus, haben sie nichts Besseres vor, als über mich vom Leder zu ziehen. Tja, zu blöd, dass ich sie nun belauscht habe, nachdem ich zurückgekehrt bin, weil ich mein Geld vergessen hatte. Aber wenigstens weiß ich jetzt Bescheid – darüber, wie sie in Wahrheit über mich denken, dass sie mich nur ausnutzen und mich, sobald sie mich nicht mehr brauchen, wegwerfen werden wie einen ollen Lumpen.

Doch mir wird klar: Ich brauche sie nicht. Ich brauche niemanden.

Wut kocht in mir hoch. Wut gegen die, denen ich gerade noch vertraut habe, mit denen ich mich verbunden fühlte, die für mich wie eine Familie waren. Mein Magen krampft sich zusammen, dann landet meine Faust an der Wand.

Ich beschließe: Wenn ich nicht erwünscht bin, dann muss ich weiterziehen. Es wird höchste Zeit, dass ich mir neue Freunde suche.

Enttäuschung scheint zu meinem Leben zu gehören: Zuerst mein Vater, der in mir eine Satansbrut sah, dann Alessia, für die ich ein egoistischer Schlappschwanz war und nun Vigo, zu dem ich aufgesehen habe und der mich nur benutzt hat. Er, der sich als mein Retter in der Not in meinem Gehirn festgesetzt hatte, bei dem ich mich aufgehoben fühlte, der mir das Gefühl gab, etwas wert zu sein – genau dem bin blind in die Falle getappt, wie sein Söldner Igor, weil ich nach Anerkennung und Zugehörigkeit lechzte. Ich habe ihm vertraut und er hat mich eiskalt ausgenutzt.

Warum darf ich meinen Platz auf dieser Welt nicht finden? Nur wegen dieser beschissenen Gabe? Kann denn ein Pfau etwas

für seine Schönheit, eine Spinne für ihr Geschick oder ein Adler für sein scharfes Auge? Wie kann man mir etwas vorwerfen, das mir in die Wiege gelegt wurde? Etwas, das eigentlich nichts Schlechtes ist – nichts Schlechtes sein *muss*. Machen mich die anderen nicht zu etwas Schlechtem?
Ich bin der festen Überzeugung, dass auch ich Liebe und Aufmerksamkeit verdient habe! Und wenn ich sie mir persönlich holen muss!

Es ist dunkel und mir ist kalt, als ich die heruntergekommene Gasse entlangspaziere. Sorgen muss ich mir keine machen, dass jemand auf mich lauert oder es auf mich abgesehen hat. Zumal eigentlich ich derjenige bin, vor dem man sich heute Nacht fürchten sollte. Denn ich bin verdammt wütend und habe einen Plan.

Ein paar Ratten machen sich quiekend über Speisereste her, die aus einem verbeulten Müllcontainer herausgequollen sind. Dieser Stadtteil von Portland ist so dreckig und abseits gelegen, dass man ihn besser meidet. Es stinkt hier so bestialisch, dass sich niemand gern dort aufhält.

Doch für uns war es genau der richtige Ort, um unsere Schätze zu bunkern. Jene Kostbarkeiten, die wir bisher nicht an unsere Käufer vermitteln konnten oder bei denen wir noch auf lohnende Gebote warten.

Mich fröstelt, als ich beim Eingang unseres geheimen Lagers ankomme. Es interessiert mich auch nicht, dass Vigo der Einzige ist, der über den Schlüssel verfügt. Wozu habe ich schließlich gelernt, Schlösser zu knacken? Ich ziehe die nötigen Werkzeuge aus der Jackentasche.

So ein Talent darf man doch nicht versauern lassen.

Es ist mir ein Genuss, das vorerst widerstrebende Ächzen des Riegels in einem geschmeidigen Klicken enden zu lassen. Vor mir öffnet sich Ali Babas Höhle. Ich knipse die Taschenlampe an, da hier niemand die Stromrechnungen zahlt.

Nur das Geräusch meiner Schuhe auf den verschmutzten Betonstufen ist zu hören, als ich diese in den Keller hinabsteige. Der Boden ist zentimeterdick mit Staub bedeckt, darauf zu erkennen sind die Profile unserer Sohlen, die wir beim Einräumen unserer Schatzkiste jedes Mal von Neuem hinterlassen haben. Stille Zeitzeugen einer Partnerschaft, die ich nun bereit bin, für immer zu lösen. Ich weiß, dass mein Handeln mir Feinde bescheren wird, die mir die nächsten Jahre das Leben schwer machen können. Doch sie sollen ruhig auf die Suche gehen nach einem Geist, der ihnen auf verschiedenste Weise übel mitspielen kann. Mittlerweile habe ich keine Bedenken und keine Skrupel mehr, die mich daran hindern würden zu handeln, wenn sie mich in die Enge drängen. Der kameradschaftliche Bund ist unwiderruflich gelöst, und diese Entzweiung hat mir Kälte eingehaucht, die bis in die letzte Faser meines Körpers vorgedrungen ist.

Ab sofort achte ich nur noch auf meinen eigenen Hintern!

Ich lege mehrere leere Ledertaschen zu Boden und weiß, bis zu meinem gestohlenen Fluchtwagen ist es nicht weit. Vor mir steht er, imposant und aus undurchdringlichem Stahl: Der größte Safe, den man sich nur vorstellen kann. Er hat schon einige Jahre auf dem Buckel und funktioniert mechanisch – keines dieser elektronischen neuen Wunder, die in Banken stehen –, aber er erfüllt seinen Zweck. Vor mir ist er trotzdem nicht sicher und ich kann mir ein triumphierendes Lächeln nicht verkneifen. Wieder spüre ich diese Macht in mir aufsteigen. Diese süße Genugtuung der Überlegenheit, denn Vigo hat mir die Kombination bereits verraten, ohne dass es ihm überhaupt bewusst war.

Ich musste doch üben und besser werden, nicht wahr? Ständig üben, so wie du mich gedrillt hast. Vigo, jetzt bekommst du die Quittung dafür präsentiert!

Ich drehe das widerspenstige Rädchen in die richtige Position, lausche dem feinen Klicken des inneren Radwerks, das sich wie Musik für mich anhört. Dann schließe ich die Lider – ich bin berauscht von dem, was kommen wird, denn ich werde diesen Raum nicht ohne seinen Inhalt verlassen, das ist sicher.

Immer schneller erschienen die Bilder vor meinem inneren Auge und diesmal war mir bewusst, dass ich mit Ereignissen konfrontiert werden würde, die der Realität entsprechen mussten, so wie bei Alessia und Illusio zuvor. Ich versuchte, mich zu wappnen, meine Atmung im Zaum zu halten und die Angst vor dem, was kommen würde, zurückzudrängen. Doch der Plan ging nicht auf. Ich sah, wie ich mit vollgeladenem Auto den Ort unserer Räuberhöhle verließ und Vigos Wutausbruch, als er sich vor dem leeren Safe aufbäumte. Es blieb mir nicht verborgen, wie er mir Rache schwor und seine Frau ihn anflehte, Ruhe einkehren zu lassen. Wie sie ihn überreden wollte, für sie und die Kinder da zu sein, die ihn so vermissten. Ich sah, wie Vigo Siek und Igor keine Atempause gönnte, um meine Spur aufzunehmen – und dass sie von Pascal Wind bekommen hatten. Ein großer, schwarzer Van raste vor meinen Augen davon.
Pascal? PASCAL!!!
Mir wurde heiß, glühend heiß. Ich wollte nicht sehen, was nun folgen würde. Säße Pascal im nächsten Moment irgendwo eingekerkert oder würde mir sein Finger auf einem silbernen Tablett präsentiert werden, um mich zu erpressen? So hart konnte doch selbst das Schicksal nicht sein – oder doch? Ich spürte, wie sich mir die Kehle zuschnürte, als würde ich am Galgen hängen. Ich bekam keine Luft mehr, mein Mund war wie zugenäht und ließ keinen panischen Schrei zu.
Der Druck in meinen Adern stieg ins Unermessliche und die Tränen rannen wie glühende Lava über meine Wangen. All diese Symptome, um mich ja nicht in Ohnmacht fallen zu lassen, bis die Bilder zum Glück – oder wollte ich doch mehr sehen? – abrissen und mir wieder diese in schwarz gehüllte, verachtungswürdige Hexe erschien. Diese Frau, die mir erneut die Botschaft unter die Nase rieb, die sich mir längst eingebrannt

hatte. Ich konnte sie weder unterbrechen noch stoppen, obwohl jede einzelne Zelle meines Körpers sie hasserfüllt und laut anbrüllen wollte.

»Werde sichtbar ... bevor du ewig unsichtbar bleibst.«

Kilians gellender Schrei drang durch das Flugzeug. Das Herz pochte wild in seiner Brust. Niemals zuvor hätte er alles und jeden aus dem Weg geräumt, der es gewagt hätte, sich ihm entgegenzustellen wie in diesem singulären Augenblick, als ihn dieser Albtraum durch die Mauer der Realität entlassen hatte. Wie durch Strom elektrisiert fuhr er hoch und schlug sogleich mit dem Kopf gegen den Bildschirm in der Flugkabine. Blitzartig erinnerte er sich wieder: Er war auf dem Weg von Martha zurück nach Buffalo.

Völlig außer sich blickte er um sich und sah in die entsetzten Gesichter der anderen Passagiere – erneut! Kilian erkannte, wie die Stewardess auf ihn zustürmte, doch noch bevor sie ihn erreichen konnte, eilte er in entgegengesetzter Richtung den Gang entlang und verschanzte sich schwer atmend in der Toilette. Gegen die Tür gelehnt vernahm er, wie von außen wenige Sekunden später vehement daran gerüttelt wurde. Die besorgten Rufe der Flugbegleiterin wurden jedoch durch seinen Kopf geschleust und landeten ungefiltert im Nichts. Stattdessen sank er auf den geschlossenen Toilettendeckel und sehnte sich nach Stille, um seine Gedanken zu sortieren.

Als er es endlich über sich brachte, sich mit seinem Spiegelbild zu konfrontieren, musste er sich eingestehen, er gefiel sich mit schätzungsweise fünfundvierzig einfach nicht. Das Haar war abermals lang gewachsen, sodass er es sich raufen konnte, allerdings gesellten sich diesmal weitere silberne Strähnen hinzu, was er alles andere als schmeichelhaft empfand. Das mochte bei Hollywood-

Beaus vielleicht charmant sein, er fühlte sich hingegen nicht bereit dazu. Noch schlimmer als sein Aussehen trafen ihn die Bilder von Pascal, die er soeben gesehen hatte.

Was ist mit ihm passiert?

Diesmal hatte ihm die Vision das Ende vorenthalten und Kilian war sich sicher, dass das boshafte Absicht war. Geistesgegenwärtig fischte er sein Handy aus der Seitentasche seiner eleganten Stoffhose und fuhr es hoch, während das Wummern gegen die Tür weiter Fahrt aufnahm.

»Ist ja schon gut. Ich komme zurecht. Und nun lassen Sie mich verflucht nochmal in Ruhe!«, bellte er genervt vor sich hin und hoffte, es würde endlich Stille einkehren.

Als das Handy zwischen seinen zitternden Fingern zum Leben erwachte, meldete es sofort einen Anruf in Abwesenheit. Er erkannte die Nummer und rief den Portier seines Penthouses zurück. Nach zweimaligem Klingen hörte er eine männliche Stimme: »Mr Rolands? Hier ist Mr Sissler. Leider muss ich Ihnen mitteilen, dass in Ihr Penthouse eingebrochen wurde. Es wurde schwer verwüstet ...«

STILLE BEOBACHTERIN

Evolet sah den Gezeichneten durch den Flughafen stürmen. Sein Hab und Gut schien ihm nicht mehr wichtig zu sein, er begab sich auf direktem Weg zu den Taxis. Ungläubig musste sie feststellen, dass er sich keine Pause – nicht einmal eine Temporeduktion – zugestand, um zu seinem Sohn zu gelangen. Ein warmer Schatten strich zart über ihr Herz. War es denn möglich, dass ein so von sich eingenommener Mensch Platz für jemand anderen in sich trug? Konnte es sein, dass ein Individuum, das auf seinem Pfad des Lebens bisher nur Trauer, Tod und Verderben hinterlassen hatte, urplötzlich alles Gekannte durch Neues ersetzte? Bei dem Gedanken musste Evolet den Kopf schütteln. Sie näherte sich ihm unsichtbar, um in sein Gesicht zu blicken. Er wirkt ruhelos und sein Gesichtsausdruck war gezeichnet von Vorwürfen, Angst und ... Leid.

Kilian hatte nun von Maggie die Bestätigung erhalten, dass die Nacht ohne Zwischenfälle verlaufen sei und dass sie Pascal am heutigen Morgen in der Betreuungsstätte abgegeben habe. Auch auf dem Heimweg habe sie nichts Auffälliges bemerkt. Ein Kontrollanruf beim *Early Childhood Center* hatte ebenfalls die Gewissheit gebracht, dass Pascal sich in seiner Kindergruppe befand. Die Leitung höchstpersönlich hatte auf seinen Wunsch hin nochmals überprüft, ob alles in Ordnung war.

Dennoch ließen Kilian die Bilder seines Traumes nicht los, sie konnten nichts Gutes bedeuten. Waren sie eine Warnung für ihn? Ständig hatte er das Gefühl, beobachtet und überwacht zu werden. Doch welche Lektion sollte er durch die Bedrohung seines Kindes erfahren? Kurz war er perplex, da ihm bewusst wurde, dass er Pascal nun selbst als seinen Sohn bezeichnet hatte, wenn auch nur in Gedanken. War ihm das zum ersten Mal passiert oder war es ihm vorher nur noch nicht aufgefallen? War das die Art der Natur, wodurch sichergestellt wurde, für das eigen Fleisch und Blut zu sorgen und es zu schützen? Und wenn es so etwas wirklich gab, warum hatte dieser Mechanismus bei seinem Vater nicht funktioniert?

Unwirsch wischte er diesen Gedanken beiseite. Fakt war, dass etwas in der Luft lauerte, eine Botschaft, die er zu lesen versuchte. Er musste dieser Vision nachgehen. Irgendetwas hatte sie zu bedeuten, selbst wenn er noch nicht erkennen konnte, wohin das führen sollte. Daher wollte er so schnell wie möglich der einzigen Spur nachgehen, die ihm zur Verfügung stand: seinem verwüsteten Penthouse.

Vigo saß auf der Rückbank des verdunkelten Minivans auf der Lauer vor dem *Early Childhood Center*. Er ging die letzten Stunden in Gedanken durch. Es kam erneut einem Wunder gleich, dass Siek innerhalb eines Tages alle Betreuungsstätten im Umkreis von einhundert Meilen um Buffalo durchforsten konnte und dabei nur drei mögliche Alternativen übriggeblieben waren. Von der Größe der Beschreibung nach musste das Kind zwischen vier und sechs Jahre alt sein. Als Nächstes hätten sie die Grundschulen durchforstet. Doch dieses Mal war ihnen das Glück hold. Die Datenbanken hatten zutage gebracht, dass drei Einrichtungen jeweils einen Neuzugang verzeichneten, männlich und exakt im gesuchten Alter. Stundenlang hatten sie beobachtet, Informationen gesammelt und sogar den Eltern bei einem Schwätzchen Aufschlussreiches aus der Nase gezogen.

Ihrer Recherche zufolge gab es auch ein junges Mädchen, das hin und wieder auf den Bengel aufpasste – eine erstklassige Gelegenheit, denn als sie mit dem Girly in null Komma nix fertig waren, wussten sie es zu hundert Prozent. Der Bengel war Kevins Sohnemann. Aus irgendeinem Grund spürte Vigo dann das Ticken der Zeit und drängte darauf, dass es diesmal besonders schnell gehen müsse … und so schnappten sie zu. Denn sie hatten ihn gefunden. Den einen Jungen, dessen Augen zweifarbig waren und der erst seit drei Tagen hier ein- und ausging.

Er hat dunkles Haar, so wie der Liftboy geschildert hatte und dem Schnappschuss auf Igors Handy nach zu urteilen, sah er Kevin sogar ein bisschen ähnlich. Was nur überhaupt nicht ins Bild passen wollte, war der Name des Bürschchens: Pascal Algoma. Ein indianischer Name, der laut Wikipedia für das *Tal der Blumen* stand. Vigos Instinkt suggerierte ihm, dass Kevin noch nicht lange in der Vaterrolle steckte.

Nun war Vigo erleichtert, dass sich seine Vermutung bestätigt hatte und sich Kilian nach dem Verlassen seines Penthouses nicht gleich aus dem Staub machen wollte, um an einem anderen Ort völlig neu zu beginnen. Eigentlich hätte ihm dies ähnlich gesehen. Aber so konnte sein Plan an Fahrt aufnehmen.

Er ging gedanklich nochmals Sieks ausgereifte und brillante Idee durch. Sie hatten sich einen Komplizen geangelt, der für das richtige Geld nicht viele Fragen stellte. Ausgemacht war, dass sie ihm zu einem bestimmten Zeitpunkt an einem fixen Standort das Kind übergaben und sich dieser dann mit der Geisel verschanzen sollte. Ihr nächster Coup, den sie mit Kilians Hilfe bewerkstelligen wollten, war geplant, wobei ihnen nur ein gewisses Zeitfenster zur Verfügung stand, welches auch dem Handlanger bekannt gegeben wurde. Sollte kurz darauf keine Meldung in den Medien zu lesen oder zu hören sein – was bei der Größe und Art des Überfalls unmöglich der Presse verborgen bleiben würde –, könne er dem Jungen den Garaus machen, so hatten sie ihm angewiesen. Sobald jedoch offenkundig über den Diebstahl berichtet würde, bekäme Kilian einen Anruf und erführe dann Ort und Zeitpunkt der Übergabe. So war sichergestellt, dass es keine Möglichkeit gab, dass einer des Trios trotz Kevins Manipulation Kontakt zu dem Mann, in dessen Obhut Pascal sich befände, aufnehmen konnte. Keiner von ihnen kannte seinen Namen, verfügte über eine E-Mail-Adresse, Handynummer oder sonst eine Info, die weitere Schlüsse zulassen würden. Es war ein wasserdichter Plan mit gewissen Gefahren. Natürlich barg dieses Wissen bei dem neuen Verbündeten Abhängigkeiten und Risiken, doch anders konnten sie Kevins Mitarbeit nicht erzwingen. Ihm seinen Sohn zu entreißen und ihn so zu erpressen war eine Meisterleistung.

※

Kilian massierte sich unruhig die Handflächen, denn er konnte die Bilder seines verwüsteten Appartements einfach nicht aus seinen Erinnerungen verbannen. Kein einziges Möbelstück war heil geblieben, alles war demoliert und nichts stand mehr an seinem ursprünglichen Platz, als ob die Erde aus ihrer Verankerung gerissen worden wäre und nichts mehr den Gesetzen der Natur folgte. Genau das Gefühl, das sich die letzten Tage in ihm breitgemacht hatte, war nun als Bildnis, in Form seines ehemaligen Wohnraumes, vor ihm festgehalten worden.

Jetzt, als er im Taxi saß, bemerkte er, wie erschöpft und ausgelaugt er war. Kilian blickte aus dem Seitenfenster, beobachtete wie dicke Regentropfen die Scheibe hinunterglitten und die Passanten eilig über die Straßen hasteten.

Das Durcheinander in seiner Wohnung konnte nur eins bedeuten: Vigo hatte ihn gefunden, abermals. Und er hatte ihm eine deutliche Botschaft hinterlassen. Die allerdings hatte Kilian noch nicht entschlüsselt. Wollte er ihn damit zur weiteren Zusammenarbeit bewegen?

Sei es drum: Im Penthouse konnten sie jedenfalls nicht mehr wohnen. Wenngleich Kilian noch keine konkrete Idee hatte wie es weitergehen sollte, so hatte er im Moment nur ein Ziel: Er wollte Pascal vom *Early Childhood Center* abholen, um so schnell wie möglich in den nächsten Flieger zu steigen und ihn und sich selbst in Sicherheit zu bringen. Diesmal würde er auf Nummer sicher gehen und sogar diesen verfluchten Kontinent für immer hinter sich lassen. Ihm war dabei auch egal, was *Onkel Liam* dazu sagen würde. Immerhin war es seine Schnapsidee gewesen, den Jungen in diese gefährliche Umgebung zu entlassen. Kilian hatte ihn davor gewarnt. Nun war Pascal ein Teil dieser Misere, und sollte Vigo von seiner Existenz Wind bekommen, dann würde er ihn todsicher als Druckmittel benutzen. Damit wäre der Junge in Gefahr, immer und überall.

»Nun fahren sie schon! Ich habe es wirklich eilig«, trieb er den Taxifahrer an.

»Das höre ich ständig, Mister. Für den Verkehr kann ich nichts. Aber wir sind ohnehin gleich da.«

Als das Taxi ein letztes Mal links abbog, bot sich Kilian ein Bild, welches er viel zu spät einordnen konnte.

Vigo sah Igor mit einem reglosen Bündel in den Armen auf ihn zulaufen. Hinter ihm konnte er ein lautes Kreischen und Rufen einer Frau vernehmen, was seiner Anordnung – es unauffällig zu gestalten – nicht im Geringsten nahe kam.

»Mach schon! Rein mit ihm!«, brüllte Vigo ihm ungeduldig entgegen, während das Gefährt langsam losrollte. Keine Sekunde später übergab Igor ihm den schlaffen Körper und schob die Seitentür zügig zu. Kaum saß er auf dem Beifahrersitz, raste der Van mit durchdrehenden Reifen los. Vigo warf einen Blick auf den Jungen, dann einen durchs Rückfenster. Am Ende der Straße blieb soeben ein Taxi stehen und ein dunkelhaariger Mann sprang aus der Tür.

»Verdammt noch mal, Siek! Gib Gas! Wir müssen hier weg – er hat uns gesehen! Sonst übernimmt er wieder die Kontrolle!«

Die Panik, dass Kevin ihnen sogar auf diese Distanz noch etwas anhaben konnte, ließ ihn erstarren. Damit wäre sein Plan dahin – und das durfte auf keinen Fall geschehen. Die Zeit drängte und es fühlte sich an, als würde Kevins unsichtbare Aura seine Gänsehaut zu Tage bringen.

»Schnell! Fahr hier rechts rein!«, kommandierte Vigo. Siek ruderte mit aller Kraft am Lenkrad, um die Kurve trotz ihrer Geschwindigkeit noch zu bekommen. Sie wurden gegen die linke Seite des Wagens gepresst. Igor krallte sich an den Griff der Tür und ein Quietschen der Reifen schien unausweichlich. Sogar der Gummiabrieb stieg ihnen in die Nase und begleitete ihre Flucht. Kaum wieder auf gerader Straße trat der Hacker das Pedal durch und brachte den Motor zum Röhren.

Vigo wandte sich dem Jungen auf der Rückbank zu und ihm stockte der Atem.

»Scheiße! STOPP!!!«

Bei dem, was Evolet vor sich sah, musste sie vor Schreck ihren Kontakt zu der Szene unterbrechen und sich zurückziehen. Zu intensiv waren die Einflüsse, zu kräfteraubend und schockierend die gesehenen Bilder, sodass es beinahe unerträglich für sie wurde. Sie öffnete die Augen und befand sich wieder in ihrer gewohnten Umgebung, in ihrer Realität des Lebens auf Erden. Rasch griff sie sich an die Brust und spürte das Rasen ihres Herzens. Unweigerlich stellte sie sich die Frage, wann es das letzte Mal so schnell geschlagen hatte. Wann hatte sie so viel Leben und Emotionen in sich gespürt in den letzten siebenhundert Jahren? Wann wurde sie von Ereignissen so mitgerissen, dass sie derart außer sich war? Viel zu tief war sie in die Existenz des Gezeichneten eingedrungen und viel zu sehr bewegte sie sein Schicksal.

VERZWEIFELTE TRÄNEN

Ein schrilles Pfeifen tönte durch den Raum und Priscilla fand sich im Klammergriff ihres Beraters Thomas wieder, der alles in seiner Macht stehende tat, um sie von der Szene fernzuhalten. Nur so war es den Ärzten in diesem Moment möglich, den enormen Krampfanfall ihrer Tochter bewältigen zu können. Kaum war Cecilia verlegt worden und die Regelmäßigkeit der Dialyseeinheiten durcheinandergeraten, waren zuerst Herzrhythmusstörungen aufgetreten und nun diese Muskelkontraktionen.

Panisch versuchte Priscilla, sich über die Schultern ihres langjährigen Vertrauten und Beraters hochzustemmen, um ihrer Tochter wenigstens mit Blicken beizustehen. Doch der englische Gentleman, der stets elegant in Stoff und Zwirn gehüllt war, war unerbittlich. Selbst wenn seine kurzen dunklen Locken, die ihm in zarter, weißer Melierung in die Stirn hingen, bereits an Fassung bei dem Gerangel mit ihr verloren hatten, blieb seine Aura besonnen und entschlossen. Mit Leichtigkeit trug Thomas sie trotz aller Gegenwehr aus dem Krankenzimmer, da sie bereits die anderen Patienten im Zimmer nervös machte.

Für die mag es Alltag sein, aber für mich ist es neu!

Es zerriss ihr das Herz, ihre Tochter in diesem Zustand zu sehen. Zu wissen, wie sich ihr gesundheitliches Befinden von Tag zu Tag verschlechterte – und nichts dagegen unternehmen zu können.

»Diese verdammten Stümper hätten es am Kaliumgehalt in ihrem Blut sehen müssen, dass sich da etwas anbahnt! Bei einer so zierlichen Person wie Cecilia kann man doch sofort erkennen, wenn die Fußgelenke so anschwellen! Wie können die das denn übersehen haben?!« Am liebsten wäre sie noch einmal zurückgestürmt, hätte den Oberarzt geschüttelt und ihm eigenhändig seine Approbation entrissen.

»Jetzt beruhige dich, Priscilla! Du musst stark sein, für deine Tochter! Wenn du so ausflippst, hilft ihr das auch nicht weiter – ganz im Gegenteil.« Seine beruhigende Art war wie Balsam für ihre Seele und natürlich hatte er wieder einmal Recht.

Thomas arbeitete bereits seit zwanzig Jahren mit ihr und hatte Cecilia aufwachsen sehen. Sie wusste, dass auch er um sie besorgt war. In dem schwarzen Blazer und dem zart hellblau gestreiften Hemd war der Mittfünfziger für dieses Ambiente eindeutig zu overdressed – wie sie selbst. Denn diese Baracke, die sich Krankenhaus schimpfte, krümelte aus jeder Ecke. Während das Personal Leib und Seele für die Patienten gab, war es im Verhältnis zu den Leidenden in den Betten zahlenmäßig bei Weitem unterlegen und mit schlechten Hilfsmitteln und Gerätschaften ausgestattet worden. Jede Sekunde schien hier ein Kampf gegen die Zeit zu entbrennen. Die Mitarbeiter wirkten überfordert und aufgelöst und regelmäßig streikten die Maschinen, die eigentlich in einem Museum besser zur Geltung kämen als hier.

»Es tut mir leid, Thomas, ich hab' einfach die Fassung verloren. Aber diese Quacksalber da draußen ...«, rechtfertigte sich Priscilla. Ein Blick in die Richtung, in der Cecilia gerade in ihrem eigenen Körper gegeißelt wurde, trieb ihr abermals Tränen in die Augen. Denn sie wusste genau, was die nächste Konsequenz sein würde, sollten weitere ihrer Organe zu streiken beginnen.

»Ich hab' solche Panik, dass ...«, flüsterte sie in den Raum, da sie Angst vor ihren eigenen Worten hatte.

»Sie ins Koma fällt?«, beendete er den Satz für sie und nahm sie in den Arm.

Halt suchend drückte sie ihr Gesicht an seine Brust und begann bitterlich zu weinen. Sein intensiver Geruch nach Sandelholz und Vanille, ein Duft, der ihr über die Jahre mehr als nur vertraut geworden war, stieg ihr in die Nase. Es reichte aus, wenn Thomas vor ihr durch die Hallen ihres Heims spazierte, um Sekunden später der Duftspur zu entnehmen, dass er sich mit dem bereitgestellten Schlüssel selbst Zutritt verschafft hatte.

Ein Beben durchfuhr jeden Zentimeter ihres Körpers, nur lautstark ihre Verzweiflung hinauszuschreien wollte sie, doch ihre Kraft reichte dazu nicht aus.

»Danke, dass du da bist. Ich wüsste nicht, wie ich das im Moment allein durchstehen sollte.« Ein Schluchzen entrang sich ihrer Kehle, als sie sich von ihm losmachte, um zu ihm aufzublicken. So viel Güte, Intelligenz und Empathie strahlte sein Gesicht aus. »Ich hab' dich überhaupt nicht verdient und ich weiß nicht einmal, wie ich dein nächstes Gehalt über...weisen ...«, schluchzte sie, doch Thomas legte sanft seinen Zeigefinger auf ihre Lippen, um ihr Einhalt zu gebieten.

»Shhh, sag jetzt nichts. Wie könnte ich dich jetzt allein lassen.«

Das verhaltene Lächeln war typisch für ihn. Beschämt stellte sie fest, dass sie Thomas viel zu oft als selbstverständlich ansah und rief sich in Erinnerung, dass sie seine Freundlichkeit nicht ausnutzen sollte. Er war geschieden, arbeitete zur Not sogar bis spät in die Nacht hinein. Selbst an den Wochenenden oder gar an Feiertagen war er für sie da, ohne auch nur ein einziges Mal zu klagen. Kein Geld der Welt könnte dies je in Balance bringen.

Tief in ihrem Inneren hatte sie Angst, dass irgendwo in Thomas ein kleines Fünkchen Hoffnung für mehr als nur Freundschaft glomm. Das Letzte, was sie gebrauchen konnte, war, als kaputtes Wrack, wie sie sich selbst sah, durch einen romantischen Fehltritt ihren letzten und gleichzeitig besten Freund zu verlieren.

Priscilla schob innerlich diese Gedanken beiseite. Sie konnte von Glück sprechen, dass er noch immer zu ihr hielt, vor allem, wenn man bedachte, wie sie ihn behandelt hatte. Damals hatte Thomas sie vor Karl gewarnt – und das nicht nur einmal. In dieser Zeit hatte ihre Freundschaft ernsthaft auf der Kippe gestanden und dennoch war er nach wie vor an ihrer Seite.

»Ich habe dich nicht verdient und das weißt du.«

Mit einem sanften Lächeln auf den Lippen strich er ihr galant eine verirrte Haarsträhne hinters Ohr. Die Art, wie er ihr in die Augen blickte, sprach Bände.

»Wirst du mir jemals verzeihen, dass ich dich so schäbig behandelt habe und behauptete, dass du es mir nur nicht gönnen würdest, mit Karl glücklich zu sein?« Priscilla rang wieder mit den Tränen. Wie sehr sie sich schämte. Noch deutlich sah sie die Szenen vor sich, in der sie Thomas wie eine Furie angefahren hatte, jedes Mal, wenn er mit angeblich neuen Beweisen aufwartete, dass mit Karl Dearing etwas nicht ganz koscher war.

Thomas drückte sie lediglich an sich und streichelte ihr liebevoll über den Kopf.

»Das habe ich doch längst.«

∼∘∽

Kilian lief, als würde brennende Lava hinter ihm fließen und alles dem Erdboden gleichmachen wollen. Ihm schmerzte die Lunge, sein Herz klopfte ihm fest gegen die Brust. Er spürte das Blut durch seine Adern schießen. Ein fünfundvierzigjähriger Mann, der er inzwischen war, konnte längst nicht mehr so agil sprinten wie ein fünfundzwanzigjähriger.

Sein Seitenstechen zwang ihn dazu anzuhalten. Vollkommen aus der Puste blieb er stehen. Der schwarze Van war ums Eck gebogen, noch bevor er begriffen hatte, was da vor sich ging. Hätte er die Situation schneller erfasst, wäre es ihm vielleicht gelungen, ihn mit einer Dimension einzukesseln – doch er hatte versagt. Kläglich versagt. Zu spät war die Einsicht gekommen, dass es diesmal kein Traum war, in dem die Bilder vor ihm vorbeiliefen und er untätiger Zuschauer war.

Das ist real!

Er war wie gelähmt gewesen, als dieser zum Menschen mutierte Amboss mit dem knallgelb gekleideten Jungen an ihm vorbeigelaufen war wie ein Leuchtsignal, das gerade um Aufmerksamkeit flehte.

Igor, Vigo und Siek hatten tatsächlich zugeschlagen. Was doch ein paar Sekunden im Leben bedeuten konnten, wenn sie einem wie Sand durch die Finger glitten.

Fassungslos stützte er die Hände auf die Knie. Wie sollte er Vigo nun kontaktieren? Jegliche Verbindungen zu ihm hatte er gekappt.

Im Hintergrund konnte er eine Frau schreien hören, die ihm offenbar entgegenlief. Er hatte allerdings nur Augen für die Ecke, hinter der der Wagen verschwunden war. Sie schien so nah und doch zu weit entfernt zu sein.

»Haben Sie das Kennzeichen notiert?«, keuchte sie mit kreidebleichem Gesicht. »Der Mann ... hat sich den Jungen ... einfach geschnappt.« Sie schnaufte tief ein und wieder aus. »Er hat mich beim Eingang des Gebäudes fast überrannt. Ein weißes Tuch hat er dem Kleinen einfach ins Gesicht gedrückt und dann ist er mit ihm auf und davon ... Ich konnte wirklich nichts ... dagegen tun«, erklärte sie und es war ihr deutlich anzusehen, wie schuldig sie sich fühlte. »Und das am helllichten Tage! Mitten in Buffalo!«

Ohne die Frau weiter zu beachten, drehte er sich um. Er musste eine Lösung finden, einen Weg, wie er Vigo auf die Spur kam – wie er seinen Sohn aus Vigos Fängen befreien konnte. Ein Taxi wäre so schnell nicht greifbar, als dass er die Verfolgung damit aufnehmen könnte und zu Fuß war das Unterfangen illusorisch. Die Polizei einschalten? Damit könnte er sich nur noch mehr Probleme einhandeln, denn Vigo würde auf diesen Fehler mit einem hämischen Grinsen geradezu warten. Kilian war eindeutig zu tief in den Machenschaften des Trios eingebunden und Vigo hatte ihn nun genau dort, wo er ihn haben wollte.

Erneut setzte er sich in Gang, hin zur Betreuungsstätte, welche diesen Vorfall zugelassen hatte.

~~~

»Ihr Sohn soll entführt worden sein? Wie kommen Sie darauf? Ich versteh' die Aufregung nicht, so ein Vorfall wäre mir umgehend gemeldet worden!«, wies die Leitung des Kindergartens Kilians Anschuldigung zurück. »Ihr Nachwuchs sticht ohnehin bereits mit seinem atypischen Verhalten heraus, im Vergleich zu seinen Altersgenossen. Und jetzt das? Zuerst der merkwürdige Anruf am Morgen und nun dieses hysterische Gehabe«, verteidigte sich die Dame, die sich in ihrem Büro mit diesem leicht überheblichen Blick über ihren Brillenrand größer machte, als sie war. Sie, in ihrem pedantischen Direktorinnenzimmer, in dem jede noch so kleine Fluse vor Angst die Flucht ergreifen würde. Die viel zu drückend wirkenden Kirschholzmöbel zusammen mit den Notizbüchern, die in Reih und Glied übereinandergestapelt waren, strahlten kühle Autorität aus.

»Was bitte ist mit atypischem Verhalten gemeint?« Kilian stützte sich auf den glattpolierten Tisch, was der Dame gewiss gerade Stresspusteln verursachte. Sie lehnte sich mit einer verzogenen Fratze zurück, als würde ekeliger Geruch zu ihr herüberwehen.

Kilians Rage wuchs noch an, als seine Finger sich bereits wütend ins Holz gruben. »Wie würde es Ihnen gehen, wenn sie gerade Ihre Mutter verloren hätten, Sie empathielose Schnepfe! Und weil wir bei hysterischem Gehabe sind: Hier ist gerade ein Kind entführt worden!« Kilian deutete zur Tür. »Wie würden Sie da reagieren, hä? Wie lange wollen Sie eigentlich noch warten, bis Sie die Polizei rufen? Dass das ein Nachspiel für Sie haben wird, da können Sie Gift drauf nehmen! Ihnen mache ich die Hölle heiß!«, schrie Kilian. Noch niemals hatte er solche Energie in sich aufbäumen gespürt.

Die Kindergartenleiterin riss die Augen auf und schluckte sichtlich einen Kloß in die Flucht. Beschwichtigend hob sie die Arme und griff zum Hörer ihres Telefons.

»Mrs Marple? Wo befindet sich die Gruppe *Fey* in diesem Augenblick?«

Kilian war verblüfft, wie schnell sich die Frau wieder gefasst hatte. Ihre Stimme klang wieder völlig souverän.

Plötzlich ertönte ein gellender Schrei, der aus weiterer Entfernung durch die Tür drang.

Ist das nicht ...? Die Stimme kenne ich!

Wie von Sinnen wandte er sich dem Ursprung zu, sprang auf und stürzte zur Tür hinaus.

Er jagte den langen Gang entlang. Die hohen Decken warfen jeden seiner Schritte donnernd als Echo zurück in den menschenleeren, modernen Hallen zurück. Kein Wunder, dass es hier ein Leichtes war, ungesehen zu verschwinden, selbst für einen

Hünen wie Igor. Hier war weit und breit kein Personal zu entdecken. Sogar die Dame am Empfang war so klein geraten, dass sie mit dem Tresen verschmolz. Ob sie nun ein Nickerchen veranstaltete oder beim Zocken gerade neue Rekorde schlug, schien wohl niemanden zu interessieren.

Kilian rannte, als würde es um sein Leben gehen. Auf den glattpolierten Marmorstufen hinauf in das erste Obergeschoss rutschte er mit seinen Ledersohlen beinahe aus. An der nächsten Ecke lief er direkt in einen Reinigungsmitarbeiter, der gerade den Boden wischte. Die Tatsache, dass Kilian über den mit Wasser gefüllten Kübel stolperte und den Inhalt weitläufig verschüttete, kümmerte ihn genauso wenig wie die wütenden Beschimpfungen des Greises. Denn nur eines zählte, und zwar, ob sein väterlicher Instinkt ihm die Wahrheit sagte.

Als keine weiteren Laute mehr zu vernehmen waren, blieb er abrupt stehen und horchte. Sein Herz sprach Bände. Er schloss die Augen und vertraute seiner Intuition.

Bei der nächsten Tür zu seiner Linken drückte er unsicher die Klinke und spähte vorsichtig in den Raum. Seine Augen mussten sich erst an das gedimmte Licht gewöhnen. Trotz der Menge an erschrockenen Kindern, die im Schlafsaal ihr Nickerchen aufgrund der Geräuschkulisse beendet hatten, konnte er nur einen fixieren: seinen Sohn.

Hektisch sprangen die Kleinen auf ihre Füße, um dem Mann, der eilig alles beiseitestieß, rechtzeitig den Weg freizumachen. Nicht einmal die lautstark protestierende Pädagogin konnte Kilian aufhalten.

Dann stand er vor seinem Sohn.

»Pascal?«

In den Augen des kleinen Jungen glitzerten Tränen. Wie ertappt, trocknete er sich schnell die Wangen, verständnislos sah er Kilian an. Er saß auf einer von vielen blauen Gymnastikmatten gebettet, die der Nachwuchs für den Mittagsschlaf herangetragen hatte. Auch die Betreuerin war hinzugesprungen, hielt Pascal tröstend im Arm und warf Kilian einen vernichtenden Blick zu.

»Was ist denn in Sie gefahren? Sie können hier nicht einfach so reinplatzen, wie es Ihnen beliebt!«, fuhr sie Kilian an. Die dicke Hornbrille wollte mit dem noch jugendlichen Antlitz so gar nicht zusammenpassen.

Ein kurzer Schwenk im Raum reichte Kilian aus, um sich einen Überblick zu verschaffen. Auf einem Tisch stand ein kleines Tablet, auf dem ein Film abgespielt wurde. Die Kopfhörer, die sich die junge Pädagogin aus den Ohren gerissen hatte, baumelten über die Tischkante und der Bildschirm färbte die Wand bläulich, mal heller, mal dunkler.

»Wie ich sehe, nehmen Sie Ihre Aufgabe ganz besonders ernst«, sagte Kilian spitz. »Sehr gewissenhaft, muss ich schon sagen. Verstehen Sie das unter Aufsichtspflicht?«, zischte er wütend. Die Kindergärtnerin rang sichtlich um Worte, doch für Kilian gab es jetzt Wichtigeres zu tun.

Behutsam überwand er den letzten Meter, der ihn noch von seinem Spross trennte. Er musterte ihn genau, unsicher, ob er mit einer bloßen Illusion konfrontiert war oder ob Pascal leibhaftig vor ihm hockte. In diesem Augenblick konnte nicht einmal er selbst zweifelsfrei Wahrheit von Fiktion unterscheiden. Oder gab es etwa einen Jungen in der Gruppe, der Pascal zum Verwechseln ähnelte und der unter der gleichen Geschmacksverirrung litt, die ihn freiwillig diesen knalligen SpongeBob-Pulli tragen ließ?

Kilian musste sicher gehen. »Sagen Sie, ist Ihre Gruppe wirklich vollzählig? Keines der Kinder fehlt?« Die Betreuerin sah ihn nur überrascht an, dann nickte sie verhalten – das war ihm Antwort genug.

»Könnten Sie uns kurz allein lassen, bitte?«, bat Kilian, während er Pascal keine Sekunde aus den Augen ließ.

Entrüstet sprang die junge Frau auf und trat mit erhobenem Zeigefinger einen Schritt auf Kilian zu. Doch noch bevor sie ihn daran erinnern konnte, wer hier eigentlich das Sagen hatte, hob Kilian lediglich die Hand, um ihr Einhalt zu gebieten. Ohne Bedenken zog er sie in seinen Bann und suggerierte ihr, dass er der Bürgermeister höchstpersönlich sei und ihre uneingeschränkte Unterstützung erwartete. Aus ihrem Gesichtsausdruck wurde jeglicher Ärger herausgeschwemmt und sie wirkte eher peinlich berührt.

»A-a-aber natürlich«, stotterte sie mit hochrotem Kopf. Dann klatschte sie in die Hände und scheuchte mit einem überzogen freundlichen Lächeln die neugierig schauenden Kinder wie eine Schar Gänse aus dem Raum.

Als die Tür endlich im Schloss landete, kam eine Stille zum Tragen, die selbst die Schatten in die Flucht drängte. Der hohe Saal war gefüllt von unausgesprochenen Worten, dass man daran drohte, zu ersticken. Kleine Staubkörnchen waren die einzigen Bestandteile, die sich regten und majestätisch durch die Luft segelten. Kilian beobachtete jede von Pascals Bewegungen, der sich erhoben hatte und nervös von einem Bein aufs andere wechselte. Aufmerksam blickte er ihm entgegen.

»Bist du es wirklich?« Kilian hatte Angst, auch nur ein einziges Mal zu blinzeln, aus Furcht, Pascal könnte nur ein Trugbild sein und wäre dann verschwunden. »Pascal ... wie ...?« Kilian war unsicher, wie er seine Frage formulieren sollte. »Wie hast du das gemacht? ... Ich ... ich habe dich ... draußen gesehen. Und jetzt bist du hier«, flüsterte er und musste feststellen, dass seine Stimme am Ende einen Befehlston angenommen hatte.

Der kleine Junge schluckte lautstark und befeuchtete seine trockenen Lippen. Man konnte ihm vom Gesicht ablesen, dass er verschiedene Optionen von Lügen durchging und die passenden Worte zurechtlegte.

Kilian schüttelte langsam den Kopf, um ihm die Entscheidung leicht zu machen. »Wo. Warst. Du. Gerade. Pascal?« Er hockte sich direkt vor ihn hin und studierte jede seiner Gesichtsregungen, während der Kleine sich erschöpft auf die Knie sinken ließ und seine Finger unruhig in den knallgelben SpongeBob-Pulli drehte. Wieder kullerten ihm Tränen über die Wangen, dann brach es aus seinem Sohn heraus: »Ich war wieder ein Geist.«

Kilian lehnte sich dichter zu ihm. »Wie meinst du das?« Er konnte das Flehen in Pascals Augen sehen, die stille Bitte, ihn nicht zu drängen. Kilian aber nickte ihm ermutigend zu. »Du kannst mir vertrauen. Ich hab' dir schon einmal gesagt, dass ich es verstehen werde, egal was es ist.« Er war selbst überrascht, dass er trotz seiner eigenen inneren Aufgewühltheit und seiner Ängste Wärme vermitteln wollte.

»Jedes Mal, wenn mich Mama so traurig angesehen hat, wollte ich unsichtbar sein. Auch, wenn Onkel Liam mich ...«, ein Schluchzen zerriss seine Worte, »... so angeschaut hat, wollte ich mich in Luft auflösen. Nicht mehr da sein, wie ein Geist. Und immer wenn ich weg sein will, werde ich wieder zu einem.«

Kilian fror die Mimik ein, denn Stück für Stück erfuhr er das, was er bereits vermutet hatte.

»Aber warum, Pascal?«

»Weil ... weil ich das Gefühl habe, sie sind nur wegen mir so traurig. Ich glaube, es sind meine Augen.«

In Pascals Gesichtsausdruck lag so viel Einsamkeit, Verletzlichkeit und Leid – es zerriss Kilian das Herz. Die kindliche

Seele, die nicht erwachsener hätte sein können, leistete einen Offenbarungseid.

Kilian nahm seinen Sohn in die Arme und drückte ihn fest an sich. Er wollte für ihn da sein, viel zu lange war ihm das verwehrt gewesen und er wusste, dass dieser Fluch des Andersseins, des Ausgegrenztseins und sich Zurückziehens hier und jetzt ein Ende nehmen musste. Der Kreislauf musste um jeden Preis unterbrochen werden, denn allem Anschein nach dürfte auch sein Sohn eine Art Gabe in sich tragen. Und wer konnte besser als er verstehen, wie Pascal sich gerade fühlte?

Der knallgelbe Körper in Igors Gewalt konnte nichts anderes als eine Illusion gewesen sein. Zumindest fühlte sich die Gestalt vor ihm echt an. Er roch Pascals Tränen, das Duschgel aus dem Hotel und sein eigenes Shampoo an ihm. Oder war er bereits so begabt, dass es ihm ein Leichtes war, diese Zusätze zu erzeugen? Kilian wollte einfach daran glauben, dass es sein leibhaftiger Sohn war. Er ließ ihn los, um ihn noch einmal anzublicken. Plötzlich fühlte er in sich Gefühle aufwallen, die er bisher noch nicht kannte. Er wollte seinem Sohn Geborgenheit und Liebe schenken und ihm jeden Schmerz von seinen Schultern nehmen.

»Deine Mama hat dich unendlich geliebt. Mehr als alles andere auf der Welt. Und Onkel Liam hat dich auch unheimlich lieb, selbst wenn er das nicht immer zeigen kann«, erklärte Kilian und kämpfte mit den Tränen. Behutsam strich er über Pascals Wangen und sah ihm in die Augen. Diese Iriden, die ihm wie aus dem Gesicht geschnitten waren, füllten sich mit Hoffnung und studierten ihn dankbar.

Kilian wusste, dass jetzt die beste Gelegenheit war und ließ von ihm ab. Selbst wenn der Junge traumatisiert war, so nahe hatte er ihn noch nie an sich herangelassen und er musste wissen, womit er es zu tun hatte, damit er Pascal helfen konnte.

»Weißt du, ich möchte es besser verstehen«, sagte er fürsorglich. »Kannst du es mir erklären? ... Was ist genau passiert, dass du heute zum Geist geworden bist?«

Hoffentlich würde Pascal sich ihm öffnen und ihm erklären können, was mit ihm geschah, wenn seine Gabe ihn übermannte. Immerhin war er noch ein Kind und so fand er vielleicht nicht die richtigen Worte.

Stocksteif kniete Pascal vor ihm und blickte zu Boden, so, als würde er sich abgrundtief dafür schämen, zu sein, was er war.

Kilians Herz krampfte sich zusammen. Vor ihm befand sich sein junges Selbst – er, der kleine Junge, der niemanden hatte, der ihn zu verstehen vermochte.

Treuherzig blickte ihn der Wonneproppen an. Er schien zu verstehen, dass sein Vater ihm Zeit geben, jedoch nicht lockerlassen würde. Dann gab er sich einen Ruck. »Ich wollte schlafen, dabei war ich gar nicht müde.«

Mit einem Nicken wollte er ihn zum Weitersprechen animieren.

»Im Dunkeln war was Komisches. Die Hände ... sie haben mich gepackt. Die Finger haben gestunken und mir wehgetan. Ich hatte solche Angst...« Pascals Atem beschleunigte sich.

Er hätte es dem Kleinen so gern erspart, doch Pascals Fähigkeit schien sich anders zu entfalten als seine eigene. Er musste herausfinden, was ihn erwartete.

»Was hast du dagegen getan? Wie bist du zum Geist geworden?«

»Ich hab' ganz fest die Augen zugedrückt.« Demonstrativ presste Pascal seine Lider zusammen und erzeugte dabei lauter feine Falten auf dem Nasenrücken und rund um die Augen. »Ganz fest. Ich hab' mir vorgestellt, nicht da zu sein. Hab' gedacht, ich schlafe bei den anderen. Ganz doll hab' ich es mir gewünscht.«

Als er die Lider wieder öffnete, sah er Kilian mit großen Augen an.

»Ich hab' nur an das gedacht, immer wieder. Dann waren die groben Finger auf einmal weg und ich habe vorsichtig die Augen aufgemacht.«

Kilian war fasziniert. War es eine Art Teleportation oder hatte er sich tatsächlich verdoppelt?

»Und warum nennst du es Geist?«

Auf einmal spielte da ein kleines Lächeln in Pascals Mundwinkeln. »Weil niemand sieht, wo ich grade wirklich bin.«

Kilian konnte sich ein Grinsen nicht verkneifen. Er war stolz auf seinen Sohn, auch dieses Gefühl konnte er sich nicht verkneifen.

»Und warum hast du dann vorher geschrien?«

Theatralisch rollte Pascal mit den Augen und hob erklärend die Arme. »Weil es so dunkel war und ich nicht gesehen habe, ob ich zurück bin.«

Um die Situation aufzulockern, lachte Kilian laut, doch sein Sohn stimmte nicht mit ein, sondern schien sich Gedanken über etwas zu machen. »Kilian? Ist mit mir etwas nicht in Ordnung?« Pascal sah ihn erwartungsvoll an, während er sich die nächste Träne mit dem Ärmel seines Pullis abwischte.

Die Wucht dieser simplen Worte traf Kilian mitten ins Herz, denn sie bildeten die wichtigste Frage, die er ihm stellen konnte. Kilian wuschelte ihm durchs Haar. »Doch, mein Junge, alles ist mehr als in Ordnung mit dir. Du bist ein Wunder.«

☙❧

Auf dem Weg ins Hotel kam das Taxi nur langsam im Berufsverkehr voran. Kilian war aufgewühlt und gleichzeitig erleichtert. Jetzt wollte er alle Personalien, wichtige Unterlagen sowie Pascals Hab und Gut abholen und direkt zum Flughafen weiterfahren. Nichts auf der Welt könnte ihn im Land der unbegrenzten Möglichkeiten noch halten. Er hatte die Nase gestrichen voll, wollte ein neues Leben beginnen – und zwar sofort.

»Kilian?« Pascal saß verkrampft auf dem Ledersitz neben ihm.

»Hm«, antwortete Kilian ganz in Gedanken versunken. Fieberhaft überlegte er, ob sein neuer Name und das andere Hotel ebenfalls aufgeflogen sein könnten.

»Wenn mich Mama wirklich so geliebt hat, wieso hat sie mich dann allein gelassen?«

Wie ein Eimer mit Eiswasser traf Kilian diese Frage. Wenn er das Gefährt gerade persönlich lenken würde, hätte er eine filmreife Notbremsung hingelegt.

Okay, inzwischen sind wir uns wohl so nahe, dass die Phase der unliebsamen Fragen beginnt.

Früher oder später musste das kommen, dennoch hätte er nicht gedacht, dass die Frage ihn derart aus der Fassung bringen würde. Nervös rieb Kilian sich die Handflächen und strich sich dann über den zerzausten Bart, der ihn unglaublich juckte.

»Weißt du ... deine Mama war unheimlich traurig ...«, begann er, ohne zu wissen, wie er den Satz beenden sollte.

»Das war sie immer.«

Kilian tat sich schwer, den Dreikäsehoch direkt anzusehen und ertappte sich dabei, wie sein rechtes Knie unruhig zu wippen anfing. Die bohrenden Blicke des Jungen ließen keine Ausflüchte zu, der Zugzwang wurde eindeutig größer.

»Pascal, egal, was deine Mutter getan hat, bitte hasse sie nicht dafür.« Schlagartig trocknete Kilians Kehle aus. Nur krächzend brachte er den nächsten Satz heraus. »Wenn du jemanden hassen willst ... dann wohl mich.« Mit diesen Worten schaute er Pascal direkt in die Augen und erkannte, wie diese Nachricht in dem kleinen Gehirn zu arbeiten begann.

»Warum? Bist *du* schuld, dass Mama tot ist?«

Kilian ertrug die Last nicht, die sich gerade auf seine Schultern wuchtete, die Art, wie Pascal ihn, ohne einen Ton von sich zu geben, um Erlösung anflehte. Konnte er ihm die Wahrheit aufbürden und sein Gewissen damit erleichtern? War er dafür nicht noch viel zu jung? Andererseits wollte er seinen Sohn nicht belügen, ihn nicht in dem Irrglauben aufwachsen lassen, dass seine Mutter ihn im Stich gelassen hatte. Er war es Alessia schuldig, die Dunkelheit, die über ihrem Grab lungerte, mit Licht zu vertreiben. Ihr Junge sollte wissen, dass er ihr Ein und Alles gewesen war, wie sehr sie ihn geliebt hatte und alles für ihn getan hätte – dass ihr nichts ferner gelegen hatte, als ihn allein zu lassen.

Kilian spürte, wie seine Lippen leicht zu beben begannen, er konnte nichts dagegen tun, selbst als er sie fest zusammenpresste. Wenn er eines wusste, dann, dass er Alessia nach dem Begräbnis nicht mit all den Lücken, die durch seine Manipulation entstanden waren, hätte allein lassen dürfen. Wieder hatte sie wegen ihm Schreckliches durchlebt und war in tieferes Unheil gestürzt. Sie hatte das Gesehene eindeutig nicht verdauen können. Noch dazu wäre er es ihr schuldig gewesen, ihr nach all den Jahren reinen Wein einzuschenken, wie es zu dieser außergewöhnlichen Schwangerschaft gekommen war. Wenn er doch nur früher von Pascals Existenz erfahren hätte ...

»Ich bin am Tod deiner Mama mitverantwortlich, weil ich sie etwas habe sehen lassen, was sie nicht sollte. Ich habe sie getäuscht, belogen und verletzt.« Ihm versagte die Stimme. »All das hat sie nicht gut ... verkraftet ...« Kilian rang um jedes Wort. Doch er musste offenbar nicht weitersprechen, seine Tränen gaben Pascal Antwort genug. Mit verkrampftem Gesichtsausdruck schlug er hysterisch auf Kilian ein. Mit sich überschlagender Stimme schrie er: »Ich will sofort zurück zu meiner Oma! Ich hasse dich! ICH HASSE DICH!«

NOCH EIN LEBEN

Mir meiner Präsenz bewusst, schreite ich langsam über den gepflegten, glänzenden Boden. Es ist unausweichlich, wenn man die großzügigen Marmorstufen zu einem großen Ballsaal hinabschreitet, dass unzählige Augenpaare emporblicken, um den Neuankömmling von oben bis unten zu mustern. Und ich genieße diese Blicke. Es sind nur Sekunden, in denen das Gegenüber analysiert, welche Kleidung du trägst, welcher Herkunft du entstammst – ob wohlhabend oder nur ein Möchtegern – und welchem interessanten Job du wohl nachgehen magst. Unweigerlich landet man nach diesem ersten Eindruck in einer Schublade. Und genau diesem Schema folgend kann ich sie sehen lassen, was sie sehen sollen: einen jungen Gentleman, gehüllt in sündhaft teurer Robe, gestylt und einen Hauch undefinierbar erotischen Dufts verströmend. Denn Karl Dearing ist nicht irgendjemand, der bei einer Benefizveranstaltung aufkreuzt und in der Masse untergeht. Nein, er erscheint und bleibt im Gedächtnis ... und das für immer.

Mein blondiertes, langes Haar mag an Vampirschnulzen im aktuellen Kinogeschehen erinnern, doch das ist mir einerlei, denn ich fühle mich wohl damit. Um dem Makel der zweifarbigen Augen endlich ein Ende zu setzen, habe ich meinem linken Auge die Farbe des rechten geschenkt und nun leuchten sie in einheitlichem Blau, was mit meiner hellen Haut perfekt harmoniert. Ich brauche mich kaum noch darauf zu konzentrieren, so gut habe ich meine Gabe mittlerweile im Griff.

Dann sehe ich *sie*. Eine Frau mit einer Ausstrahlung, dass sie mit allen Rubinen dieser Welt um die Wette funkeln könnte. Ihr feuerrotes Haar wurde mit goldenen Spangen gebändigt, nur vereinzelt entfliehen zarte Locken dieser Ordnung und fließen über ihre atemberaubende Rückenpartie. Reflexartig wünsche ich mir, eine ihrer Haarsträhnen zu sein, nur um ihr ungehindert nahe zu kommen. Schon von hinten beeindruckt mich diese Schönheit in ihrem eleganten, eng anliegenden Paillettenkleid, dessen Ausschnitt in V-Form ihre zarten Schulterblätter präsentiert. Sie sieht einfach betörend aus in diesem Kleid, das beinahe der Farbe ihrer Haarpracht entspricht.

Ich konzentriere mich wieder auf die letzten Stufen, um mich, im Raum angekommen, in der Menge zu orientieren. Mein Jagdtrieb ist geweckt und ich möchte die interessante Dame unbedingt von vorn erblicken oder besser gesagt, ich will sichergehen, dass sie mich entdeckt.

Ich schlendere an dem einladenden Bankett vorbei, schnappe mir einen Teller und fülle ihn randvoll mit frischen Früchten: Feigen, Erdbeeren und Trauben. Natürlich lasse ich es mir nicht nehmen, aus dem Augenwinkel einen Blick auf sie zu erhaschen.

Angeregt unterhält sie sich mit zwei Mittdreißigern. Mir kommt ihr Lachen zu Ohren und ich kann mir nicht helfen, aber es klingt wie Musik. Ich schreite näher an das Trio heran, lehne mich an einen kleinen Stehtisch und mache mich genüsslich über die köstlichen Früchte her. Denn ich weiß, sie kann gar nicht umhin, mich ins Visier zu nehmen, da ich mich nun genau im Radius ihrer Aufmerksamkeit befinde.

Und da ist er, der zunächst zögerliche Augenkontakt. Ein kurzer Stich mitten ins Herz: Denn ich muss feststellen, dass ich wohl nicht ihrem Beuteschema entsprechen werde, da ich um einiges jünger bin als sie. Ihre Statur ist zart, beinahe wirkt sie zerbrechlich, was ihre Eleganz jedoch nur unterstreicht. Ihre langen, geschwungenen Wimpern tanzen zu ihren Worten und zu meiner großen Beglückung ertappe ich sie immer öfter dabei, wie sie mit mir liebäugelt.

Liegt es vielleicht daran, dass ich sie verrucht anstarre? Ist es die Art und Weise, wie ich geradezu zärtlich meinen Mund um die Trauben lege und die Zunge langsam über meine Lippen gleiten lasse? Vielleicht liege ich mit meiner Annahme bezüglich ihres Beuteschemas doch falsch. Ich lächle in mich hinein, als ich die Röte in ihren Wangen aufsteigen sehe und sie unruhig ihren Hals entlangstreicht.

Tja, Kilian, du hast sie am Haken. Priscilla Parker, die überaus betuchte Förderin dieser Benefizveranstaltung ist auf dich aufmerksam geworden, obwohl du nur vierundzwanzig Jahre alt bist.

Meine eigenen Recherchen bringen eine noch viel faszinierendere Dame zu Tage, als mir auf Fotos gezeigt wurde. Bei unserem persönlichen Aufeinandertreffen beeindruckt mich diese faszinierende Dame um ein Vielfaches mehr. Ich ergötze mich an ihrer Unsicherheit, an der Art, wie sie den Faden in diesem Dialog verliert, wie sie wie ein Teenager versucht, bewusst wegzusehen – dabei sagt mir jede Faser ihres Körpers, dass ich sie nervös mache. Und es fühlt sich so gut an, diese Reaktion hervorzurufen, die nicht meiner Gabe entsprungen ist. Zumindest nicht vollständig. Denn ich möchte auch selbstständig Dinge erreichen, so wie es in der Natur des Menschen liegt.

Plötzlich scheint einem ihrer Gesprächspartner die Unterhaltung nicht mehr zielführend zu verlaufen und er verlässt die Runde.

Und was ist das? Nach ein paar Minuten erkenne ich ihren genervten Ausdruck gegenüber dem letzten Gesprächspartner und hilfesuchende Seitenblicke.

Nun spielt sie wohl mit mir.

Ich schmunzle wissend, zumal eine Dame ihres Kalibers jederzeit einfach gehen und sich damit herausreden könnte, dass sie etwas Dringendes zu erledigen habe. Und natürlich lasse ich die Gelegenheit, die sie mir bietet, nicht ungenutzt: Als Gentleman der alten Schule werde ich die holde Maid vom dunklen Ritter erlösen. Gemächlichen Schrittes nähere ich mich den beiden. Bewusst schinde ich Zeit.

Ihre Mundwinkel zucken, können sich zu keiner Reaktion entscheiden. Ihre Augen streichen ohne Scham über meine Statur und sie hebt stolz ihr Kinn.
Wieder eine neue Taktik?
Ich fühle mich bereits siegessicher, stolziere zwischen die beiden und lasse meinen persönlichen Zauber wirken. Mit empörtem Ausdruck starrt sie mich an und hebt fragend eine Augenbraue – eine stille Einladung, endlich etwas von mir zu geben. Doch ich lasse sie in meinen Pupillen versinken, drücke den Teller mit Obst in die Hand des letztverbliebenen Gesprächspartners, der wie ein Statist neben uns steht. Dabei würdige ich ihn keines Blickes und ordne ihm forsch an, diesen zu entsorgen. Ohne sie zu fragen, nehme ich die anmutige Schönheit einfach an der Hand und entführe sie mit einer eleganten Drehung, sodass der Geprellte nicht einmal dazu kommt, die Schmach eloquent abzuwehren.
Und dies ohne einen Funken kreierter Dimension oder verschobener Ebenen.
Als wir dann die wenigen Schritte zur Tanzfläche schreiten, bemerke ich ihr leichtes Hinken, doch das tut ihrer Vornehmheit nicht den geringsten Abbruch.
»Wer sind Sie und was fällt Ihnen ein?«, täuschte sie erbost vor, denn ich kann Nervosität und nicht Wut an ihrem Körper ablesen.
»Ich bin der, der dich zum Tanz deines Lebens auffordert«, eröffne ich geheimnisvoll und zwinkere ihr zu, während ich sie auf dem Tanzparkett in die Tangostellung locke.

Ein Sog reißt mich aus dieser Erinnerung unseres ersten Aufeinandertreffens, dem ein Dreivierteljahr der Zweisamkeit folgte. Der Lenkende dieses Albtraumes lässt es sich aber nicht nehmen, mich weiter in die gemeinsame Zeit zu zwingen. Ich sehe, wie sie sich in mich verliebt, trotz des großen Altersunterschiedes, wie sie aufblüht und strahlt, als sei sie die Sonne selbst. Mein Bezirzen trägt Früchte, da ich ihr einrede, dass ich nicht zu ihr ziehen wolle. Ich überzeuge sie davon, auch kein Geld von ihr annehmen zu wollen, da es mir am Herzen läge, dass sie in mir ausschließlich den Menschen sähe, der sie bedingungs- und grenzenlos liebt.

Ich beschenke sie mit Schmuck, lade sie in außergewöhnliche Restaurants ein und beschwöre in ihr dennoch ein schlechtes Gewissen herauf, da ich ihr vortäusche, nicht sehr gut betucht zu sein. Sie ist tatsächlich so blind, dass sie mir nicht nur ihr Herz, sondern sogar die Tore zu ihrem Haus öffnet. Zu den Schätzen und ... zu ihrem Safe. Es juckt mir natürlich in den Fingern, ihn zu plündern und mich abzusetzen, doch dass eine Frau mit ihrer gesellschaftlichen Stellung mir emotional so nahe steht, gibt mir eine ganz andere Genugtuung. Ich suhle mich in der Art und Weise, wie sie mich ansieht und genieße ihre Freudentränen, wenn ich in ihr komme. Ich koste es aus, wie neidisch und missbilligend ihre älteren Freundinnen unsere Liebelei beäugen und fühle mich unwiderstehlich, wenn sie über mich tuscheln, während ihre Blicke mich von oben bis unten taxieren.

Priscilla ist es, die mir Zutritt in die High Society verschafft, wodurch ich wertvolle Kontakte knüpfen kann, die mir noch heute behilflich sind. Und sie gewährt mir Einblick in eine Welt, mit der ich bisher nichts zu tun gehabt habe: die Welt der Finanzen, Fonds und Aktienmärkte. Ich werde gesehen und mehr als akzeptiert, ich habe endlich meinen Platz im Leben gefunden.

Doch das Blatt wendet sich leider, denn dieser Thomas – ihr persönlicher Berater – mischt sich viel zu sehr ein. Stets lauert er mir auf, überprüft was ich tue, wohin ich gehe, wie ein zweiter Schatten verfolgt er mich. Und er wird nicht müde, zu erwähnen, dass er mich für einen Scharlatan und Blender hält. Nicht nur einmal liest er mir bewusst vor Priscilla die Leviten, wenn er in den Erklärungen zu meiner Person Lücken oder Unstimmigkeiten heraushört. In solchen Situationen gewinne ich den Eindruck, dass er mir an Intelligenz überlegen ist – und es zeigt mir deutlich, dass sein Interesse nicht nur darin besteht, seine monatlichen Schecks von Priscilla zu erhalten. Immer wieder

bringt er mich ins Schwitzen und ich weiß, eines Tages wird es darauf hinauslaufen: er oder ich.
Ich will Priscilla davon überzeugen, ihm zu kündigen. Jedoch nicht aus irgendeinem Grund. In seinen Augen kann ich lesen, dass er Priscilla abgöttisch liebt und er soll der Letzte sein, der mir dieses Leben in Ruhm und Aufmerksamkeit zerstören wird.
Er muss weg!
Schwierig wird es, als Priscilla mir klarmacht, dass Thomas unersetzbar sei. Ich muss ihr Bild vom ach so sauberen Vertrauten vernichten.
Der Plan bei ihr einzubrechen ist geboren und nur wenig später setze ich ihn in die Tat um. Ich plündere den Safe, entwende die Sparbücher, lasse den kostbaren Schmuck mitgehen und raffe alle Aktien, Wertpapiere und Besitzurkunden. Dann hinterlasse ich ein Indiz, welches eindeutig auf Thomas verweist. Doch dieser hat vorgesorgt und entlarvt mich sofort. Er ist talentiert genug, um zu belegen, dass er nicht in der Stadt gewesen ist, als es passierte. Nach diesem Coup setzt er alles daran, meine Unredlichkeit zu beweisen. Und es gelingt ihm. Er zeigt auf, dass Karl Dearing nicht existiert. Er ist geschickter als so viele andere vor ihm – und ich bin unvorsichtiger geworden, als mir guttut.
Zuerst schaffe ich es noch, mit meinen Dimensionen und Ebenen eine Balance zu schaffen und ihn rauszuschmeißen, doch aus unerfindlichen Gründen kommt er immer zurück, verlässt sich auf seinen Instinkt und überbrückt viele mentale Lücken.

Immer schneller zogen die Erinnerungen vor meinem inneren Auge vorbei. Bis sie bei meiner Flucht aus New York landeten.
Plötzlich gingen sie wieder in mir unbekannte Erlebnisse über.
Ich sah, wie Priscilla Besuch von einer blonden Schönheit bekam, die ihre Gesichtszüge trug. Aus irgendeinem Umstand heraus wirkte das zarte Geschöpf krank. Dann lag jene junge Frau im Krankenhaus am Tropf, zusehends ausgemergelt erschien sie. Priscilla saß an ihrem Krankenbett und hielt ihre Hand.

Eine Flut aus Trauer, Schmerz und Wut floss über mich hinweg, als ob ich an Emotionen ertrinken sollte, die nicht die meinen waren.

Mit Entsetzen verstand ich die Bilder und am Ende verstarb die junge Frau nach langem, schwerem Kampf in Priscillas Armen. Die bunte Filmspule aus Szenen wurde in ein tiefes Grau getaucht – plötzlich brach sie ab, um ein schwarzes Bild zu hinterlassen. Eine eisige Kälte schlug mir entgegen, als wäre ich in einen Schneesturm geraten, gegen den ich anzukämpfen hatte. Nur mit Mühe konnte ich meinen Blick wieder auf neu erscheinende Momente wenden.

Ich sah Priscilla ganz in Schwarz gekleidet auf einer Beerdigung.

Eine Richterin, die mit großer Wucht ihr Urteil mit einem Hammerschlag besiegelte. Kurz darauf die einstmals rothaarige Schönheit, wie sie mit den Koffern bepackt ihre herrschaftliche Villa verließ.

Und Thomas? Wo ist Thomas?

Ich sah Priscillas Gesicht: eingefallen, durch Trauer gezeichnet und emotionslos. Gebrochen und ohne jeden Lebenswillen bestritt sie ihre verbliebenen Tage.

Mein Instinkt warnte mich, die Lider zu schließen, denn es war unausweichlich. Ich flehte in diesen kalten Sturm hinein, mich freizugeben.

Ich wollte mich dieser Vision entziehen. Hatte meine Lektion längst gelernt, längst begriffen, welch unliebsamer und egozentrischer Zeitgenosse ich gewesen war – doch ich hatte mich gewandelt. Ich ging auf die Knie und bettelte, um es nicht zu erleben ... zu erleben, wie Priscilla eine Packung Schlafmittel in nur wenigen Schlucken in sich aufnahm und der letzte Atemzug in Form kalten Rauches aus ihren Lungen entwich.

Nein! Bitte lass es nicht wahr sein! Lass das nicht die Vergangenheit sein!

Aus den eisigen Rauchschnörkeln entsprang die Silhouette einer schwarzen Frau, die ungesäumt zur Gothicprinzessin wurde.

Sie schritt auf mich zu und zögerte diesmal, mir ihre Botschaft zu verkünden, als wolle sie mich besonders lange in meiner Qual des Gesehenen zappeln lassen. Ihre zweifarbigen Augen glitzerten verheißungsvoll, als die Worte endlich das Ende meiner Vision einläuteten: »Werde sichtbar ... bevor du ewig unsichtbar bleibst.«

Erschrocken und mit kaltem Angstschweiß auf der Stirn, fuhr Kilian aus diesem Wachtraum auf. Diesmal hatte er sich natürlich keinen besseren Ort aussuchen können als den Wartebereich der Boardingzone am Flughafen. Dass er unter Schlafentzug litt, war ihm bewusst gewesen, allerdings hatte er aufrechtstehend gewiss nicht geschlafen. Suchten ihn diese Visionen nun bereits in jeder Situation heim?

Der Schmerz wütete in ihm und langsam schwand seine Zuversicht, dass es noch eine Chance gab, aus diesem Teufelskreis zu entfliehen. Was auch immer diese Botschaft zu bedeuten hatte, wenn er sie nicht bald entziffern würde, dürfte es wohl die letzte auf seinem Grabstein sein.

»Kilian?«, hörte er Pascals Stimme neben sich. Als er sich ihm zuwandte, war in seinem Antlitz abermals Verwirrung zu erkennen.

Wie erbärmlich mein Zustand in diesem Moment auf ihn wirken muss.

Er wischte sich über das Gesicht. Als sein Blick auf seine Hände fiel, hielt er in der Bewegung inne. Die ersten Altersflecken und hervortretende Adern zeigten an, dass er abermals gealtert war. Es schien kein Entrinnen zu geben.

Hier stand er nun inmitten der wartenden Passagiere mit einem Kind – seinem Sohn –, das ihn hasste und ihn um nichts in der Welt nach Europa begleiten wollte. Was sollte er tun?

Er musste Pascals Wunsch nachkommen und ihn nach Oregon zurückzubringen. Doch wohin sollte er dort? Seine Oma war noch nicht in der Lage, sich um ihren Enkel zu kümmern und solange Vigo und Konsorten es auf Kilian abgesehen hatten, würde Pascal selbst bei Liam – trotz der Streifen an dessen Schultern – nicht sicher sein. Zumindest noch nicht. Bevor Kilians letzter Atemzug gezählt wäre, müsste er seinem Sohn Schutz versichern. Um jeden Preis.

Hupend düste ein Elektrobuggy an ihm vorbei und der Flughafenmitarbeiter sah ihn mit großen Augen an. Erschrocken sprang Kilian zur Seite und fuhr sich, entsetzt über seine eigene Unaufmerksamkeit, durchs Haar. Selbst ohne Spiegel konnte er das Chaos auf seinem Kopf ertasten. Die dünner werdende Pracht stand ihm kreuz und quer zu Berge und die Geheimratsecken breiteten sich weiter aus, um seinem Gesicht mehr Platz zu verschaffen. Er konnte es nur mit einem schweren Seufzen ad acta legen. Stattdessen schnappte er sich Pascal, der ihn kreidebleich ansah, und zog ihn hinter sich her.

»Wo willst du hin? Wir verpassen unseren Flug!«, kreischte er. Offenbar hatte er den Schock bereits verdaut.

෴

Als Kilian in geduckter Haltung aus dem Seitenfenster lugte, hatte er den Eindruck, die letzten Tage häufiger in Taxis, Flughäfen und Flugzeugen verweilt zu haben als in einer Wohnung mit angenehmem Flair und verlockend gefüllter Badewanne. Nach einem Flug, der ihn eineinhalb Stunden seiner kostbaren Zeit gekostet hatte, fanden sie sich nun inmitten von Manhattan, New York wieder. Nicht gerade der Ort, wohin er so rasch zurückkehren wollte, selbst wenn er auch schöne Erinnerungen damit verknüpfte.

Urplötzlich war sein Kopf mit all den einzigartigen Erlebnissen gefüllt, die er bereits erfahren durfte, und jenen, die er noch so gern erlebt hätte, als würden die letzten Tage seines Lebens nicht genug Platz für weitere einzigartige Momente bereithalten. Sehnsuchtsvoll lehnte er die Stirn an die kühle Scheibe. Da draußen konnte nichts vorbeigleiten, dass ihm noch Linderung bringen würde. Weder der Central Park mit seiner saftig grünen Oase, noch der weltberühmte, mit Leuchtreklamen überflutete Times Square. Der Großteil der Menschen da draußen konnte sein Leben noch in vollen Zügen genießen. Für ihn hingegen waren die Tage gezählt. Und schlimmer noch: Die Bürde seiner üblen Taten in der Vergangenheit lasteten schwer auf ihm. Durfte er überhaupt noch irgendetwas Gutes in seinem Leben erwarten?

»Wo fahren wir hin?«, fragte Pascal und Zorn lag in seiner Stimme.

Zu sehen, dass ein Kind bereits in so jungem Alter Stirnfalten züchtete, war abermals ein Indiz dafür, dass er nicht Vater des Jahres werden würde.

»Ich muss dringend etwas erledigen und dich deshalb bei jemandem absetzen, aber dann ...«

Als sein Sohn demonstrativ die Arme vor sich verschränkte, eine Schnute aufsetzte und die Kinderstirn noch mehr in Falten legte, fuhr er unverzüglich fort: »Aber ich verspreche dir, wenn das abgeschlossen ist, wirst du zurück zu Onkel Liam kommen. Und sobald es deiner Oma wieder besser geht, darfst du endlich zu ihr. Lange wird das nicht mehr dauern, glaub mir.«

Kilian war erschöpft von diesen Szenarien und hoffte, der Junge könnte ihm einmal Vertrauen entgegenbringen. Er betete, dass er ihm ein letztes Mal die Chance geben würde, Dinge wieder geradezubiegen.

In dem kleinen Gesicht arbeitete es merklich und mit einem Mal blieb Pascals Blick an ihm haften. Seine Augen tasteten die Details seines Antlitzes ab, was in Kilian unweigerlich die Frage aufwarf, in welchem Alter er sich nun bereits befand.

»Was passiert mit dir? Warum wirst du plötzlich so alt?« Seine Oberlippe kräuselte sich und Kilian dachte, dass Kinder wahrlich kein Blatt vor den Mund nahmen. Wehmütig betrachtete er seinen Sohn, denn ihm wurde bewusst, womöglich würde ihm nicht mehr viel Zeit bleiben, um ihn auf seinem Lebensweg zu begleiten. Zumindest die Wahrheit hatte er verdient.

»Weißt du, Pascal, ich bin ein … böser Mensch, der sehr vielen anderen wehgetan hat.« Kilian schürzte die Lippen, um Zeit zu schinden. »Ich habe sehr viel kaputt gemacht, obwohl ich es nicht wollte. Ich habe nur an mich gedacht und nicht gesehen, was ich da anrichte.«

Ein Kloß bildete sich in seinem Hals und er musste sich zwingen, weiterzusprechen. »Für all meine Vergehen werde ich nun bestraft. Es ist scheinbar mein Schicksal. Darum hoffe ich, du trittst, was das betrifft, nicht in meine Fußstapfen. Denn ich glaube, du bist ein guter Junge.«

Nur das Quietschen der Scheibenwischer war zu vernehmen. Noch immer klatschte der nicht enden wollende Regen auf die Windschutzschutzscheibe, als das Taxi vor einer großen Villa zum Stehen kam.

»Ich bin wie du, oder?«, unterbrach Pascal die Stille.

»Wie meinst du das, Pascal?« Er wollte es aus seinem Munde hören. Er musste sicher sein, dass sein Sohn die Tragweite und die Verantwortung, die daraus entstand, begriff.

»Du bringst Spiderman dazu, aus dem Comic zu kriechen.«

Ein herzhaftes Lachen brach aus Kilian hervor. Eine bessere Erklärung für seine Gabe hätte er dem Jungen selbst nicht geben können. Er war ein cleveres Bürschchen und Kilian war stolz auf ihn.

27
BITTERE ERKENNTNIS

Vigo trat mit voller Wucht gegen die Schrottteile eines alten Chevrolet Camaro, sodass sie durch die Gegend flogen. Sie hatten auf dem entlegenen Autofriedhof gehalten und Igor inspizierte noch immer wie ein Verrückter den Van. Seit einer geschlagenen Stunde durchforstete er jeden Winkel, ohne jeglichen Erfolg.

»Boss, ik ihn hatte. Ik weiß es!« Verzweifelt ließ sich der Koloss neben dem Auto zu Boden fallen.

Siek hingegen stand an die Motorhaube gelehnt und zog an einer Zigarette, eine Ansammlung mehrerer Stummel küsste seine Füße.

Noch einmal holte Vigo mit dem Fuß aus und katapultierte einen verrosteten Kotflügel in die Luft. Wurde er schon verrückt? Er selbst hatte den Jungen, der bewusstlos in Igors Armen hing, in Empfang genommen. Er hätte wetten können, dass es lebendes, atmendes Fleisch gewesen war. Gut, als er ihn auf den Rücksitz gepackt hatte, lag er dort wie eine leblose Hülle. Aber er war da gewesen – und jetzt war er weg. Oder konnten sie ihn nur nicht sehen? Aber wie konnte das sein?

Doch in dieser verfluchten Familie aus Freaks war alles möglich. Zumindest wussten sie nun gewiss: Das Kind stammte eindeutig aus Kevins Lenden.

Der junge Hacker zündete sich am Stummel seiner alten Zigarette die nächste an und Vigo entdeckte, wie seine Finger dabei zitterten.

»Der Junge trägt es in sich, genau wie sein Vater«, spuckte Vigo verächtlich heraus, in der Hoffnung, dem Genie in ihrem Team einen Denkanstoß zu geben. »Wie konnten wir diese Möglichkeit nur übersehen?!«, wollte er geklärt bekommen. Die Art und Weise, wie nun betretene Stille um Vigo einkehrte, während es in ihm brodelte, trieb ihn zusätzlich zur Weißglut.

Siek schoss einen weiteren Stummel zu Boden und presste die Lippen fest aufeinander. Der Mascara um seine Augen war verlaufen und erinnerte mehr an eine Halloweenfratze. »Ich fand den ganzen Hokuspokus mit Kevin schon mehr als unheimlich, aber der Kleine toppt die Sache noch. Ich bin mir nicht sicher, ob wir das Ganze nicht einfach sein lassen sollten und zusehen, dass wir Land gewinnen. Dass der kleine Scheißer Kevins Sohn ist, macht die Sache nicht leichter.«

Vigo konnte es nicht glauben. Aus dem sonst so überheblichen Siek sprach doch nicht etwa Angst?

»Woher willst du eigentlich wissen, dass dieser Junge überhaupt existiert und nicht eine morbide neue Idee von Kevin ist, uns für dumm zu verkaufen? Er will sichergehen, dass wir ihn in Zukunft in Ruhe lassen, weil wir uns auf die Jagd nach einem Phantom machen«, meinte der Punk und sah ihn herausfordernd an. Vigo traute seinen Ohren kaum. Rasch trat er an ihn heran, beinahe berührten sie sich an der Stirn. Wie zwei kampfeslustige Stiere standen sie einander gegenüber.

»Das ist doch nicht etwa dein Ernst, Siek, oder? Bist du das da drinnen oder spukt Kevin in dir? Aufgeben sieht dir überhaupt nicht ähnlich! Du enttäuschst mich!« Abwechselnd blickte er ihm ins linke und dann ins rechte Auge, als ob er darin ablesen könnte, was ihn geritten hatte.

»Vigo, ich glaube langsam, dass wir es hier mit etwas ... Höherem zu tun haben. Ich habe schon viele beschissene Dinge in unserer stinknormalen Welt gesehen, aber die Wahrscheinlichkeit, dass wir gleich auf zwei übernatürliche Personen stoßen ... das kann doch kein Zufall sein. Wir sollten abhauen, solange es noch geht! Da ist eindeutig etwas faul!«

Seine Pupillen sahen aus wie kleine Stecknadeln und die kleinen Äderchen in den Augen traten rot hervor. Für seinen ausgefuchsten Hacker schien tatsächlich eine Grenze erreicht, die er nicht zu übertreten bereit war.

Vigo hielt inne und ließ die Worte auf sich wirken. Konnte es wirklich ein Wink des Schicksals sein, eine Warnung vor einem unberechenbaren Sturm, der auf sie zuraste? Eine dunkle Bedrohung von solchem Ausmaß, dass ein Normalsterblicher sie sich nicht ausmalen konnte?

Er musste schlucken. Denn was, wenn Siek recht hätte? Was, wenn ein weiterer Versuch, mit Kevin zusammenzuarbeiten, der letzte Coup ihres Lebens werden würde?

꩜

»Danke, Stan. Du hast was gut bei mir.« Liam rieb sich in Gedanken versunken sein linkes Ohrläppchen, während ihm bewusst wurde, dass seinem Standardsatz endlich einmal Taten folgen mussten.

»Ich weiß, bisher nur leere Versprechungen, aber wenn ich zurück bin, werde ich dir deinen Hendricks-Fall abnehmen – und zwar in meiner Freizeit.« Als könnte Stan ihn wahrhaftig sehen, legte Liam wie zum Schwur seine rechte Hand auf die Brust.

Durch den Lautsprecher des Handys war ein Seufzen zu hören und Liam vergewisserte sich nochmals: »Also sobald du herausgefunden hast, ob auf Pascals Namen irgendwo ein Ticket gebucht wurde oder er in irgendeiner Kartei in New York und Umgebung auftaucht, rufst du mich an, okay? *Sofort*, hast du gehört?« Abermals folgte eine Litanei an Vorhaltungen, bis Stan endlich versicherte, sich zu melden, sobald er etwas Auffälliges entdeckt hatte. Damit war das Gespräch beendet und Liam blickte sich um.

Er konnte nicht fassen, dass Kilian sich erneut aus dem Staub gemacht hatte, trotz seiner Drohungen. Er war schon gnädig genug gewesen, ihn den Bundesstaat Oregon verlassen zu lassen, aber seine Wohnung neu zu vermitteln und dann unterzutauchen, war nicht abgemacht gewesen. Er wollte seinem ehemals besten Freund eine Lektion erteilen, doch nicht auf dem Rücken des Kleinen. Wütend schlug er gegen das bereits demolierte Kleiderregal in Kilians verwüsteter Bleibe. Durch die ortsansässige Polizei hatte er sich einen Durchsuchungsbefehl ausstellen lassen, den er nach langem und sehr lautstarkem Schreigespräch mit seinem Boss hatte durchsetzen können. Und dies, obwohl es ganz unverkennbar eine persönliche Fehde war. Liam wusste, dass das ein Nachspiel haben würde und machte sich auf eine Degradierung als Strafe gefasst. Doch er konnte nicht anders. Sogar Stans Recherchen nach einem Keith Rolands waren fruchtlos geblieben, was die Vermutung nahelegte, dass er abermals unter neuem Namen sein Unwesen trieb. Und das nun noch im Beisein von Pascal.

Wieder drosch er heftig auf das Holz ein und schluckte den Schmerz hinunter. Kilian hätte wenigstens den Jungen zu ihm bringen können.

Ruhelos lief er in dem Chaos auf und ab. Vielleicht ließen sich ja doch Anhaltspunkte finden, wer hier so gewütet hatte. Alles sprach für einen persönlichen Rachefeldzug, die Tat einer eifersüchtigen Geliebten schloss er allerdings aus. Hier war jemand mächtig sauer auf Kilian gewesen, was eine Bestätigung mehr war, dass Pascal in diesem Moment in schlimmster Gesellschaft war.

Er hätte hellhörig werden müssen, als Kilian sagte: *»Es gibt da ein paar Leute ...«* Mit diesem Satz hatte er ihn auf gewisse Weise darauf hingewiesen, dass Probleme auftreten würden. Doch Liam wollte sich die eigene Schuld an der Lage, in der Alessias Sohn nun steckte, nicht eingestehen. Schließlich hätte Kilian die Möglichkeit gehabt, das Kind von jeglichen Problemen fernzuhalten. Aber konnte man das überhaupt? Sich so rasch aus Machenschaften rauskaufen?

Liam verfluchte sich selbst, ihn nicht vorher näher überprüft zu haben. Wie konnte aus dem stinknormalen Teenager so ein unberechenbares Schlitzohr werden? In rasender Wut über die Verantwortungslosigkeit, sich damals einfach so davonzustehlen und Mutter und Sohn im Stich zu lassen, hatte Liam sich zu einer Entscheidung treiben lassen, die sich nun als desaströs herausstellte.

Dieser Reichtum vor seinen Augen stammte eindeutig nicht aus Kilians Verhandlungsgeschick. Er drehte sich in dem begehbaren Schrank um und wusste nicht, wo er ansetzen sollte. Völlig ausgelaugt vom Schlafentzug der letzten Tage stützte er sich auf eine Kommode, die in dem protzigen Schrankraum eingebaut war. Sie verfügte über mehrere mit Edelstahlgriffen versehene Schubladen, die all seine verflucht teuren Schätze beherbergten.

»Verdammter Blender«, grummelte Liam vor sich hin, während ihm vor Müdigkeit fast die Augen zufielen. Aber nur fast. Denn ein Stück Papier, dessen Ecke aus einer Lade hervorlugte, weckte seine Neugierde. Er richtete sich auf, öffnete behutsam das Fach und fand einen leicht geknickten Umschlag darin.

Was für ein schlampiges Vorgehen ... Die ansässige Polizei hätte den Brief finden müssen, wenn sie konsequent gearbeitet hätte.

Sofort war Liam wieder hellwach. Hier handelte es sich nicht um einen Zufall, das war ihm klar. Jemand hatte bewusst eine Nachricht hinterlassen, eine Nachricht für einen eingebildeten, detailverliebten

Geck, wie Kilian einer war. Rasch holte er das einmal gefaltete Papier aus dem Kuvert und begann zu lesen:

> Kevin,
> wir beide wissen, es gibt nur eine Möglichkeit, die Dinge zwischen uns zu klären. Ich weiß eine Menge über dich und deine Vergangenheit. Bring mich nicht dazu, Beweismittel in die Hände von ganz speziellen Freunden zu spielen. Es wäre schade um dich. Ich wäre untröstlich.

Erst beim dritten Lesen konnte sich Liam auf den Inhalt der Botschaft konzentrieren. Viel zu sehr blieb er an den eigentümlich verschnörkelten Buchstaben des handschriftlich verfassten Textes hängen. Besonders der letzte Satz fiel ihm ins Auge, er kam ihm irgendwie bekannt vor. Auch diese Schrift hatte er schon einmal gesehen – und plötzlich wusste er auch wo. Als hätte er im Lotto gewonnen, fischte er hektisch sein Handy aus der Hosentasche und wählte die Nummer seines Chefs.

Das Läuten dauerte so unerträglich lange, dass es ihm vor Aufregung den Schweiß aus den Poren drückte. Endlich wurde abgehoben. »Boss? Ich weiß, dass Sie alle Zustände kriegen, wenn Sie nur meine Nummer sehen. Auch beim Thema Shadow-Akte … Nein halt, warten Sie! Ich bin auf etwas gestoßen … Ich halte gerade einen Beweis in den Händen. Einen Brief. Er stammt von derselben Person, wie die Nachrichten, die bei den Einbrüchen dieser Bande hinterlassen wurden. Es ist dieselbe Handschrift – ohne Zweifel.«

28
ALTER LIEBHABER

Kilian konnte nicht aufhören, stumm zu beten. Was, wenn jemand anderes nun die Tür öffnen würde, weil das Anwesen verkauft werden musste? Was, wenn er zu spät kam und er nur noch einem schäbigen Grab seine Ehre erweisen konnte? Sollte Priscilla allerdings vor ihm stehen, musste er sich wappnen – freundlich empfangen würde sie ihn keineswegs. Zögerlich warf er einen Blick hinab zu seinem Sohn, der gelangweilt mit der Schuhspitze Kreise in den Kies zeichnete.

Kilian musste lange mit sich ringen, in welcher Erscheinungsform ein Gespräch mit Priscilla am ehesten glücken würde. Mit einem fünfzigjährigen, ihr unbekannten Mann in Begleitung eines kleinen Jungen oder ihrem Liebhaber, der sie belogen, bestohlen und ihre Existenz dadurch bedroht hatte? Die Bilder seiner Vision waren ihm noch so gegenwärtig. Doch war all das bereits geschehen oder lauerte es noch in der Zukunft?

Das zu wissen, hätte ihm bei seiner Entscheidung sehr geholfen. Als alten Herrn würde sie ihn womöglich Einlass gewähren. Doch ihr anschließend klarzumachen, wer da eigentlich vor ihr stand, könnte sie dann hysterisch werden lassen und eine Konversation käme nicht mehr zustande. Als Karl Dearing hingegen würde sie ihn womöglich gar nicht erst anhören, sondern wütend auf ihn losgehen und die Polizei rufen. Beide Optionen waren nicht gerade gute Voraussetzungen für sein Vorhaben, daher beschloss er, sie in seine Dimension zu holen, um sie unter Kontrolle zu haben.

»Pascal? Wir werden gleich in dieses Haus gehen und ich muss mit einer Dame sprechen, die sehr zornig auf mich ist. Wundere dich also nicht über das, was passieren wird. Ich werde außerdem anders aussehen. Es ist alles in Ordnung, hörst du? Ich bin bei dir und halte deine Hand.«

Pascal sah ihn ratlos an, nickte dann aber.

Kilian betätigte die Glocke, deren tiefes *Gong* das große Gebäude erfüllte. Nun hieß es den Atem anhalten und lauschen.

Erst nach einer Weile wurde die große, in Handarbeit gefertigte Holztür geöffnet. Priscilla höchstpersönlich stand vor ihm.

Zwei widerstrebende Gefühle kämpften in ihm: Einerseits wäre er vor Erleichterung am liebsten vor ihr auf die Knie gefallen – sie war am Leben und die Vision somit noch nicht in unwiderrufliche Realität gegossen. Schon damals war sie eine zarte Gestalt gewesen, doch inzwischen war sie abgemagert, hohlwangig und ihre Augen zeugten von tiefem Schmerz.

Andererseits befürchtete er, sie würde sogleich auf ihn niederfahren, und das mit Recht. Er hätte sich ohrfeigen können für all das, was er ihr angetan hatte. Doch was änderte das schon?

Er räusperte sich und zog sie rasch in seine Blase.

Als ihre Augen in seinem blonden, jugendlichen Erscheinungsbild ihren Liebsten erkannten, flackerte ein kurzes Leuchten darin auf. Doch sofort war es auch schon wieder erloschen. Ihre Mundwinkel sanken herab, gefolgt von einer Flut aus Zornesfalten, die schnurstracks ihre Stirn belagerten.

»Ich träume wohl. Wie kannst du es wagen, hier vor meiner Tür aufzukreuzen?! Nach allem was passiert ist!«, schrie sie ihn an.

Kilian beobachtete, wie sich ihre Finger zu Fäusten ballten und er hatte Sorge, dass es gleich eskalieren würde.

»Lass mich zumindest eintreten, bevor du mir die Hölle heiß machst. Ich komme nicht allein.« Sein Blick wanderte hinunter zu seinem Sohn. Er war sein Ass im Ärmel, denn wer wollte schon einen Streit vor einem unschuldigen kleinen Jungen vom Zaun brechen?

Priscilla biss sich wütend auf die Unterlippe, zwang sich mit aller Beherrschung zu einem milderen Gesichtsausdruck. Dann musterte sie den Dreikäsehoch und schien der Vernunft Vortritt zu geben. Etwas besonnener richtete sie einen Blick wie tausend Dolche auf ihn.

»Hast du irgendwelche Geheimcodes bei mir liegen lassen von Konten, die du noch nicht abräumen konntest?« Stille kehrte in der Hitze des Gespräches ein, wo die Spielregel *Wer als Erstes blinzelt, verliert* regierte. Doch dann öffnete sie die Tür widerwillig einen Spalt und trat zur Seite, um die beiden eintreten zu lassen.

Sah die Villa von außen noch hochherrschaftlich aus, war davon im Inneren nicht mehr viel zu erkennen. Der Eingangsbereich war nackt und kahl, Gemälde und Wandteppiche fehlten. Auch die geschmackvollen Vasen mit ihren filigranen, japanischen Bemalungen, die Priscilla leidenschaftlich gern gesammelt hatte, waren verschwunden. Keine exotischen Bouquets, die die vornehme Galerie im Eingangsbereich mit ihrem Duft erfüllten. Das einst prächtige Entree wirkte trostlos, doch Kilian wagte es nicht, sie auf diese Veränderung anzusprechen.

»Was willst du hier, Karl?«, fragte sie knapp und unterkühlt, während sie sich hinter verschränkten Armen verbarrikadierte.

Kilian spürte das kurze Zucken, das durch Pascals kleine Finger zog. Offenbar hatte der Name bei ihm Fragen aufgeworfen.

Priscillas Blick haftete an dem Jungen, der sich das erste Mal an ihn schmiegte. Kilian konnte sehr gut nachempfinden, wie unwohl er sich in dieser angespannten Situation fühlten musste.

»In erster Linie komme ich, weil ich dich – obwohl ich es nicht verdient habe – um Hilfe bitten muss.«

Mit entrüstetem Gesichtsausdruck schnappte Priscilla nach Luft. Bevor sie jedoch etwas sagen konnte, fuhr er ungeniert fort: »Ich musste das als Erstes loswerden, damit es nicht mit einer Vertuschung des eigentlichen Grundes beginnt. Ich brauche deine Unterstützung, um gutzumachen, was ich angerichtet habe.«

Priscilla hob den Kopf und ihre Augenbrauen wanderten nach oben. »Und du bist der Meinung, dass ich diesem ... kläglichen Versuch, mich abermals hinters Licht zu führen, noch einmal aufsitze?«

Kilian benetzte die Lippen und kam nicht umhin, Pascals Hand fester zu drücken, so, als könne er sich die nun erforderliche Kraft für seine Ansprache bei ihm abzapfen: »Ich habe furchtbare Dinge getan und es ist unverzeihlich. Mir ist bewusst, dass ich dich mit meinem Handeln beinahe in den Ruin getrieben habe.«

»Beinahe? Beinahe! ...«

Ein Sturm brach über Kilian herein. Er hätte beruhigend auf sie einwirken können, denn er bewunderte ohnehin bereits, wie sie ihm so beherrscht gegenüberstehen konnte. Doch er wollte ihr nicht den Mund verbieten.

»Wenn es immer nur um dieses verfluchte Geld gegangen ist, warum hast du dich nicht einfach sofort daran bedient? Dann hättest du mir zumindest nicht mein Herz gestohlen!« Ihr Brustkorb hob und senkte sich und Tränen überschwemmten ihre Augen. Das Zucken ihrer Mundwinkel läutete den Verlust ihrer Mimik ein, und die Adern an ihrem Hals bebten vor Anstrengung. »Aber noch viel schlimmer ist die Tatsache, dass du meiner todkranken Tochter die letzte Möglichkeit auf Heilung genommen hast. Du ...« Sie sah ihm direkt in die Augen. Mit mühsam beruhigter und harter Stimme fuhr sie fort: »Ich hätte große Lust, dich in diese Baracke von Klinik zu schleifen, um dir dieses Bild meiner leidenden Tochter so tief ins Gedächtnis zu brennen, dass ...« Ein Schluchzen kämpfte sich aus ihr heraus und heiße Tränen bahnten sich den Weg über ihre eingefallenen Wangen. Rasch presste sie eine Hand vor ihre Lippen. Mit schmerzverzerrtem Gesicht sprach sie weiter: »... dass du diesen Anblick dein Leben lang nicht vergisst und er dich in deinen Träumen verfolgt, du verdammter Drecksack!«

So schwer die Worte auch lagen, so zart brachte ihre Stimme sie zum Vorschein. Entschuldigend richtete sie einen kurzen Seitenblick auf Pascal, der seinen Blick nicht von dem beigefarbenen, glänzenden Marmor auf dem Boden gelöst hatte.

Und mit einem Mal fügten sich die Puzzleteile zusammen und all die Bilder aus seinem Albtraum machten für Kilian einen Sinn. Kälte pflanzte sich in seinem Inneren wie ein Parasit fort.

»Sie war deine Tochter«, rutschte es ihm heraus.

Entsetzen spiegelte sich in Priscillas Antlitz wider. »Wie kannst du es wagen. Sie *ist* meine Tochter! *Noch* lebt sie!«

Wie ein Rammbock schlug Kilian die Erkenntnis über seine missverstandenen Worte entgegen. Gleichzeitig war er erleichtert darüber, dass dieser Teil der Vision ebenso wenig in Stein gemeißelt war. Es gab also die Möglichkeit, etwas zu tun.

Wie soll ich mich da herauswinden, ohne es NOCH schlimmer zu machen?

Instinktiv ließ er von seinem Sohn ab, um die gertenschlanke Frau in die Arme zu schließen. Sie wehrte sich vehement gegen seine Nähe, boxte mit geballten Fäusten gegen seine Brust. Erst als die Kraft sie verließ, sank ihr Kopf an seine Schulter und die Trauer fegte in Schüben über sie hinweg, die ihren Körper immer wieder erbeben ließen.

»Priscilla – es tut mir unendlich leid. Ich wusste nicht, dass du eine Tochter hast.« Vorsichtig streichelte er über ihren Rücken, hinauf zu ihrem Nacken, um sie sanft zu kraulen. Eigentlich spielte er mit der Kenntnis, dass es sie beruhigte, wenn er sie genau da berührte. Als sie sich noch mehr gegen ihn presste, wusste er, dass es Wirkung zeigte, trotz der Tatsache, dass sie ihn dafür später verabscheuen würde.

Nach einer gefühlten Ewigkeit stemmte sie sich langsam aus seiner Umarmung heraus. »Du willst allen Ernstes wissen, warum ich dir niemals von Cecilia erzählt habe?«, fragte sie matt. Müde und mit einem Hauch Hoffnung sah sie ihn an, während sie auf elegante Weise mit ihren Fingern die Tränen von ihren Wangen wischte.

Als wäre keine Zeit zwischen ihrer Liaison vergangen, strich ihr Kilian vorsichtig eine ihrer roten Locken hinters Ohr. Es fühlte sich richtig an und unweigerlich fragte er sich, ob ihre Beziehung eine Zukunft gehabt hätte. Oder waren es nur sein Geltungsdrang und seine Gier gewesen, die ihn damals zu all diesen Handlungen getrieben hatten?

Bin das wirklich ich und will ich das auch sein?

Verwirrt über seinen eigenen Gedankengang suchte er erneut die kleine Hand von Pascal, um sie als Stütze heranzuziehen. Denn wieder einmal wurde ihm bewusst, dass er inzwischen älter geworden war. Seine Zeit lief ab, mit jedem einzelnen Atemzug, den er tat.

Er konzentrierte sich wieder auf Priscilla. »Ja ...«, sagte er sanft »Ich würde gerne erfahren, warum du mir nie von ihr erzählt hast.« Kilian behielt sie im Auge, um jederzeit mit seiner Gabe beruhigend auf sie einwirken zu können, sollte sie erneut aus der Rolle fallen.

Sie schlang schützend ihre Arme um sich und hob gefasst ihr Kinn, was ihr diese stolze Eleganz verlieh. »Ich schätze, mein Ego hat es nicht verkraftet, es dir zu sagen. Schließlich wollte ich jung für dich wirken. Daher konnte ich nicht zugeben, eine Tochter zu haben, die beinahe in deinem Alter ist.« Ein zartes Funkeln war in ihrem Blick zu erkennen. »Mir war immer bewusst, dass das mit uns nicht ewig halten würde – wegen des Altersunterschieds. Aber so ganz hatte ich die Hoffnung nie aufgegeben. Zumindest wollte ich an unserer Beziehung so lange wie möglich festhalten.«

Priscilla legte ihren Kopf schief und schmunzelte versonnen. Für Kilian war sie trotz der Jahre, die zwischen ihnen lagen, eine sehr attraktive und interessante Frau. Und jetzt, da sie beinahe in einem Alter waren, mehr denn je.

Ihr Blick fiel nun neugierig auf Pascal.

»Also? Warum bist du hier – und wer ist dieser Junge?«

Ihre Gesichtszüge entspannten sich und ihr Lächeln wirkte glaubhaft. Aus dem Augenwinkel beobachtete er, wie Pascal auf diesen direkten Kontakt leicht rote Wangen aufzog. Der Zauber eines Kindes, der selbst die schlimmsten Situationen zu überspielen vermochte und Wärme in einen Raum zurückbringen konnte.

»Das ist Pascal, mein Sohn.«

Ungläubig wich sie zurück. »Du ... Du bist Vater?«

»Tja, offensichtlich. Ich weiß es auch erst seit kurzem. Wobei unsere Ähnlichkeit nicht zu leugnen ist, meinst du nicht?« Mehr als ähnlich sogar, musste er offen zugeben, was eine Gänsehaut auslöste. Wobei ihm gerade einfiel, die tatsächlichen Gleichheiten in dieser Dimension für Priscilla unterdrückt zu haben.

Er gab dem Impuls nach, Pascals Hand zu drücken, woraufhin dieser ihn neugierig ansah. Das winzige Gesicht erinnerte ihn wieder daran, warum sie hier waren und welche Mission es zu erfüllen gab.

»Priscilla, ich weiß, dass du am liebsten zum Telefon greifen würdest, um die Polizei zu verständigen. Du bist nur zu höflich, um es dir anmerken zu lassen.«

Nervös fasste sie sich nun an ihr Medaillon, das sie um den Hals trug, schob ihren eleganten Stiftrock zurecht und zog die edle Strickjacke zu. Das leichte Kauen auf ihrer Unterlippe verriet, dass er recht hatte.

»Ich werde dich nicht mehr lange belästigen. Ich wollte dir sagen … Ich weiß, dass ich einen großen Fehler begangen habe. Wenn du mich jetzt einsperren lässt, wirst du dein Geld allerdings nicht zurückbekommen. Wenn du aber …« Kilian rang mit sich selbst.
Gibt es wirklich keine andere Möglichkeit?
»Wenn du mir aber den Gefallen tust, für ein paar Tage auf meinen Sohn aufzupassen, verspreche ich dir, dass ich alles daran setzen werde, dass du dein Vermögen zurückerhältst, um deiner Tochter zu helfen.«

Er versuchte nicht allzu flehentlich zu wirken, aber ihm fiel beileibe niemand in seinem Umfeld ein, der ein Herz für Kinder besitzen könnte und der im Bundesstaat New York wohnte. Er hatte weder Familie noch Freunde und alle Brücken in seinem Leben waren abgebrochen. Nie zu viel Nähe auf Dauer zuzulassen war sein Credo gewesen, dadurch befand sich vor und hinter ihm lediglich Chaos. Priscilla war seine einzige Chance. Ihr konnte er Pascal anvertrauen, denn hier würde ihm bestimmt nicht gefunden werden und er wäre vor Vigo und seinen Komplizen sicher.

Augenblicklich änderte sich etwas in Priscillas Gesichtsausdruck. Ihre Mundwinkel verzogen sich zu einem verkrampften Lächeln. Sie schüttelte den Kopf. »Du glaubst doch nicht allen Ernstes, dass ich noch ein einziges Mal auf deinen Charme und dein verfluchtes Schmunzeln reinfalle, oder? Wenn du mein Geld, meinen Schmuck und meine Urkunden tatsächlich hast, dann zeig sie mir!«

Kilian stieß ein Seufzen aus. »Wie du bereits ahnst, habe ich das alles nicht bei mir, aber ich gebe dir mein Wort.«

Ein schrilles Lachen schlug ihm aus Priscillas Mund entgegen. Pascal ging erschrocken hinter ihm in Deckung.

»Was so gut wie nichts zählt, wie wir beide wissen. Und welcher Unmensch hinterlässt bitte seinen Sohn als Pfand? Das ist einfach erbärmlich«, spuckte sie ihm verächtlich entgegen, wobei Kilian in ihren Gesichtszügen ablesen konnte, dass sie selbst zweifelte, ob dies nicht einen Tick zu viel gewesen war.

Kilian wünschte sich, er hätte Pascal in dieser Ebene taub gemacht, denn für sein Alter verstand er viel mehr, als ihm lieb war. Doch nun war ohnehin schon die Katze aus dem Sack.

»Du verstehst da etwas falsch. Pascal bleibt nicht hier als Pfand, sondern weil jeder, der sich in meiner Nähe bewegt und mir am Herzen liegt, in Gefahr ist. Das schließt ihn mit ein. Wenn du mich hasst und verachtenswert findest, dann hast du allen Grund dazu, aber Pascal kann nichts dafür, dass er mein Sohn ist. Lass ihn nicht für meine Verfehlungen büßen. Wenn du ihn versteckst, setze ich alles daran, meine Schuld mehr als zu begleichen. Ich verspreche es.« Kilian konnte ihre Mimik nicht lesen. Sein Puls raste. Würde sie ihm diesen einen Gefallen noch tun?

»Karl, Cecilia hat nicht mehr lange zu leben und ich brauche das Geld dringender als alles andere auf der Welt. ... Wenn ich nicht so verzweifelt wäre – ich würde niemals auf dieses Arrangement eingehen – niemals.« Ihr stechender Blick ging durch und durch. Sie rang mit sich. Dann setzte sie fort: »Aber ja, ich werde auf Pascal achten, wenn es für ihn in Ordnung ist.« Langsam streckte sie ihm die geöffnete Hand hin und lächelte ihn freundlich an.

Pascal lugte unsicher hinter Kilians Rücken hervor.

Kilian konnte es kaum glauben. Priscilla kam im wirklich entgegen und passte auf seinen Sohn auf. Als Dank würde er ihr am liebsten alles gestehen: seinen falschen Namen und die getrickste Hülle. Priscilla hatte es mehr als verdient, nach allem, was sie seinetwegen durchmachte. Doch im Moment war kein Raum für diese Ehrlichkeit, wenn er bekommen wollte, was er benötigte. Kilian hockte sich zu seinem Sohn.

»Pascal, ich muss noch etwas Wichtiges erledigen und dich bei Priscilla lassen. Es wird dir hier an nichts fehlen. Und danach bringe ich dich nach Hause, wie versprochen okay? Wie hört sich das an, Kumpel?«

Pascal sah ihn mit großen Augen an. Kilian legte beschwörend seine Hand auf die Brust und nickte ihm zu, um seine Worte doppelt zu unterstreichen.

Weil keinerlei Reaktion von ihm folgte und er sich nicht sicher war, ob eine Umarmung angebracht war, stand er auf und wandte sich zur Tür.

»Kilian?«

Als er sich noch einmal umwandte, blieb ihm natürlich nicht verborgen, wie Priscillas Blicke ihn erdolchen wollten. Dieser neue Name war ein Beweis mehr dafür, dass nicht jede Wahrheit einen frei machte. Manches musste entweder ewig in der Versenkung verschwinden oder zum richtigen Zeitpunkt gelüftet werden.

Erwartungsvoll sah Pascal ihn an. Dann folgte etwas, womit er am wenigsten gerechnet hätte. Etwas betreten winkte sein Spross ihn zu sich herab, um mit ihm im Vertrauen zu reden. Kilian beugte sich nach unten.

»Werde ich mich verändern so wie du?« Sein Sohn wirkte beunruhigt und meinte offenbar nicht die Illusion, die auf ihm lag. Er ließ seine wahre Augenfarbe zu, als Zeichen ihrer Vertrautheit und Nähe.

»Nein, mein Sohn, du bist ein guter Mensch. Dir wird das nicht passieren.« Mit diesen Worten platzierte er seine rechte Hand auf Pascals Schulter.

Wie sehr hoffte er, mit dieser Aussage richtig zu liegen. Priscillas Blick verriet, dass sie ihm diese väterliche Seite nie zugetraut hätte.

»Werde ich dich wiedersehen? Ich meine ...« Pascal druckste unbeholfen herum. »Weil du dich so schnell veränderst.« Diesmal war es Angst, die aus ihm sprach und Kilian war tief bewegt.

Wie sollte er ihm das beantworten? Er wusste es doch selbst nicht, belügen wollte er seinen Sohn jedoch auf keinen Fall.

»Ich weiß es leider nicht, mein Junge.« In diesem Augenblick hatte Kilian den Gedanken, dass – sollte es wirklich bald ein unglückliches Ende mit ihm nehmen – egal wie: es wohl besser wäre, sein Sohn würde ihn nicht zu lieb gewinnen. Er sollte nicht noch einen Menschen verlieren, der ihm nahestand. Noch dazu einen Menschen, der letztendlich kein Vorbild für ihn sein sollte.

❦

Buffalo, New York

Liam war ohne bestimmtes Ziel stundenlang durch die Stadt gelaufen und hatte Kindergärten und sonstige Betreuungsstätten abgeklappert, die er über das Internet hatte ausfindig machen können. Auch von Stan hatte er bisher noch keine erlösende Rückmeldung erhalten. Obwohl Liam gerädert von dem langen Flug quer über den Kontinent war, dachte er nicht ans Aufgeben. Er fühlte sich verantwortlich für das Geschehene und ahnte bereits, dass ihn Alessia in seinen Albträumen heimsuchen würde, ihn bloß vorwurfsvoll ansehen müsste, damit er sich wie ein Versager fühlte. Er hatte mehr als nur fahrlässig gehandelt. Nun könnte ihm sogar das Amt in Albany Schwierigkeiten machen, weil er die Mitarbeiter so intensiv bearbeitet hatte, damit sie Kilian dessen Sohn anvertrauten.

Wie bin ich überhaupt auf diese Schnapsidee gekommen? Kann man so blind vor Wut und Rachsucht sein? Wo war mein gesunder Menschenverstand?

Womöglich dort, wo er ihn vor über vier Jahren liegengelassen hatte. Seitdem lief gar nichts mehr reibungslos bei ihm und die glücklichen Momente konnte er an einer Hand abzählen.

Nun stand Liam erneut vor dem Komplex, in dem Kilian – oder Keith Rolands – vor kurzem noch gewohnt hatte. Alle Wege führten schlussendlich wieder zum Ursprung, dem Ausgangspunkt, von wo sich das Übel ausgebreitet hatte. Er seufzte erledigt auf, als er das große, dunkel glänzende und größtenteils aus Glasfronten bestehende Gebäude vor sich erblickte. Doch als würde ihm das Schicksal mit einem Windhauch über den Nacken streichen, wusste er, dass irgendetwas nicht stimmte. Fraglich war nur, was?

Er beobachtete das rege Treiben vor dem Haupteingang, wie eine aufgetakelte Geschäftsfrau aus der Drehtür stolzierte und ein älterer, bärtiger Mann ihr die Tür aufhielt. Er sah erschöpft aus, selbst wenn seine unordentliche Mähne, die mehr graue als braune Strähnen aufwies, sein Gesicht halb verdeckte. Schon allein die geduckte Haltung zeigte, wie ermattet er sich fühlen musste. Liam observierte die Szene neugierig, sein Instinkt schlug ihn mental beinahe windelweich, doch er konnte einfach nichts erkennen, was außergewöhnlich war. Als dieser Mann den Blick hob und ihn wie ertappt in seine Richtung wandte, hatte Liam bereits das Interesse verloren und suchte die Straße abwärts ab.

Liam, der sonst immer eine Lösung parat hatte, ob sie nun hundertprozentig rechtens war oder nicht, tappte im Dunkeln.

Sein Handy klingelte. Ungeduldig zog er es aus der Hosentasche und nahm den Anruf an, ohne auch nur auf das Display zu sehen.

»Und, Stan? Wie sieht es aus, was hast du in Erfahrung gebracht?« Liam konnte nicht verhindern, dass bereits etwas Euphorie in seinen Worten lag, denn jede noch so winzig kleine Information wäre die letzte Rettung für ihn. Doch er hielt inne, riss ungläubig die Augen auf und blieb abrupt stehen. Ein kalter Schauer überfiel ihn.

»Wie war das noch mal?«

29
ZU SPÄTE EINSICHT

Ich spiele in Papas Werkstatt, die immer so viele Schätze bereithält und bin begeistert von den kleinen Holzflocken, die wie Locken aus dem Boden wachsen. Sie anzuhäufen und meine Hände darin zu vergraben, liebe ich besonders. Ich denke mir immer, es ist Sand. Papa hat mir nämlich schon einmal den Strand gezeigt und das Meer. Nie werde ich vergessen, wie sich die Mini-Körner zwischen meine Zehen gedrückt und mich gekitzelt haben, das Geräusch der Wellen war überall um mich herum und der Wind hat mit meinem Haar gespielt. Das war eine schöne Zeit und ich vermisse sie.

Nun arbeitet Papa so lange und baut Regale und Schränke. Die Art, wie er sie ansieht und mit seinen Fingern an den Kanten entlangstreicht, ist so liebevoll. Er scheint sie alle sehr zu mögen und eine Bindung zu ihnen aufzubauen. Ich würde gern wissen, wie auch ich so sein kann. Denn mein Papa ist wie ein Zauberer. Jedes Mal, wenn Menschen hierherkommen und er ihnen seine gebauten Schätze gibt, fangen ihre Gesichter zu leuchten an. Sie sind fröhlich und sagen immer wieder »Danke«. Jeder, der einmal hier hereinkommt, selbst wenn er traurig ist, geht mit einem Lachen wieder hinaus. Deswegen muss er ein Zauberer sein.

Ich führe meine Hände wieder in die Späne, denke an den Strand und hoffe, dass Papa bald Zeit für mich hat, um noch einmal mit mir ans Meer zu fahren.

Wie ich so in diesen lustigen Haufen sehe, stelle ich mir vor, wie die kleinen Locken über meine Finger wieder hinaufgleiten, nachdem sie hinabgepurzelt sind. Und ich bin völlig überrascht, als sie sich von allein bewegen und mich sanft zudecken.

»Wow!« *Sie leben!*
Als Papa nun wütend zu mir kommt und mich vom Boden hochzieht, sehe ich an seinem Gesicht, dass er nicht zufrieden mit mir ist.
»Was machst du da, Kilian? Du weißt doch, dass das schmutzig ist. Noch dazu kannst du dir Schiefer einziehen und dann weinst du wieder. Die Werkstatt ist kein Spielplatz, also raus mit dir!«
Er sieht mich so böse an, dabei hätte ich ihm so gern die lebenden Flocken gezeigt, die tun, was ich sage. Sie sind meine Freunde ...

Ich zähle elf Kerzen auf meiner Torte und sehe bereits, wie Papa ungeduldig auf seine Armbanduhr stiert. Mich ärgert das. Warum hat er nicht einmal an meinem Geburtstag Zeit für mich? Keines der Kinder aus meiner Klasse wollte zu meiner Party kommen, nur weil ich sie mit einem brennenden Papierkorb in der Schule beeindrucken wollte. Stattdessen haben sie mich in der Toilette eingesperrt und gemeint, dort sei ich besser aufgehoben. Ich kann noch immer ihr schallendes Lachen hören, das sich wie scharfe, kleine Klingen in meine Haut und mein Herz schneidet. Ich will einfach, dass Papa für mich da ist. Er arbeitet viel zu viel, nie verbringt er Zeit mit mir. Ob er mich nicht lieb hat und mir deswegen aus dem Weg geht, so wie meine Mitschüler? Ist denn etwas nicht in Ordnung mit mir?
»Mach schon, Kilian. Blas deine Kerzen aus und wünsch dir etwas.« Da war ein Lächeln in seinem Gesicht. Es war so warm und lässt mich hoffen, dass ich ihm wichtig bin. Ich liebe ihn sehr und ich würde gern etwas tun, damit er stolz auf mich ist und mich so ansieht wie seine Möbel, die er mit so viel Hingabe bearbeitet. Und genau das wünsche ich mir, als ich wie gebeten tief einatme und mit nur einem Zug die Kerzen lösche. Als sein Lächeln breiter wird, er kurz in die Hände klatscht, um mir anschließend stolz eine davon auf die Schulter zu legen, springt mein Herz auf. Vielleicht machen wir ja heute etwas gemeinsam,

wo ich doch Geburtstag habe und er so guter Laune ist. Ich will bereits euphorisch vom Stuhl aufspringen und ihn fragen, was er mit mir geplant hat, als er meint: »Dann hoffe ich, du feierst schön mit deinen Freunden. Hier, zur Feier des Tages habe ich fünfzig Dollar für dich. Ich muss dringend Mrs Baynes Schreibtisch fertigmachen, aber danach könnten wir Baseball spielen, wenn du möchtest.«

Enttäuscht sinke ich auf meinen Stuhl zurück und Wut steigt mir bereits aus der Nase. Diesen Spruch kenne ich schon zur Genüge, denn Papa hat noch nie Baseball mit mir gespielt. Schon lange warte ich abends nicht mehr, dass wir den ungenutzten Schläger, den er mir vor drei Jahren selbst gefertigt hat, einweihen. Ich kann nicht anders, als ihn auffordernd anzusehen und ihn wütend zu fragen: »Willst du nicht wenigstens bleiben, bis ich die Kerzen ausgeblasen habe?«

Papa sieht mich verdutzt an und will es einfach nicht begreifen. Ich stehe auf und trete einen kleinen Schritt zur Seite, sodass er die Torte genau sehen kann.

»Ich verstehe nicht, du hast sie doch gerade ... « Papa reißt die Augen auf, als ich ihm die Flammen präsentiere, die erneut auf dem Kuchen flackern. Es erzeugt ein Stechen in meinem Kopf, aber es ist mir egal. Ich brauche nicht hinzusehen, es passiert einfach, weil ich es will, und mein Wille ist stark. Ich achte auf Papa, der plötzlich sehr blass wird und zum Tisch stürzt, um die Kerzen selbst auszublasen. Mit Anstrengung muss er erfahren, dass jede Flamme, die er in einen glühenden Docht verwandelt, nur eine Sekunde später wieder zum Leben erwacht. Verzweiflung steht ihm ins Gesicht geschrieben, die durch Schweiß und rote Flecken begleitet wird. Ungläubig starrt er erst die Kerze an, dann mich.

»Verdammt! Hast du Wunderkerzen gekauft? Du fackelst uns noch alle ab, Kilian!«

Er versteht es nicht, obwohl er es mit eigenen Augen sieht. Ich bin traurig, dass er nicht einmal jetzt erkennt, wie außergewöhnlich ich bin und lasse das Feuer schließlich ausgehen.

Ich schleife die Kante des Stuhlbeines gefühlt zum hundertsten Mal und noch immer bin ich nicht damit zufrieden. Die Maserung des Nussholzrohlings ist unglaublich schön, aber leider ist mir ein Ast in den Weg gekommen, der nun an einer Stelle ein unschönes, kleines Loch offenbart. Es ärgert mich maßlos und es entringt sich mir ein lautstarkes Fluchen.

»Mist!«

Ich schalte die Schleifmaschine ab und streife mir die verstaubte Schutzbrille vom Gesicht, als ich meinen Vater von hinten zu mir heranschreiten höre.

»Was gibt es denn? Bist du noch immer nicht fertig?« Misstrauisch nimmt er mir das gefertigte Holz aus den Fingern und dreht es unter dem Tageslicht, das durch die großen Fenster hereinscheint, hin und her. Mit Argusaugen analysiert er, ob das Bein gerade und ebenmäßig ist, während ich nervös das Gewicht von einem Fuß auf den anderen verlagere.

»Wie ich sehe, hast du doch nicht den Rohling genommen, den ich dir geraten habe. Musst du mich immer vom Gegenteil überzeugen? Kannst du nicht einmal ohne Widerspruch machen, was ich dir sage?« Er atmet genervt aus. »Ich mach das nun schon lange genug, du solltest ein bisschen mehr Vertrauen in mich haben, wenn ich dir einen Tipp gebe.«

»Kann ich eigentlich irgendetwas richtig machen? Ich habe es fast geschafft und du musst selbst zugeben, dass die Maserung an dieser Stelle atemberaubend schön ist. Ich wollte ein so außergewöhnliches Stück nicht unbenutzt lassen, wenn daraus vielleicht etwas Besonderes werden kann. Also sag mir lieber, wie ich das hinbekomme. Ich weiß, dass ich es schaffen kann.« Ungeduldig nehme ich das Werkstück wieder in Beschlag und gleite mit meinen Fingerkuppen über das staubige Kunstwerk.

Mein Vater sieht mich mit einer kraus gezogenen Stirn und hochgezogenen Brauen an. Sein leicht schütteres, haselnussbraunes Haar ist besetzt von Holzfasern und seine Lippen sind spröde von der trockenen Luft in der Halle. Es ist Wochenende und daher habe ich die Möglichkeit, ohne von den anderen Tischlern gestört zu werden, von meinem Vater zu lernen. Wenn er mich nur lassen würde.

»Das Einzige, was du machen kannst, ist, das Holz da drüben zu nehmen, wie ich es dir von Anfang an gesagt habe, und von Neuem zu beginnen, Kilian.«

Noch ist er ruhig, zumindest ruhiger als ich, denn es bäumt sich ein Orkan in mir auf, der meine Emotionen entgleiten lässt.

»Warum gibst du mir nie die Chance, einmal meinen eigenen Weg zu gehen? Weshalb traust du mir nicht zu, dass ich etwas selbst hinbekomme, so wie *ich* es für richtig halte?« Ich lege das Stuhlbein auf die betagte Drehbank aus Eiche und verschränke die Arme vor der Brust. Kurz kratzt sich mein Vater am Kopf, dann sieht er mich eindringlich an. »Weil du dich maßlos überschätzt, mein Junge und nur stur deinen Weg gehen willst.«

»Aber nur, weil du nicht erkennst, wie verdammt gut ich bin. Wenn Mama uns hier sehen könnte, würde sie das Gleiche sagen.«

Mir ist bewusst, dass ich ihn damit provoziere, denn jedes Mal, wenn ich sie nur im Entferntesten erwähnt habe, hat er augenblicklich die Contenance verloren.

»Sprich nicht über Dinge, die du nicht verstehst. Deine Mutter und ich waren uns vielleicht nicht sehr ähnlich, aber wir wären uns bei der Erziehung einig gewesen. Es ist traurig, dass du sie vorschiebst, nur weil du selbst ungeschickt an die Dinge herangegangen bist. Vielleicht hast du das Talent nicht in die Wiege gelegt bekommen.«

Diese Worte treffen mich so hart, dass ich das Gefühl habe, eine Abrissbirne wäre auf mich herabgesaust. Ich hasse mich dafür, dass ich meinen Tränen, die sich verräterisch bereits in den Augenwinkeln ankündigen, keinen Einhalt gebieten kann.

Warum will er nicht sehen, wie begabt ich bin? Wieso will er mich kleinhalten und zwingen, seinen Weg zu gehen?

»Gut, dann solltest du dir wohl einen anderen Sohn suchen. Einen, der das besser hinbekommt als ich!«, brülle ich ihn an, drehe mich um und blockiere seine Worte in meiner Welt, während ich wütend in Gedanken alle Scheiben dieser Werkstatt bersten lasse. Doch leider gelingt mir das nicht – Gegenstände kann ich nicht manipulieren. Sie anders aussehen oder verschwinden lassen, das wäre möglich. Auch sie in der Wahrnehmung anderer zerspringen zu lassen, doch in Wirklichkeit würden sie heil bleiben. Denn Gegenstände sind aus lebloser Materie, nicht aus Fleisch und Blut. Ohne Verstand. Ich aber kann ausschließlich den Verstand und die Sinne lenken. So schreite ich zornig aus den heiligen Hallen meines Vaters und erkenne, ich werde nie seine Gunst gewinnen. Nichts, was ich jemals erschaffen werde, wird gut genug für ihn sein. Mit nichts werde ich mir seine Liebe, seine Aufmerksamkeit und seinen Stolz verdienen können, die ich mir so sehnsüchtig von ihm wünsche.

Ich habe mich in meinem Wandschrank verbarrikadiert. Er ist mittlerweile mein Lieblingsort geworden, da ich nur hier noch Ruhe finde. Leider aber keinen Frieden vor meinen eigenen Gedanken.

Alessia und Liam haben heute keine Zeit für mich. Sie haben einen Pärchentag geplant. Immer öfter treffen sie sich nur noch zu zweit und ich, ich scheine für sie gar nicht mehr zu existieren. Irgendwie stößt mir das etwas auf. Mir fehlen unsere gemeinsamen nächtlichen Ausflüge, bei denen wir die Stadt unsicher machen. Aber wo die Liebe hinfällt – was soll man da machen?

Ich blicke auf die unzähligen Postkarten, die in meinem Schrank wie eine Tapete aneinandergereiht sind. Natürlich sind es keine, die mir aus aller Welt gesendet wurden, sondern welche, die ich leidenschaftlich gern sammle, wo immer ich sie zu klauen bekomme. Diese Bilder ferner Orte sind so schillernd bunt und sie schreien nach Abenteuern. Insgeheim hoffe ich, sie alle irgendwann einmal besuchen zu können. Denn ich muss hier unbedingt weg, ich werde nicht versauern in einer trostlosen Welt, in der kein Platz für mich ist. Wenn ich etwas weiß, dann, dass da draußen so viele Möglichkeiten auf mich warten, die mir mit meinen Fähigkeiten offenstehen. Ich bin einzigartig und andere werden das auch noch feststellen, selbst wenn mein eigener Vater, meine besten Freunde und die Schulkollegen, die mich seit Jahren triezen, es nicht erkennen wollen.

Neben mir liegt meine Jeanstasche, die bereits so schwer von all den Schätzen ist, dass ein Henkel abgerissen an der Seite hängt. Ich muss mir etwas Stabileres suchen. Die Papierscheine und Münzen sind nicht das Problem, sondern eher der Schmuck, die goldenen Kerzenständer und die merkwürdigen Statuen, bei denen ich noch nicht einschätzen kann, ob sie von Wert sind. Aber es ist mir egal, denn schon allein die Finger in den Haufen zu vergraben, verschafft mir Glückseligkeit und ich grinse wie ein Kind dümmlich vor mich hin, weil es sich nach purer Macht anfühlt. Wie die Macht selbst, mit der ich diese Schätze erhasche, die so stark ist und ich immer weiter lerne zu kontrollieren. Ich übe täglich. Inzwischen habe ich herausgefunden, dass ich Menschen nicht nur visuell zu beeinflussen vermag. Ich kann ihnen ebenso Gerüche suggerieren, die nicht da sind, sie schmecken lassen, was völlig anders schmeckt, sie Dinge hören lassen, nach denen sie sich umdrehen und sie fühlen lassen, was gar nicht vorhanden ist. Manchmal gelingt es mir sogar elektronische Systeme zu überlisten. Ich bin ein Zauberer – mit Fähigkeiten, die wachsen und gedeihen und auf die ich stolz bin.

Plötzlich springt die Schranktür auf und mein Vater steht im Rahmen. Voller Entsetzen sieht er zu mir herab, wie ich in dem glänzenden Diebesgut krame, das ich mir selbst verdient und schwer erarbeitet habe – auf meine einzigartige Weise.

»O mein Gott! Ich habe es befürchtet! All die Einbrüche ... Nicht du!!!« Außer sich packt er mit einer Hand meine Schulter, um mit der zweiten meine Tasche aufzuheben. »Wie konntest du nur? ... Erst ist dir die Tischlereikunst nicht mehr gut genug –

und nun bist du ein Dieb? Was ist nur aus dir geworden? Deine Mutter würde sich wegen dir im Grab umdrehen!«

Das muss ich mir nicht anhören. Ich ziehe ihn in eine Ebene und hemme seinen Arm, sodass ihm mein mobiler Safe entgleitet. Dann lasse ich diese Starre seinen gesamten Leib befallen und stelle mich provokativ vor ihm auf. Mit offenem Mund schaut er mich schockiert an.

»Nie wieder wirst du es wagen, mich oder mein Eigentum anzufassen, hast du gehört?! Und lass Mama aus dem Spiel, sie hätte mich geliebt, ganz im Gegensatz zu dir!«

Vor Wut schiebe ich seinen zur Salzsäule erstarrten Körper aus dem Schrank an die gegenüberliegende Wand meines Zimmers. Die Kälte, die mich immer umfängt, wenn ich meine Gabe einsetze, jagt mir eine Gänsehaut über den Körper. Leicht beginnt die Blase um meinen Vater zu flimmern, weil ich wütend bin und mich nicht anständig konzentrieren kann. Ich fühle Blut aus meiner Nase treten, was mir schon lange nicht mehr passiert ist.

»Du bist eine Satansbrut! So was wie du dürfte nicht frei herumlaufen!«

Ich möchte die Worte nicht einmal in mich aufnehmen, sie zurückschmeißen, weil sie so abgrundtief dunkel und verletzend sind, dass sie mir jegliche Kraft rauben.

»Das ist nicht natürlich. Und wahrscheinlich hast du allein deine Mutter auf dem Gewissen! Sie muss während der Geburt erkannt haben, wem sie da Leben schenkt und das hat ihren Lebenswillen gebrochen.«

Plötzlich steht die Zeit still. Ich stoppe die Szene. Mein Atem geht so schnell und dennoch liefert mir das Luftholen keinen Sauerstoff. Ich kann mit eigenen Ohren hören, wie mein Herz zerbricht und die Einzelteile durch meinen vereisten Körper rieseln. Ein markerschütternder Schrei erfüllt den Raum, bei dem ich erst Sekunden später bemerke, dass es mein eigener ist.

Ich will das alles nicht – ich kann das nicht mehr ertragen!

»*Du* bist der Unmensch von uns beiden und du hast es gerade bewiesen, Vater.« Meine Lippen beben und ich stelle sicher, dass er meine Botschaft versteht, während ich nicht zulasse, dass auch nur ein einziger Ton aus diesem Schandmaul folgt. »Du hast es geschafft, die *Missgeburt* wird dein Haus für immer verlassen, denn nichts hält mich hier. Die Welt da draußen ...«, und mein sehnsuchtsvoller Blick richtet sich hinaus aus dem Fenster meines kleinen Zimmers, das seit jeher mit Kindervorhängen bestückt ist, »... hat mir mehr zu bieten als dieses elendige Dasein, das ich hier fristen muss. Wenn ich eines weiß, dann, dass ich für Höheres bestimmt bin und du mir hier nichts geben kannst, wonach ich mich sehne. Absolut nichts!«

Ganz nahe stehe ich bei ihm. Spüre seinen Atem in meinem Gesicht, obwohl ich ein wenig zu ihm aufblicken muss. Ich sehe, wie sein ganzer Körper bebt, weil er Angst hat und machtlos ist. Er will sich äußern, vermag aber nicht zu sprechen. Tränen platzen aus seinen Augen, als würden sie flüchten wollen, doch nicht einmal der verzweifelte Ausdruck kann mich noch erweichen. Ohne irgendetwas aus diesem Leben mitzunehmen, verlasse ich mein Geburtshaus, und das für immer.

Das Antlitz meines Vaters hatte sich mir eingebrannt, sodass ich die Erinnerung nicht einfach abschütteln konnte. Auf makabere Weise verwandelte es sich urplötzlich in die väterliche Fratze von Illusio, der mich enttäuscht anblickte. Genau wie mein Vater zuvor; so, wie er mich im letzten Moment angesehen hatte, bevor ich die Tür meines Elternhauses für immer hinter mir zuschlagen sollte. Ich ertrug dieses Bild nicht und wollte schreien, bis mir meine Lunge schmerzte. Nur diese eine Szene tat mehr weh als all die anderen, die ich erneut in diesem künstlichen Albtraum der schwarzen Prinzessin ertragen musste. *Verschwinde aus meinem Kopf!*

Du bist eine Satansbrut! So etwas wie du dürfte nicht frei herumlaufen! Das ist nicht natürlich. Und wahrscheinlich hast du allein deine Mutter auf dem Gewissen!
Die Worte liefen in meinem Kopf wie in Endlosschleife ab, wurden lauter und lauter und hallten wider.
Verzweifelt versuchte ich, in diesem schwerelosen Sein, meine Ohren mit den Händen zu bedecken, mich vor dieser Bösartigkeit zu schützen. Worte, die mit jedem Ton schmerzten und mir mehr Leid zufügten, Blicke, aus denen Abneigung und Hass sprachen. Wie Blei lagen sie auf mir.
Hör auf – hör endlich auf! Lass mich einfach sterben, du verfluchte Hexe! Erlöse mich von diesen Qualen!
Und als ob sie mein Flehen erhört hätte, erschien diese dunkle, verschnörkelte Rauchschwade direkt vor meinem geistigen Auge, aus der sich die schwarze Gothicprinzessin in ihrer vollen Pracht schälte. Eine Schönheit, die so schmerzhaft war, dass der Widerspruch nicht schlimmer sein könnte. Wie immer gab sie mit ruhiger, emotionsloser Stimme ihren Rat: »Werde sichtbar ... bevor du ewig unsichtbar bleibst.«

Wie ein Ertrinkender, der wieder an die Wasseroberfläche kam, rang Kilian nach Luft. Sein Körper zitterte noch immer von der mentalen Anstrengung und seine Kräfte hatten ihn verlassen.
»Ruft einen Arzt, schnell!«, ertönte eine Frauenstimme neben ihm, deren Erscheinung er erst einige Sekunden später fokussieren konnte. Er lag am Boden in der Empfangshalle eines Hotels und die junge Dame, sie musste Mitte zwanzig sein, hockte sich zu ihm hinab. »Keine Sorge, Mister, die Ambulanz wurde bereits verständigt. Sie sind umgekippt, einfach so.«
Immer diese Visionen. Nicht einmal ein bisschen Schlaf gönnt mir dieses Miststück!

Kilian wollte sich aufsetzen, wurde aber von den zarten Fingern der jungen Frau aufgehalten. »Ich glaube, das ist keine gute Idee. Ihre Augen sind gelb verfärbt und Sie wirken sehr blass. Ihr Kreislauf wird sich noch nicht erholt haben. Warten Sie lieber, bis der Notarzt eintrifft.«

Er blickte ihr direkt ins Gesicht und betrachtete sie genauer. Irgendetwas an ihr rief Emotionen in ihm hervor. Noch einmal sah er in rasendem Tempo einzelne Bilder all seiner erlebten Albträume vor sich: Illusios enttäuschte Miene, Marthas Ohrfeige, Alessias toter Blick, Liams wütenden Ausdruck, Priscilla, wie sie in seine Arme sank. Nun bei dem Anblick dieser jungen, blonden Frau, die ihm so gütig die Hand hielt, musste er unweigerlich an Cecilia denken. Sie sah ihr zum Verwechseln ähnlich, nur mit dem Unterschied, dass dieses bildhübsche Wesen lebendig und gesund wirkte.

Tränen schossen ihm in die Augen, jegliche ihm noch verbliebene Energie löste sich in dieser Trauer auf und nahm ihn mit in eine Ungewissheit. Würde Cecilia überleben oder würde ein weiterer Tod auf sein Konto gehen? Schluchzend durchbrach er die Stille, in der die Unbekannte ihm beistand. Sein Herz schmerzte. Seine Augen brannten. Er fühlte sich leer und ausgelaugt.

»Was hab ich bloß getan?« Es war nur ein Flüstern seiner selbst und Kilian war sich nicht sicher, ob bereits der Tod seine Finger nach ihm ausgestreckt hatte. Er setzte sich auf und stützte die Stirn in die Hände. Jeglicher Lebenswille war ihm abhandengekommen.

»Ich verstehe nicht, Mister. Was meinen Sie?«, gab die junge Dame verunsichert von sich.

»Ich habe so viele Leben zerstört. Wie soll ich das jemals wiedergutmachen?«

☙❧

Eine Einweisung ins Krankenhaus hatte Kilian abgelehnt, obwohl der Notarzt nichts unversucht gelassen hatte, ihn nach der verabreichten Infusion mitzunehmen.

Noch immer saß er in der Empfangshalle des schicken Hotels. Er wollte eine weitere Nacht bleiben, in der Hoffnung, diesmal nicht von Visionen heimgesucht zu werden, sondern einen erholsamen Schlaf zu finden. Der Concierge sowie das Rezeptionsteam beäugten ihn zugleich angewidert und misstrauisch, woraufhin Kilian beschloss, sich erst einmal zu fangen. Immerhin wollte ihm seine Logik unterbreiten, dass es unmöglich sein könne, dass er an einem Tag gleich zwei dieser Albträume haben würde, die ihn zu einem alternden Zombie mutieren ließen. Zudem brauchte er Kraft für den Plan, den er sich bereitgelegt hatte. Einen Friseur würde er diesmal nicht besuchen, es war ohnehin Geldverschwendung.

Mühsam rappelte er sich auf. Das Aufstehen war ihm beschwerlich geworden. Und der Blick auf seine trockenen, runzligen Hände verdeutlichte ihm, dass er erneut um Jahre gealtert war. Seine Nägel präsentierten sich rissig und gelb und die Haut brachte immer mehr Altersflecken und Vertiefungen hervor. Die Adern waren erhabener und das Pumpen des Blutes konnte nahezu erahnt werden, so transparent wirkten sie.

Ihm graute vor dem Blick in den Spiegel. Plötzlich bekam er Angst davor, dass jedes zu lange Schließen seiner Lider ihn unweigerlich näher an die Pforte des Totenreichs befördern würde. Er hatte inzwischen nicht mehr die geringste Ahnung, wie verdammt alt er war, geschweige denn, wie lange er noch zu leben hatte. Die Abstände zwischen den Visionen wurden immer kürzer und ihm wurde schmerzlich bewusst, dass er nur noch wenige dieser Albträume würde überstehen können. Daher musste er um jeden Preis ein paar Dinge regeln, bevor er das Zeitliche segnete.

Ich bin alt und hässlich geworden.

Traurig erinnerte ihn dieses Eingeständnis daran, dass es ausgerechnet eine Prostituierte war, die ihm zuletzt das Gefühl gegeben hatte, dass er willkommen war. Einsamkeit übermannte ihn und schnitt ihm tief ins Herz. Alles Geld der Welt hätte er verschenkt, um die Erfahrung von Liebe und Geborgenheit erleben zu dürfen.

Wann habe ich vergessen, diesen Plan zu verfolgen?

Er blickte sich in der edlen Empfangshalle um, in der Personen unbedarft aus- und eingingen. Alle waren durch ihr hektisches Leben getrieben, funktionierten mehr, um ihre To-do-Listen abzuarbeiten, als tatsächlich zu leben. Im Auge seines heranrückenden Endes wurde ihm dies schmerzlich bewusst.

Langsam schritt er in Richtung Aufzug, um sich im Zimmer ein letztes Mal zu erfrischen, bevor er seinen Plan weiter vorantreiben konnte.

Voller Wehmut zog er sein edles Jackett enger um sich, ihn fröstelte. Dabei spürte er einen steifen Widerstand in der linken Innentasche, den er neugierig herauszog. Wie ein schlechtes Omen hielt er mit einem Mal den überlassenen Umschlag seines Vaters in den Händen. Mit zitternden Fingern wendete er ihn vorsichtig hin und her. Noch immer war er versiegelt. Kilian schluckte. Mit fahriger Bewegung wischte er sich den kalten Schweiß von der Stirn. Er versuchte der Angst keinen Raum zu geben und strich sich seinen Bart glatt, der ihm bereits bis zur Brust reichte. Wenn Furcht einen Geruch verströmte, dann kam er exakt in diesem Moment aus jeder seiner Poren gekrochen, um munter: »Hallo, da bin ich«, hinauszuposaunen.

Er atmete einmal tief ein – und wieder aus. Dann öffnete er den Briefumschlag. Ein einzelnes Blatt Papier und zwei Fotos befanden sich in dem Futteral. Er hielt inne. Noch einmal holte er tief Luft, dann fingerte er zuerst die Bilder heraus. Auf dem ersten war sein

Vater zu erkennen, der seine Mutter von hinten umarmte. Beide präsentierten strahlend ihre Verliebtheit in Form des geschwollenen Leibes seiner Mutter. Ihre Kleidung wirkte altbacken und dennoch stimmig. Unweigerlich schlich Kilian ein Lächeln ins Gesicht. Er kannte diese Abbildung, doch war sie in Vergessenheit geraten.

Das zweite Foto zeigte ihn selbst als circa sechsjährigen Jungen in den Armen seines Vaters. Ein Schnappschuss eines glücklichen Augenblicks in seiner Kindheit. Er hatte völlig verdrängt, dass es auch solche Momente gegeben hatte. Die Szene trug so viel Leben, so viel Farbe in sich, er musste einfach darüber streichen. Er wollte sich vergewissern, dass er nicht darin versinken konnte, um dort, an seinem Happy-Place angekommen, für immer zu verweilen. Denn wenn er es könnte, würde er es tun.

Diese beiden Fotos waren alles andere als das, was Kilian von dem Brief erwartet hatte. Gespannt entfaltete er das Blatt Papier, auf dem William Burrow ihm seine letzten Worte hinterlassen hatte. Das Datum zeigte, dass er ein halbes Jahr vor seinem Tod aufgesetzt worden war:

Mein Sohn,
wenn du diese Zeilen liest, habe ich es nicht geschafft, dich ein letztes Mal zu sehen, um dir zu sagen, dass ich den größten Fehler meines Lebens begangen habe. Damals, als du mich in diese Situation gezwungen hast, um mir deine Fähigkeiten aufzuzeigen und ich erkennen musste, dass sie nur übernatürlichen Ursprungs sein können, war ich völlig überfordert. Aus blinder Angst und aus purem Überlebensinstinkt habe ich mich zur Wehr gesetzt und Dinge gesagt, die unverzeihlich sind. Ich hatte nicht die Möglichkeit, es zu verstehen, was keine Entschuldigung für mein Verhalten sein soll. Ich schäme mich dafür, auch jetzt noch. Inzwischen ist mir klar geworden, dass ich dich seit dem Tod deiner Mutter ausgegrenzt habe. Meine Trauer

und meine Unfähigkeit, mit dem Verlust fertigzuwerden, haben mich in eine Arbeitswut getrieben, um darin Ablenkung zu finden, anstatt mit dir die notwendige Trauerarbeit zu leisten. Ich habe nicht nur als Vater versagt, viel mehr habe ich dich wegen dieser schwer begreifbaren Gabe verstoßen, so wie es aufgrund von Rasse, Religion und Herkunft in der Geschichte schon viel zu oft gelebt wurde.

Ich, dein eigener Vater, habe dich alleingelassen. Ich weiß, ich hätte anders reagieren müssen, auch wenn ich bis heute nicht sicher bin, was ich da gesehen und erlebt habe. Alles, was du gesucht hast, waren Aufmerksamkeit und Liebe. Und ich habe es zu spät erkannt. Viel zu spät, um zu verhindern, dass du im Leben den falschen Weg einschlägst. Ich war nicht für dich da, als du es am dringendsten brauchtest und habe dir nicht die Liebe gegeben, die du verdient hast.

Ich hoffe, dass du mir eines Tages verzeihen kannst und dass du selbst ein besserer Vater sein wirst, als es mir möglich war.

In Liebe
dein Vater, der die Chance vertan hat, dir zu zeigen, wie stolz er auf dich ist.

Für Kilian brach eine Welt zusammen, die Trauer überflutete ihn. Er spürte sie überall in seinem Körper, in seinen Adern, seinen Muskeln, seinen Knochen. Sprachlos, fassungslos, regungslos musste er diese Zeilen wieder und immer wieder lesen und verfluchte sich dafür, seinem Vater kein einziges Mal nach diesem Vorfall die Möglichkeit gegeben zu haben, sich zu erklären. Womöglich hätten sie die Beziehung haben können, die er sich so sehnlich gewünscht hatte.

30
GELÄUTERTE RÜCKKEHR

Vigo traute seinen Augen kaum und befürchtete bereits, wieder in einem perfiden Spiel von Kevin gefangen zu sein, als dieser als Mitte sechzig jähriger Mann am vereinbarten Treffpunkt auftauchte. Nur seine Augen verrieten, dass es sich um Kevin beziehungsweise sein älteres Selbst handeln musste.

»Was soll das? Meinst du, nur weil du als gesetzter Mann hier auftauchst, würde das unserem Entschluss einen Riegel vorschieben, noch einen Einbruch mit deiner Unterstützung zu fordern? Da hast du dich geschnitten!«, begrüßte Vigo seinen ehemaligen Kompagnon und ließ Kevin nicht aus den Augen. Er spürte die bohrenden Blicke von Siek in seinem Nacken. Der Computernerd war völlig ausgerastet, als Kevin sie um ein Treffen gebeten hatte. Keinen Millimeter traute er diesem Freak über den Weg und meinte, dieser würde sich nur rächen wollen, weil sie seinen Sohn gekidnappt hatten. Erst Kevins Geständnis, dringend Geld zu benötigen, um sich endgültig für immer abzuseilen und seinem Nachwuchs eine gesicherte Zukunft zu ermöglichen, lösten Vigos Zweifel auf. Es klang einleuchtend, daher ging seine Gier gegen Sieks Vernunft und jetzt standen sie ausgerechnet dieser fragilen Hülle gegenüber.

»Ich weiß, es ist wahrscheinlich nur schwer vorstellbar, aber, wenn ihr drei Jahre lang an meine übersinnlichen Fähigkeiten geglaubt habt, dann nehmt ihr mir vielleicht auch ab, dass ich schneller als ein Normalsterblicher altere. Womöglich hab' ich nicht mehr lang, also hört auf, mit mir zu diskutieren und lasst uns zum Geschäftlichen kommen. Ich habe so einiges gutzumachen.«

Kevin will etwas gutmachen?

Vigo traute seinen Ohren nicht. Er analysierte diese Person vor sich, die ihm bei ihrer ersten Begegnung als trotziger junger Mann am Pokertisch gegenübergesessen hatte. Er erkannte den Ernst in Kevins Augen und dies sollte reichen – fürs Erste. Er betrachtete ihn genauer, mit dem gestutzten Bart und seinem unregelmäßig geschnittenen, grau melierten Haar, als hätte er diesmal selbst Hand angelegt. Ihm schien tatsächlich die Zeit davonzulaufen und aus irgendeinem Grund glaubte er ihm.

»Du liegst richtig, es gibt etliches gutzumachen, denn ich verstehe bis heute nicht, was dich damals getrieben hat. Ich dachte, wir waren uns einig gewesen? Aber zumindest hast du meine Nachricht gefunden.« Vigo sah sich um. Seinem Wunsch entsprechend hatten sie sich in einem belebten Shoppingcenter getroffen und befanden sich in der weitläufigen Galerie, von der aus man alle Shops und Bars von oben überblicken konnte. Vigo wusste, dass Kevin sich bei der Beeinflussung mehrerer Personen auf engem Raum schwerer tat. Jedenfalls war es damals so gewesen – ob das immer noch zutraf, konnte er nicht sicher sagen, schließlich konnte er seine Fähigkeiten weiter perfektioniert haben. Er war und blieb unberechenbar.

Bei diesem Gedanken sprang Vigo erneut der tote Gesichtsausdruck seines Bruders in den Sinn, den Kevin ihm vor ein paar Tagen noch suggeriert hatte. Eine Gänsehaut lief ihm prompt über den Körper und er ließ seine Finger nervös knacken, indem er seine Fäuste gegen seine Handflächen presste. Den Blick fest auf Kevin gerichtet.

»Nachricht? Ich habe keine Nachricht von dir erhalten.«

Bei dem misstrauischen Blick, den ihm der Illusionist entgegenbrachte, schien er die Wahrheit zu sprechen.

Aber warum hat er sich dann plötzlich bei mir gemeldet?

»Sei's drum, ich bin aber nicht hier, um Smalltalk zu halten oder unsere Beziehung zu therapieren. Mir geht es ums Geschäft. Also, welchen großen Deal hattest du im Auge, mit dem wir für immer ausgesorgt hätten?«, wollte Kevin wissen.

Und da war sie wieder, diese überhebliche Art. Stolz hob er sein Kinn und jedes Wort wurde messerscharf. So hatte er Kevin in der Wohnung dieser Schlampe erlebt. Eiskalt und berechnend. Allein die Erinnerung daran brachte Vigos Blut wieder in Wallung, doch er bemühte sich um ein Lächeln. »Gut, alter Kumpel, da der Sensenmann schon an deine Tür klopft, kommen wir zu unserem Plan.«

Oh, das hat gesessen.

Genüsslich nahm Vigo das kurze Aufblitzen in den Pupillen seines Gegenübers wahr.

Zumindest provozieren kann ich ihn noch.

Mit einem breiten Grinsen fuhr er fort.

»Da es dir offenbar ein Bedürfnis ist … Am besten treffen wir uns woanders und besprechen alles in Ruhe – ohne die viele Ohren ringsherum. Wir könnten in einer Woche zuschla…«

»Was, wenn ich keine sieben Tage mehr habe?«, unterbrach Kevin ihn. »Das muss schneller gehen. Lass uns das gleich besprechen und alles organisieren. Wenn du willst auch in deinem Versteck.«

Da war kein jugendlicher Übermut, keine lockeren Scherze, wie er Kevin von früher kannte. Diesmal schien es wirklich keinen Hinterhalt zu geben und nach einem Rückzieher sah es ebenso wenig aus. Was auch immer in ihn gefahren war, hatte das Glück sich wieder auf Vigos Seite schlagen lassen.

Er kaute auf seinem Kaugummi, der bereits jegliches Aroma verloren hatte, herum und vertraute seinem Instinkt. »Gut, das kriegen wir hin und ich stehe zu meinem Wort«, versprach Vigo und genauso selbstsicher präsentierte er Kevin seine Hand. Ein heiteres Lachen konnte er sich bei diesem Handschlag allerdings nicht verkneifen, denn unweigerlich sah er sich schon in Geldnoten schwimmen und mit seiner Familie auf einer einsamen Insel das Leben genießen.

⁂

Kilian klopfte vorsichtig an die Tür des Krankenzimmers, in dem drei Betten belegt waren, und trat ein. Als sich ihm eine zarte, blonde Frau zuwandte, wusste er sofort, dass es sich um Cecilia handeln musste. Die Gesichtszüge glichen jenen ihrer bildschönen Mutter. Die blasse Haut und die tiefen Augenringe hatten sie in dieser sorgenvollen Zeit gemeinsam. Doch nicht einmal diese taten ihrer Anmut Abbruch.

»Sind Sie Cecilia Parker?", erkundigte er sich freundlich und fuhr verlegen durch sein zerzaustes Haar. Es war ihm durchaus bewusst, wie seltsam sein Besuch wirken musste, schließlich kannte Cecilia ihn nicht und wunderte sich sicher, was er hier verloren hatte. Unverkennbar stieg ihm der Geruch von kranken Menschen, gepaart mit Zitrusduft in die Nase, eine Note, die ihm Unbehagen bereitete. Die anderen beiden Patienten lagen lethargisch in ihren Betten und ignorierten ihn.

»Ja, ich bin Cecilia Parker. Kann ich Ihnen helfen?« Ein strahlendes Lächeln sprang ihm entgegen, von dem man unweigerlich angesteckt wurde.

Wie ist es möglich, dass eine Frau, die dem Tod ins Gesicht blickt, so eine Lebensfreude ausstrahlt? Ich kann mich nicht erinnern, wann ich das letzte Mal so glücklich war.

»Ich glaube schon«, erwiderte er. »Hätten Sie ein paar Minuten für mich?«

Zielsicher schritt er an ihr Bett heran, um sich einen schäbig aussehenden Holzsessel zu schnappen, der offenkundig für Besucher bereitgestellt war. Sein mitgebrachtes Paket legte er vorsichtig zu seinen Füßen.

Aus dem Augenwinkel inspizierte Kilian das Zimmer, an dessen Wänden sich feine Linien entlangzogen und dessen dottergelbe Vorhänge Schmutzflecken aufwiesen. Auch die Bettwäsche war verblichen und fadenscheinig. Als er seine Aufmerksamkeit erneut auf die junge Frau richtete, blickte sie ihm neugierig ins Gesicht, stemmte sich hoch und richtete die verstellbare Rückenlehne hinter sich auf.

»Und Sie sind …?«

Wohlerzogen streckte sie ihm ihre zierliche Hand entgegen und Kilian mochte Cecilia jetzt schon. Mit einem breiten Grinsen erwiderte er die Geste. »Ich heiße K… Kilian Burrow und ich bin ein … Bekannter Ihrer Mutter.« Er spürte, wie gekünstelt sein Lächeln wirken musste, doch er stand enorm unter Druck.

»Es ist mir eine Freude«, ließ sie ihn wissen. Als ihre strahlend blauen Augen nun schwer auf ihm lagen, war er urplötzlich verunsichert, was er eigentlich hier verloren hatte. Er hatte sich vorgenommen, Priscilla und Pascal aus dem Weg zu gehen, da er Letzterem ersparen wollte, zu sehen, was neuerdings aus ihm geworden war. An diesem Ort war es allerdings nur eine Frage der Zeit, bis Pascal hier im Schlepptau von Priscilla aufschlagen würde.

»Und, Mr Burrow, was kann ich für Sie tun?« Cecilia musterte ihn aufmerksam. »Ich sehe, dass – egal, was Ihnen auf dem Herzen liegt – es Ihnen schwer zu schaffen macht. Spucken Sie's einfach aus, dann geht es Ihnen besser.« Motivierend zwinkerte sie ihm zu und er war fasziniert von dieser Keckheit.

»Sie reden nicht lang um den heißen Brei, was?«

Sie schenkte ihm ihr schönstes Strahlen. »Nein, dafür habe ich keine Zeit, wie Ihnen vielleicht zu Ohren gekommen ist. Ich mag es auf den Punkt.« Trotz der dunklen Wahrheit hinter den Worten war dieses Leuchten in ihrem Antlitz nicht verflogen.

»Allerdings, Priscilla hat mir davon berichtet.« Kilian stützte sich auf seine Oberschenkel und rieb sich nervös die Handflächen. »Darf ich so direkt fragen, was Ihnen fehlt? Priscilla hat nur erwähnt, dass Sie in diesem Krankenhaus liegen und es Ihnen nicht gut geht. Ich möchte nicht unhöflich sein, aber ...«

Es fiel Kilian extrem schwer, ihren Blick zu halten, da sich erneut das Wissen in ihm breitmachte, was dieser jungen Seele in nächster Zeit blühte und dass er wohl oder übel damit in Verbindung stand. Er würgte den Kloß in seinem Hals hinunter. Bemühte sich, ihr geradewegs in die Augen zu sehen, da er es ihr schuldig war. So viel Rückgrat war er verpflichtet, der Gegenwart noch entgegenzubringen, wenn er seine blutverschmierten Fußstapfen der Vergangenheit ein wenig säubern wollte.

»Natürlich dürfen Sie. Es ist ja kein Geheimnis. Wenn Sie es hochwissenschaftlich ausgeführt haben wollen, fischen Sie sich die Krankenakte vorn aus meinem Fach am Bett. Für mich Normalsterbliche ist und bleibt es eine terminale Niereninsuffizienz, bei der mein Körper alle Giftstoffe in sich behält, anstatt sie über meinen Urin auszuscheiden. Mein eigener Leib verseucht mich.«

So unverblümt wie sie es ausdrückte, hätte er sich auch in einer medizinischen Vorlesung an der Uni befinden können, auch wenn diese Erklärung sicher um einiges leichter zu verstehen war, als Cecilias Krankenakte. Eines war jedoch selbst ihm verständlich: Dieses junge Leben war dem Tode geweiht, wenn nicht schleunigst etwas geschah.

Zu Emotionen hatte sich Cecilia während ihres Vortrags allerdings nicht hinreißen lassen, lediglich die Fakten hatte sie ihm hingeknallt. Es klang nicht boshaft oder zynisch, sondern sachlich. Dennoch verknotete sich ihm bei ihren Worten der Magen und ihm wurde speiübel.

»Ich bekomme regelmäßig Blutwäschen, die in der Fachsprache Dialyse genannt werden. Eigentlich gibt es nur eine einzige Möglichkeit, diesen immer schneller werdenden Kreislauf zu unterbrechen: eine Organtransplantation.«

Kilian ertappte sich selbst dabei, wie ein Hoffnungsschimmer in ihm aufkeimte.

»Das Problem ist nur, dass es erstens eine ellenlange Warteliste für die standardversicherten Patienten gibt und zweitens habe ich Blutgruppe AB negativ – das ist die seltenste. Und deshalb sind die Möglichkeiten begrenzt. ... Außerdem hat mein Körper bereits eine Spenderniere abgestoßen.«

Ohne ein einziges Mal zu blinzeln, sah sie ihn unverwandt an. Ihm fehlten die Worte. Was sollte man in solch einem Fall entgegnen? Die Stille war unerträglich und Sekunden kamen ihm vor wie Minuten. Erst durch einen Hustenanfall im Nebenbett wurde seine Anspannung gelöst. Kilian zog sich selbst aus seiner Trance.

»Ich kann nicht ausdrücken, wie leid mir das tut ... Ich weiß, das wollen Sie nicht hören, aber ...« Er blickte zu Boden und rieb seine Hände nervös aneinander. »Ich fühle mich schuldig, denn ...« Die Worte entglitten ihm.

»Aber Blödsinn, wieso sollten ...«, entgegnete sie.

Doch diesmal musste er sie forsch unterbrechen, bevor ihn der Mut verließ. Er legte seine Hand auf die Matratze, nur wenige Zentimeter neben ihren Unterarm, der mit einem unschönen Namensschildchen und blauen Flecken von den Blutabnahmen gezeichnet war. »Bitte, hören Sie mich an. Ich werde keine zweite Möglichkeit haben, es Ihnen zu beichten. Es tut mir leid, eigentlich bin ich die Ursache dafür, dass Sie heute hier liegen.«

Cecilia sah ihn verständnislos an.

»Es gab da Umstände in meinem Leben, die Auswirkungen auf Ihr Leben hatten – beziehungsweise haben.«

So, jetzt ist es raus!

Kilian klopfte sich mental selbst auf die Schulter – doch aus irgendeinem Grund fühlte er sich kein bisschen erleichterter dadurch.

Noch immer blickte sie ihm fragend ins Gesicht.

Kurz hatte er das Gefühl, sie würde die Tragweite seiner Worte verstehen, da sie ihre Augen aufriss. »Was denn? Sie sind also Gott höchstpersönlich, oder wie?« Sie fing herzerwärmend zu lachen an und streckte ihre Hand nach ihm aus, die er erst nach ein paar Sekunden des Zögerns entgegennahm.

»Hören Sie mir zu, ich habe keine Ahnung, wovon Sie sprechen, aber wie auch immer die Lage ist: Ich hege keinen Groll gegen Sie oder irgendjemand anderen für den Zustand, in dem ich mich befinde. Egal, wie reumütig Sie mich ansehen.« Wieder schmunzelte sie ihn an und drückte leicht seine Finger in ihrer Hand. »Fakt ist, dass diese negativen Gedanken und Emotionen nicht das Letzte sein sollen, das ich in mein Sein nach dem Leben mitnehmen möchte. Dafür ist mir meine verbleibende Zeit hier auf Erden einfach zu wichtig. Was nützt es, die wenigen Monate dadurch zu belasten oder gar zu zerstören? Ich will mit positiver Energie entlassen werden.«

Ohne dass er irgendetwas dagegen unternehmen konnte, wurden seine Augen feucht bei dieser Haltung, die er noch nie zuvor bei einem Menschen erlebt hatte. Diese edle Einstellung jagte ihm eine Gänsehaut über den Nacken. Die junge Frau war so stark, so gütig und so im Reinen mit sich und der Welt – er konnte nur ehrfürchtig innehalten. Sie war so viel stärker, als er es in seinem ganzen Leben jemals sein würde. Selbst dann nicht, wenn er in diesem Augenblick eine unberührte Seite aufschlagen und neu anfangen würde.

»Danke ... Danke für die schönste Lektion, die ich jemals lernen durfte«, stammelte er mit feuchten Augen, während er nun ihre Hand liebevoll drückte.

»Also, nachdem wir das nun geklärt haben, wollten Sie nicht etwas von mir?«

Kilian musste auflachen. Wie Cecilia es schaffte, eine solche Situation zu retten, war beeindruckend. Trotzdem war ein genervtes Räuspern aus dem Bett hinter ihm zu vernehmen.

»Entschuldigen Sie, bitte«, sagte er, beiläufig der Nachbarin zugewandt, dann blickte er Cecilia erneut an, während er sich erhob. Er hatte nicht viel Zeit und musste weiter. Es standen noch einige Punkte auf seiner Liste, die erledigt werden mussten.

»Ja, da wäre noch etwas. Könnten Sie bitte dieses Päckchen Priscilla übergeben?« Kilian hob das zu seinen Füßen liegende Paket auf, um es ihr zu reichen. Ohne zu zögern, nahm sie es entgegen und runzelte die Stirn bei dem Versuch, durch Schwenken herauszuhören und zu fühlen, um was es sich handeln könnte. Ein leicht schepperndes Geräusch, gefolgt von einem Schleifen, war zu vernehmen.

»Hm, interessant. Und was soll ich ihr dazu ausrichten?«

»Sagen Sie ihr einfach: Es ist ein Anfang.«

31

GUT GEPLANT IST HALB GEWONNEN

Evolet betrachtete den Gezeichneten, wie er erneut im Traum seiner eigenen Vergangenheit gegenübertrat. Jede Tat, die Schicksale in den Abgrund gestürzt hatte, holte ihn nun ein, um ihm seine Lebensenergie auszusaugen und Kilian als das zurückzulassen, was er eigentlich war: eine dunkle, rücksichtslose, ausgediente Hülle eines Menschen, der immer nur für sich gelebt hatte. Bestürzt, aber auch tief betroffen begleitete sie ihn bei dieser Reise, die ihn weitere Jahre altern lassen würde.

Nach all der Zeit, die sie ihn nun beobachtet hatte, musste sie sich eingestehen, dass sie Mitleid für ihn empfand. Er war nicht aus tiefstem Herzen böse und schlecht. Zwar war die Saat von Anfang an gesät sowie seine mysteriöse Gabe vorhanden, doch die Ereignisse hatten ihn vor Entscheidungen gestellt, die ihn den falschen Weg hatten einschlagen lassen. Sein ganzes Leben lang hatte Kilian nach Liebe und Anerkennung gelechzt. Und immer wurde ihm beides verwehrt – so empfand zumindest er es. Er war somit zwar vor die Wahl gestellt worden, hatte allerdings emotional gehandelt. Aus Gier, Eifersucht und Hass – alles Eigenschaften, die nur der dunklen Seite zuzurechnen waren. So dunkel wie seine Seele.

Nun konnte sie in seinen letzten Atemzügen erkennen, dass er auf dem besten Weg war, zumindest etwas Schaden zu beheben. Dass er Mitgefühl und Reue entwickelte für die Menschen, die er auf seinem zerstörerischen Pfad berührt hatte. Zu spät, aber dennoch.

☙❧

»Wie siehst du denn aus?«, entfuhr es Vigo, als er den abermals gealterten Kilian vor sich stehen sah. Kilian rollte genervt mit den Augen, denn nach seiner unruhigen Nacht hatte er diesen erschütternden Anblick ohnehin schon im Spiegel präsentiert bekommen. Daher ließ er rasch ein Lifting über seine Züge fließen.
»Schmeichelt das deinen Augen mehr?« Er konnte nicht verhindern, dass sein Tonfall bissig klang, denn seine Nerven lagen blank. Der Schlafmangel in den letzten Wochen sowie sein Alterszustand machten die Konzentration auf die eigentliche Aufgabe nicht unbedingt leichter. Nun kam noch die Nervosität hinzu, immerhin hatten sie sich ausgerechnet die New Yorker Zentralbank ausgesucht, die Fort Knox gleichkam. Nur achtundvierzig Stunden hatten sie für die Vorbereitung investieren können, Fehler durften sie sich keine erlauben.
»Ahh – ja, so kennen wir dich, Kevin. Der schwarze Anzug sitzt übrigens wie angegossen«, scherzte Siek und auf seinen Lippen zeigte sich ein spöttisches Lächeln. Kilian hätte ihm dafür gern eine übergezogen, denn ihm war bewusst, dass er diesen Anzug bereits für den Sarg probetrug.
»Nenn mich verdammt noch mal nicht Kevin!«, blaffte er zurück, weil er diesen Namen keine Sekunde länger ertrug.
Doch Kilian sah lediglich, wie Vigo seinerseits mit den Augen rollte. Siek hingegen blieb gelassen, zündete sich eine neue Zigarette an und murmelte gehässig: »Was für eine Überraschung.«
Vigo schnaubte. »Bei all den Namen, die du dir in den Jahren zugelegt hast, darfst du dich nicht wundern, wenn man durcheinanderkommt. Also verhalte dich nicht wie eine Pussy! Es

ist egal, wie wir dich nennen.«. Aus dem Hintergrund war aufgrund dieses Kommentars Igors Grunzen zu hören, obwohl dieser nicht einmal in der billigsten Comedyshow den Zuschauern ein Lachen entlockt hätte.

Dann warf Vigo einen Blick auf die Uhr. Säcke und Werkzeuge waren bereits im Fluchtwagen verstaut. Sie mussten jetzt los, sofern sie ihren Zeitplan einhalten wollten.

»Bist du sicher, dass du für heute die Konzentration aufbringen kannst, die wir für unsere Aktion brauchen? Du hast noch nie so unter Strom gestanden.« Vigo taxierte ihn skeptisch von oben bis unten. Über seine körperliche Verfassung machte er sich offenbar Gedanken – dass Kilian ihn seit Jahren wegen seiner wahren Identität belogen hatte, schien ihn hingegen kalt zu lassen.

Traurig, Kilian. Wie fühlt es sich an, wenn keiner zurückbleibt, der an deinem Grab stehen und um dich trauern wird? Wenn niemand weiß, wer du tatsächlich bist?

Und plötzlich ergab der Spruch der schwarzen Hexe Sinn. *Werde sichtbar, bevor du ewig unsichtbar bleibst.* Die Erkenntnis, dass er die letzten Jahre im Schatten gelebt hatte und er nun, wo er zu sterben drohte, nichts hinterlassen würde, traf ihn mit vollkommener Unerbittlichkeit. Keiner würde sein wahres Ich kennen, niemand würde sich an ihn erinnern. Denn nur die Fußabdrücke, die er im Leben anderer hinterlassen hatte und die so viel Chaos hervorgerufen hatten, würden noch übrigbleiben. Diese Einsicht rauschte durch sein Bewusstsein, wie glühende Kohlen drohte sie ihn innerlich zu verbrennen. Wut stieg in ihm auf, die ihm aber nun die Energie verlieh, sich auf das einzustellen, was vor ihnen lag.

Kilian straffte den Rücken. »Ob ich konzentriert genug für unseren Coup bin? Darauf kannst du deinen Arsch verwetten. Lasst uns loslegen!«

Als Siek das Zeichen gab, nachdem er die Kameras lahmgelegt hatte und sie nun ein Standbild zeigten, machte sich Kilian auf den Weg durch den Haupteingang. Als amtierender Zentralbankdirektor schritt er selbstbewusst in sein Büro und rief seinen Assistenten herbei. Der wahre Leiter hingegen war von Igor am Vorabend zuerst zum Sprechen gezwungen und dann außer Gefecht gesetzt worden.

Hochkonzentriert zog Kilian alle in den Bann, die sich in seinem Umkreis befanden, indes Siek sicherstellte, dass sich die elektronische Schiebetür des Einganges nicht mehr öffnete. An der Tür hatten sie eine Infotafel angebracht, die die Kunden darüber in Kenntnis setzte, dass die Bank wegen eines Wasserschadens bis auf Weiteres geschlossen blieb und sie darum bat, auf eine andere Filiale auszuweichen, bis der Defekt behoben wäre. Kilian wollte keine weiteren Kunden im Genick haben, auf die er sich zusätzlich einstellen müsste. Sechzehn Mitarbeiter und weitere vier Klienten würden ihn bereits genügend Energie kosten, um das Verschieben der restlichen Ebenen nicht zu gefährden.

Kilian stellte fest, dass die Kräfte bereits nachließen und ihm das Hantieren mit den Dimensionen und Ebenen an verschiedenen Orten nicht mehr so leicht von den Fingern ging wie früher. Er musste die anderen Mitarbeiter und Kunden ruhigstellen, bis er den Assistenten so weit hatte, wie er ihn brauchte. Seine Hände zitterten merklich, als er sie locker auf die Arbeitsunterlagen des gediegenen Schreibtisches legte. Lange konnte er diese Scharade gewiss nicht aufrechterhalten.

Er saß in dem stilvoll eingerichteten Büro mit den großen Glasfronten und modernen Kunstwerken an der Wand. Die hohen Decken waren durch opulenten Stuck veredelt und der Boden glänzte, als würde er die ganze Nacht einer fetten Wellnessbehandlung unterzogen werden. Der Geruch des Geldes war allgegenwärtig. Als der Druck in Kilians Kopf weiter anstieg, konnte er nur hoffen, dass wirklich alle Beteiligten zu hundert Prozent das sahen, was er ihnen vorgaukelte.

»Herr Direktor, brauchen Sie die Zahlen?« Die knabenhaft hohe Stimme passte zu dem jungen rothaarigen Assistenten, der mit einem Ordner durch die Tür hereinstolzierte. Er konnte nicht älter als fünfundzwanzig Jahre sein und sein kläglich wachsender Bart ließ ihn wie einen Milchbubi aussehen. Seine Kleidung saß maßgeschneidert und unterstrich seine Hochnäsigkeit. Unweigerlich fragte sich Kilian, ob er ebenso auf andere Personen gewirkt hatte, in seinen Nobellabels.

Ist man dadurch wahrhaft ein besserer Mensch in dieser Gesellschaft? War ich selbst nicht der beste Beweis dafür, dass es nicht so ist?

»Nein, heute keine Statistiken und Berichte. Diesmal wird sich erstmalig zeigen, wie flexibel, kompetent und rasch Sie arbeiten können, Mr Sline.«

Der junge Assistent rückte sich nervös die blau schillernde Krawatte zurecht. »Gut, Herr Direktor, wie kann ich Ihnen sonst behilflich sein?« Diese Worte klangen noch schriller, als seine Tonlage ohnehin bereits war. Es schmerzte in Kilians Ohren und er konnte nicht anders, als sich mit dem Zeigefinger den rechten Gehörgang zu massieren.

Ist dieser Knilch noch nicht im Stimmbruch gewesen?

»Ich habe einen Tipp bekommen, dass eine bekannte Diebesbande es auf den Inhalt unseres Hauptsafes abgesehen hat. Wir müssen rasch reagieren. Ich hoffe, Sie wissen, was ich damit ausdrücken will.«

Der Assistent blinzelte unsicher und bekam hektische Flecken im Gesicht, die beinahe an Scharlach erinnerten. Dann räusperte er sich und nestelte erneut an dem Knoten seiner Krawatte herum. »Nein, ich … das weiß ich nicht, Herr Direktor. Sollte ich das?«, krächzte er unsicher. Schon hatte er sich jedoch wieder im Griff, straffte den Rücken und fuhr selbstsicher fort. »Ich meine, wie kann nur jemand annehmen, dass er hier einbrechen könnte?« Er lachte gekünstelt. »Wir haben mehrere Kameras, Bewegungsmelder, Wärmesensoren und sogar einen Fingerprint als Zutrittsmechanismus. Nicht zu vergessen die Sicherheitscodes, die täglich gewechselt werden und die nur Sie und ich kennen.« Er lächelte überheblich. »Wir sind die sicherste Bank der Welt – und das sagen nicht nur wir. Es ist also *unmöglich*, bei uns einzubrechen, Sir. Bei allem Respekt, Sir.« Sein Adamsapfel sprang nervös auf und ab.

Kilian stand auf. Ohne jede Mimik sagte er: »Ist es das wirklich, Mr *Sline*?«

Der Bankangestellte wich Kilians Blick aus. Schweißperlen bildeten sich auf seiner gerunzelten Stirn. »Gut, Herr Direktor. Vielleicht haben Sie recht. Und was soll ich jetzt für Sie tun?« Wohl unbewusst wischte er sich seine schwitzenden Hände an der Stoffhose ab.

»Nein – nicht vielleicht – ich habe recht. Und nun werden Sie die mobilen Transportwagen zum Tresorraum bringen. Nehmen Sie sich Kollegen mit, die Ihnen dabei helfen, und leeren Sie in den nächsten sechzig Minuten alle Regale.«

Die roten Flecken fielen dem jungen Mann aus dem Gesicht wie Staub und wurden durch einen blassen Teint eingetauscht. Seine Augenlider begannen zu flattern. »Sie meinen ...«, stammelte Mr Sline.

»Sie haben ganz recht verstanden, mein Junge.«

Der Mund des Bankangestellten stand offen, wie der eines Karpfens und so sehr er den Knoten am Hals malträtierte, war er auf dem besten Weg, sich selbst zu strangulieren. »Aber, Herr Direktor, wohin soll all das Geld? Es müssten an die dreihundertfünfzig Millionen Dollar sein.«

Als Kilian diese Summe hörte, hätte er laut jubilieren können und er tat sich schwer, nicht zufrieden die Hände aneinander zu reiben.

In seriösem Ton erklärte er: »Im Untergeschoss stehen bereits zwei große Geldtransporter bereit, die das Geld in einer Zweigstelle in Sicherheit bringen werden. Sie stehen beim gesicherten Aufzug parat und warten auf die Übergabe. Die Aushändigung wird natürlich unterschrieben werden, so wie üblich. ... Uns läuft die Zeit davon, also brauchen Sie eine Extraeinladung?«

»Aber ein Transport mit so einer Geldmenge muss vorher der Polizei gemeldet werden. Der ganze Papierkram ist nicht einfach in ein paar Minuten erledigt. Außerdem müssen wir ...«, zählte der Assistent mit hochrotem Schädel pflichtbewusst auf und schnappte immer wieder gierig nach Luft.

»Mr Sline ... Sie sollten mich nun besser kennen.« Kilian wirkte intensiver auf den beflissenen Angestellten ein, erhöhte den mentalen Druck auf ihn, sodass dieser keinen klaren Gedanken fassen konnte und leichter aus dem Konzept zu bringen war. »Natürlich habe ich die Unterlagen bereits unterzeichnet hier liegen, die Polizei ist verständigt und die Security befindet sich wie geplant bei den Transportern. Alles ist in bester Ordnung.« Den letzten Satz schickte Kilian wie ein Echo durch den Kopf des Assistenten und er ließ kein Blinzeln zu, um seine Entschlossenheit zu unterstreichen.

Diensteifrig spurtete der junge Mann los, während Kilian triumphierend in sein Walkie-Talkie sprach: »Er ist unterwegs, es geht also los. Ihr könnt euch bereit machen.«

Während Kilian fünfzehn Mitarbeiter und den Assistenten die Transportwagen füllen sah, war er damit beschäftigt, die Zweifel und Unsicherheit der Beteiligten herunterzuschrauben. Er stellte für sie die mentale Beruhigungstablette und Droge dar, um sie dazu zu bewegen, zu handeln, wie er es wollte. Und wieder einmal musste er sich eingestehen, dass er berauscht war von dieser Macht, die jede Faser seines Körpers erfüllte.

Er rieb sich die taub gewordenen Hände, die unterkühlt waren. Plötzlich – die Ebenen überlagerten sich bereits –, spürte er, wie ihm eine warme Flüssigkeit aus der Nase lief. Ohne Zweifel, das musste Blut sein. Rasch wischte er das Lebenselixier an seinem Handrücken ab. Sie mussten unbedingt schneller agieren, bevor er seine Grenze überschritt und ohnmächtig werden würde. Sein Alter war eindeutig hinderlich bei diesem Unterfangen, denn ganze Säle für seine Zauberkunst zu manipulieren war ihm früher für eine gewisse Zeit problemlos geglückt, also sollte dies hier bei weitem kein Problem darstellen. Offenbar hatte er sich da geirrt.

»Schneller, macht schon!«, forderte er die Bankangestellten auf, die bereits Schweißränder an ihrer Kleidung trugen. Auch Igor befand sich mitten im Getümmel und trug pfeifend ganze Goldbarren hinaus, als wögen sie nichts. Mit einem Zwinkern marschierte er an Kilian vorbei, als wäre es ihm egal, ob die Mitarbeiter der Bank nun Gold zwischen seinen gierigen Fingern erkannten oder was auch immer Kilian sie sehen ließe.

Ein Transportwagen nach dem anderen wurde über den gesicherten Aufzug in das Kellergeschoss verfrachtet. Das schleifende Geräusch der sich öffnenden beziehungsweise sich schließenden Türen und der kleinen Rollen an den Transportwägen verschaffte Kilian Genugtuung. Alle Sicherheitszugänge wurden artig von dem rothaarigen Assistenten aufgehoben.

Als die Geldtransporter randvoll gefüllt waren und diese bedenklich tief saßen, atmete Kilian lautstark aus. Sie hatten es geschafft, seine Mission war erledigt.

Doch gerade als er Vigo, Siek und Igor zuwinkte, die wie zwei Mitarbeiter der Security gekleidet in den Fahrerkabinen saßen, ertönten lautstark Sirenen und mit quietschenden Reifen rasten Polizeifahrzeuge von allen Seiten heran.

Kilians Puls sprang nach oben, als die Gewissheit in sein Gehirn rieselte.

Die Reflexionen der roten Signalleuchten tauchten die betonfarbenen Wände in ein Hölleninferno. Der schrille Ton schmerzte in den Ohren. Schlagartig war Kilian ihre ausweglose Situation klar. Sie waren auf frischer Tat ertappt.

Instinktiv ließ Kilian die Illusion des Direktors fallen und hüllte sich in sein jüngeres Ich. Blitzschnell ging er seine Optionen durch.

Ein lautes Quietschen ließ ihn zusammenfahren. Er sah, wie die beiden Transporter mit rauchenden Reifen Gas gaben und davonjagten. Schon im nächsten Moment wurden sie von drei Polizeiwagen eingekesselt. Natürlich stellte dies für Vigo kein Hindernis dar, der den Wagen beschleunigte, um den Rammbock zu geben. Mit voller Wucht knallte er in zwei der blau-weiß gestreiften Kontrahenten, die meterweise verschoben wurden. Weitere Autos krachten hinein, sodass die Masse für den Transporter schlussendlich doch bremsend war.

Aus dem zweiten Wagen sprang Igor aus der Fahrerkabine und versuchte zu türmen, indes ihm ein Trupp Polizeimänner sofort auf den Fersen war. Auch Kilian nahmen sie ins Visier und stürmten mit entsicherten Waffen auf ihn zu.

Nun war der Moment gekommen, in dem er überlegen musste, was das Richtige wäre. Er musste sich entscheiden. Sollte er tatsächlich seinen eingeschlagenen Weg zu Ende gehen? Sich unsichtbar zu machen, könnte er in nur einem Wimpernschlag bewerkstelligen, so viel Energie besaß er noch. Keiner der hier Anwesenden würde ihn jemals fangen können.

Aus dem Augenwinkel erkannte er, wie Vigo und Siek bereits aus dem Transporter gezerrt wurden und hörte, wie Ersterer lautstark herumbrüllte. Nicht weit entfernt kam es zu einer filmreifen Rangelei zwischen Igor und vier gestandenen Männern, komplett in polizeiliche Schutzkleidung gehüllt. Wie Streichhölzer kippten sie um, sobald er ausholte, bis schließlich einer von ihnen ihn mit einem Taser dingfest machen konnte. Doch selbst gegeißelt durch elektrische Schübe trotzte er sekundenlang mit gefletschten Zähnen und stark heraustretenden Augäpfeln seinen Widersachern. Igor hätte in diesem Moment durch sein monsterähnliches Gegröle sogar Hulk Konkurrenz machen können. Schlussendlich aber kippte er bäuchlings auf den Asphalt und glänzte auf der Bühne des Lebens nur noch mit leichten Zuckungen.

Als Kilian ausgerechnet Liam mit geladener Waffe auf sich zuschreiten sah, dessen arbeitende Kieferknochen seine Anspannung verrieten, wusste er plötzlich, wie sein Schicksal aussehen sollte.

32
VERSCHENKTE LETZTE HOFFNUNG

Als Priscilla völlig erledigt durch die Tür des Krankenzimmers schritt, war sie erleichtert, dass sie Cecilia wach antraf. Am Vortag hatte sie ihre Tochter bei beiden Besuchen schlafend vorgefunden. Wieder eine Entwicklung, die sie beunruhigend fand.

Vorsichtig schob sie Pascal vor sich her, der sie heute begleiten musste, weil Thomas keine Zeit hatte, sich um den Jungen zu kümmern. Ihr Berater war ohnehin schlecht gelaunt gewesen, denn er hatte Angebote für die Pachtgründe erhalten, die einer Unverschämtheit gleichkamen und nicht einem ernstzunehmenden Geschäftsgebaren. Dafür konnte aber die Auktion nun diese Woche schon stattfinden und gut betuchte Mitglieder der Gesellschaft hatten sich bereits angekündigt. Noch immer schmerzte der Gedanke, sich von weiteren ihrer Kunstwerke verabschieden zu müssen. Doch alles, was ihren Schuldenberg schmälerte und ihr die Gunst bei der Privatklinik wieder einbrachte, war ihr im Moment recht. Cecilia brauchte diese Niere, und zwar so schnell wie möglich.

»Hey, Ma! Wen bringst du denn da mit?« Cecilia strahlte ihr entgegen und ließ damit für Priscilla die Sonne aufgehen.

Ihr wurde wieder bewusst, dass sie Pascal im Schlepptau hatte. Bisher hatte sich der arme Junge zurückgezogen und ruhig verhalten, fast bemerkte sie ihn gar nicht. Wenn ihr Blick dann auf ihn fiel, zog sich ihr Herz zusammen. Zwar versuchte sie immer wieder, mit ihrem mütterlichen Charme aufzuwarten, war aber auf unsichtbare Barrieren gestoßen.

»Das ist Pascal«, erklärte Priscilla und schob den Jungen ein Stück vor. »Überraschenderweise hat mich ein alter Freund gebeten, eine Zeit lang auf ihn aufzupassen. Er ist in eine sehr missliche Lage geraten und ...«

Cecilia schüttelte mit breitem Grinsen den Kopf. »Ach Ma, wann hörst du damit auf, die ganze Welt retten zu wollen?« Dann streckte sie ihre Hand zum Gruß nach Pascal aus und studierte den Kleinen, während sie ihrer Mutter dennoch ihre Zweifel unter die Nase rieb. »Und was ist das für eine missliche Lage?«

Unglaublicherweise ließ sich der Knabe sogar zu einer Begrüßung überreden.

O Wunder – der Kleine kann seine Gesichtsmuskulatur bewegen!

Priscilla räusperte sich, zupfte unruhig an ihrem grauen Wollmantel herum und überlegte, was sie ihrer Tochter antworten sollte. »Nichts, womit du dein kluges Köpfchen belasten müsstest«, warf sie charmant auf den Präsentierteller und hoffte, das Thema sei damit vom Tisch. Schnell drückte sie Cecilia einen dicken Kuss auf die Stirn. »Und wie geht es dir heute, mein Schatz?«

Doch Cecilia schenkte lediglich Pascal ihre Aufmerksamkeit und strich ihm durchs seidige Haar. »Der junge Mann hat atemberaubend schöne Augen. Dabei ... wenn ich es mir recht überlege, war gestern ein älterer Herr hier, dessen Augenfarben ebenso unterschiedlich waren.«

Priscilla zog die Stirn kraus. Es war ihr nicht recht, dass Unbekannte hier ein- und ausgehen konnten. »Ein fremder Herr? Hier? Wer war das und was wollte er?«

»Ein Kilian Burrow. Er meinte, er sei ein Freund von dir.«

Priscilla bemerkte, wie der Junge kurz zusammenzuckte und dann leicht verstohlen zu ihr hochblickte.

»Von mir? ... Ich kenne keinen Kilian Burrow.«

Sie kramte in ihren Erinnerungen, konnte jedoch keine passende zu diesem Namen finden. »Und er sagte tatsächlich Kilian Burrow?«, hakte sie nach. Endlich löste Cecilia ihren Blick von Pascal und konzentrierte sich auf die Frage.

»Ja, Kilian Burrow, ganz sicher. ... Ach ja! Hab's völlig vergessen, er hat etwas für dich dagelassen und behauptet, du würdest es verstehen. Er meinte, es sei ein Anfang.« Cecilia öffnete ihr Nachtkästchen und zog ein Paket heraus.

Zögerlich übernahm Priscilla das in vergilbtes Zeitungspapier gewickelte Päckchen. Nur eine beigefarbene, alte Kordschnur hielt die unscheinbare Verpackung zusammen. Es gab weder einen Adressaten noch einen Absender darauf. Beim besten Willen konnte sie sich nicht vorstellen, was sich darin befinden konnte, so schwer wie es wog.

Sie löste mit zitternden Fingern den Knoten der Kordel und spürte, wie Cecilia und Pascal jede ihrer Bewegungen beobachteten. Gespannt, aber ohne Eile wickelte sie das Papier ab und befreite einen Schuhkarton daraus. Sie presste die Lippen aufeinander und war sich plötzlich unsicher, ob sie den Inhalt der Box wirklich kennen wollte. Dann lichtete Priscilla trotzdem behutsam den Deckel.

Sie traute ihren Augen kaum. Auf schwarzem Samt gebettet lag dort ein in Gold gefasstes Brillantcollier. Nicht irgendein Brillantcollier – es war das Hochzeitsgeschenk ihres Mannes.

Priscilla rang um Atem. Ungläubig strich sie mit den Fingern über das Schmuckstück.

Doch das war noch nicht alles. Der Karton enthielt weitere ihrer gestohlenen Schmuckstücke, alle liebevoll eingepackt, sowie Besitzurkunden, Aktien und penibel gebundene Geldscheine.

Unvorbereitet schossen Priscilla Tränen in die Augen und ein Schluchzen entrang sich ihrer Brust. Sie hatte das Gefühl, dass die eiserne Kette, die ihr Herz so lange vor Kummer umschlungen hatte, in ebendieser Sekunde gesprengt wurde. Ein leichtes Beben durchfuhr ihren Körper vor Erleichterung. Dann spürte sie die Finger ihre Tochter, die verunsichert an ihrem Oberarm auf und ab streichelten.

»Ma? Ist alles in Ordnung mit dir?«

Priscilla legte die Arme um Cecilia und drückte sie so fest sie konnte an sich. »Ja, alles ist mehr als in Ordnung.« Dabei blickte sie auf Pascal herab, der sie anstarrte, als ob er mehr wüsste, als ihr lieb war. Wer war nur dieser mysteriöse Mann? Und wieso brachte er Teile des gestohlenen Gutes von Karl in diese Klinik?

⁂

Liam schritt in Richtung Verhörraum, wo er auf Kilian stoßen sollte, um seine Aussage zu Protokoll zu nehmen. Seine Gedanken kreisten um so viele Fragen, die ihm langsam den Verstand raubten. Er konnte einfach nicht fassen, dass ausgerechnet sein ehemaliger Jungendfreund hinter dem Shadow-Geheimnis stecken sollte.

Als er den anonymen Anruf vor zwei Tagen entgegengenommen hatte, dachte er zuerst an einen albernen Streich von Stan. Die Stimme im Hörer offerierte ihm doch tatsächlich, dass er beim Oregon Police Department aufsteigen könne. Erst als ihm Informationen über die Shadow-Bande versprochen wurden, die zu deren Ergreifung führen sollte, wurde er hellhörig. Liam hatte den Klugscheißer am Telefon gewarnt, dass er solche Scherze nicht duldete. Doch dann bekam er Einzelheiten aus der Shadow-Akte aufgetischt, die in keiner Tageszeitung je veröffentlicht worden waren. Seine Zweifel an der Wahrhaftigkeit dieses Anrufs waren schlagartig ausgeräumt.

Noch immer wunderte er sich über sich selbst – dass er den Anrufer damals nicht gleich identifiziert hatte. Ihm war die Stimme bekannt vorgekommen, und doch auch wieder nicht. Und obwohl er während des gesamten Telefonats in seinen Erinnerungen gewühlt hatte, fiel ihm keine Person ein, die ihm diese Insiderinformationen hätte geben können. Nie hätte er für möglich gehalten, dass diese Stimme eines älteren Herrn, die ihn aufforderte, eine Handynummer von einem gewissen Vigo Tschenko aus Portland ausfindig zu machen, jene von Kilian sein könnte. Der hatte vor dem Raubzug alle Informationen an Liam weitergereicht, damit die Polizei sie auf frischer Tat ertappen und gefangen nehmen konnte. Einen weiteren Kontaktversuch hatte der Informant allerdings geschickt unterbunden. Nun wusste Liam auch, warum, denn hätte er seinen Jugendfreund dann erkannt, hätte er ihn davon abgehalten, diesen schwachsinnigen Überfall jemals zu starten.

Mit einem Becher Kaffee in der Hand öffnete Liam die Tür zu dem kargen Raum mit der großen, verspiegelten Wand. Abrupt blieb er bei dem Anblick stehen und schüttete sich dabei das heiße Getränk über die Uniform.

»Verdammt!« Er wischte über die grässlichen braunen Flecken auf seinem Hemd, die Flüssigkeit brannte noch immer.

Beim neuerlichen Blick auf die alte Person, die in Handschellen an dem Tisch saß, war er kurz unsicher, ob er sich in der Tür geirrt hatte. Doch ein zweiter Blick auf die Türbeschilderung vor dem Raum ließ keinen Zweifel offen. Er war goldrichtig. Wie in Trance schloss er die Tür hinter sich und glaubte an ein Déjà-vu.

»Verflucht – er hat es schon wieder getan! Es tut mir leid, Mister. Ich schätze, der Gefangene hat sich die Handschellen abgenommen und sie Ihnen verpasst. Allerdings ...« Liam näherte sich dem

Mittsiebziger, der einen Vollbart und lange zerzauste Locken trug. Gerade als er die Handschellen lösen wollte, blieb er an diesen unverkennbaren Iriden hängen.

»Scheiße, was geht hier vor?«

Schon packte sein Gegenüber ihn am Handgelenk und setzte ihn fest. Die Hand fühlte sich kühl wie jene eines Toten an. Liam kam sich wie ein Tölpel vor. Er starrte in das Antlitz und musste vor sich eine Verwandlung der Gesichtszüge miterleben. Der Bart zog sich in die Haut zurück, das Haar kürzte sich wie von Geisterhand und die weißen Ausläufer färbten sich Strähne für Strähne dunkelbraun. Wie im Zeitraffer verschwanden Altersflecken, die eingefallenen Wangen polsterten sich auf und die Haut wurde ebenmäßig glatt, bis zuletzt niemand geringeres als Kilian höchstpersönlich vor ihm saß. Genau so, wie er ihn in Erinnerung hatte.

Liam riss sich los.

Stürzte zur Tür.

Nach zwei hektischen Versuchen, sie zu öffnen, gab er auf. Sie wirkte wie zugeschweißt.

Er donnerte dagegen.

Fahrig ließ er seine Finger durchs Haar gleiten und rieb sich anschließend fest das Gesicht. Es konnte sich nur um einen Albtraum handeln. Was zur Hölle war hier los?

Nur ein Blick zu Kilian reichte aus, damit neuerlich ein beklemmendes Gefühl in ihm aufstieg.

Sein Atem raste und sein Verstand konnte sich keinen Reim auf das Geschehen in diesem Raum machen. Nur der Angstschweiß, den er aus jeder Pore triefen spürte und roch, machte es realer.

»Sie können dich nicht hören und du wirst diese Tür nicht öffnen. Aber nicht, weil sie versperrt ist, sondern weil ich dir einrede, dass du sie nicht aufbekommst. Das ist ein großer

Unterschied«, erklärte Kilian ihm gelassen und jagte ihm mit dieser Botschaft eine Gänsehaut über den Rücken.

Neue Kraft fuhr ihm in die Glieder. Gerade wegen dieser Botschaft fühlte Liam sich bemüßigt, sich vom Gegenteil zu überzeugen. Es war zum Ausrasten – mit aller Kraft rüttelte er abermals an der Klinke. Ohne Erfolg.

Kilian schien all das nicht aus der Ruhe zu bringen. Seelenruhig saß er gesprächsbereit auf seinem Stuhl.

Immer näher schienen die dunkelgrün gestrichenen Wände auf Liam zuzurücken. Er hatte den Eindruck durchzudrehen, sein Gehirn war mit diesen Informationen überfordert. Er lief zur abgedunkelten Scheibe, schrie aus voller Lunge und schlug wild darauf ein, sodass das Glas sichtlich vibrierte.

Ebenfalls keine Reaktion aus dem Beobachtungsraum.

»Was ist das? Träume ich? Das soll sofort aufhören!« Liams Puls raste. Er zwang sich zur Ruhe. Er musste seinen Verstand einschalten, denn nur so konnte er logische Zusammenhänge erkennen. Doch es wollte ihm nicht gelingen.

»Falls du etwas damit zu tun hast, schalte das gefälligst ab!«, brüllte er Kilian an und wunderte sich über die Hysterie, die von ihm Besitz ergriffen hatte.

Sein Instinkt sagte ihm, dass eine seltsame Kraft durch diesen Raum strömte und ihn bezwang. Und sie schien eindeutig von Kilian auszugehen.

»Setz dich, Liam. Wir müssen reden. Ich werde dich hier nicht rauslassen, bevor du mir nicht zugehört hast. Mir bleibt nicht viel Zeit und ich bin daher nicht gerade der Geduldigste.« Kilian fixierte Liam mit seinen Blicken.

Wie auf Befehl übernahmen Liams Beine plötzlich die Kontrolle und gingen zügig zum Tisch wie bei einer Marionette. Schockiert beobachtete er sich selbst, wie er gegen seinen Willen auf dem Stuhl Kilian gegenüber Platz nahm.

»Kannst du mir erklären, was da gerade mit mir vorgeht?!«, schrie er Kilian zornig an. Er kam sich wie ein Gefangener in seinem eigenen Leib vor. Ein Gefühl, das er nicht einmal seinem schlimmsten Feind wünschte. Doch eines war klar: Weder würde er zu betteln anfangen noch Gott um Erlösung bitten.

Kilian sah Liam direkt an und konnte die Verunsicherung an seiner angespannten Haltung ablesen. Endlich war der Augenblick gekommen, Liam alles zu beichten, alles, was er brauchen würde, um loszulassen und mit Alessia Frieden zu schließen. Vielleicht könnte sein alter Freund dadurch ein neues Leben anfangen. Und wenn es besonders gut lief, würde er bei der Polizei sogar eine Auszeichnung für die Lösung dieses komplexen Falles erhalten und rascher in der Gehaltsliste aufsteigen. Zumindest hoffte Kilian dies für ihn. Ihm war klar, dass Liam nie wieder sein bester Freund würde sein wollen, jedoch konnte Kilian ihm zumindest ein paar positive Ansätze für die Zukunft mitgeben. Das jedenfalls war der Plan.

»Es ist kompliziert. Aber ich bemühe mich, es dir zu erklären. Allerdings muss ich dich vorwarnen: Es wird schmerzhaft sein.«

Kilian konzentrierte sich auf die gesamte Dimension, um sicherzustellen, dass sie eine Zeit lang in Ruhe miteinander reden konnten. Er mobilisierte seine Sinne und beeinflusste weiterhin die zwei Beamten hinter der Glasfront und auch die Personen im Gang, die er als wandelnde Wärmesignaturen mental wahrnehmen konnte, als würde er durch Wände blicken können. Zum Belauschen reichte seine Fähigkeit allerdings nicht.

»Hab' ich denn eine andere Wahl?«, blaffte Liam ihn an. Er rieb sich genervt das Ohrläppchen.

Kilian musste aufseufzen. »Nein, die hast du nicht. Es ist wichtig, dass du heute erfährst, wie es zu Pascal gekommen ist.« Er konnte nicht verhindern, dass diese Aussage provokant bei Liam ankam.

»Wie reizend. Ich kann mir bildlich vorstellen, wie ihr es getrieben habt, also erspar mir die Einzelheiten!«, spuckte Liam Gift und Galle und ballte seine Hände zu Fäusten. »Aber wo wir gerade dabei sind: WO IST ER!?«

»Pascal ist in Sicherheit, dafür habe ich gesorgt. Und mir ist durchaus bewusst, dass dir die Sache, *wie es passiert ist*, rein praktisch klar ist, Liam, aber du liegst falsch. Alessia hat immer die Wahrheit gesagt. Sie hat dich niemals betrogen.«

»Ja genau!« Liam lachte laut auf. Er verschränkte die Arme vor der Brust und kippte mit dem Stuhl nach hinten, um ein nervöses Wippen einzuleiten.

Okay, wer nicht hören will, muss fühlen.

Kilian schob eine Ebene über sich, sodass Liam nun sein eigenes Spiegelbild vor sich erkennen konnte.

Blitzartig entgleisten Liam alle Gesichtszüge. Fassungslos starrte er sein Gegenüber an. Studierte Zentimeter für Zentimeter seiner eigenen Erscheinung.

Die Erkenntnis schlug wie eine Bombe bei ihm ein. Liam schoss vom Stuhl hoch und sprang ihm an die Gurgel.

»Du verdammtes Arschloch! Lass endlich diesen ganzen Spuk!«

Liam vor seinen Augen brechen zu sehen, seine bebenden Lippen, die glasigen Pupillen und die offensichtlich quälenden Fragen in seinem Kopf, schnürten Kilian die Kehle zu. Niemals hatte er dieses Leid verursachen wollen. In diesem Moment hätte er alles gegeben, um das Rad der Zeit zurückzudrehen und es diesmal richtig zu machen.

»Ich manipuliere Menschen. Ich kann sie sehen, riechen, schmecken, hören und fühlen lassen, was ich ihnen in den Kopf setze. Niemand – hörst du –, niemand kann sich mir widersetzen ... auch Alessia nicht.« Nun musste er selbst um Fassung ringen. »Liam, hör mir zu: Alessia hat dich niemals betrogen. Als wir ... zusammen waren, da dachte sie, ich wäre du.«

Seine Worte klangen plötzlich laut.

In der viel zu grellen Beleuchtung sah Liam blutleer aus, alle Farbe war ihm aus dem Gesicht gewichen.

Wie ein nasser Sack plumpste er zurück auf seinen Stuhl. Die Stärke verschwand aus ihm wie Wasser, das zu Boden tropfte und im Kunststoffboden versickerte. Kilian konnte ihn mental austrocknen sehen.

Liam fühlte sich kraft- und machtlos und er war zutiefst erschüttert. Mit einem Mal verstand er, was Kilian ihm gerade versuchte zu erklären, so obskur es auch sein mochte. Es war unmöglich und dennoch passierte es just in diesem Moment vor seinen Augen. Er saß seinem lebendigen Zwilling gegenüber. Er sah sein *eigenes* Haar, seine *eigene* Nase, seine *eigenen* Augen. Damit er es wirklich begreifen konnte, streckte er den Arm nach Kilian aus, um über dessen Gesicht zu streichen. Seine Finger tasteten warme, weiche Haut, strichen über die kleine Narbe an der Wange, die er selbst an der gleichen Stelle trug. Es war eindeutig sein Antlitz und dieses zweite Selbst, das ihm glich, wie ein Ei dem anderen, fühlte sich absolut lebendig an.

Wut brandete in Liam auf, als ihm bewusst wurde, welches Unrecht er Alessia all die Jahre getan hatte. Wenn niemand einem glaubte, obwohl man fest von etwas überzeugt war, sogar ein Vaterschaftstest gegen die eigene Erfahrung sprach, dann musste man sich doch vom Balkon stürzen! Wie sollte man da nicht an seinem gesunden Menschenverstand zweifeln?

Schuldgefühle brachen über ihn herein. Er wollte sich bei ihr entschuldigen. Zu spät. Diese Möglichkeit gab es nicht mehr. Es riss ihm das Herz aus der Brust. Ein kehliger Schrei kämpfte sich aus seiner Lunge empor. Dann brach er zusammen. Die Wut in ihm ertrank in maßloser Trauer.

»Warum nur, Kilian? Und vor allem, warum erst jetzt?« Er brachte nur ein Flüstern zustande. Die Stille wog schwer und Liam hörte seinen eigenen gehetzten Atem. In sich zusammengesunken hockte er da.

»Weil ich mir so sehnlichst Liebe gewünscht habe. Ich wollte *ein Mal* von ihr angesehen werden, wie sie *dich* angesehen hat. Ein Mal von ihr berührt werden, wie sie *dich* berührt hat. Und dann wurde ich gierig und habe eine Grenze überschritten, die ich niemals hätte überschreiten dürfen. ... Mir war nie bewusst, was ich da anrichte. Nichts kann Alessia zurückbringen und nichts, was ich tue, könnte es jemals aufwiegen.«

Liam wurde der Raum zu klein. Zu klein für seine Gefühle. »Auch nicht die Übergabe der Shadow-Bande – nur damit du es weißt!« Wieder flammte in ihm die Wut auf Kilian auf.

Kilian nickte, als habe er nichts anderes erwartet und verwandelte sich vor seinen Augen zurück in den alten Mann, der nur noch durch seine zweifarbigen Iriden als der ehemalige Jugendfreund erkennbar war.

Wenn Liam es nicht selbst mit seinen eigenen Augen gesehen hätte, würde er all dem niemals Glauben schenken und der Polizist in ihm riet ihm, die Identität seines Gegenübers zu überprüfen. Doch was würde er bei den Fingerabdrücken schon finden? Ein Kilian Burrow hatte sich bis dato nichts zu Schulden kommen lassen, hatte demnach eine blütenreine Weste und war nirgends aktenkundig, selbst wenn Liam als ehemaliger Freund dies nach dem Alessia-Szenario nicht bestätigen würde. Diese Gabe allein war noch keine Straftat und dieser eigentümliche Alterungsprozess ebenso wenig. Dennoch hatte Kilian Schuld auf sich geladen.

Liam verstand all das immer noch nicht, selbst wenn er diese Person seit seiner Jugend kannte. Was war das nur für eine verfluchte Gabe und warum zeigte er sich nun wieder als alter Mann?

»Wieso hast du mir nie verraten, dass du ebenfalls ein Auge auf Alessia geworfen hast? Wir hätten über alles reden können.«

Erinnerungen an die Zeit tauchten auf, als sie noch als glückliches Dreiergespann ihre Zeit miteinander verbracht hatten. Als sie durch den Fluss tollten, mit dem Seil an einem stabilen Ast über dem Wasser schaukelten, um sich mit einem lauten Platscher hineinfallen zu lassen. Er hörte ihr unbeschwertes Lachen, sah ihre fröhlichen Gesichter und erkannte in Kilians Verhalten seine Dankbarkeit, in ihrer Mitte willkommen zu sein. Hatte Kilian denn nie gespürt, dass Liam ihn nicht einfach nur vor Piesackerei durch Gleichaltrige geschützt hatte, weil er es konnte und es ihm leichtfiel, sondern vor allem, weil er sich ihm verbunden fühlte? Wie einen kleinen Bruder hatte er ihn betrachtet. Kilian gehörte zu seiner Familie. Er, Liam, war zwar immer als der harte Macker in der Schule verschrien gewesen, aber einen wahrhaftigen Freund hatte er erst in Kilian gefunden.

»Warum hast du nur nichts gesagt?«, wiederholte Liam und spürte sein Herz schwer wie Blei in seiner Brust.

»Ich wusste zuerst nicht, was ich da genau für sie empfinde. Vielleicht war ich auch nur neugierig. Aber – hätte das denn irgendetwas geändert?« Kilian blickte ihn aus treuherzigen Augen an.

»Nein, sicher nicht, du hast recht. Aber ich hätte gewusst, was hinter meinem Rücken passieren könnte.« Liam versuchte, in seinem Gegenüber zu lesen und erfasste Kilians Schmerz, selbst wenn es ihm unmöglich war, Mitleid für ihn zu empfinden. Er konnte dem Blick nicht mehr standhalten, begann, seine Fingerkuppen rhythmisch aneinander zu tippen und starrte dabei auf seine Hände.

»Ich wünschte, ich hätte früher den Mut gehabt, es euch zu sagen. Früher, als es noch einen Unterschied gemacht hätte. Mit eurer Verachtung und eurem Zorn hätte ich leben können, mit der Last von Alessias Tod allerdings nicht.«

Obwohl Liam jedes Wort glaubte, rangen sie ihm dennoch kein Verständnis ab, dazu war er noch nicht bereit. Er war sich nicht einmal sicher, ob er Kilian jemals verzeihen würde.

»Ich weiß, dass dir das wahrscheinlich egal ist, aber ich habe nicht mehr lange zu leben. Wie du gesehen hast, besitze ich nicht nur diese Gabe, sondern ich werde rasend schnell älter. Ich muss also noch ein paar Dinge regeln, bevor ich das Zeitliche segne. Und dazu gehört, dir die Wahrheit zu sagen.«

»Und was glaubst du, ist nun besser?« Liam presste die Kiefer fest aufeinander. »Meinst du, du kommst her, erzählst mir, was damals gelaufen ist, jammerst mir dann etwas vor von wegen du stirbst bald und dann ist alles wieder Friede, Freude, Eierkuchen? – Echt jetzt? ... Und ganz ehrlich: Dieser Zustand geschieht dir ganz recht!«, fiel Liam dazu ein, aber auch diese Aussage milderte den Schmerz nicht.

Plötzlich fiel es Liam wie Schuppen von den Augen. »Was ich aber nicht verstehe: Du hättest dich überhaupt nicht stellen müssen. Warum bist du nicht einfach verschwunden? Du kannst andere manipulieren, es wäre dir also ein Leichtes gewesen. Oder?« Liam lehnte sich über den Tisch und sah Kilian eindringlich an.

»Weil ich weiß, dass ich den einzigen Freund, den ich jemals hatte, verloren habe, als ich die Liebe seines Lebens ...« Betreten richtete Kilian den Blick auf den Boden. »Wenn ich euch beide schon nicht mehr zusammenbringen kann, wollte ich dir wenigstens beruflich einen Vorteil verschaffen. Als ich meine Kontakte in Albany darauf angesetzt habe, herauszufinden, welcher Beamte für die Shadow-Akte zuständig ist und ausgerechnet du mir genannt wurdest, kam mir diese Idee.« Kilian sah ihn direkt an, so als wollte er herausfinden, was er davon hielt. »Außerdem war ich es dir schuldig, die Wahrheit über Alessia und meine Gabe persönlich zu unterbreiten ... Deshalb bin ich nicht verschwunden.«

Liam schüttelte den Kopf, atmete lautstark aus und sackte zurück auf seinen Stuhl. Es waren eindeutig zu viele Informationen auf einmal und sein Schädel brummte bereits. Er wusste, dass Kilians Gefälligkeit einen Dank provozierte, selbst wenn Kilian es nicht darauf angelegt hatte, doch er brachte ihn nicht über die Lippen, wie ein pappiger Toast klebte er an seinem Gaumen. Dafür saßen die Enttäuschung und der Schmerz zu tief.

»Ich werde zumindest veranlassen, dass du wegen deiner Unterstützung zur Überführung mildernde Umstände bekommst. Auch wenn du Drecksack es nicht verdient hast.« Liam biss sich auf die Unterlippe, damit ihm all die Beschimpfungen, die er Kilian am liebsten noch an den Kopf geschmissen hätte, nicht entglitten. Doch was hätte das jetzt noch geändert – was geschehen war, war geschehen. Er atmete tief ein.

»Hilfreich wäre natürlich, wenn du den Rest von dem geklauten Zeug zurückgibst. Und dann sehen wir weiter.« Emotionaler wurde es heute nicht mehr. Liam kämpfte mit sich selbst. Er ertrug diese ganze Situation nicht mehr, wollte nun nur noch raus. Er drohte an der Wahrheit, die diesen Raum nicht verlassen würde, zu ersticken.

Mit schweren Gliedern stand er auf und sah verstohlen zu Kilian. Würde er ihn diesmal gehen lassen?

Langsam schritt er zur Tür und drückte die Klinke hinab. Wie in Zeitlupe entriegelte sie, öffnete sich einen Spalt und Liam sog die muffige Luft des Präsidiums in sich auf, die ihm noch nie so gut getan hatte wie heute. Energisch schwang Liam das Türblatt voll auf und marschierte aus dem Verhörzimmer.

»Liam?«

Er drehte sich noch einmal um. Nach wie vor saß Kilian am Verhörtisch, Kilian als alter Mann.

»In ein paar Wochen werde ich vielleicht nicht mehr leben, Liam. ... Deshalb habe ich zwei Bitten an dich – bevor ich dir die Beute übergeben kann. ... Ich denke, das sollte es dir wert sein.«

Liam kam einen Schritt zurück und schloss erneut die Tür hinter sich. Gegen den Türrahmen gelehnt und mit verschränkten Armen visierte er seinen ehemals besten Freund düster an. »Mann, du hast Nerven, das muss man dir lassen! ... Also, spuck's aus.«

»Ich will, dass du mir versprichst, dass es Pascal an nichts fehlt. Er braucht Liebe und Aufmerksamkeit. ... Und da er anscheinend ebenso Fähigkeiten entwickelt ... er darf nicht ausgegrenzt werden, hörst du? Ich möchte, dass ihn jemand lehrt, richtig damit umzugehen. Er soll ein besserer Mensch werden, als ich es sein konnte.«

Wieder riss es Liam den Boden unter den Füßen weg. Er dachte immer, er hätte eine gute Verbindung zu Pascal, könnte ihn lesen und sie verstanden einander. Der bloße Gedanke, dass in dem Kind ebenfalls übernatürliche Kräfte ruhten und heranwuchsen, beunruhigten ihn – nein, es machte ihm Angst.

Doch Kilians Worte gingen ihm ebenfalls nahe. Konnte es sein, dass dieser kleine Junge doch etwas in diesem manipulativen

Mistkerl ausgelöst hatte? Er ihn zu einem besseren Menschen machte?

Er spürte, wie ihm die Augen brannten, wie sich ein Gefühl der Milde in ihm ausbreitete. Wie konnte dieser Drecksack mit seiner Vergangenheit den Helden der Stunde spielen? Wie sollte er Mitleid für ihn hegen nach allem, was geschehen war? Andererseits – wie würde Pascal mit dieser Wahrheit über seinen Vater bloß umgehen? Sollte er jemals erfahren, was für ein Mensch er tatsächlich gewesen war?

»Wow, noch ein Illusionist. Gut, dass du mich vorwarnst«, war das Einzige, was er über die Lippen brachte. Er lächelte verkrampft und Kilian erwiderte diese Geste mit einem zaghaften Schmunzeln.

Er musste es tun – für Pascal. Liam reichte Kilian die Hand. »Ich sorge dafür, dass es ihm gutgeht und dass er einen festen Platz im Leben bekommt. Und ich passe auf, dass ihn niemand ausnutzen kann. Natürlich werde ich ihn nicht verurteilen wegen seiner Fähigkeiten. Versprochen! ... Was wäre nun der zweite Gefallen?«

33
VERZEIHEN WILL GELERNT SEIN

Liam starrte zum x-ten Male auf die Uhr, die Warterei nervte ihn. Er wusste selbst nicht, warum er Kilian hinterherspionierte. Schließlich würde er jederzeit verschwinden können, wenn er nur wollte. Noch dazu hatte er sich freiwillig in die Hände der Behörden begeben. Andererseits war bereits eine Stunde verstrichen, seit Kilian hinter der großen Glastür des Krankenhauses verschwunden war.

Stan hatte einen Überstellungsflug für Kilian organisiert, der in fünf Stunden starten würde, während die anderen Bandenmitglieder bereits im Flugzeug saßen. Kilian hatte nur durch seine Mithilfe diese Sondererlaubnis erhalten und sollte es nicht ausreizen.

Liam stand ein weiteres Mal von der Parkbank auf, machte ein paar Schritte und setzte sich wieder. Tief atmete er die laue Sommerluft ein und zwang sich zur Ruhe, denn ein paar Minuten hin oder her machten nichts aus, redete er sich ein. Immerhin hatten die letzten Stunden Ereignisse und Erkenntnisse mit sich gebracht, die Kilians ganzes Leben beeinflussten und womöglich viele Dinge ändern würden. In diesem Punkt hatte dieser wohl recht.

Erneut erhob sich Liam und stakste ein paar Schritte an den Bänken vorbei in Richtung der Gartenanlage vor der Klinik. Sie waren zwar unkreativ arrangiert, aber immerhin gepflegt. Sogar der Rasen war unlängst gemäht und die Überreste zu kleinen Häufchen zusammengefegt worden. Der Geruch des Grases hing in der Luft.

Er beobachtete ein altes Pärchen, das auf einer Holzbank saß und einander bei den Händen hielt. Ein Bild, das in ihm eine tiefe Sehnsucht auslöste, an der er fast zu ertrinken drohte.

Das Klingeln seines Handys riss ihn aus der Melancholie. Er holte das Telefon aus der Hosentasche und nahm den Anruf mit der unbekannten Nummer entgegen.

»Brown.« Liam lauschte den Ausführungen eines Beamten des New York Police Departments und sein Atem beschleunigte sich. Er konnte nicht fassen, was ihm gerade berichtet wurde.

Kilian, du Schlitzohr, du konntest es wohl nicht lassen ...

૭∞૭

Als Liam in das Krankenzimmer blickte, in dem er Kilian gedacht vorzufinden, blickten ihm lediglich drei Patienten entgegen. Seine Aufmerksamkeit wurde allerdings von einer jungen Dame gefangengenommen, die aufrecht im Bett saß und ein Buch auf ihrem Schoß platziert hatte. Als die blonde, zerbrechlich wirkende Schönheit zu ihm aufsah, wurde sein Jagdinstinkt geweckt. Gerade setzte er an, sein Glück bei ihr zu versuchen, als sein Blick auf die mit Pflaster befestigte Kanüle fiel, die in ihrem Handrücken steckte. Spätestens die Pflaster, die gewiss invasive Spuren auf ihrer zarten Haut verdeckten, erinnerten ihn wieder daran, wo er sich befand. Schlagartig rief ihn die eigene Moral zur Vernunft und schob seinen Avancen einen Riegel vor.

»Kann ich Ihnen vielleicht behilflich sein, Officer? Sie sehen etwas verloren aus.« Sie klappte den dicken in Leder gebundenen Wälzer zu. Liam überlegte, die edel geschwungenen, goldenen Buchstaben des Titels zu entziffern, lächelte stattdessen aber doch nur die junge Frau an und strich sich das Haar aus dem Gesicht.

»Ich bin mir nicht sicher. Ich suche jemanden. Eigentlich wurde mir versichert, dass ich ihn hier vorfinde«, entgegnete er.

»Und wer ist dieser Jemand?« Ihre Augen glitten an ihm auf und ab. Auf solch ungenierte Observation war er gar nicht gefasst gewesen, bei einer eher kränklich wirkenden, jungen Dame.

»Kilian Burrow heißt er.«

»Hm. Was hat er denn verbrochen, Officer?«

Ein einladendes Lächeln spielte um ihren Mund. Kurz hatte er den Eindruck, sie flirtete mit ihm, was ihm schmeichelte. Unwillkürlich legte er ein Lächeln auf, da er wusste, dass sein Gesicht dann Grübchen hervorbrachte, die Frauen immer dahinschmelzen ließen.

Du musst nicht ganz bei Trost sein. Das ist nun wirklich nicht angebracht! Schließlich ist sie kein Betthupferl!

»Wie kommen Sie darauf, dass er etwas angestellt hat?«, fragte er nun herausfordernd und lehnte sich mit verschränkten Armen gegen den Türrahmen, wodurch sein Hemd am oberen Knopf zu spannen begann. Eigentlich hatte er mit seiner Uniform in New York nichts zu melden, aber durch den heutigen Einsatz fühlte er sich befugt dazu, sie zu tragen.

»Na ja, lassen Sie mich überlegen. Sie sind Officer – wenn ich richtig lese aus Oregon. Mr Burrow trägt eindeutig Zeichen von Handschellen an den Armgelenken und er neigt ohnehin dazu, ständig die Schuld auf sich nehmen zu wollen. Daher liegt es nahe, dass Sie ihn abholen, weil er etwas verbrochen hat.«

Ihre zarten Finger spielten nervös mit der Buchkante, während sie ihn triumphierend anlächelte.

»Miss, kann es sein, dass Sie ein Fan von Krimis sind?«, rutschte ihm amüsiert heraus. Er schätzte die Hobby-Detektivin auf knapp zwanzig, doch ihre Krankheit ließ sie etwas kindlich wirken. Nur ihr

Mund und ihr Blick verrieten, dass sie dem Jugendalter längst entwachsen war.

»Ist das so offensichtlich, Officer?« Sie klimperte vergnügt mit den Wimpern und strich sich eine verirrte Strähne hinters Ohr. Ihr seidenweiches Haar reichte ihr fast bis zum Ellenbogen.

»Ich würde meinen, ja. Aber nun im Ernst, wissen Sie vielleicht, wo ich ihn finden kann? Ich habe noch ein Hühnchen mit ihm zu rupfen«, scherzte er, weil er ihr Lachen schön fand.

Wer weiß, ob sie oft dazu kommt.

»Eine Schwester hat ihn mitgenommen. Er macht ein paar Tests, wird aber zwangsläufig wieder bei mir landen wegen der Ergebnisse. Sie kommen alle zurück, und *keiner* kann mir entkommen», witzelte sie vergnügt und zuckte mit der linken Augenbraue, was einfach bezaubernd aussah, musste Liam sich eingestehen.

»Danke, Miss …« er hatte sich schon so angeregt mit der jungen Dame unterhalten, erst jetzt jedoch wurde ihm bewusst, dass er ihren Namen noch gar nicht kannte.

»Cecilia Parker, Officer. Und mit wem habe ich die Ehre?«

Liam schritt näher an ihr Bett und streckte ihr die Hand entgegen. »Officer Brown. Liam Brown« Er zwinkerte ihr zu – sein altes Muster schlug durch und er hätte sich im selben Moment am liebsten eine Ohrfeige verpasst.

Cecilia grinste ihn an.

»Wenn Sie wollen, können Sie hier auf ihn warten. Ich bekomme ehrlich gesagt nicht oft Besuch von Männern in Uniform und freue mich immer über etwas Gesellschaft.« Sie beugte sich vor und flüsterte ihm zu: »Vor allem fördert es das Getratsche unter den Patienten, was mitunter sehr erfrischend sein kann. Man bedenke, ein Mann des Gesetzes auf Verfolgungsjagd in meinem Zimmer. Was für ein Skandal!«

Sie setzte einen geschockten Gesichtsausdruck auf, der allerdings augenblicklich zu einem verunsicherten wurde, als befürchte sie, den Bogen überspannt zu haben. Schüchtern knabberte sie auf ihrer Unterlippe. Dieser unschuldige und hoffende Ausdruck war so entzückend, dass er ihr diesen Wunsch einfach nicht abschlagen konnte.

Mit Blicken hielten sie einander fest, bis sich ihre Wangen trotz der Blässe leicht röteten und sie sich aus seinem Bann löste. Das junge Fräulein schien sofort das Thema wechseln zu wollen, offenbar machte sie sein Charme nervös.

»Also: Was hat dieser Mr Burrow denn nun angestellt? Ich meine, er kam mir nicht gerade wie ein Verbrecher vor – ganz im Gegenteil, er schien sehr ehrenhaft zu sein. Und was er bereit ist, zu geben, ist nicht selbstverständlich.«

Liam seufzte und zog den Besucherstuhl mit einem Quietschen näher heran, um darauf Platz zu nehmen. Dieser Umschwung erstickte jeglichen Zauber in der Luft. Als sie ihn immer noch neugierig ansah, kam er um eine Antwort nicht herum, obwohl er eigentlich keine Auskunft geben durfte.

»So einiges. Aber Kilian hat sich selbst gestellt, es gibt also mildernde Umstände.« Jetzt hatte er schon mehr verraten, als erlaubt war, doch diesen Augen konnte er einfach nichts abschlagen. Sein Blick blieb an ihrer feingliedrigen Hand hängen, die erneut über den ledernen Bucheinband streichelte. Die Art und Weise, wie sie es tat, ließ in ihm Sehnsucht aufkeimen.

»Kilian, ja? Wenn ich es richtig interpretiere, scheinen Sie sich einmal nahegestanden oder zumindest besser gekannt zu haben. Da ist doch mehr, oder nicht?«

Wie ertappt starrte er sie an und fasste nicht, dass sie ihm derart tief in die Seele blicken konnte. So viel Empathie war geradezu erschreckend.

❦

Priscilla stürmte in Cecilias Krankenzimmer. Nach dem Anruf ihrer Tochter, hatte sie sich sofort auf den Weg ins Krankenhaus gemacht. Unter all den Schluchzern hatte sie kaum verstanden, was ihr Cecilia zu sagen versuchte. Also hatte sie sich sogleich auf den Weg gemacht, um genau zu erfahren, was ihre Tochter derart aufwühlte. Völlig aufgelöst fand sie ihr bildhübsches Mädchen in ihrem Bett vor.

»Shshsh, meine Süße. Alles wird gut.« Sie umschlang Cecilias zitternden Körper und wiegte sie hin und her. Dabei wusste sie noch immer nicht, was eigentlich vorgefallen war.

Plötzlich tippte sie Pascal zögerlich von hinten an. »Ist alles in Ordnung mit ihr?« Seine Stimme klang besorgt. Sie wandte sich zu ihm um und strubbelte dem Knaben durch das Haar.

»Ja, mein Kleiner, mach dir keine Sorgen, ich … ich bin nur etwas enttäuscht«, antwortete Cecilia für ihre Mutter und wischte sich über die feuchten Wangen.

»Also? Was ist passiert?« Priscilla streichelte ihrer Tochter die Hand, während sie den anderen Arm um Pascals Schulter gelegt hielt.

»Dieser Kilian Burrow ist heute wieder hier gewesen.«

Pascal zuckte spürbar zusammen und wirkte plötzlich verkrampft.

»Stell dir vor, es hat sich herausgestellt, dass er Blutgruppe AB negativ hat!«

Priscilla bekam weiche Knie und fasste nicht, worauf das Ganze womöglich herauslaufen sollte. »Und weiter?«, presste sie hervor.

»Kannst du dir vorstellen, dass ein wildfremder Mann bereit gewesen wäre, mir eine Niere zu spenden? Er hat darauf bestanden, dass er sie ausschließlich für mich zur Verfügung stellt.«

Priscilla hielt den Atem an. »Was meinst du mit *bereit gewesen wäre?*«

Cecilias Schluchzen entrang sich in die Freiheit. Dann zog sie ein Taschentuch aus dem Spender, der auf ihrem Beistelltisch thronte und berichtete: »Bei der Blutanalyse kam leider heraus, dass Mr Burrow an Hepatitis C erkrankt ist. Eine Transplantation ist deshalb nicht möglich.« Wieder liefen ihr die Tränen über die Wangen.

Priscillas Herz krampfte sich zusammen, auch sie kämpfte mit den Tränen. Doch sie riss sich zusammen. Sie musste ihrer Tochter Halt geben und ihr den Trost spenden, den sie nun benötigte.

»Mein armer Schatz, das tut mir so unendlich leid. ... Aber wir bekommen das auch so hin. Schau, ich habe einen großen Teil unseres Geldes und den Schmuck zurückerhalten. Thomas veräußert das meiste davon und dann wirst du so schnell wie möglich verlegt. Nur noch ein paar Wochen. Dann haben wir es geschafft.« Sie drückte fest die Hand ihrer Tochter, die sie matt anlächelte.

»Du hättest ihn sehen müssen. Er sah so betroffen aus. Als ginge es um *sein* Leben ... Er meinte, es gäbe einiges gutzumachen und dass er nun versagt habe.« Sie blickte auf. »Mama, dieser Mann hat mich so berührt. Hättest du gedacht, dass es so aufopferungsbereite Menschen auf der Welt gibt?«

Priscilla vernahm neben sich ein Schniefen und wandte sich zu Pascal, der sich gerade verräterische Spuren aus dem Gesicht wischte. Wieder einmal zeigte sich, wie empfindsam der Kleine war und dass diese Gespräche nicht unbedingt erbauend für einen Fünfjährigen waren. Sie musste unbedingt Thomas bitten, sich für die Zeit ihrer Krankenbesuche um ihn zu kümmern, damit er etwas mit ihm unternehmen könnte, das keine negativen Spuren hinterließ.

»Was ist denn, mein Spatz?« Priscilla rieb Pascal beruhigend über den Rücken.

Doch der Junge schüttelte nur den Kopf.

»Mrs Priscilla Parker?«

Priscilla wandte sich dem Ursprung zu.

Pascal sprang wie elektrisiert auf. »Onkel Liam?!«, schrie er und lief dem Officer in die Arme.

»Onkel Liam?« kam es synchron aus Priscillas und Cecilias Mund.

34

ALTE FREUNDSCHAFT, DIE AUFKEIMT

Kilian sah aus dem Fenster des Flugzeugs und betrachtete die kleinen Lichter unter sich, die in der dunklen Nacht zu erkennen waren. Sie bildeten Städte und Zentren ab, beleuchteten Schnellstraßen und Autobahnen. Größere Fabriken ragten unverkennbar empor und die glühenden Punkte wirkten wie ein Feuerwerk. Mit den Fingern zeichnete er die kleinen Leuchtkugeln auf dem Trennglas nach und sog die Bilder in sich auf, schließlich konnte das der letzte Flug in seinem Leben sein.

Sie befanden sich im Sinkflug und würden demnächst landen. Einige Reihen vor ihm saß Pascal und dennoch war er meilenweit von ihm entfernt. Keinesfalls sollte er mitbekommen, dass sie sich beide im selben Flugzeug zurück nach Buffalo befanden. Doch als Kilian Cecilia in der Klinik ihre Mutter anrufen gehört hatte, wusste er, dass er seinen Sohn wieder nach Hause bringen musste. In sein wahres Zuhause. Zwar war Liam erneut außer sich gewesen, als er ihn gebeten hatte, den Jungen im Auftrag von Karl Dearing abzuholen und ein weiteres Ticket zu buchen, aber es war die beste Lösung, um bei Priscilla nicht neue Fragen entstehen zu lassen.

Die Versuchung war für Kilian groß, zu seinem Sohn nach vorn zu gehen, ihn anzulächeln und ihn ein letztes Mal zu sehen. Es schmerzte, zu wissen, dass er dem Kleinen dadurch nur noch mehr Kummer bereiten würde. Immerhin müsste er dann mitansehen, wie sein Vater am Flughafen in Handschellen abgeführt würde und so wollte er seinem Sohn nicht in der Erinnerung bleiben. Liam hatte ihm hoch und heilig versprochen, dass er Pascal persönlich hinausbringen und sein Kollege Stan sich inzwischen um seine Verhaftung kümmern würde.

Kilian sank in seinem Sitz zusammen. Er fühlte sich matt und abgeschlagen. Die Symptome der Hepatitis-Erkrankung machten sich immer öfter bemerkbar und obwohl man ihm eine Kombinationstherapie in Form von Medikamenten angedeihen ließ, wusste er, dass eine Heilung zu Lebzeiten nicht denkbar war. Alles nur, weil er so leichtsinnig nach seinem Aufenthalt bei Martha ungeschützten Geschlechtsverkehr in dieser Spelunke gehabt hatte. Der kurze Moment des Glücks, den er mit der kessen Dame im hautengen Lederoutfit und den Lacklederstiefeln bis über die Knie gehabt hatte, war es absolut nicht wert gewesen. Nun kam er für eine Nierenspende nicht mehr infrage.

War er sich bisher schon schlecht vorgekommen, fühlte er sich nun wie ein absoluter Versager. Nicht einmal die Wiedergutmachung seiner Fehler gelang ihm. Er war und blieb ein Taugenichts, eine Niete. Konnte das Schicksal ihn noch härter bestrafen? Wenn er nur an Cecilia und Priscilla dachte, rebellierte sein Magen, er bekam keinen Bissen herunter. Es war nicht viel Erfreuliches in seinem Leben übriggeblieben bei all der unsichtbaren Last, die er zu tragen hatte.

Obwohl die Beleuchtung an Bord gedimmt war und die Passagiere ringsherum größtenteils schliefen, war an Schlaf nicht zu denken. Für ihn tickte die Zeit ohrenbetäubend laut und er hatte Angst, nicht einmal mehr lebendig einen Fuß auf den Boden seiner Heimat setzen zu können.

Kilian schrak zusammen, als eine Person auf den leeren Platz neben ihm rutschte. Erst dann erkannte er Liam.

»Was ist mit Pascal?«

»Schläft. Tief und fest.«

Mit ernstem Blick hielt er ihm ein paar Seiten entgegen. »Ich wollte dir noch die Unterlagen geben, nach denen du verlangt hast.« Als er danach griff, entzog Liam sie seiner Hand noch einmal. »Eins noch, bevor du die Vaterschaft von Pascal offiziell übernimmst und ihm all dein Vermögen hinterlässt. Ich muss wissen, ob die fehlenden dreißig Millionen auf deine Kappe gehen.«

Kilian schluckte hörbar.

»Wir waren uns doch einig, dass du das gesamte Diebesgut bereitstellst. Vom New Yorker Police Department habe ich heute erfahren, dass vom Hauptsafe der Zentralbank exakt dreißig Millionen spurlos verschwunden sind. Du willst mir nicht ernsthaft erzählen, dass du hier nicht deine Finger im Spiel hast, oder?«

Kilian hielt Liams Blick stand. Warum wollte er das so genau wissen? War es sein beruflicher Ehrencodex, seine Angst, er würde Pascal Raubgeld vererben, oder wollte er einfach nur sichergehen, dass er nicht ein weiteres Mal geblendet wurde?

»Liam, zwing mich nicht dazu, dich auf andere Gedanken zu bringen. ... Gib' mir einfach die Unterlagen. Und glaub mir, ich brauche keine dreißig Millionen. Ich hatte schon vorher genug Geld, um mir ein gutes Leben einzurichten. Ab und zu waren sogar ehrliche Arbeiten dabei, ob du es glaubst oder nicht.«

Liam seufzte laut. Sie stierten sich in die Augen, weder Liam noch er selbst wollten bei dem Spiel *Wer als Erstes blinzelt, verliert* aufgeben, bis sein Jugendfreund ihm erneut die Papiere unter die Nase hielt. Kilian griff rasch danach, legte sie auf seinen Schoß und unterzeichnete sie postwendend.

»Verrätst du mir wenigstens, wofür du es brauchst?«, schnaubte Liam verärgert und verschränkte die Arme vor sich wie ein beleidigtes Kind.

»Ich versuche Dinge wiedergutzumachen.« Kilian merkte, wie er sich wiederholte.

Als Liam ein hüstelndes Prusten von sich gab, hatte Kilian das Gefühl, er müsste seinem ehemaligen Freund noch etwas gestehen. »Selbst auf die Gefahr hin, dass du mir gleich wieder an die Gurgel gehen wirst, wollte ich dir sagen, dass ich tatsächlich am Todestag von Alessia in ihrer Wohnung war.«

Liam sah ihn finster an und Kilian glaubte fast, Dampf aus der Nase seines Gegenübers kommen zu sehen. Doch noch bevor Liam etwas sagen konnte, fuhr Kilian fort. »Warte, lass mich ausreden. Alessia hatte mich auf der Beerdigung aufs Übelste angeschrien und ich wollte in ihrer Wohnung herausfinden, warum sie so sauer auf mich war. Sie konnte sich nicht erklären, wie wir etwas miteinander gehabt hatten, und ich wiederum wusste weder von Pascal noch von eurer Hochzeit oder Scheidung. Blind habe ich damals Albany verlassen und wollte mich nicht mehr mit meiner Vergangenheit befassen, bis zu diesem Tag.«

Dabei studierte er Liams Gesicht, das Wut und Angst gleichermaßen zur Schau stellte. Trotz der Dunkelheit hatte es den Anschein, als würden kleine Schweißperlen an seiner Stirn glitzern. »Vielleicht wäre etwas zu retten gewesen, wenn ich all das rechtzeitig erfahren hätte. Doch sobald du Vigos Fingerabdrücke in den Computer mit jenen in Alessias Wohnung vergleichst, werden sich all die Ungereimtheiten auflösen. Du wirst erkennen, dass *er* an jenem Tag eingedrungen ist. Er war mir gefolgt, um mich zu fassen, und Alessia kam ihm als Druckmittel dabei mehr als gelegen.«

Atemlos hatte Liam zugehört, jetzt lief sein Gesicht knallrot an. Es sah aus, als würde er gleich platzen. Mit nur mühsam unterdrücktem Zorn zischte er: »Was redest du da?«

Liam packte ihn am Kragen.

»Sie haben sich Alessia gegriffen, um an mich ranzukommen. Ich wollte nicht mit ihnen zusammenzuarbeiten. Und mir war nicht klar, dass sie mir auf der Spur waren. Liam, bitte, das musst du mir glauben.« Kilian konnte nicht fassen, dass er doch tatsächlich Verständnis ernten wollte, wo kein Samen mehr keimen würde. Sein Rachen war komplett trocken geworden. Liam schien unfähig irgendetwas zu erwidern, ohne ihn zusammenzuschlagen. Kurz überlegte Kilian, ob er ihn abermals mit einer Dimension in Schach halten sollte, doch er entschied sich dafür, einfach weiterzuerzählen.

»Ich hatte Alessia bereits manipuliert und als das Trio uns in die Mangel genommen hat, musste ich weitere Illusionen heraufbeschwören, um sie von uns fernzuhalten ... Sie hatte zu viele Ebenen mitbekommen. Die konnte sie nicht alle auf einmal verarbeiten. Ich wusste mir nicht anders zu helfen, als dich über ihr Handy anzurufen, damit du zu ihr fährst und für sie da bist.« Kilian war außer Atem, weil dieses Geständnis wehtat und es erneut bewies, was für ein zerstörungswütiger Egoist er war.

An Liams Blick war zu erkennen, dass er die Puzzleteile zusammensetzte und sich langsam ein Bild für ihn ergab.

»Leider war es mir nicht möglich, dich zu erreichen. Ich wollte es nicht noch schlimmer machen und deshalb bin ich gegangen. Ein fataler Fehler – der größte Fehler meines Lebens.«

»Der erste Anruf war *deiner*?«, flüsterte Liam, packte Kilian fester am Kragen und rüttelte ihn so energisch, dass die Sitze unter ihnen bebten. Kilian warf demonstrativ einen Blick um sich, um seinem Freund zu verdeutlichen, dass hier und jetzt nicht unbedingt der geeignete Ort und Zeitpunkt waren, um ihm eine Szene zu machen.

Doch er fühlte Liams Verzweiflung. Wie gern hätte er seine Faust in seinem Gesicht gespürt, wenn er damit alles, was geschehen war, rückgängig machen könnte. Hätte den körperlichen Schmerz gegen den seelischen eingetauscht. Und wie bereitwillig hätte er Liams Leid auf seine Schultern geladen.

Mit emotionsloser Stimme sagte Liam: »Du hast es begonnen und verursacht! Wärest du nicht in Albany aufgekreuzt, würde sie

noch leben. Zwar wäre die Wahrheit um Pascals Vaterschaft dann wohl nie herausgekommen, aber manchmal ist das Leben wichtiger. Alessia hatte gerade begonnen, ihren Frieden damit zu machen.«
Seine Ader an der Schläfe trat merklich hervor.
»Das war nie meine Absicht gewesen. Sie war die einzige Freundin, die ich jemals hatte.« Kilians Worte klangen erbärmlich, doch es brachte nichts, es schönzureden.
»Aber *ich* war erneut nicht da für sie, als sie mich gebraucht hat«, schimpfte Liam.
Erst mit diesem Satz wurde Kilian bewusst, welche Schuldgefühle an Liam nagten, daher drehte er den Spieß um. Nun packte auch er seinen ehemaligen Kumpel am Kragen. Zur Sicherheit zog er eine schalldichte Blase um sie beide herum. »Aber *ich* habe doch die Scheiße gebaut!« Nur mit Mühe konnte er die Beherrschung behalten, sodass die schützende Blase nicht zerbarst. Es war ihm wichtig, dass die Botschaft bei Liam ankam. »*Ich*, nur ich verdiene es, Höllenqualen zu erleiden und nicht mitzuerleben, wie mein Sohn aufwächst. Ich werde einsam sein, wenn ich sterbe – und nichts anderes habe ich verdient. Aber *du*, du musst weitermachen. Für Alessia und für ihren Sohn. Hast du mich verstanden?« Wieder schüttelte er Liam und blickte ihm flehentlich in die Augen.
Zeitgleich ließen sie sich los. Noch immer raste ihr Atem. Die Flugkabine schien nicht groß genug zu sein und der Sand in der Uhr drückte auf Kilians Gemüt.
»Bitte sei der Vater für Pascal, der ich nicht sein konnte. Ich hoffe, seiner Großmutter geht es bald besser, und vielleicht schafft sie es, mir eines Tages zu vergeben.«
Etliche Sekunden starrten sie sich schweigend an, sodass Kilian die sichere Blase um sie herum aufhob. Dann brach Liam das

Schweigen. »Ich habe mitbekommen, dass du eine Niere spenden wolltest. Warum tust du das?«

Was sollte er entgegnen, damit es besser greifbar wurde? »Ich will, dass Pascal einen Vater hat, zu dem er aufblicken kann. Er soll stolz sein. Ich wollte ein Vorbild für ihn sein. Und ich möchte ihm mit auf den Weg geben, dass man großmütig sein soll. Ich wünschte nur, ich könnte noch mehr Zeit mit ihm verbringen und ihm ein guter Vater werden.«

Erneut hing die Stille bedeutungsschwer im Raum.

»Dieser Fluch, der auf dir liegt, hatte auch sein Gutes, Kilian.« Liam sah ihm fest in die Augen. »Er hat einen besseren Menschen aus dir gemacht. Ist dir das bewusst?«

Kilian lachte auf. Er saß neben seinem Jugendfreund, der das erste Mal wieder freundliche Worte für ihn übrighatte.

»Es scheint so – aber was bringt mir das noch?« Ihm versagte die Stimme.

Liam quittierte seine Frage nur mit einem leichten, bestätigenden Druck auf seiner linken Schulter, um sich mitsamt der Unterlagen wieder auf den Weg zu den vorderen Reihen zu machen.

Anscheinend ist es ein Auge-um-Auge des Schicksals. Der Preis für das Zerstören von Liams Glück ist das Verlieren meines eigenen.

Als Liam in seiner Reihe ankam, saß Pascal aufrecht auf dem Sitz. Mit großen Augen lugte er ihn an. Liam strich dem Jungen über sein strubbeliges Haar und ließ ihn das, was ihm in diesem Augenblick auf der Zunge brannte, wissen. Sein Herz war berührt worden, trotz all der Narben, die darauf verewigt waren.

»Du kannst stolz auf deinen Vater sein. Er versucht alles, um in der Zeit, die ihm noch bleibt, Gutes zu tun. Das darfst du niemals vergessen, mein Junge.«

35
DER KUSS

Kilian saß auf dem simpel gehaltenen Klappbett in seiner Untersuchungszelle, die gerade einmal acht Quadratmeter maß. Er wusste, dass er die nächsten Wochen hier verbringen würde, während über seine Vergehen verhandelt wurde und sein Anwalt die Dauer seiner Inhaftierung so weit wie möglich herunterhandelte. Mittlerweile interessierte es ihn nicht mehr, wie Vigo reagieren würde, wenn er erfuhr, dass er, Kilian, eigentlich der Verräter war. Der Computernerd dürfte dieselbe Zeit absitzen wie der Ukrainer, während er selbst maximal mit einem Jahr zu rechnen hatte. Unterm Strich konnten ihn alle Entwicklungen und möglichen Konsequenzen kaltlassen, zumal er sie ohnehin nicht erleben würde. In der vergangenen Nacht hatte er weitere Lebensenergie hinter sich gelassen und seine Zellen mussten inzwischen an die fünfundachtzig Jahre zählen. Es machte alles keinen Unterschied mehr für ihn, denn den Großteil, den er vor seinem Ableben noch erledigen wollte, hatte er auf seiner To-do-Liste bereits abgehakt. Zumindest einiges hatte er noch geradebiegen können.

Er stand vor dem kleinen Fenster, das nicht einmal groß genug wäre, damit ein Kind hindurchpasste, und beobachtete den Zug der Wolken am Horizont. Dies war die einzige Sensation, die sich ihm hier bot.

Kilian war erschöpft, erschöpft vom Leben, erschöpft von diesem Fluch und der Last seiner Taten. Diese alte, sterbliche Hülle schmerzte, jeder Muskel tat ihm weh und die Gelenke gehörten neu geschmiert. Was dies betraf, so unterwarf er sich willig dem Schicksal, das für ihn bestimmt war, in der Hoffnung, bald Frieden zu finden. Die süßeste Erlösung, die er sich vorstellen konnte.

Plötzlich sträubten sich ihm die Haare im Nacken und er hatte das Gefühl, nicht allein zu sein. Als sich Kilian umdrehte, erwies sich, dass er recht behalten sollte: Die düstere Prinzessin stand vor ihm. Wieder trug sie ihre Gothickleidung und ihr glänzendes, schwarzes Haar umschmeichelte ihre schlanke Statur.

Wie kann nur so etwas Schönes gleichzeitig so tödlich sein?

Mit einem Mal war er sich nicht mehr sicher, ob er einem Albtraum oder der Realität erlegen war. Panik ergriff ihn und von einem plötzlichen Überlebenswillen ergriffen, zweifelte er nun daran, ob er wirklich bereit war zu gehen, wie er es sich bisher eingeredet hatte.

Ihre Aura berührte ihn und ließ Schauer über seine Haut tanzen.

»Du bist diesmal real«, hörte er sich sagen, als müsste er sich so dieser Tatsache bewusst werden. Kilian trat verunsichert einen Schritt zurück, solchen Respekt hatte er vor dieser Frau, indes sie ihn mit ihrem Blick durchbohrte. Ihr Ausdruck war schwer zu interpretieren. Irritation machte sich in Kilian breit, weil sein Instinkt ihn vorwarnte, dass es diesmal nicht mehr um ein bisschen Lebensenergie gehen würde.

»Was willst du noch von mir? Weitere Jahre meines Lebens mit nur einem Wimpernschlag verstreichen lassen? Hast du nicht schon genug angerichtet?«, entfuhr es ihm, da sie keine Anstalten machte, das Wort zu ergreifen. Unweigerlich begann sein linkes Knie verräterisch zu zucken.

»Ich würde sagen, du verstehst da etwas falsch, Gezeichneter. Der Einzige, der all die Zeit Leid verursacht hat, bist du selbst. Das Schicksal hat nur seine Finger nach dir ausgestreckt, um dich an diesem Leid, welches du dein Leben lang anderen zugefügt hast, teilhaben zu lassen. Es wollte sichergehen, dass du nichts davon verpasst.«

Geschockt lauschte er ihrer Stimme, die unter anderen Umständen sehr verführerisch gewesen wäre. »Wer zum Teufel bist du?«, fragte er skeptisch. Noch immer wusste er nicht, ob dies ein neuerlicher Angriff gegen seine Person werden sollte. Zumindest ihre langen Seidenhandschuhe verhüllten ihre Hände noch, offenbar hatte sie nicht vor, ihn mit ihren bloßen Händen zu berühren und ihn diese unsagbare Kälte spüren zu lassen.

»Zum Teufel?« Sie lachte spöttisch auf. »Lassen wir meinen Vater aus dem Spiel ... Mein Name ist Evolet.« Sie hob stolz ihr Haupt und setzte einen Schritt in seine Richtung, was Kilians Alarmglocken laut aufschrillen ließ. Rasch wich er zurück, stieß jedoch im selben Moment mit dem Rücken gegen die eiskalte Wand.

Er hatte das Ende der Zelle erreicht, während sie sich ihm weiterhin näherte. Kilian gefror das Blut in den Adern, denn erst jetzt wurden ihre letzten Worte durch seinen Verstand gesiebt.

Macht sie Scherze? Gibt es tatsächlich einen Teufel?

Wenn ja, wo war Gott bei diesem Spiel, bei dem er als absoluter Verlierer ausstieg, trotz seines Versuches, sich zu ändern?

»Warum bist du hier? Möchtest du mir beim Sterben zusehen? Oder willst du deine verfluchten 1.750 Dollar zurück? – Ich muss dich enttäuschen, ich habe alles ausgegeben, was ich noch hatte. Und den Rest habe ich anderen überlassen«, spuckte er ihr giftig entgegen. Wenn er schon sterben musste, dann wollte er wenigstens in selbstbewusster Haltung sein Leben beenden.

Sie musterte ihn neugierig und ein Lächeln zeichnete sich auf ihrem Antlitz ab. Ein Lächeln, das ihm Angst einflößte. Die Signa unter ihrem linken Auge glühten rot und unterstrichen damit die Zugehörigkeit zu ihrer diabolischen Familie.

Ob es mehr wie sie gibt, die mit dem Leben der Menschen zum Zeitvertreib spielen?

»Nein, mein Lieber. Deine Taten sind mir nicht verborgen geblieben. Ich weiß, was du für dein eigen Fleisch und Blut getan hast, habe deinen Einsatz für deinen ehemaligen Freund miterlebt. Zumindest seinen Bann hast du gebrochen und er ist nun frei für eine neue Liebe, wenn die Zeit seine Wunden geheilt hat.«

Evolet war vor ihm zum Stehen gekommen und brachte Kilians Puls dadurch zum Rasen. Langsam streckte sie ihre behandschuhten Finger nach seinem Gesicht aus, als würde sie ihn an der Wange berühren wollen. Schweiß trat ihm auf die Stirn. Er kniff die Augen zusammen und lehnte den Kopf zur Seite, als könnte er ihr so entrinnen.

Kein Schreien wollte aus seiner Kehle entfliehen, da er wusste, keiner würde ihn hören. Evolet hatte Fähigkeiten, das war unbestritten und diese waren womöglich viel mächtiger als seine. Dennoch wollte er nichts unversucht lassen, daher konzentrierte er sich und schuf eine Ebene, mit der er sich etwas Freiraum zu verschaffen hoffte. Doch ohne Erfolg. Seine Kraft ging zur Neige und ihre Finger streiften seine Wange. Allein diese Berührung ließ seinen Körper erzittern. Er fürchtete den bereits erlebten Schmerz, den Blitz, der damals durch ihn hindurchgefahren war.

Als keine seiner Befürchtungen eintrat, öffnete er zögerlich die Lider und blickte in ihre zweifarbigen Augen. Diese einzigartigen Iriden.

»Ich muss zugeben, dass ich erstaunt war, was du bereit gewesen wärest, für Cecilia zu tun. Ein Opfer, zu dem nur wenige Menschen für Fremde bereit sind. Auch deine Geschenke an Martha und sogar deinen Feind sind mir nicht entgangen.«

So schmeichelhaft diese Worte auch klangen, wollte er dem Schein nicht trauen. Auf Zehenspitzen stand sie vor ihm, ihr Gesicht ganz nah an seinem, so nah, dass er ihren süßen Atem riechen konnte. Ihre feuerrot geschminkten Lippen zogen ihn in einen magischen Bann.

»Warum bist du dann gekommen?«, fragte er flüsternd. Die Anspannung war kaum zu ertragen. Es fühlte sich an, als würde Elektrizität in der Luft liegen, die sich in kleinen, weißen Blitzen entlud.

»Ich bin gekommen, um dir deinen letzten Kuss zu schenken.«

Noch ehe sich Kilian wehren konnte, drückte sie ihre Lippen auf seinen Mund und augenblicklich durchfuhr eine sengende Hitze seinen Körper.

Jegliche Energie wurde ihm entzogen, die Verbindung zu seinem Hirn gekappt und sein Herz tat einen letzten kräftigen Schlag, ehe die Dunkelheit ihn willkommen hieß.

꧁꧂

Martha vernahm ein Klopfen an der Eingangstür und der Blick auf die Uhr verriet ihr, dass es der Postbote sein musste – ein freundlicher junger Mann, dem sie hin und wieder ein Stück Kuchen als Snack einpackte. Als sie jedoch die Tür einladend aufschwang, stand ihr ein adrett gekleideter Mann gegenüber, der sehr seriös und offiziell wirkte.

»Oh, Sie haben mich erschreckt. Was kann ich für Sie tun?«, brachte sie freundlich heraus und notierte in Gedanken, dass sie endlich das Gartentor reparieren lassen musste.

»Mrs Martha Rodriguez?« Tief klang die Stimme des Mannes.

Martha nickte schweigend und beobachtete, wie der Mann, der wie ein Anwalt wirkte, ein braunes, großes Kuvert aus seiner ledernen Aktentasche fischte. Sie musste ein Vermögen gekostet haben, so edel wie sie aussah, sogar der Geruch des Leders drängte sich ihr in die Nase.

»Ich habe ein offizielles Dokument an Sie persönlich zu übergeben. Sie müssten bitte hier gegenzeichnen«, erklärte er trocken und hielt ihr eine Empfangsbestätigung samt Kugelschreiber entgegen. Martha übernahm das Paket und blickte dem gestriegelten Mann hinterher, der, kaum dass sie unterschrieben hatte, auf dem Absatz kehrtmachte und vor ihrem Zaun in seine Luxuskarosse einstieg. Er verschwand so rasch am Horizont, wie er gekommen war.

Verunsichert, was all das zu bedeuten hatte, wendete sie das Kuvert auf der Suche nach einem Absender. Als sie keinen fand, öffnete sie die obere Lasche der Briefhülle. Nun war sie neugierig, was diese verbürgte Botschaft beinhaltete und staunte nicht schlecht, als ihr eine Besitzurkunde, ein unterfertigter Kaufvertrag und die Visitenkarte eines Generalabnehmers für Restaurierung und Innenausstattung in die Hände fielen. Schwer atmend lehnte sie sich gegen die Tür, um nicht in Ohnmacht zu fallen.

»Das muss ein Irrtum sein!«

Ungläubig holte sie weitere Unterlagen aus dem Umschlag. Es handelte sich um eine Widmungserlaubnis eines Gebäudes in San Diego. Damit wurde ihr ermöglicht, das Objekt zu einer Schule mit angeschlossenem Internat für hilfsbedürftige Kinder umzubauen und dort Zauber-Lehrgänge anzubieten. Martha fasste sich an die Brust, um sicherzugehen, dass ihr Herz noch schlug.

Ein weiteres Stück Papier erwies sich als Scheck über zwanzig Millionen Dollar, dessen Wortlaut sie kaum zu lesen vermochte, so sehr zitterten ihre Finger. Als ihr Verstand die Bedeutung des Textes erfasste, konnte sie es nicht fassen: »Illusios geförderte

Zaubereinrichtung«. Im selben Moment gaben Marthas Knie unter ihr nach und sie rutschte am Türrahmen entlang zu Boden.

»Das kann doch alles nicht wahr sein!«

Tränen schossen ihr in die Augen, als die Unterlagen ihr aus den Händen glitten. Erst jetzt fiel ihr Blick auf einen Zettel im Kuvert, der sich als persönlicher Brief entpuppte.

Liebe Martha,
es tut mir leid, dass ich mich nicht anders für alles, was vorgefallen ist, entschuldigen kann. Diese Spende wird niemals gutmachen, was ich Illusio und dir angetan habe. Aber ich hoffe, dass ich zumindest anderen Kindern hiermit einen guten Start ins Leben ermöglichen kann und damit Illusios größter Traum in Erfüllung geht. Etwas, was euch beiden immer so am Herzen gelegen hat.
In ewiger Verbundenheit
Kilian (Kevin)

Die Wände des Auktionshauses waren in braunem Marmor gehalten, und ein riesiger Kronleuchter erhellte den Saal.

Priscilla lugte abermals hinter sich und konnte es nicht fassen. Dieser edel gekleidete Mann bot schon wieder für eines ihrer Kunstwerke.

Reicht es nicht, dass er bereits die letzten Exponate zu überschnappt hohen Preisen erstanden hat?

Sie spürte, wie sich rote Flecken in ihrem Gesicht bildeten, und wandte sich energisch an Thomas. »Will er mir unter die Nase reiben, wie verdammt bedürftig ich bin? Ich habe das Gefühl, er lacht mich höhnisch aus!«, zischte sie ungehalten und schlang ihren altrosafarbenen Kaschmirschal enger um den Hals.

»Filigrane Vase aus dem 15. Jahrhundert der Ming-Dynastie. Dreißig Zentimeter groß. Das Startgebot steht bei 50.000 Dollar«, hörte man vom Podium.

»Beruhige dich, Priscilla, für dich könnte es überhaupt nicht besser laufen. Wenn er gern so mit seinem Geld herumwirft, dann lächle und sei froh darüber«, flüsterte ihr Thomas von der Seite ins Ohr, was sie kein bisschen milde stimmte.

»Aha! Leicht gesagt, wenn ich bedenke, dass mich dieses Sammlerstück da vorn 180.000 Dollar gekostet hat. Das wird der reiche Schnösel auch wissen. Womöglich hören wir gleich so etwas Verrücktes wie 200.000 Dollar. Wetten?«, posaunte sie genervt heraus und wandte sich noch einmal zu dem Mäzen um, der drei Reihen hinter ihnen saß.

Sie war angewidert von seinem Wohlstandsbauch, dem haselnussfarbenen, zurückgegelten Haar und den auffällig buschigen Augenbrauen. Seinen Mund verzog er jedes Mal zu einer Schnute, wenn er sein Kärtchen mit der Nummer zweihundertdreizehn hochhielt, was ihm einen unheimlich gelangweilten Ausdruck verlieh. Seine kurzen Finger klammerten sich um die Tafel und glichen kleinen Würstchen. Einen Infokatalog wie alle anderen Besucher der Auktion bettete er nicht auf dem Schoß – es schien, als wäre es ihm vollkommen egal, was auf der Auktionsbühne angeboten wurde. Diese Tatsache brachte sie zusätzlich in Rage, da es hier um Teile und Erinnerungen ihres Lebens ging und er sie nicht einmal zu schätzen wusste. Selbst wenn er mehr zahlte als alle anderen, wollte sie nicht, dass ausgerechnet *er* sie bekam. Es unterstrich zusätzlich ihre prekäre Lage, und obwohl sie Thomas' Meinung teilen sollte, fühlte sie sich gedemütigt.

»Gibt es weitere Gebote?«, erklang die Stimme des Auktionators und Priscilla schickte ein Stoßgebet gen Himmel.

Eine Person in den Reihen weiter vorn hob ihr Schild.

»70.000 Dollar sind geboten. Höre ich 75.000?«

Verunsichert suchten Priscillas Finger Thomas' linke Hand und vergruben sich darin. Er drückte sie zuversichtlich und streichelte ihr kaum wahrnehmbar mit dem Daumen über den Handrücken, was ihr etwas Ruhe spendete. Priscilla konnte nicht leugnen, wie ein zartes Prickeln durch ihren Körper tanzte, welches sie mit einem nervösen Zupfen an ihrem Schal unterdrückte.

Nochmals blickte sie auf ihre Vase. Strahlend weiß mit dem typischen kobaltblauen Blümchen-Muster, das sie so liebte. Sie thronte auf einem blauen Samttuch auf einem Podest, hinter dem der Auktionator stand und die Menge von circa zwanzig Personen ihn beäugte. Es war nicht einmal die Hälfte der angekündigten Leute gekommen, was ihr einen Stich versetzte.

Ein Handzeichen verkündete das nächste Gebot.

»Gut, wir haben 75.000 Dollar. Höre ich 80.000?«

Stille.

Priscilla konnte aber ihren Instinkt vernehmen, der sie vorwarnte, dass exakt das gleiche Spielchen ablaufen würde wie bereits zuvor.

»Keine weiteren Gebote? Zum Ersten ... zum Zweiten ... und zum ...«

»350.000 Dollar!«

Ein Raunen ging durch den Saal und der Auktionator erstrahlte, als er die Offerte nun abschloss und die Vase behutsam entfernen ließ, um ein weiteres ihrer Kunstwerke für die Auktion holen zu lassen. Diesmal ein Gemälde von Paul Klee.

Priscilla hingegen wurde von Schnappatmung geplagt. Obwohl sie das Geld dringend brauchte und dankbar dafür sein sollte, dass ein absolut Irrer verschwenderisch hohe Summen für ihre Raritäten ausgab, fühlte sie sich erniedrigt. Dieser Mann besaß die Dekadenz, ihr unter die Nase zu reiben, wie verzweifelt und bedürftig sie war.

Als Priscilla zornig aufspringen und dem Herrn die Leviten lesen wollte, hielt Thomas sie am Armgelenk fest. »Du wirst gefälligst hierbleiben und an Cecilia und eure Zukunft denken. Hörst du? Der Bieter hat nichts falsch gemacht!«, erinnerte er sie mahnend. Diesen Befehlston kannte sie von Thomas noch gar nicht. Sie war geradezu … positiv überrascht. Dennoch biss sie sich auf die Unterlippe und spürte Wut in sich hochkochen. Ein letzter düsterer Blick traf den Bieter dieser unheimlichen Summe – doch dieser hochnäsige Kauz würdigte sie keine Sekunde lang mit seiner Aufmerksamkeit.

Nach der Auktion arbeiteten Priscillas Kieferknochen und ihre Knöchel standen weiß gefärbt hervor, so fest hatte sie ihre Fäuste geballt. Da nun nichts mehr schiefgehen konnte und Thomas sie freigab, sprang sie auf wie unter Strom und stürmte humpelnd auf den sonderbaren Gönner zu, den sie unbedingt näher in Augenschein nehmen wollte. Er war von einer Menschentraube umringt, die ihm alle gratulierten. Tatsächlich hatte er alle ihre Kunstwerke erworben – und jedes zu horrenden Preisen.

»Und? Haben Sie es genossen?«, platzte sie heraus.

Der untersetzte Herr mit der Schnute zog ein Foto aus seiner Blazertasche und warf abwechselnd einen Blick auf das Bild und dann auf sie. »Mrs Priscilla Parker?«

Priscilla erstickte fast an der Wut, der sie am liebsten freien Lauf lassen wollte, nickte dann aber mit zusammengepressten Lippen.

»Ich habe hier eine Nachricht, die für Sie bestimmt ist.« Der Mann übergab ihr einen Zettel, den sie eilig auseinanderfaltete und die darauf verewigten Worte gierig in sich aufsog.

Liebe Priscilla,
manches lässt sich reparieren, anderes nicht.
Du wirst immer einen besonderen Platz in meinem Herzen haben. Sei nur so gut und gib Menschen in deinem nahen Umfeld eine Chance. Du hast sie bisher nur nicht wahrgenommen.
Karl Dearing alias Kilian Burrow

Verständnislos starrte sie auf die Unterschrift. Schon wieder tauchte dieser Name in Zusammenhang mit ihrer großen Liebe auf.

»Ich verstehe nicht ...« Als sie zu dem unverschämten Bieter aufsah, zog er eine Augenbraue hoch und hielt seine Hände vor seinem Bauch verschränkt.

»Also, Mrs Parker, wohin soll das Auktionshaus Ihnen die erworbenen Kunstwerke nun ausliefern?«

☙❧

Vigo kritzelte eine weitere Korrektur auf sein Kreuzworträtsel. Er konnte nicht fassen, dass er so weit gesunken war, doch dieser fürchterliche Zeitvertreib war in dieser Zelle die einzige Möglichkeit, ihm Ablenkung zu verschaffen.

Sie hatten ihn von Igor und Siek getrennt, deren Anhörung in den nächsten Tagen stattfinden sollte. Er hatte keine Chance bekommen, sich mit den anderen beiden in irgendeiner Weise abzusprechen. Und nun trieb ihn die Sorge um, ob einer der beiden petzen würde, um seinen Arsch zu retten. Allerdings, was würden sie ausplaudern können, ohne absolut irre dabei zu klingen? Und er fragte sich, wie Kevin – oder wie er tatsächlich hieß – den Überfall darstellte und ob er seine Fähigkeit preisgeben würde.

So viele Fragen, auf die es keine Antworten gab. Sein Anwalt hatte versucht, sich einen Überblick zu verschaffen, doch wie so oft im Zusammenhang mit dem Freak war nichts in Erfahrung zu bringen. Seinen Ärger hatte er inzwischen gezügelt, denn das Randalieren in der Zelle hatte ihm nur noch mehr Probleme eingebracht. Die Wärter gingen nicht unbedingt zimperlich mit Störenfrieden um und dies hatte er bereits dreimal bitter erfahren müssen.

»Tschenko, deine Frau ist am Telefon.« Zwei Wärter standen vor seinem Abteil und sperrten mit ernster Miene die Tür auf. Kurz war er wie benommen, bis die Panik ihn hochfahren ließ.

Sofort kamen Vigo seine beiden Töchter in den Sinn und sein Magen fühlte sich an, als habe er einen Ziegelstein verschluckt. Ausgerechnet, wenn er im Kittchen saß, musste etwas Tragisches passieren. Abrupt stoppte er den Gedankengang, dass er wohl die nächsten zwanzig Jahre nicht für sie da sein würde, zumindest predigte ihm dies sein Anwalt.

»Danke«, entgegnete er, während er wie ein Sandwich eingekeilt zwischen den beiden bewaffneten Vollzugsbeamten zum Telefonkämmerchen geführt wurde. Auf ein Privatgespräch konnte er wie gewöhnlich nicht hoffen. Er griff nach dem ihm gereichten Hörer und wusste, dass er maximal fünf Minuten mit seiner Frau sprechen durfte, dann musste er auflegen. Hielt er sich an diese Regeln, würde er zumindest in Ruhe gelassen. Dennoch fühlte er sich unter dieser Beobachtung beklommen, daher drehte er den Wächtern, die nur starr geradeaus stierten, den Rücken zu, während er in den Hörer flüsterte.

»Vigo?«, vernahm er die bekannte Stimme seiner Frau.

»Ja, mein Schatz. Ist alles in Ordnung?« Nervös dribbelten seine Finger gegen den Telefonhörer. In seiner kranken Fantasie malte er sich bereits das Schlimmste aus.

»Es ist so schön, deine Stimme zu hören. Eigentlich wollte ich dich übermorgen mit den Kindern besuchen, aber ... Heute ist was passiert und da dachte ich, ich sag's dir besser gleich. Es könnte dir vielleicht Probleme einbringen.«

Geistesgegenwärtig blickte sich Vigo um. Doch die Beamten verzogen keine Miene. Er rieb sich seine Augenlider und raunte schwerfällig in das Mikro. »Also, was ist so wichtig, dass es nicht bis übermorgen warten kann?«

»Du wirst es nicht glauben ...«, begann sie, und wie er sie kannte, holte sie zu weit aus.

Vigo sah den Beamten vor sich mit der Schuhspitze nervös tippen und regelmäßig seine Uhr kontrollieren.

»Nun sag schon endlich.« Ungeduldig zuckte Vigo mit den Achseln, um der Wache zu suggerieren, dass er sich Mühe gab, das Gespräch voranzutreiben.

»Ich bin heute bei der Bank gewesen.«

Scheiße! Ihnen geht das Geld aus und sie können die Rechnungen nicht mehr zahlen?

»Ich habe den Mitarbeiter extra dreimal gebeten, es noch mal nachzuprüfen ... unser aktueller Kontostand hat sich um drei Millionen erhöht. Es ist nicht nachvollziehbar, woher die letzte Buchung kommt. Nun bin ich total verunsichert. Was soll ich denn jetzt tun?«

In Vigos Kopf begann es zu rattern. Würde ihm die Justiz eine Schlinge daraus drehen, wenn nicht nachweisbar war, woher das Geld kam?

Haben Siek und Igor ebenfalls Geld erhalten? Aber warum? Und von wem? Kevin? Kann das wirklich sein?

36

VERGEBEN, ABER NICHT VERGESSEN

Das Schwarz wurde immer lichter, bis schließlich ein unerträglich grelles Rot auf seiner Netzhaut brannte. Ein Impuls wanderte durch seinen Leib, der ihn schlagartig die Lider öffnen ließ. Sein Sehnerv brauchte ein paar Sekunden, um die Konturen und Farben einordnen zu können. Dann leitete sein Gehirn weitere Funktionen ein und er fühlte seinen Körper das erste Mal wieder bewusst.

»Onkel Liam! Onkel Liam! Er ist wach!«

Das war Pascals Stimme. Kilian drehte die Augäpfel, da sein Kopf dazu noch nicht in der Lage zu sein schien. Er musste steinalt sein, so gerädert wie er sich vorkam.

Aber warum bin ich dann noch hier?

»O Mann! Zuerst jagst du den Wärtern im Gefängnis einen Heidenschreck ein und dann die letzten zwei Tage der gesamten Ärzte- und Pflegebelegschaft in der Klinik. Pascal und ich haben echt um dich gezittert.«

Kilian befahl seiner Halsmuskulatur, den Kopf zu wenden, damit er in Pascals Augen blicken konnte. Ungläubig starrte er ihn an der Bettkante stehend an. Kilian räusperte sich.

»Was ist passiert?« Er sah zu Liam und konnte es nicht fassen, ihn lächeln zu sehen. Er lächelte tatsächlich und sah erleichtert aus.

Etwa wegen mir?

Sein Herz wollte einen kleinen Luftsprung machen, als er erneut zu dem Jungen schielte.

»Du siehst anders aus«, entgegnete Pascal und Kilian spürte einen Knoten in seinem Magen.

Schon wieder ...

Inzwischen musste er doch schon so uralt sein, dass er sich von dieser Liege nie wieder selbstständig würde erheben können. Womöglich träumte er aber nur oder schwebte in einer Zwischenwelt, in der er weiter gequält werden würde mit Illusionen, die nicht aus seiner Erinnerung stammten.

Was ist passiert und wo ist diese Hexe?

Er begann zu zittern, so unvorstellbar beängstigend war dieser Gedanke, bis er Liams Hand auf seiner Schulter spürte. Sie fühlte sich echter an als irgendetwas jemals zuvor.

»Alles okay? Soll ich eine Schwester rufen?«

»Nein, schon gut.« Ein Blick auf Pascal verriet ihm, dass er ihn mit seinem Verhalten verunsicherte.

»Du hast zwei Tage im Koma gelegen«, erklärte Liam. »Eigentlich sollte ich dich schnellstmöglich hier rausholen, denn deine Zelle wartet. Ich befürchte, die Ärzte planen, dich expliziten Tests und Versuchen zu unterziehen – und dann wirst du so schnell nicht entlassen werden.« Liam schien gut gelaunt zu sein ... auf Kilians Kosten. Doch je mehr sein Freund ihn aufzog, umso weniger verstand er, was er eigentlich meinte.

»Wie jetzt? Ich verstehe nicht ganz. Könntest du bitte Klartext sprechen?« Selbst das Denken fiel ihm schwer und erschöpfte ihn.

»Du bist in deiner Zelle aufgefunden worden. Du warst dem Tod nahe, deine Haare waren weiß und ellenlang, dein Bart erinnerte an den eines Druiden aus Gallien und deine Haut hob sich von deinen Zotteln kaum ab, so blass warst du. Du kannst von Glück sprechen, dass sie deinen Puls gefunden haben, sonst wärst du wohl als die jüngste alte Leiche in die Geschichte eingegangen.«

Kilian grunzte erleichtert – Liams Humor hatte ihm gefehlt. Er hatte befürchtet, dass dieser bereits beerdigt worden wäre.

»Und wie alt bin ich jetzt?«, fragte Kilian zögernd, wobei er sich nicht sicher war, ob er das wirklich hören wollte.

»Pascal, sag doch mal: Was glaubst du, wie alt dein Vater ist?«, forderte Liam Pascal mit einem vergnügten Grinsen auf.

»Vielleicht …« Der Junge überlegte. Unsicher fuhr er fort: »Mitte dreißig?«

Liam lachte auf. »Na wenn wir in zehn Jahren noch so gut aussehen, mein Junge.« Er klopfte Pascal vergnügt auf die Schulter. Liam fischte nach seinem Handy und schaltete die Frontkamera ein.

Kilian sah auf den Bildschirm. Mit diesem Anblick hatte er nicht gerechnet. Es musste sich um ein Hirngespinst handeln, von dem Gesicht, das er gern sehen würde. Dennoch, es löste sich nicht auf, sondern blieb bestehen. Sein Blick wanderte zu Liam, der ihm fröhlich zunickte. Noch einmal wagte Kilian einen Blick auf das Gesicht, das ihm aus dem Handy entgegenblickte. Verwunderung trieb ihn dazu, sich langsam aufzusetzen und mit seinen Fingern die Fiktion zu berühren, doch sie übersetzten die Konturen so wie der Spiegel.

»Na? Zufrieden? Du bist wieder jung, Kilian. Willkommen in deinem fünfundzwanzigjährigen Körper. Wobei ich annehme, dein Verstand ist nun um einiges älter.« Liam feixte.

Wenn er nicht bereits damit beschäftigt gewesen wäre, es zu begreifen, wäre genau jetzt der Zeitpunkt, ihm einen freundschaftlichen Schlag exakt auf jene Stelle am Oberarm zu verpassen, die bekanntlich besonders lange schmerzte.

Doch Liams Worte machten schlussendlich Sinn, selbst wenn die Faszination über diese Wandlung nicht abreißen wollte. Kilian legte das Handy beiseite und inspizierte seine Hände. Seine Haut fühlte sich fest und glatt an. Die Adern auf seinen Handrücken waren verschwunden, die Nägel wirkten gesund und die krallenartige Haltung der Gelenke war verschwunden. Mit einer schon lange nicht mehr erlebten Leichtigkeit ließ er seine Fingerglieder spielen.

Langsam tastete Kilian seinen Oberkörper ab. Er fühlte, wie ein starkes Herz unter den Rippen energisch Blut durch seine Adern pumpte und plötzlich eine Kraft in ihm erwachte, die er noch nie in sich gespürt hatte. Er hätte aufspringen und die ganze Welt umarmen können. Den Fluch hatte er überlebt!

Kilian lachte laut auf, dann streckte er die Hände nach Pascal aus, umfasste sein Gesicht, um es näher heranzuziehen und drückte ihm einen dicken Kuss auf die Stirn. Dieser wehrte sich kurz, um ihn anschließend in diesem Griff verdutzt anzusehen. »Jetzt hast du mich doch etwas länger am Hals, als dir lieb ist, kleiner Mann«, sagte er mit Tränen in den Augen an seinen Sohn gewandt. »Natürlich nur, sofern ...« Unsicher sah er zu Liam. »Sofern dein Onkel und deine Oma es erlauben.« Er gab sich diesem Hoffnungsschimmer hin. Vielleicht hatte er zumindest die Möglichkeit, Pascal besser kennenzulernen.

»Ich würde meinen, dem steht nichts im Wege. Natürlich müssen wir noch abwarten, wie sich der Gesundheitszustand seiner Großmutter entwickelt und wie sie das sieht. Aber ...« Liam hob sein Kinn, um ihn von oben misstrauisch zu mustern. »Ich behalte dich im Auge und wir werden sehen, wie du dich während der Inhaftierung und auch danach verhältst. Vor allem bin ich gespannt, wie du den *Müll* hinter dir fortwährend beseitigen wirst.«

Sein Jugendfreund wies mit dem Zeigefinger hinter sich und deutete in Richtung Klinikpersonal. Er wackelte verschwörerisch mit den Augenbrauen, was angesichts der Tatsache, dass er ihn gerade zu einer Straftat anstiftete, wirklich dreist war. Ausgerechnet er, der sich bisher immer als Moralapostel aufgespielt hatte. Kilian konnte es nicht fassen, dass er nun den Freibrief bekam, die

Wahrnehmung der Mitarbeiter zu manipulieren. Daher bedachte Kilian ihn mit einem *Ist nicht dein Ernst*-Blick.

»Ganz zu schweigen von den Leuten im Gefängnis, die dich als Greis gesehen haben und vehement deinen Tod bezeugen werden. Du musst verdammt kreativ sein. Und wenn wir schon dabei sind: Wehe, du manipulierst mich noch ein einziges Mal! Hast du gehört?«

Mit drohendem Zeigefinger wollte er ihn nun maßregeln, indes Pascal sich ein breites Grinsen kaum verkneifen konnte.

Kilian spürte eine Woge des Glücks über sich hinwegschwappen, als er diese Emotion im Gesicht des Kleinen ablas.

Ein kurzes Klopfen riss Kilian aus seiner Rührseligkeit. Wie heraufbeschworen, betrat eine Schwester zusammen mit einem Arzt das Zimmer. Sie waren gekommen, um den Auferstandenen zu untersuchen und komplimentierten Liam und Pascal deshalb nach draußen.

»Ich werde versuchen, mich daran zu erinnern«, rief Kilian und grinste schelmisch.

☙❧

Cecilia blätterte die letzte Seite ihres Liebesromans um und konnte sich eine Träne des Glücks nicht verkneifen. Es war ihr neues Lieblingswerk, das sie wohl mindestens noch ein zweites Mal lesen würde. Dann jedoch in der Privatklinik, denn ihre Mutter hatte es geschafft, dass sie, sobald ein Platz frei würde, dorthin zurück verlegt werden konnte. Sie rieb sich den Rücken, der ihr vom ständigen Liegen schmerzte. Sie war nun bereits zu schwach für ihre täglichen Spaziergänge geworden und obwohl sie sich zum Essen zwang, magerte sie immer weiter ab, während sich das Wasser in ihrem Körper sammelte.

»Ms Parker, Sie werden es nicht glauben!«, rief der Oberarzt enthusiastisch schon beim Betreten des Krankenzimmers. Er hielt einen Bogen Papier in der Hand. »Gerade wurde mir mitgeteilt, dass es einen Spender für Sie gibt. Er lebt zwar in Albany und der Zeitpunkt einer Organentnahme müsse noch geklärt werden, aber er hat Ihre Blutgruppe, ist fünfundzwanzig Jahre alt und kerngesund.«

»Das ist ja ... ich kann ...«, stammelte Cecilia, dann erstickten ihre Freudentränen jedes weitere Wort. Sie konnte gar nicht fassen, wie ihr geschah und drückte ihren Roman so fest gegen die Brust, dass sie kaum noch Luft bekam. »Darf ich erfahren, von wem die Niere ist?«

»Ein gewisser Kilian Burrow. Allerdings muss es sich hier um den Junior handeln. Der Kilian Burrow, der unlängst eine Spende angeboten hatte, war ein deutlich älterer, soweit ich mich erinnere. Wie dem auch sei – dieser Spender scheint ideal zu sein. Ich hab' sogar seine aktuellen Blutbefunde vorliegen.«

Cecilia saß immer noch in Tränen aufgelöst in ihrem Bett, sprachlos und völlig überrollt von dieser Wendung.

»Genau wie der ältere Herr hat auch dieser Kilian Burrow persönlich mit der Klinik Kontakt aufgenommen und auf eine Spende für Sie bestanden. Wenn es Ihnen recht ist, werde ich die Privatklinik gleich darüber informieren, dass sie einen OP-Termin mit dem Organspender vereinbart.«

※

Nach seiner Entlassung aus dem Krankenhaus nahm Kilian in Liams Polizeiauto Platz, das ihn zum Gerichtssaal bringen sollte. Nun sah er sich tatsächlich mit einer Haftstrafe konfrontiert. Er fragte sich, ob Evolet ihn erneut besuchen würde, um ihn in seiner

Zelle hämisch anzugrinsen. Denn bis vor ein paar Tagen konnte er sich damit trösten, dass er ohnehin nicht lange eingesperrt sein würde, so schnell wie seine Lebensuhr tickte. Doch jetzt sah sein Leben wieder völlig anders aus: Er war wieder jung und er wollte seine Chance, sein Leben neu zu schreiben, diesmal richtig angehen. An einen Rückzieher war deshalb auch nicht zu denken – er wollte für seine Taten geradestehen und die Konsequenzen dafür tragen. Umso mehr wurmte es ihn, abermals eine Lüge zu leben. Lange hatte er darüber nachgedacht, in welcher Erscheinung – in seinem normalen oder dem deutlich fortgeschrittenen Alter – er bei der Verhandlung aufkreuzen sollte, denn immerhin stand in seinen Akten ein Alter, welches bei seinem Zusammenbruch jeden Amtsträger vor Ort zum Grübeln gebracht hatte. Es stimmte so viel nicht überein, was aber nicht so einfach zu lösen war wie jener Trick, den er gerade im Krankenhaus abgezogen hatte.

»Bist du bereit?«, erkundigte sich Liam, und Kilian spürte, wie er ihn von der Seite aus ansah.

»Muss ich wohl«, gab er wenig motiviert von sich und schnallte sich an.

Während Liam den Motor startete und auf die Klinikausfahrt zusteuerte, schien ihn seine Neugier zu übermannen.

»Und? Wie hast du es angestellt? Wie bist du da einfach so rausspaziert, ohne dass in deinen Krankenakten all diese merkwürdigen Ereignisse festgehalten wurden und das Personal dich als medizinische Sensation betitelt hat? Die Kosmetikindustrie hätte sicher ihre Freude an dir.«

Kilian schmunzelte in sich hinein. Er hatte schon wieder eine diebische Freude verspürt bei dieser Illusion, wenngleich er wusste, dass er künftig gesitteter mit seiner Umwelt umgehen sollte.

»Glaub mir, das willst du gar nicht wissen«, gab er mysteriös von sich. An Liams trippelnden Fingern am Lenkrad konnte er ablesen, dass er es nicht darauf beruhen lassen würde. Bei der nächsten Ampel starrte er ihn an. »Also komm schon, Kilian, spuck es aus.«

Nun biss er nervös an einem Daumennagel, was für Kilian noch köstlicher war.

»Kennst du die Show, bei der Leute mit einer versteckten Kamera aufs Glatteis geführt werden?«

Die Ampel schaltete auf Grün, dennoch blickte Liam ihn wartend an, also fuhr er fort.

»Ich habe ihnen gesagt, dass ich eine Ganzkörpermaske als alter Mann getragen habe und sie sich nun in einer der nächsten Sendungen wiederfinden würden. Als sie mir das nicht so ganz abnehmen wollten, habe ich ihnen die versteckten Kameras gezeigt und mir vor ihren Augen einen präparierten gealterten Hautfetzen aus Latex vom Unterarm abgezogen. Mein Perfektionismus hat sogar meine behandelnde Krankenschwester aufspringen lassen, die offen zugab, mir bei dieser Scharade geholfen zu haben. Ich kann dir versichern, die Gesichter gingen von Entsetzen, Enttäuschung bis zur Grimasse. Offenbar war ich überzeugend.«

Sein ehemals bester Freund schüttelte den Kopf. Mit einem Schmunzeln meinte er: »Jetzt sitzt die gesamte Abteilung das kommende halbe Jahr vor dieser Sendung und wartet auf den Sketch. Unfassbar. ... Und wie machst du es im Gerichtssaal?«

Liam rieb sich sein Ohrläppchen und beschleunigte den Wagen Es war ein wundervoller Tag. Ein paar Wolken streiften über den Himmel und die Landschaft breitete sich vor Kilians Augen aus. Kilian empfand es als Bereicherung, dass er diese ausgeprägte Aufmerksamkeit für seine Umgebung beibehalten hatte. Er war unendlich dankbar und sog jedes noch so belanglose Detail in sich auf. Wenn man einmal vom Todestropfen geschlürft hatte, war man wachsamer und dankbarer für das Leben.

Kilian sah aus dem Fenster. Die Palmen und Sträucher, die die Gärten säumten, leuchteten im sattesten Grün. Nie hatte er seine Umwelt so detailliert und bewusst wahrgenommen. Er genoss die frische Luft, die durch den geöffneten Spalt der Scheibe in sein Gesicht strömte und fühlte das Leben durch jede seiner Adern fließen. Er war so glücklich, wieder neu anfangen zu dürfen und fragte sich, ob er in nächster Zeit noch unter Evolets Beobachtung stehen würde. Könnte er noch irgendwelche Faxen machen? War nichts mehr im Zusammenhang mit seiner Gabe erlaubt und Kilian bereits mit der Manipulation der Krankenhausmitarbeiter zu weit gegangen?

Aber wie hätte er eine Eskalation der Situation anders verhindern sollen? *Manchmal musste man Übernatürliches nutzen, um Übernatürliches zu kaschieren* – oder etwa nicht? Gewiss würde er dieses Mantra nicht in jeder Lebenslage einsetzen, allerdings für Gutes konnte es doch nicht schlecht sein.

Warum muss ich meine Gabe in Schutz nehmen und fühle mich gleichzeitig schuldig, sie zu nutzen?

Er wischte seine Bedenken beiseite. Immerhin hatte er bewiesen, dass er sich ändern konnte. Beziehungsweise, dass er sich geändert hatte – da konnte ihm diese Evolet schon zutrauen, die Gabe nicht in böser Absicht einzusetzen.

»Ich soll dich also nicht mehr manipulieren? Und wenn ich dir mit meinen Fähigkeiten eine heiße Nacht verschaffen würde?«, neckte Kilian Liam.

»Eine heiße Nacht mit einer deiner Illusionen? Lass das lieber sein, sonst wache ich bei deinem Geschmack morgens noch neben einem Mann auf, weil du ihn am Vorabend wie Angelina Jolie hast aussehen lassen. Danke, ich verzichte«, antwortete Liam mit einem Seitenblick.

Kilian grinste. »Na, wer nicht will, der hat schon.«

Er genoss diese Vertrautheit und ihm wurde erst jetzt bewusst, wie sehr ihm Liam – wie sehr ihm ein Freund – gefehlt hatte.

Stille füllte die Fahrkabine – das hatten sie schon immer gut gekonnt. *Wer gut miteinander schweigen kann, versteht sich ohne Worte.* Ein Gefühl der tiefen Verbundenheit durchströmte ihn.

»Danke, Liam ... für alles.« Diese Worte mussten einfach raus, da sie ungesagt ein Verbrechen darstellten.

Er konnte sehen, wie Liam sich unruhig in seinem Sitz neu positionierte, dennoch blickte er weiter stur geradeaus.

»Da gibt es nichts, wofür du dich bedanken musst ... Ich will ehrlich mit dir sein. Das, was du getan hast, werde ich nie vergessen. Dafür war das alles zu schmerzhaft und die Verluste zu groß. Aber auch ich bin nicht fehlerlos.« Er räusperte sich. »Ich glaube allerdings, dass Pascal und du ein brillantes Team abgeben könntet. Da würde ich mich keinesfalls dazwischen klemmen.« Wieder stockte er. »Ich kann mich nur bemühen – ich werde mich bemühen –, dass wir miteinander klarkommen oder vielleicht sogar ein Neuanfang möglich ist ... ich ... Gib mir nur etwas Zeit dafür, okay?«

Sie parkten nun vor dem Gericht, wo die erste Anhörung stattfinden sollte, und Kilian vermochte ein beklemmendes Gefühl nicht abzuschütteln. Er hatte nicht vor, die alte Hülle wieder überzustülpen und wappnete sich vor all die ihm vorgehaltenen Ungereimtheiten, die ihn in Erklärungsnot brachten.

»Trotzdem, nochmals danke. Und natürlich bekommst du alle Zeit der Welt.«

⁂

Kilian war froh, dass seine achtmonatige Haft schon sechs Wochen früher wegen Bewährung beendet worden waren und sich nun vor seinen Augen die Tore zur Freiheit öffneten. Er hatte Glück gehabt, dass sie ihm nur die Raubüberfälle und den Diebstahl anlasten konnten und er wegen seiner Kooperation mildernde Umstände erhalten hatte. Wären noch Steuerhinterziehung, Betrug, Urkundenfälschung und all die anderen Vergehen hinzugekommen, wäre er wohl nicht so glimpflich davongekommen. Liam hatte Kilians Gabe für sich behalten, was er seinem ehemaligen Schulfreund hoch anrechnete, wobei es ohne sein Zutun ohnehin schwer zu beweisen gewesen wäre. Und es war seiner eigenen Vorsicht geschuldet, dass unter dem Namen Kilian Burrow nichts Negatives dokumentiert war.

Auch bei Kilians Verlegung in ein anderes Gefängnis hatte Liam seine Finger im Spiel gehabt. Über längere Zeit hinweg Illusionen aufrecht zu erhalten, hätte Kilian tatsächlich altern lassen und ihn völlig ausgemergelt. Besser war es somit, er bliebe inhaftiert, wo niemand von dem unbegreiflichen Gerücht, dass ein Mittzwanziger Greis sein Unwesen trieb, wusste – und dafür hatte Liam gesorgt.

Endlich konnte Kilian alles, was mit seinem alten Ich in Verbindung stand, hinter sich lassen und ohne Illusion sein, wer er tatsächlich war. Zum Glück war er in Portland inhaftiert worden, sodass er niemals auf Vigo, Siek oder Igor hatte stoßen können, während die New Yorker Polizei es sich nicht hatte nehmen lassen, die bis zu zwanzig Jahre Festgesetzten in ihren Staat zurückzuholen.

Kilian schritt durch das Tor und sein Blick fiel auf Liam und Pascal, die beide wie siamesische Zwillinge an das Auto gelehnt standen und auf ihn warteten. Die Großmutter war inzwischen ansprechbar und auf dem Weg der Besserung, wollte sich aber noch nicht mit ihm auseinandersetzen, wobei Kilian wusste, diese unliebsame Begegnung würde ihm nicht erspart bleiben.

Er freute sich über das Empfangskomitee. Zumal er durch die wöchentlichen Besuche einen guten Draht zu Pascal entwickelt hatte. Zwar blieb er weiterhin *Kilian* für seinen Sohn, aber mit den kleinen Zaubertricks begeisterte er ihn und brachte ihn zum Lachen. Und wer weiß – vielleicht würde er eines Tages mehr für Pascal sein.

Als der Kleine in diesem Augenblick auf ihn losstürmte, ging Kilians Herz auf. Ohne Worte umschlang er ihn.

»Ich muss ehrlich gestehen, dass ich überrascht bin. Du bist da drinnen jedem Ärger aus dem Weg gegangen. Immerhin hättest du deine Haft jederzeit *abbrechen* können. Respekt, alter Junge.« Liam war näher herangetreten. Er wiederholte: »Respekt.« Zögerlich klopfte er Kilian auf die Schulter.

Aus einer Gefühlswallung heraus zog Kilian Liam an seine Brust und nun standen sie zu dritt in enger Umarmung da. Somit hielt er alles umschlungen, was ihm an *Familie* geblieben war. So viel wertvolles Glück in seinen Armen vereint.

Liam klopfte ihm abermals auf den Rücken und auch er musste mit den Emotionen kämpfen.

Kilians Herz wurde ganz weit. Die beiden Menschen, die ihm am wichtigsten waren, holten ihn ab in sein neues Leben.

Er hatte es tatsächlich überstanden, sogar die Gothicprinzessin hatte ihm keinen bösen Besuch mehr abgestattet. Sie war etwas in Vergessenheit geraten, wodurch er sich insgeheim fragte, ob sie nur ein Trugbild gewesen war. Andererseits, wie wäre dann diese Alterserscheinung zu erklären gewesen? Oder stammte auch das aus seinen Genen, da jede Zelle die Macht der Veränderung in sich trug? Hatte sich sein Gewissen womöglich gegen ihn verschworen, um einen neuen Weg einzuschlagen?

Aber war das überhaupt noch wichtig? Ausschlaggebend war das Hier und Jetzt und er fühlte sich frei und glücklich, trotz der Tatsache, dass Liam nichts Besseres zu tun hatte, als ihn mit dem Polizeiauto abzuholen. Als würde er es in der kleinen Gemeinde in den nächsten Jahren nicht ohnehin schwer genug haben. Er rollte mit den Augen.

»Jetzt komm schon, dein Sohn hat sich so gefreut, mit dem Polizeiwagen zu fahren und ich muss anschließend noch weiter.«

Kilian grummelte in sich hinein. Er hatte sich nichts sehnlicher gewünscht, als endlich in Freiheit neben seinem Sohn zu sitzen. Stattdessen fuhren sie im abgetrennten Abteil und er befand sich wieder hinter vergittertem Fenster, wenn auch nur im Auto. Plötzlich wurde ihm etwas bewusst.

»Und wer kümmert sich dann um Pascal, während du Dienst hast? Soll ich ihn zur Nanny bringen?«

Kilian wusste, dass Liam sich nur bereiterklärt hatte, sich um den Kleinen zu kümmern, wenn er dabei Unterstützung bekam. Die Großmutter konnte noch immer nur bedingt für ihren Enkel sorgen.

»Ah, weil wir gerade dabei sind, hast du noch immer vor, in Albany zu bleiben und die Tischlerei wieder funktionstüchtig zu bekommen?«

Kilian verstand den abrupten Themenwechsel nicht. »Eigentlich schon«, antwortete er zögerlich. »Immerhin war das die Bedingung meines Vaters, sonst hätte er sie mir nicht vererbt. Sie wäre dann von der Bank versteigert worden und das Geld hätte man für wohltätige Zwecke verwendet. Ich glaube, ich war karitativ genug in letzter Zeit, meinst du nicht?«

Als Liam nickte, fügte er noch an: »Mein Vater würde es mit Sicherheit lieber sehen, wenn auf seinen Werkbänken weiterhin einzigartige Kunstwerke entstehen. ... Und ich bin näher bei Pascal.«

Kilian lehnte sich ganz dicht ans Gitter und bohrte seine Finger durch die Öffnungen. Er kam sich wie ein Hund im Zwinger vor, während er ein breites Grinsen auf Pascals Gesicht entdeckte.

»Pascal – dein Einsatz. Tu nicht so eingeschüchtert und sag Kilian, womit du mir die letzten Wochen in den Ohren gelegen hast.«

Kilian sah, wie sich Pascals Bäckchen röteten und er ihn unverhohlen anstarrte.

»Spann mich nicht auf die Folter. Was willst du mir sagen, Pascal?«

»Ich wollte fragen, ob ich ein paar Tage bei dir bleiben kann, wo doch bald Weihnachten ist. Vielleicht kannst du mir ja zeigen, wie Spiderman wieder zurückkriecht?«

Wie er so dasaß und mit seinen Fingern ungeduldig auf dem Ledersitz herumknetete und schüchtern den Blick senkte, hätte Kilian ihn am liebsten in die Arme geschlossen. Er konnte es nicht fassen: Dieser kleine Junge, für den er vor noch gar nicht so langer Zeit ein vollkommen Fremder gewesen war, wollte bei ihm wohnen und offenbar so viel Zeit mit ihm verbringen wie möglich. Mehr als zu nicken wie ein Irrer und bescheuert dabei zu grinsen gelang Kilian nicht.

Urplötzlich fühlte er sich federleicht.

»Du möchtest also wirklich bei mir wohnen?«

Jetzt nickte Pascal in derselben Weise und strahlte ihn mit leuchtenden Augen an.

»Dann hilfst du mir, das alte Haus auf Vordermann zu bringen und beim ersten Schnee einen Schneemann zu bauen?«

Pascals Grinsen reichte von einem Ohr zum anderen.

Kilian wandte sich Liam zu, der momentan die Obhut über ihn hatte. »Wäre das wirklich für dich in Ordnung? Und seine Großmutter? Ist sie auch damit einverstanden? Ich meine, es sind zwar nur ein paar Tage, aber immerhin bin ich quasi ein Straftäter. … Traust du mir das denn zu, schließlich habe ich noch nie so lange auf ein Kind aufgepasst.«

»Also, ich habe das alles schon abgeklärt. Wir schauen die paar Tage mal, wie du dich anstellst. Und wer weiß, vielleicht können wir uns nach einer gewissen Zeit ja mal alle an einem Tisch zusammensetzen und über die Zukunft sprechen.«

Liam sah ihn über den Rückspiegel direkt an und Kilian erkannte, dass ihm da eine Chance gegeben wurde, die er nicht zu hoffen gewagt hätte.

»Und ihr werdet Onkel Liam zu Weihnachten dann bekochen und verwöhnen, stimmt's, Pascal? Ich bestehe auf jeden Fall auf frischgebackene Kekse mit bunten Streuseln drauf«, grinste Liam, während Pascal hibbelig auf dem Sitz herumrutschte und fröhlich in die Hände klatschte.

»Ich glaube, du hast da was missverstanden, Liam«, konterte Kilian, der schwer versucht war, sein Gesicht in das einer Frau zu verwandeln, um ihm einen Kussmund über den Rückspiegel zuzusenden.

༺༻

Liam drehte die dünnen Stiele des mickrigen Bouquets, das er beim Blumenladen vor dem Friedhof zu so später Stunde noch hatte ergattern können, in den Händen. Seine Finger rollten sie nervös auf und ab, während er vor Alessias Grab stand und den graumelierten einfach gehaltenen Marmor fixierte. Der Abendwind strich ihm wild durchs Haar, als er bedächtig die Inschrift studierte. In goldener, nüchterner Schrift war ihr Name, das Geburtsjahr und das Sterbedatum festgehalten, als wäre die Gewissheit des Todes nicht in jedem seiner Tränen und Schweißtropfen, die nachts sein Kissen benetzten, verewigt. Der letzte Satz – Mutter, geliebte Tochter und Seelenverwandte – wurde ihr einfach nicht gerecht. Liebevoll strich er über den Stein.

Schwermütig kniete er sich auf die von der Sonne verbrannte Wiese vor dem Grab, die durch den Sonnenuntergang noch mehr zu glühen schien. Fest presste er die Lippen aufeinander, als läge auf seiner Zunge ein erlösender Spruch, der seine Entschuldigung einfacher gestalten könnte und nun nicht raus wollte.

Er strich sich sein zerzaustes Haar zurück, löste mit zwei Fingern geschickt den ersten Knopf seines Uniformkragens und atmete tief durch. Als würde er Zeit schinden wollen, legte er Alessia die Blumen zu den bereits welkenden anderen, die er bei seinen letzten Besuchen vorbeigebracht und jedes Mal nicht den Mut gefunden hatte, etwas zu sagen. Doch heute sollte es anders werden.

»Kilian hat mir erzählt, dass er dich regelmäßig mit Pascal hier besucht, um ...« Er schluckte und setzte erneut an. »Um ihm von unserer gemeinsamen Schulzeit zu erzählen.«

Liam strich mit den Fingerkuppen über die trockenen Erdkrümel, die über die Befestigung um die Grabstelle herum herausgerollt waren und beförderte sie mit einer fegenden Bewegung wieder ins bepflanzte Beet zurück.

»Er habe dich auch allein besucht, sagte er, um sich für alles zu entschuldigen. Und um deinen Segen zu bekommen, damit er Pascal ein guter Vater sein darf.«

Er musste schwer schlucken und zupfte einzelne Grasspitzen zwischen den Steinen ab. Er fühlte sich so elendig und konnte den Blick nicht länger auf den Grabstein richten. Die Last erdrückte ihn und er hatte das Gefühl, Alessias scharfer Blick beobachtete ihn von oben, weil sie seine Taten und Entscheidungen missbilligte.

»Ich weiß, es ist jetzt zu spät, Alessia. Du hättest verdient, dass ich dich dabei ansehe.«

Er rang mit sich und zwang die Tränen zurück. Dann hob er den Blick auf der Suche nach einem Zeichen von ihr, und sei es noch so winzig. Ein kleines Vögelchen, das sich auf den Grabstein setzen oder ein letzter Sonnenstrahl, der liebevoll über die goldenen Lettern streichen würde. Doch nichts dergleichen geschah.

»Ich habe dir all die Jahre Unrecht getan.«

Heiße Tränen liefen ihm die Wangen hinab.

»Ich hätte dir vertrauen sollen.« Ein gequältes Lächeln schlich über seine Lippen und er zupfte sich nervös am rechten Ohrläppchen. »Klar, so etwas Verrücktes ist kaum zu glauben. Selbst jetzt, wo ich es hautnah miterleben musste, ist mir schleierhaft, wie so eine Fähigkeit überhaupt möglich ist. Hier. Jetzt. In der echten Welt.« Liam wischte sich ungelenk die traurigen Verräter von der Haut und fasste sich, indem er seinen Rücken durchstreckte. »Ich hätte dich niemals im Stich lassen dürfen, denn … ich liebe dich noch immer.«

Mit gesenktem Blick knetete er seine Hände.

»Und selbst wenn du mit Kilian bewusst intim geworden wärst, hätte ich weder Pascal noch dich so hart ablehnen dürfen. Immerhin ist unsere Liebe aus tiefster, inniger Freundschaft erwachsen. Unsere Freundschaft hätte ich nicht so enden lassen dürfen.«

Er starrte mit glasigen Augen den Grabstein an, als wäre er ihr Gesicht. Kaum hörbar fuhr er fort: »Vor allem Pascal hätte ich als Vater nicht verstoßen dürfen.«

Ihm brach die Stimme. Wieder kullerten ihm die Tränen über die Wangen, sein Herz wog schwer wie Blei. Alles hätte er dafür getan, Alessia noch ein einziges Mal zu sehen und sie in den Arm nehmen zu dürfen.

»Übrigens: Pascal ist so ein besonderer, aufgeweckter und intelligenter Junge. Du hast das einfach wundervoll gemacht mit ihm.«

Und womöglich wird auch Kilian seiner Aufgabe gerecht.

»Ich kann nur hoffen, du nimmst mir meine Entscheidung, Pascal an Kilian zu übergeben, nicht krumm.« Als würde er auf eine Antwort hoffen, lauschte er. »Ja, zuerst habe ich diese Entscheidung aus Wut und Trotz heraus getroffen. Ich wollte Kilian in die Vaterschaft zwingen, doch ich hätte es niemals auf dem Rücken des Kleinen austragen dürfen. Dass Pascal darunter zu leiden hat, daran habe ich nicht gedacht. Das war feige, unreif und unfair.«

Liam erkannte erst jetzt, wie seine rechte Hand sich ins Erdreich krallte, und ließ sofort davon ab.

»Aber immerhin besitzt Pascal ebenso übernatürliche Kräfte wie Kilian. Wer könnte den Jungen also besser verstehen, ihn besser anleiten als jemand, der wegen seiner Gabe fest auf die Schnauze gefallen und nun geläutert ist? Kilian hat sehr darunter gelitten, wie sein Vater ihn behandelt hat – meinst du nicht, er wird Pascal gerade deshalb ein besserer Vater sein, als ich es je gekonnt hätte? Keiner kann besser nachvollziehen als Kilian, wie es ist, so anders, ausgegrenzt und verunsichert zu sein. Nur er wird ihn lehren können, seine Gabe verantwortungsvoll und achtsam einzusetzen.«

Als er nun gen Himmel blickte, verschwand die Sonne hinter Wolkenschleiern in einem Meer aus Farben. Bei genauerer Betrachtung schien eine Wolke Alessias Antlitz ähnlich zu sehen, das ihn mit einem leichten Lächeln bedachte, bevor es sich wie durch Zauberhand wieder auflöste.

Nervös blickte sich Liam um, ob ihm womöglich Kilian hier versteckt einen Streich spielte. Doch stattdessen lagen seine Blumen vom Wind verstreut in einem wunderschönen Bogen auf dem Beet des Grabes und ein einzelner Sonnenstrahl brachte das »A« ihres Namens zum Leuchten.

Alles zusammen erzeugte eine wohlige Gänsehaut und Liam fühlte sich seit langem innerlich ruhig und erleichtert. Langsam stand er auf und bedankte sich im Stillen für diese Antwort.

EPILOG

Vier Monate später

Kilian brachte seinen kläglich aussehenden, selbstgemachten Kuchen in den Garten, wo Priscilla, Cecilia, Pascal, Liam und die Großmutter bereits auf ihn warteten. Es war ein wunderschöner Frühlingsmorgen und als die New Yorker vor einer Woche ihren Besuch angekündigt hatten, fand er, es wäre eine nette Gelegenheit, sie zum Brunch in seinem neuen Heim einzuladen. Er hatte sein altes Geburtshaus von Handwerkern renovieren und vergrößern lassen. Wobei Liam hier wie gewohnt mit dem Zeigefinger gewackelt hatte, da er ihm noch immer übelnahm, dass er auf einem Berg Kohle saß, welchen die Polizei niemals hatte finden können. Wie auch das Finanzamt, andere Gauner oder sonst wer. Dafür hatte Kilian gesorgt.

Wohlweislich hatte er, gleich nachdem er das Geld an sich genommen hatte, dafür gesorgt, dass er damit möglichst lang auskommen würde. Eine große Summe hatte er versteckt und den restlichen Teil des Geldes die letzten Jahre gewissenhaft investiert. Ihm war rasch klar geworden, dass *Geldwäsche* durch den Kauf von Immobilien, die er vermietete, ein ordentliches Einkommen generierte und er nur darauf achten musste, dass diese Investition nicht zu Kilian Burrow zurückzuverfolgen war. Dasselbe galt für Aktien, Wertpapiere und Fonds. Was das betraf, hatte er von Priscilla viel gelernt.

Zwar veranschaulichte es, dass er in dieser Hinsicht keinen Deut ehrlicher geworden war – doch zumindest bemühte er sich, nun seine handwerkliche Begabung als Tischler aufzufrischen. Er hatte sogar drei Mitarbeiter angestellt, die die ersten Aufträge entgegennahmen. Er bemühte sich wirklich darum, ein ganz normales Leben aufzubauen. Natürlich gingen ihm die Nachbarn noch immer aus dem Weg und immer noch wurde hinter vorgehaltenen Händen getuschelt, wenn er mit Pascal irgendwo auftauchte. Es war wie ein Déjà-vu aus seiner Kindheit – doch merkwürdigerweise prallte diese Skepsis ihm gegenüber völlig an ihm ab. Mit der Zeit würden sich die Leute schon an Pascal und ihn gewöhnen. Die erste offenkundige Abneigung hatte sich bereits gelegt und bei einigen war sie sogar in Neugier umgeschlagen, sodass neue Kunden in die Tischlerei spazierten, um ein Auge auf den sonderbaren Mann mit den unterschiedlichen Iriden zu werfen. Auf jenen Mann, über den so viele Gerüchte kursierten. Doch dies kam Kilian gelegen, denn er konnte mit alten Mythen endlich aufräumen.

Trotz allem ließ er es sich nicht nehmen, seine Gabe zu nutzen. Schließlich wollte und musste er Pascal in der verantwortungsvollen Nutzung seiner Fähigkeiten lehren und er konnte es sich nicht verkneifen, Liam ab und zu ein Schnippchen zu schlagen. Das gehörte einfach dazu.

Lediglich Priscilla und Cecilia kauten noch immer an der Information, Karl Dearing und Kilian Burrow seien ein und dieselbe Person. Auch dass weder der blonde noch der alte Mann existierten, hatten sie noch nicht gänzlich verdaut. Sie weiter im Unklaren zu lassen und sie ständig zu manipulieren, war für Kilian allerdings keine Option gewesen, deshalb hatte er Mutter und Tochter die Wahrheit gestanden. Dennoch hoffte er auf ihre Verschwiegenheit und ließ sie auf seine Niere schwören.

»Meine hochverehrten Damen, ich freue mich, dass ihr gekommen seid.« Er balancierte den Kuchen mit dem Tortenheber auf die Dessertteller. Ihm war allerdings nicht verborgen geblieben, dass, obwohl er sich so charmant gab, ihm die Großmutter wie stets einen eisigen Blick über den Tisch zuwarf. So richtig verzeihen würde sie ihm wohl nie. Nur seinem Bemühen, einen engagierten Vater abzugeben, hatte er es zu verdanken, dass sie zu guter Letzt eingewilligt hatte, dass Pascal nun bei ihm leben durfte. Was sie aber nicht davon abhielt, auf ihr regelmäßiges Besuchsrecht zu pochen. Kilian wusste dennoch, dass in ihr eine gute Seele ruhte und ertappte sie hin und wieder, wie sie aus ihrer strengen und zornigen Rolle fiel. Krumm nehmen konnte er ihr ihre Animosität jedoch nicht, denn er hatte ihr mehr Kummer bereitet, als ein Mensch ertragen konnte. Dass er nach alldem mit Pascal ungestört reden durfte, war das eigentliche Wunder an diesem Tisch. Mehr noch als die Tatsache, dass Cecilias Körper seine Niere nicht abgestoßen hatte. Sie hatte die Klinik vor einiger Zeit verlassen dürfen, brauchte sich dort nur noch zur Kontrolle blicken zu lassen und wohnte wieder bei ihrer Mutter.

Zu Kilian gewandt sagte Cecilia: »Danke *dir* für diese Einladung.« Sie strahlte übers ganze Gesicht. »Was war ich glücklich, herkommen zu dürfen. Ich konnte ja die letzten Jahre nicht verreisen und ich wollte schon immer mal die Niagarafälle sehen – da hat sich das perfekt ergeben.« Sie zwinkerte Kilian zu. »Außerdem weißt du, dass sich deine Niere nach dir gesehnt hat und ich auch die kleinen Pausbäckchen vermisst habe.« Sie kniff Pascal, der sich übereifrig das erste Stück Aprikosenkuchen in den Mund stopfte, in die Wange.

»Na wenigstens das. Die Narbe zieht nämlich wie die Hölle«, veralberte er sie und bewunderte, wie kerngesund sie nun wirkte. Die blasse Hautfarbe war einem rosigen Teint gewichen und ihre goldene Haarpracht hatte sie locker nach hinten gesteckt. Der Anblick von Cecilia in diesem leichten, blumigen Kleid zeugte davon, dass er im Leben auch Dinge richtig gemacht hatte.

Kilian reichte seine selbstgemachte Zitronenlimonade in einer Karaffe an Cecilia weiter.

»Die duftet einfach köstlich. Hmm, frische Minze und Früchte! ... Auch einen Schluck, Pascal?«

Kilian betrachtete stolz seinen Nachwuchs, der neben ihm thronte. Der einstmals in sich gekehrte kleine Kerl war mittlerweile wesentlich aufgeweckter. Wobei ... Ihm fiel plötzlich auf, wie Pascal mit monotoner Bewegung auf den Teller starrte, als wäre es eine einstudierte Endlosschleife.

»Pascaaal!«, rief Cecilia noch einmal.

Nicht schon wieder! Ich sagte doch, nicht solange wir Gästen haben!

Mit gestelltem Lächeln mimte Kilian, als wäre alles in Ordnung, während er seinen wachsamen Blick über den Tisch und die Gäste wandern ließ. Schließlich erspähte er zwischen der Großmutter und Liam, die tief in einem Gespräch vertieft waren, eine Kinderhand, die sich geschickt ein paar Kekse von einem Teller angelte.

Dieser kleine Nimmersatt!

Da würde er wohl oder übel mal zeigen müssen, wer am längeren Hebel saß. Beherzt wuselte er der pascal'schen Hülle neben sich fest über den Kopf. Ein kaum hörbares Fluchen unter dem Tisch, dann richtete sich Pascal, als wäre ihm neues Leben eingehaucht worden, auf und beklagte sich mit einem »Och, Papa!«

Während Kilian nur tadelnd die Augenbrauen hob, leckte sich Pascal die Schokokrümel von den Fingern. Doch der kleine Mann verstand die Botschaft sofort, selbst wenn er eine beleidigte Schnute zog.

Kilian genoss diese Innigkeit. Schon allein das Wort *Papa* zeigte ihm, dass er sein Leben in die richtige Bahn gelenkt hatte. Er war glücklich, dass Pascal ihn nun als seinen Vater akzeptierte und ihn sogar als diesen stolz in der Vorschule präsentierte. Selbst wenn Kilian insgeheim immer noch schwer daran trug, welche Schuld er auf sich geladen hatte, und er jeden Tag aufs Neue herausgefordert war, eine Balance für seine schlechten Taten zu finden.

»Wie geht es eigentlich Thomas?«, fragte Kilian ungeniert und konnte sich ein Grinsen nicht verkneifen. Er hatte Priscilla voll erwischt, wie ihre Mimik eindeutig verriet – erst lief sie rot an, dann hastete ihr Blick von Kilian zu Cecilia und wieder zurück. Als hätte er die Frage gar nicht gestellt, schaufelte sie sich ein weiteres Stück Kuchen auf den Teller und schob sich hastig eine Gabel davon in den Mund.

Nachdem sie sich die Lippen mit der Stoffserviette abgetupft hatte, rang sie sich doch zu einer Antwort durch.

»Er ist gerade dabei, seine Wohnung aufzugeben, er ... ähm ... zieht zu mir in die Villa. Hätte er heute nicht diesen Termin gehabt, wäre er wirklich gern mitgekommen.«

Na also. Kilian hatte es doch schon immer gewusst. Thomas war seit jeher Feuer und Flamme für Priscilla und ihr Herz schlug sicher auch nicht erst seit kurzem für ihn. Wahrscheinlich war es auch besser, wenn der Verehrer nicht hier war, da er die ganze Karl-Dearing-Sache gewiss nicht so schnell ad acta legen würde wie die Damen. Lieber wollte er nicht mehr in sein Schussfeld geraten.

Zufrieden lehnte sich Kilian in seinem Stuhl zurück und betrachtete die Gesellschaft. Sein Blick blieb an Cecilia und Liam hängen. Konnte es sein ...? Und plötzlich fiel es ihm wie Schuppen von den Augen: Cecilia war der Einladung nach Albany nicht nur wegen der Sehenswürdigkeiten gefolgt, sondern hatte auch einen Anlass gesucht, Liam wiederzusehen. Nun saß sie neben ihm, ganz ins Gespräch vertieft, drehte eine Haarsträhne aus ihren zusammengebundenen Locken um den Finger und himmelte Liam an – ein unverkennbarer Flirtversuch. Und Liam ging schonungslos darauf ein, so viel war an seiner Körpersprache abzulesen. Die beiden würden ein bildhübsches Paar abgeben.

Kilian konnte nur hoffen, dass Liam es diesmal ernster meinte und Cecilia nicht nur als Zeitvertreib betrachtete. Eines war für ihn aber auf jeden Fall sicher: Er würde diesmal seine Finger bei sich behalten und Liam sein Glück gönnen.

Wieder ließ Kilian seinen Blick über die Runde schweifen. Endlich hatte er ein Zuhause gefunden, wo er geliebt wurde und wo er so sein durfte, wie er war.

※

Kilian sah Pascal am Strand herumtollen, während ein starker Wind über die Landschaft hinwegfegte. Die raue See zeigte, dass bald ein Unwetter bevorstand, dennoch ließ sich der Kleine von den Wellen, die immer weiter hinauf an dem feuchten Sand leckten, und den unzähligen Muscheln nicht fernhalten. Deshalb wollte er ihm noch ein paar Minuten gönnen, in denen er herumtollen konnte, bevor sie ins Auto steigen und die Heimreise antraten. Zum Baden war es ohnehin zu kalt, doch in memoriam an seinen ersten Besuch am Meer mit seinem Vater, wollte er auch seinem Sohn dieses wundervolle Erlebnis schenken. Jedoch wollte er, ganz anders als sein Vater, spätestens im Sommer wiederkommen. Er würde die Zeit dafür nutzen, um Pascal das Schwimmen beizubringen.

Kilian wurde frisch in der kurzen karierten Cargohose und er war froh, wenigstens ein langärmeliges Poloshirt anzuhaben. Sich die Beine reibend saß er auf einer leicht vermoderten Reling eines gestrandeten Bootes. Er beobachtete Pascal, wie er begann im Sand eine Sandburg zu bauen – allein – und spürte einen Stich. Es ließ die Hoffnung in seinem Inneren aufkeimen, dass er eines Tages

Anschluss finden würde. Auch er sollte in seinem Leben Freunde finden, wie er damals Alessia und Liam, die seine Kindheit bereichert hatten, bevor alles in Schieflage geraten war. Freunde, mit denen er durch dick und dünn gehen könnte, die ihn akzeptierten wie er war und die ihn nicht ausnutzten. Freunde, von denen er lernen konnte, in dieser Gesellschaft zu bestehen.

Der Wind nahm zu. Kilian schlang die Oberarme um sich. Doch sein Frösteln rührte nicht nur von der kühlen Brise – da war noch etwas.

»Zeig dich lieber. Meine Gänsehaut habe ich nicht, weil mir kalt ist. Ich weiß, dass du da bist, Evolet, selbst wenn ich dich nicht sehen kann.«

Kilian wusste, dass sie nicht zum ersten Mal in seiner Nähe lauerte und ihn beobachtete.

Als sie neben ihm auftauchte, war er wieder einmal von ihrer Erscheinung überwältigt. Auch diesmal sah sie atemberaubend aus in ihrer schwarzen, eng anliegenden Lederleggings, dem schräg hängenden, dunkelroten Gürtel mit Fransen und diesem Hauch von Nichts einer dunklen Bluse, die ein atemberaubendes Dekolleté erkennen ließ. Ihr Haar war kunstvoll zu einem dicken Zopf geflochten, der ihr über die linke Schulter hing. Unverhohlen haftete ihr Blick lauernd an ihm.

»Es ist wohl die Macht der Gewohnheit. Seit mich dein Leben berührt hat, sehe ich gerne hin und wieder, was du so treibst«, gestand sie und glitt neben ihm auf die Reling. Elegant schlug sie ein Bein über das andere und er fragte sich, wie sie mit diesen hochhackigen, schwarzen Lederstiefeln, die bis über das Knie reichten, im Sand laufen konnte. So betörend er sie fand, verursachte sie ihm dennoch Unbehagen. Nie wusste er, wie er sie einzuschätzen hatte.

»Es ist schön, zu sehen, dass du nun endlich sichtbar geworden bist. Und der Junge scheint dir gutzutun.«

Sie sah gebannt auf seinen Sohn und ließ dabei ihre Unterschenkel schaukeln. Kilian musste schmunzeln, denn er ertappte sich dabei, ihre Stimme angenehm zu finden, wenn da nicht noch in seinem Kopf herumspuken würde, dass sie die verflixten Handschuhe nicht trug. Unweigerlich löste der Anblick ihrer schlanken Finger die Erinnerung an die Begegnung in seiner Gefängniszelle aus. Mittlerweile hatte er den Verdacht, dass die Handschuhe nicht nur ein Accessoire waren, sondern sie nur damit ihre Macht ihn Schach halten konnte. Den Gedanken ein Stück zur Seite zu rutschen verwarf er allerdings sofort wieder, so würde er Angst oder Schwäche zeigen – und das gönnte er ihr nicht.

»Ja, Pascal – er ist das größte Glück in meinem Leben. Ich bin froh, dass ich von seiner Existenz erfahren durfte.« Er lächelte vor sich hin. »In gewisser Hinsicht hat mein Vater uns aus dem Grab heraus zusammengebracht. Ohne das Begräbnis wäre ich nie mehr auf Alessia gestoßen.« Eine bittere Wahrheit, die schwer an ihm lastete.

Insgeheim hoffte Kilian, dass sein Vater ihn in diesem Augenblick beobachtete. Er wünschte sich, dass er stolz auf ihn war. Alles setzte er daran, dem Kleinen Aufmerksamkeit zu schenken, ihm sowohl Vater als auch Mutter zu sein. Pascal sollte seine Liebe erfahren und er wollte ihm die Stütze sein, die er selbst in seiner Kindheit vermisst hatte. Dennoch würde er gewissenhaft Disziplin zwischen seine Erziehungsmaßnahmen streuen.

Sobald Kilian Pascal in seine Dimension zog, dann tat er das so, dass sie allein darin gefangen waren. Mit Argusaugen verfolgte Kilian jede Entwicklung seines Sprosses. Ein besonderes Augenmerk galt natürlich seinen Fähigkeiten. Entdeckte er eine neue, nahm er seinen Sohn zur Seite und erklärte ihm, wie er damit umzugehen hatte. Und vor allem, warum dies so wichtig für ihn und seine Umwelt war. Er sollte wissen, wann er diese Fähigkeit und vor allem wie er sie nutzen konnte. Er sollte sie beherrschen – doch nie durfte er sie missbrauchen, das trichterte Kilian seinem Sohn immer und immer wieder ein. Nur selten musste er ihn jedoch daran erinnern und ihn in seiner Euphorie zügeln.

»Ist dir aufgefallen, dass seine Fähigkeiten sich anders entfalten als deine? Ich befürchte, sie werden deine eines Tages bei weitem überragen.«

Kilian erstarrte. Er hatte es geahnt, es bislang aber bewusst verdrängt. »Warum befürchtest du das?«

Ihr Ausdruck war unergründlich, selbst wenn ihre Augen ein wenig Sorge in sich trugen.

»Ich hoffe einfach, er lernt, sie zu beherrschen, sodass nicht höhere Mächte auf ihn aufmerksam werden.«

»Du meinst deinen Vater?«, schoss es aus Kilian heraus.

»Ja, dem Teufel bleiben großartige Talente selten verborgen. Allerdings darf ich Entwarnung geben. Er hat sich bisher für dich genauso wenig interessiert, wie für mich. Vielleicht ist auch Pascal das Glück hold.«

Kilian atmete schwer aus und blickte abermals zu seinem Sohn, der dort so unbekümmert im Sand spielte. Rasch stieß er die um sich schlagende Panik in einen tiefen Abgrund und konzentrierte sich auf das Hier und Jetzt.

»War es eigentlich immer dein Ziel, mich auf einen neuen Weg zu bringen oder läuft sie sonst anders ab, diese *Fluchsache*«, er zeichnete mit beiden Zeige- und Mittelfingern Anführungszeichen in die Luft und blickte Evolet an, um in ihrem Antlitz zu lesen. Ein Lächeln spielte auf ihren Lippen, als sie seinen Blick erwiderte.

»Du bist seit langem der Erste, der meinen ursprünglichen Plan durchkreuzt hat. Aber ich genieße es, mich in dir getäuscht zu haben. Du bist nicht so dunkel, wie ich angenommen hatte. Solche Fehler korrigiere ich allerdings nur allzu gern.« Sie schmunzelte und klimperte keck mit den Wimpern.

»Und? Wenn ich dich jetzt küssen würde, würde ich dann zum Säugling mutieren?«, fragte er herausfordernd.

Doch anstatt ihn schallend auszulachen, wie er es erwartet hatte, sah sie ihn noch eindringlicher an und flüsterte: »Du lebst wohl gern gefährlich ...«

᎐᎐

Es zeigt sich, dass die Saat des Bösen nicht unbedingt Dunkles hervorbringen muss. So ist es im Nachhinein vielleicht denkbar, dass William Burrow immer tief im Herzen gespürt hat, dass sein Sohn gar nicht sein eigen Fleisch und Blut war. Womöglich war es ihm nie aufgefallen, da seine Frau von einer Illusion getäuscht wurde – wie Jahre später auch Alessia – und nie Williams Samen erhalten hatte, der ihren Bauch anschwellen ließ.

Verwunderlich für den Teufel war nur, dass das Schicksal eigene Wege beschritt und ausgerechnet seine unsterbliche Tochter auf ihren sterblichen Halbbruder hatte stoßen lassen. So haben die Kinder mit den verschiedenfarbigen Augen ein Spiel gespielt, das eigentlich er erfunden hatte und trotz seiner Gene, die in ihnen schlummerten, hatten beide beschlossen, fortan den lichten Weg zu beschreiten.

Doch der Teufel kann sich jederzeit wieder unter uns mischen und uns mit seinem Zauber betören, sodass der nächste Spross vielleicht in seine Fußstapfen treten wird.

Bist du dir sicher, zu wissen, wer in deinen Armen liegt?

Wenn dir *Werde sichtbar* schöne Stunden bereiten konnte, würde ich mich als Selfpublisherin über deine Unterstützung in Form einer Online-Rezension auf Amazon, bei Thalia, Google, Lovelybooks oder einer der anderen Seiten sehr freuen.

Danke!

Um dich auf den Geschmack weiterer Geschichten zu bringen, folgt hier noch ein Auszug aus dem Roman »Zwischen den Welten«. Viel Vergnügen damit.

NACH DEM ABSTURZ AUF P71 ...

DAS CAMP

Da stand sie nun. Vor ihr vier Schleusen, die sie von der Welt da draußen trennten. Noch nie in ihrem Leben atmete sie so bewusst Sauerstoff ein und aus wie in diesem Augenblick. Fabienne hatte nass geschwitzte Handflächen, sie musste ständig schlucken, und nachdem sie bereits drei Mal auf der Toilette gewesen war, fiel ihr auch keine Ausrede mehr ein, ihren ersten auswärtigen Dienst weiter hinauszuzögern. Sie war stocksteif vor Nervosität und alle Alarmglocken in ihr spielten verrückt.

Das kann einfach nicht richtig sein. Wie konnte das Labor nach ein paar Tests einschätzen, dass durch das Einatmen der Gaszusammensetzung auf diesem Planeten inklusive Einnahme von Tabletten keine langfristigen Schäden entstehen konnten? Da es früher oder später alle traf und sie nicht die Einzige war, die Faxen machte, war sie beruhigt. Auch ihre blonde Mähne schien sich zu weigern, da ihr die leichten Locken stets zurück ins Gesicht fielen. Fabienne zog die Strähnen bereits so stramm hinter die Ohren, dass diese abstanden.

Als sie gerade eine Labormitarbeiterin an sich vorbeihuschen sah, konnte sie dem Impuls nicht widerstehen, sie anzusprechen: „Entschuldigen Sie Miss, darf ich Sie etwas fragen?" Die junge Dame drehte sich genervt um, als hätte sie bereits beim Vorbeigehen geahnt, was kommen sollte. Womöglich wurde diese Frage häufiger an sie herangetragen. „Ja, ich bin mir sicher, dass Sie da ungehindert rausgehen können."

„Ähm – gut, dass Sie hellsehen können, aber ich wollte erfahren, wie es möglich ist, die Inhalte eines Gasgemisches zu analysieren und hundertprozentig einschätzen zu können, wenn es die

Menschheit zum allerersten Mal unter der Lupe hat?" Fabienne war aufgebracht, denn sie hatte das Gefühl, die Mitarbeiterin wollte sie nur abwürgen.

„Sehen Sie, wir haben unser Wissen auf Earth 2 festigen können und die meisten Stoffe sind im Universum gleich. Immerhin hat jedes Periodensystem seine Grenzen, glauben Sie mir." Als die Mitarbeiterin mit den Augen zu rollen begann, war Fabienne kein bisschen verunsichert. Sie stellte keck die nächste Frage in den Raum: „Aber ist es nicht so, dass bei der ersten Bevölkerungswelle auf Earth 2 über fünfhundert Menschen schlagartig gestorben sind, weil sich eine Substanz in der Lunge festgesetzt hat, die die Menschen ersticken ließ?" Das aufgesetzte Lächeln der Mitarbeiterin war schlagartig verflogen.

„Die Substanz, von der Sie sprechen, gibt es auch auf der Erde. Es kam zu einer unerwünschten Reaktion der im menschlichen Organismus lebenden Bakterien mit der bekannten Substanz. Diese Ausnahmesituation hätte eindeutig vorhergesehen werden müssen. Es war menschliches Versagen."

Fabienne musste schnauben: „Danke, das tröstet mich nun ungemein, da die Entscheidung, hier ungeschützt rauszugehen, ebenfalls von Menschen getroffen wurde."

„Miss, ich glaube, wir kommen hier nicht weiter. Wenn Sie uns kein Vertrauen schenken wollen, beantragen Sie beim Captain eine Sondergenehmigung für eine Sauerstoffmaske." Und genauso hastig, wie die Mitarbeiterin vorher an Fabienne vorbeigeschritten war, war sie schon in der Schleuse nach draußen verschwunden, die Fabienne nun auch passieren musste, wenn sie rechtzeitig zur Schicht erscheinen wollte.

Augen zu und durch, dachte Fabienne. *Was bleibt mir anderes übrig?* Zum Captain zu gehen für eine Sondergenehmigung kam nicht infrage. Sie wollte so wenig aus der Reihe tanzen wie möglich, denn immerhin war sie nur über Beziehungen an Bord gekommen und nicht wegen Spezialkenntnissen, wie alle anderen auf diesem Schiff. Das war eindeutig unangenehm genug. Vor allem die Tatsache, dass sie sich hier in dem Umfeld mit anderen unterhalten musste und sich nicht so leicht aus der Affäre ziehen konnte, wenn es darum ging, was ihr Beruf war und ihre künftige Aufgabe auf Earth 3 sein sollte. Sie hatte nämlich keine.

Sie holte tief Luft, als würde das einen Unterschied machen und schritt durch die letzte Schleuse. Im ersten Moment wurde Fabienne nur geblendet. Zwei Sonnen am Himmel, der in verschiedenen violetten Nuancen wie ein gerührter Fruchtjoghurt wirkte. Weiße Wolken zierten die unendlichen Weiten, genau so, wie es sie früher auf der Erde gegeben hatte. Als sie dann zu Boden sah, entdeckte sie rotbraunen Sand, der fein, aber stabil unter ihrem Gewicht knirschte. Nachdem Oben und Unten inspiziert waren, kam das Geradeaus. Die Aussicht war atemberaubend und genau bei diesem Stichwort ertappte Fabienne sich dabei, dass sie ihre Lippen fest zusammengepresst hatte und die Luft anhielt. Sie hatte noch immer keinen einzigen Atemzug getan, daher nahm sie allen Mut zusammen, entkrampfte ihre Finger und ließ es zu. Die Luft wurde über ihre Nase in die Lunge gesaugt und weitläufig in dem Kreislauf ihrer Adern im Körper verteilt – jetzt gab es kein Zurück mehr.

„Irgendwie finde ich das lustig. Ich meine, wer hätte das gedacht? Noch vor einer Woche waren wir im Tiefschlaf und hätten uns wahrscheinlich auf normalem Weg gar nicht kennengelernt und jetzt? Jetzt räumen wir ein Zelt ein, in dem wir zusammenwohnen wie in einer Wohngemeinschaft – ist das nicht völlig irre?" Marissa schmiss ihr ein Kissen entgegen, um ihre Aufmerksamkeit zu erzwingen. Doch Fabienne stand am Eingang ihres Zeltes und konnte nur staunen, staunen und nochmals staunen. *Es ist beeindruckend!*

„Hast du so was schon einmal gesehen? Ich meine WIRKLICH gesehen, mit deinen eigenen Augen?"

„Was meinst du? Einen Wald oder besser gesagt einen Dschungel? Ja, schon ein paar Mal. Du weißt doch, durch meinen Job komme ich viel herum. Aber ich muss gestehen, selbst auf Earth 2 habe ich noch nicht solche Urwaldriesen gesehen."

Marissa stand neben ihr und sie bewunderten beide die Bäume, deren Äste so weit in den zartvioletten Himmel ragten, dass sie die Baumwipfel nicht sehen konnten.

„Ich würde so gerne dort hineingehen und die Oberfläche der Bäume berühren; riechen, ob sie an Holz erinnern und ob der Boden unter einem knistert wie Herbstlaub."

„Aber, hallo! Da ist wohl die Abenteurerin in dir wach geworden", zog sie Marissa amüsiert auf.

„Ich meine ja nur. Wie oft bekommt man die Chance, auf einem fremden Planeten zu stranden?", murmelte Fabienne.

„Wahrscheinlich genauso oft wie auf einer einsamen Insel mit lauter heißen Männern."

Fabienne musste auf diese Bemerkung hin lachen. Schließlich konzentrierte sie sich wieder auf die Bäume. Ihr Zelt war nur zehn Meter vom Dschungel entfernt und der Reiz, rüberzugehen und einen grauen Baum, der in violette, netzartige Adern gehüllt war, aus der Nähe zu betrachten, war verführerisch groß.

Condoleezza stand neben der Einstiegsschleuse des Schiffs und beobachtete, wie reihenweise Äste und Stämme von ernannten

Hilfsarbeitern herangetragen wurden. Die Urwaldriesen zu fällen war schwieriger gewesen als zunächst gedacht, da das Holz viel härter ausfiel und die netzartigen Verbindungen an der Oberfläche der Bäume eine Schutzhülle darstellten, die über die Wurzeln hinweg fortlief. Condoleezzas Blick verfolgte das rätselhafte Gewebe bis zu den Blättern. Auch diese besaßen die Struktur, als würde der Lebenssaft wie über Adern eines menschlichen Körpers verteilt werden. Nur mit dem Unterschied, dass kein Pulsieren oder Pochen zu vernehmen war.

Ist es womöglich ein Parasit, ein trittbrettfahrender Organismus?

Als gerade ein Laborassistent an ihr vorbeilief, hielt sie ihn mit einem geschickten Griff am Oberarm fest: „Entschuldigen Sie, hat sich jemand diese violetten Tentakel auf den Bäumen unter dem Mikroskop näher angesehen?"

Er nickte hektisch und fixierte sie mit geweiteten Augen: „Soviel ich weiß, ja. Wie es aussieht, ist dieses Gewebe in allen Strukturen des Planeten vorzufinden. Sogar im Erdreich! Es verbindet alle Pflanzen mit dem Boden und auch untereinander." Der Assistent wirkte geschmeichelt, da er es genoss, von jemandem als Informationsquelle genutzt zu werden.

„Und hat man herausgefunden, wozu diese Verbindungen dienen?", bohrte Condoleezza weiter.

„So ganz sicher sind sich die Wissenschaftler nicht, aber eines wissen sie mit Bestimmtheit: Es ist keine ausschließliche Nahrungsversorgung, dafür sind zu viele Nervenbahnen in der Struktur gefunden worden."

In Condoleezzas Kopf begann es zu rattern. „Aha. Danke, Sie können wegtreten." Das alles schrie nach Vorsicht.

Eigentlich war Fabienne in einer halben Stunde zum Kochdienst mit Marissa eingeteilt, aber die Neugier war einfach zu groß. Sie schlich hinter ihr Zelt, welches als letztes in dem halbmondförmigen Verlauf stand, zum nächstgelegenen Stamm und verharrte kurz. Sie blickte sich um. Keiner schien sie zu beobachten und auch kein alarmierendes Geräusch war zu vernehmen. Doch dann konnte Fabienne ihre Finger kaum im Zaum halten. Ganz langsam führte sie ihre Handfläche in Richtung Oberfläche des Urriesen, dessen Stamm nicht mit tiefen Furchen in der Rinde versehen war wie auf der Erde. Im Gegenteil, er war völlig glatt. Fabienne wusste, wie unvernünftig es war, diese Erfahrung ohne einen Schutzhandschuh zu tätigen, aber sie konnte der Versuchung einfach nicht widerstehen. Endlich war der Augenblick gekommen und ihre Haut berührte das fremde Gewächs. Die Oberfläche fühlte sich kühl und spiegelglatt an, bis auf die netzartigen Verstrebungen, die sie an das Muster einer Giraffe erinnerten. Sie waren leicht erhaben und es hatte den Anschein, als wären sie wärmer als der Rest. *Aber vielleicht bilde ich mir das nur ein.*

Ein breites Grinsen spielte auf ihrem Gesicht, denn es war schier atemberaubend. Und ja, irgendwie hatte Trevors und Marissas Meinung so gesehen ihre Richtigkeit. Dieses Gefühl elektronisch zu erzeugen wäre beinahe ein unmögliches Glanzstück. Aber wer sagte denn, jetzt, wo sie es selbst erleben durfte, dass sie dieses Geschenk nicht für andere festhalten konnte?

Als Fabienne nun beide Handflächen über den Baum streichen ließ, blieb sie an einer feuchten Stelle kleben und zog sie instinktiv zurück. Sie sah sich interessiert die Ursache an, bei der es sich um Flüssigkeit handelte, deren Austrittsstelle ein abgesägter Aststumpf war. Das Netz war an mehreren Stellen unterbrochen worden und … *blutet diese Vegetation etwa?* Fabienne sah sich die violetten Rückstände auf ihrem Finger an und wischte sie angewidert an ihrer

Hose ab. Harz hatte eindeutig eine andere Textur. Nochmals streckte sie ihre Kuppen in Richtung des abgesägten Astes …

„Das würde ich an deiner Stelle besser sein lassen. Du willst doch nicht, dass ich dich melde, oder?"

Fabienne erschrak, sprang panisch zur Seite und landete direkt auf Trevors Fuß. „Oh, Sh… Sorry. Das wollte ich nicht!", japste sie ihm entgegen.

„Dein Fliegengewicht habe ich nicht einmal gespürt. Trotzdem, du hast hier nichts verloren, also mach mir keine Schwierigkeiten, okay?" Mit hochgezogenen Augenbrauen und amüsiertem Ausdruck blinzelte Trevor sie an.

„Du wirst mich doch nicht verpfeifen, oder?" Fabienne ärgerte sich innerlich, ertappt worden zu sein, denn in ihr schrie das Gewissen: *Hab ich's dir nicht gesagt?!*

Trevor nahm ihr Kinn plötzlich zwischen zwei Finger und blickte ihr tief in die Augen, was sie perplex erstarren ließ. Wann hatte sie ihm Anzeichen gegeben, dass er sie ungehindert jederzeit anfassen durfte? Doch seine Größe und merkwürdigerweise auch diese Montur waren respekteinflößend.

„Dieser kleine Ausflug bleibt ein Geheimnis zwischen uns beiden. Keine Sorge, du kannst mir vertrauen." Er zwinkerte ihr zu und ließ dann von ihr ab, als sei nichts geschehen und diese Art Annäherung nicht erwähnenswert. Fabienne stieg hastig an ihm vorbei, um der unliebsamen Situation zu entrinnen, als Trevor sie abrupt am Unterarm festhielt: „Ach ja, was weißt du eigentlich von der ganzen Geschichte unseres Absturzes? Wo warst du zu dieser Zeit?" Fabienne kam der abrupte Themenwechsel merkwürdig vor. Sie drehte sich auf dem Fersenabsatz um und visierte ihn skeptisch an.

„Wow, du siehst mich gerade an, als würde ich dir vorwerfen, dass du etwas damit zu tun hättest!", ergänzte Trevor scherzend und hob die Hände kapitulierend nach oben.

„Nein, keinesfalls. Ich … nun das Blöde ist, ich kann mich kaum an etwas erinnern. Nur soviel, dass ich im Tiefschlaflabor 3 geruht habe und es dann diesen ohrenbetäubenden Knall gab." Fabienne ließ ihren Blick schweifen und versuchte, sich zu erinnern: „Es war laut und ich hatte Panik." Eine Gänsehaut zog über ihren Körper, und sie wollte die Erinnerungen nur abschütteln. „Ach, Schwamm drüber! Es ging alles so verdammt schnell, ich wusste gar nicht mehr, wo oben oder unten war", tat sie es als Lappalie ab. „Fakt ist, dass anscheinend außer mir kein anderer aus diesem Raum überlebt hat. Ich hatte also tierisches Glück." Fabienne vergrub beide Hände in ihren Gesäßtaschen und biss sich auf die Unterlippe, als Trevor sie eindringlich musterte.

„Mach dir nichts daraus. Ich kann mich auch kaum noch an etwas erinnern, was mich tierisch nervt. Als wäre man aus einem Koma erwacht und hätte die letzten wichtigen Ereignisse seines Lebens verpennt."

„Genau! Ein furchtbares Gefühl!" Fabienne konnte es nicht fassen, dass sie mit diesem Soldat sogar etwas gemeinsam hatte. Daher war dieser Zeitpunkt der beste, um sich aus der Affäre zu ziehen, denn immerhin schien ihr Verstoß in Vergessenheit geraten zu sein. Sie drehte sich abermals in Richtung Zelt und stolperte dabei über ihre eigenen Beine. Nur der raschen Reaktion von Trevor war es zu verdanken, dass sie erneut nicht in Schwierigkeiten geriet. Er hielt sie in letzter Sekunde mit beiden Händen vom Sturz ab. *Das passiert eindeutig zu oft!*

„Ups! Keine Sorge, das ist angeboren." Fabienne wand sich rasch aus dieser für sie zweifellos zu nahen Situation heraus, lächelte kurz und machte sie auf den Weg zurück.

KONTAKTAUFNAHME

„Fabienne!! Fabienne! Du musst aufstehen. Alle Passagiere wurden aufgefordert, unverzüglich zurück an Bord zu gehen! Hast du mich gehört?!", drang Marissas Stimme in ihren Kopf.

Fabienne rollte sich im Bett herum. Sie war hundemüde, da sie einen Teamleiter des Reparaturtrupps endlich hatte überreden können, bei der Aufstellung der Stützgerüste behilflich sein zu dürfen. Doch anstatt wie erhofft offiziell in den Wald zu gehen, hatte sie Seile um Äste für das Gerüst gewickelt und eingebunden. Ihre Finger waren von der stundenlangen Arbeit angeschwollen und sie bereute diese hirnrissige Idee zutiefst.

„Was soll das, ich hab mich gerade erst hingelegt? Ich kann nicht mehr", maulte Fabienne unzufrieden, doch als sie sich auf die Seite drehen und wieder dort ansetzen wollte, wo sie aus dem Land der Träume herausgerissen worden war, bekam sie einen festen Tritt in die Seite verpasst. Fabienne landete mit voller Wucht auf dem Boden des Zeltes und hätte nicht wacher sein können. *Verflucht! War das ein Erdbeben?*

„Sag einmal, geht's dir noch gut!?" Fabienne blieb der Satz im Halse stecken, denn der Tritt war nicht von Marissa gekommen, sondern von einem Mitglied des Militärtrupps, der direkt im Zelt neben ihrem Bett stand. Von Marissa hingegen war weit und breit keine Spur zu sehen.

Wie lange hat man versucht, mich zu wecken, sodass es nun ein Soldat machen muss?

Der Mann trug volle Montur und hielt ein bedrohlich wirkendes Schienengewehr in den Armen. Die Tarnfarbe in seinem Gesicht und die heruntergezogenen Mundwinkel sahen keinesfalls einladend aus: „Sofort raus! Wir evakuieren!"

„Okay, okay – ich hab's kapiert. Ich muss nur schnell was überziehen", blökte sie und sprang mit Gummiknien auf.

„Ich sagte RRAAUUUSSS!", brüllte er Fabienne an, sodass ihr das Trommelfell zu platzen drohte. Ihr Herz machte einen Satz und ihre Glieder kamen aus dem Zittern nicht mehr raus. Sie rannte panisch zum Ausgang des Zeltes und ließ ausschließlich eine dünne Decke mitgehen. Das enge, rosa Spaghettitop und die kurzen Hotpants waren immerhin nicht gerade die erste Wahl an Kleidung, mit der sie an der gesamten Besatzung vorbeitraben wollte.

Als sie aus dem Zelt lief und sich in Richtung Einstiegsschleuse der Nokimis orientierte, musste sie feststellen, dass bereits Panik ausgebrochen war. Der Ansturm auf die Schleuse führte direkt zu Rangeleien, und militärische Mitarbeiter waren bemüht, das Chaos in den Griff zu bekommen. Doch erst das plötzlich knackende Geräusch von Geäst, das von links aus dem Wald dröhnte, brachte Starre in alle Körper.

Als Fabienne sich instinktiv beim Laufen zur Herkunft der Töne hindrehte, verlangsamte sich alles um sie herum wie in Zeitlupe. Nur sieben Meter von ihr entfernt kam ein Heer von … was waren sie? Sie sahen mächtig aus. Es war eine Ansammlung von Lebewesen, die menschenähnlich aufrecht gingen und synchron in Richtung der Nokimis schritten. Es mussten an die hundert – wie sollte sie sie nennen? – Einheimische des Planeten sein. Jeder von ihnen war etwa zwei Köpfe größer als sie selbst und die Gruppe marschierte als gesammelte Tropfenform zielstrebig auf das Camp zu. Doch wie sollte es anders sein, gerade als Fabienne diese Beobachtung machte, verfing sich ihr linker Knöchel in der Schlafdecke und sie stürzte unsanft zu Boden. Jegliche Luft wurde ihr brutal aus der Lunge gepresst und als wäre dies nicht genug, schüttete ihr Körper noch mehr Adrenalin aus, was ihre Ohren zum Surren brachte.

Fabienne hielt den Atem an und blickte sich vorsichtig um. Aber zu ihrem Erstaunen schenkte ihr keiner der Außerirdischen Beachtung, als ob sie wüssten, dass keine Gefahr von ihr ausging. Hilflos lag sie flach am Boden, während diese grüne Armee an ihr vorbeischritt und ihr eine schier atemberaubende Sicht aus dem Winkel bescherte.

„Bleiben Sie am Boden und machen Sie keine hastigen Bewegungen. Ich bin direkt bei Ihnen", kam eine leise Stimme von hinten. Fabienne musste sich nicht umdrehen, um zu wissen, dass es sich um den Soldaten aus ihrem Zelt handelte. Sie war ohnehin starr vor Schreck, daher war es ihr ein Leichtes, seinen Anweisungen Folge zu leisten. Es hinderte sie jedoch nicht daran, weiterhin neugierig den Einmarsch der fremden Armee zu beobachten.

Die Wesen waren smaragdgrün. Genauer konnte sie es nicht beschreiben, da die Haut oder das Fell – was auch immer es war – zu schillern begann, sobald Licht darauf fiel. Bis auf die unteren Gliedmaßen waren sie äußerlich den Menschen sehr ähnlich. Die Beine jedoch schienen ab dem Oberschenkel genau umgekehrt zu funktionieren, da die Knie dort abwinkelten, wo streng genommen die Kniekehlen liegen sollten, so wie die Hinterläufe eines Pferdes. Des Weiteren besaßen sie einen ausgeprägten langen Schwanz wie der eines Löwen, nur ohne Quaste an der Endung. Die Füße waren ungeschützt und ähnelten denen einer zierlichen Raubkatze.

Es schienen ohne Zweifel Krieger zu sein, da ihre Kleidung an zusammengeschnürte, reflektierende Fischschuppen erinnerte, die wie eine Rüstung über dem Körper verteilt lagen. Die Brust wurde nur durch einen großen Panzer geschützt und die Gliedmaßen durch kleinere Platten. Es war bemerkenswert, dass dieser Harnisch im richtigen Winkel der Sonneneinstrahlung fast transparent wirkte, wodurch er beinahe als Tarnkleidung durchgehen konnte.

Nicht zuletzt erinnerten die langen, schwarzen Haare an Dreadlocks, die mit bunten Gegenständen geschmückt und aus dem Sichtfeld der Wesen gebunden waren. Fabienne sah wie gebannt auf die Ornamente und Verzierungen der Kleidung und den augenscheinlichen Waffen, als die Armee einige Meter vor der Nokimis zum Stehen kam und die Geräuschlosigkeit danach unheimlich und drückend wurde. ...

Zwischen den Welten – Gestrandet auf P71
Als eBook und Taschenbuch erhältlich; ISBN: 978-3749747580

Klappentext:
Fabiennes Traum sah anders aus: ein Neuanfang auf einem fruchtbaren Planeten. Doch zwischen Liebe und Leben entscheiden zu müssen, gehörte eindeutig nicht dazu! Als das Raumschiff der Besiedlungsmission auf einem unbekannten Planeten notlandet, steht die Besatzung einer fremden Zivilisation gegenüber. In dieser eindrucksvollen Welt kommt Fabienne dem Einheimischen Neyo näher und gerät in den Bann seines Volkes. Doch durch das unachtsame Verhalten der Menschen wird der Zorn einer Urgewalt geweckt, und die Fortführung der Reise rückt in weite Ferne. Nur Neyos königliche Herkunft scheint noch eine Lösung zu bieten … wird Fabienne sein Interesse an ihr ausnutzen?

ÜBER DIE AUTORIN

Celeste Ealain, in Wien geboren und aufgewachsen, studierte Internationale Betriebswirtschaft. Ihre kreative Ader lebt sie in verschiedenen Bereichen aus: beim Schreiben, in der Malerei, im Handwerk sowie im Design.

Die international ausgezeichnete Künstlerin stand mit Lockruf der Zeit sowohl auf der Longlist des Selfpublishing-Buchpreises 2022 als auch auf der Midlist des Skoutz-Awards 2023. Sie fühlt sich in den Genres Science-Fiction und Fantasy zu Hause und brilliert mit Geschichten fernab des Mainstreams. Jede Story für sich ist einzigartig und als ein gekonnter Genremix zu genießen. Lassen Sie sich von ihr in fantastische Welten und ferne Universen entführen …

Mehr Infos unter www.celeste-ealain.com
Im Onlineshop sind exklusive Buchpackages und Buchboxen mit zugehörigen Goodies und als Highlight mit selbstgefertigtem Buchschnitt zu ihren Büchern zu finden. Wer noch nie zuvor einen gefrästen, haptischen 3D-Buchschnitt gesehen hat, wird hier fündig werden: www.celeste-ealain.com/shop.